DONGSUH MYSTERY BOOKS 71

RED HARVEST
피의 수확
새뮤엘 더실 해미트/이가형 옮김

동서문화사

옮긴이 이가형 (李佳炯)

도쿄대학 문학부 수학. 전남대 조교수, 중앙대 교수, 국민대 대학원장 역임. 말로 《희망》을 번역하여 한국펜클럽 번역문학상 수상. 지은책 《미국문학사》, 옮긴책 말로 《왕도》 오스카 와일드 《살로메》 루소 《사회계약론》 런던 《야성이 부르는 소리》 르블랑 《기암성》 등이 있다.

DONGSUH MYSTERY BOOKS 71
피의 수확

새뮤엘 더실 해미트 지음/이가형 옮김
1판 1쇄 발행/1977년 12월 1일
2판 1쇄 발행/2003년 6월 1일
2판 2쇄 발행/2010년 7월 1일
발행인 고정일/발행처 동서문화사
창업 1956. 12. 12. 등록 16-345(윤)
서울강남구신사동540-22 ☎ 546-0331~6 (FAX) 545-0331
www.epascal.co.kr

*

이 책의 출판권은 동서문화사 (동판)가 소유합니다.
의장권 제호권 편집권은 저작권 법에 의해 보호를 받는 출판물이므로
무단전재와 무단복제를 금합니다.

편찬·필름·제작 일체 「동판」 자본으로 이루어짐에 따라
출판권 소유권자 「동판」에서 제조출판판매 세무일체를 전담합니다.
사업자등록번호 211-90-02201
ISBN 978-89-497-0156-1 04840
ISBN 978-89-497-0081-6 (세트)

피의 수확

차례

녹색 옷의 여자 회색 옷의 남자······ 11
포이즌빌의 황제······ 22
다이너 블랜드······ 34
허리케인 거리······ 46
엘리휴 노인, 바른 말을 하다······ 59
휘스퍼의 도박장······ 69
계약의 참된 이유······ 79
키드 쿠퍼 대 아이크 부슈······ 90
검은 나이프······ 96
범죄를 구함——남녀 불문······ 108
훌륭한 정보······ 116
새로운 국면······ 126
200달러 10센트······ 137
맥스······ 146
시더 힐 별장······ 156
젤리의 퇴장······ 167
레노 스터키······ 174

페인터 거리……187
평화회의……193
아편……202
열 일곱 번째 살인……213
얼음 송곳……222
찰스 플록터 도온 씨……235
체포 영장……245
위스키타운……254
공갈……260
창고……270

세 개의 렘브란트/살인자—조르즈 시므농
세 개의 렘브란트……283
살인자……293

하드보일드 시대를 연 해미트……339

조셉 톰슨 조우에게 바친다

등장인물

나　콘티넨털 탐정사의 샌프란시스코 지국원
빌 퀸트　퍼슨빌 시의 광부 조합장
엘리휴 윌슨　퍼슨빌 시의 으뜸가는 실력자
도널드 윌슨　엘리휴의 아들, 헤럴드 신문사 사장
핀란드인 피트　암흑가의 보스, 밀주상
류 야드　암흑가의 보스
맥스 탈러　휘스퍼라고 불리는 사나이, 도박꾼
레노 스타키　류 야드의 후계자
다이너 블랜드　창녀
댄 롤프　다이너에게 붙어사는 마약 중독 폐병 환자
로버트 알베리　퍼스트 내셔널 은행 출납계원
헬렌 알베리　로버트의 누이
존 누넌　경찰서장
맥글로우　경감
찰스 플록터 도온　변호사
보브 맥스웨인　전(前) 형사
미키 리네헌 ⎫
딕 폴리　　 ⎭ 콘티넨털 탐정사의 탐정

녹색 옷의 여자 회색 옷의 남자

퍼슨빌 시(市)를 포이즌빌 시라고 부르는 걸 내가 처음 들은 것은 뷔트 시의 술집 빅십에서 붉은 머리의 히키 듀이라는 선광부(選鑛夫)로부터였다. 또한 그는 셔츠를 쇼츠라고 발음했다. 그가 시의 이름을 어떻게 부르든 나는 개의치 않았다. 그 뒤 아르(r) 음(音)을 제대로 다룰 줄 아는 사람도 꼭 그렇게 부르는 것을 나는 들었다. 도둑들의 사회에서 딕셔너리를 리처드너리라고 부르는 정도의 의미없는 우스갯소리로밖에는 생각하지 않았던 것이다. 그런데 몇 해 뒤에 나는 퍼슨빌 시에 가서 처음으로 그 사정을 알게 되었다.

나는 정거장의 전화로 헤럴드 신문사를 불러 도널드 윌슨 사장에게 나의 도착을 알렸다.

"오늘 밤 10시에 내 집으로 와 주시겠소?" 그의 목소리는 쾌활하면서도 분명했다. "마운틴 블루버드 2101번지입니다. 브로드웨이 행 전차를 타고 로렐 거리에서 내려 두 구획쯤 서쪽으로 걸으시면 됩니다."

나는 그러기로 약속했다. 그런 뒤 차를 잡아타고 그레이트 웨스턴 호텔로 가서 짐을 내동댕이치고 시내를 구경하러 나섰다.

퍼슨빌 시는 아름답지 않았다. 이 시의 건물을 지은 건축업자들은 대부분이 저속한 취미를 노린 모양이다. 처음에는 번지르르했을 것이다. 그러나 남쪽의 꽉 막힌 산을 등지고 제련공장의 벽돌 굴뚝이 높이 솟아올랐으므로 이때부터 시내는 온통 누런 연기를 뒤집어쓰고 골고루 더러워졌다. 결국 채굴로 말미암아 온통 파헤쳐지고 더러워진 두 산 사이의 길고 좁은 골짜기에 인구 4만의 추악한 도시가 생겨난 것이다. 이 도시를 덮고 있는 때묻은 하늘은 마치 제련공장의 굴뚝에서 나온 것처럼 보였다.

내가 처음에 만난 순경은 면도도 하지 않았다. 두 번째 순경은 그의 초라한 정복에서 단추가 두 개나 떨어져 있었다. 세 번째 순경은 이 도시의 중요한——브로드웨이와 유니언 거리를 잇는——교차점의 한복판에 서서 입가에 여송연을 문 채 교통 정리를 하고 있었다. 나는 이것으로써 순경의 점검을 중지했다.

9시 반에 브로드웨이 행 전차를 타고 도널드 윌슨이 아까 일러준 길을 찾아나섰다. 그러자 생울타리를 친 잔디밭에 들어앉은 길모퉁이 집에 이르렀다.

문을 열어 준 하녀가 윌슨 씨는 집안에 안 계신다고 말했다. 내가 도널드 씨와 만나기로 약속했다고 설명하고 있을 때 30살이 채 못되어 보이는, 녹색 크레이프를 입은 가는 몸매의 금발 여인이 문간에 나타났다. 미소를 짓고 있는데도 푸른 눈초리는 돌같이 차가웠다. 나는 그녀에게 설명을 되풀이 했다.

"바깥양반은 지금 안 계세요." 거의 알아들을 수 없는 악센트 때문에 이 여자의 에스(S) 음이 흐리게 들렸다. "하지만 손님을 오시게 했으면 아마 곧 돌아올 거예요."

그녀는 나를 로렐 거리로 향한 2층 방으로 안내했다. 갈색과 빨간 색의 방에는 책이 가득 차 있었다. 반은 서로 마주보면서, 또 반은 불이 활활 타고 있는 벽난로를 향하고 있는 가죽의자에 우리는 앉았다. 그녀는 자기 남편에 대한 나의 용건을 캐묻기 시작했다.

"퍼슨빌에 사세요?" 그녀가 먼저 물었다.

"아닙니다. 샌프란시스코에 삽니다."

"그러나 이곳이 처음은 아니시지요?"

"처음입니다."

"그러세요? 이 도시가 마음에 드시나요?"

"충분히 못 봐서 모르겠습니다." 이것은 거짓말이었다. 나는 충분히 보았던 것이다.

"오늘 오후에 도착했을 뿐입니다."

그녀가 "아마 지루한 곳이라고 여기실 거예요"라고 말하는 사이에 그녀의 번쩍이는 눈에서 캐묻는 듯한 빛이 사라졌다. 그러나 곧 다시 캐묻는 듯한 눈빛으로 되돌아가서 물었다. "광산 도시란 모두 이런가 보지요. 당신도 광산 일을 하시나요?"

"지금은 안합니다."

그녀는 벽난로 선반 위에 있는 시계를 바라보며 말했다.

"퇴근 시간도 훨씬 지난 늦은 이런 밤에 오시라고 해놓고 기다리시게 하다니, 도널드도 분별이 없어요."

나는 괜찮다고 대답했다.

"아마 신문사 일은 아니겠지만," 그녀는 나의 용건을 떠보았다.

나는 아무 말도 하지 않았다.

그녀는 웃었다. 어딘지 가시가 돋쳐 있는 짤막한 웃음이었다.

"당신이 어떻게 생각하실지 모르지만 저는 평소에 이렇게 말참견하는 여자가 아니에요." 그녀는 쾌활하게 말했다. "그렇지만 당신이 지나치게 말씀을 안하시니 은근히 호기심이 발동하네요. 혹시 몰래

술을 파시지는 않으세요? 도널드는 술장수를 자꾸 갈지요."

나는 씩 웃으며 해석은 그녀에게 맡겼다.

아래층에서 전화기가 울렸다. 윌슨 부인은 녹색 슬리퍼를 신은 발을 벽난로의 이글거리는 석탄불 쪽으로 뻗으며 전화 소리를 못 들은 척했다. 왜 그럴 필요가 있을까 나는 까닭을 몰랐다.

그녀는 "저는 그런 기분이 듭니다만……" 하는 데까지 말하다가 그치고, 복도에 나타난 하녀를 바라보았다.

하녀는 윌슨 부인에게 전화가 왔다고 말했다. 그녀는 미안하다면서 하녀를 따라 나갔다. 그녀는 아래층까지 내려가지 않고 내선 수화기로 이야기를 했다. 말소리가 들렸다.

"윌슨 부인입니다……그렇습니다……네?……누구예요? 좀 크게 말씀하실 수 없어요?……뭐라고요?……네……네……누구십니까?……여보세요! 여보세요!"

전화의 걸쇠가 덜커덕 하고 울렸다.

그녀의 발자국 소리가 복도에서 멀어져 갔다──황급히. 나는 궐련에 불을 붙여물고 그녀가 계단을 내려갈 때까지 귀를 기울이고 있었다. 그 다음에 창가로 가서 커튼의 가장자리를 들어 올리고 로렐 거리를, 그리고 그쪽으로 면한 집 뒤에 있는 네모진 흰 차고를 내려다 보았다.

이윽고 검은 외투에 모자를 쓴 몸매가 호리호리한 여인이 부산하게 집 안에서 나와 차고에 나타났다. 윌슨 부인이었다. 그녀는 뷔이크 쿠페(無蓋車)를 운전하여 외출했다. 나는 의자로 돌아가 앉아서 기다렸다.

40분이 흘렀다. 11시 5분쯤 바깥에서 자동차 브레이크 소리가 났다. 2분 뒤 윌슨 부인이 방 안으로 들어왔다. 그녀는 모자와 외투를 벗었다. 얼굴은 핼쑥하고 두 눈은 거무스름했다.

"정말 미안합니다." 그녀의 꼭 다문 입술이 경련을 일으키고 있었다. "지금까지 기다려 주셨지만 헛수고였어요. 주인은 오늘 밤 집에 돌아오지 않는답니다."

나는 내일 아침 헤럴드 사로 그와 연락하겠다고 말했다.

그녀의 녹색 슬리퍼 왼편 코에 피같이 붉고 거무스름한 것이 묻어 있었다. 나는 어찌 된 까닭일까 수상하게 여기면서 그 집을 나왔다.

브로드웨이까지 걸어가 전차를 잡았다. 그리고 호텔에서 북쪽으로 세 구획 떨어진 곳에서 차를 내렸다. 시청 옆문에 사람들이 떼지어 몰려 있었으므로 무슨 일인가 알아보기 위해서였다.

거기에는 3, 40명의 남자들과 몇 명의 여자들이 보도에 서서 경찰서라 문패 붙은 문을 바라보고 있었다. 작업복을 입은 광부와 제련공들과 방금 당구장과 댄스 홀에서 뛰어 나온 듯한 번지르르한 젊은이들, 창백한 얼굴과 둔한 표정의 점잖은 사내들, 마찬가지로 서너 명의 무표정한 점잖은 아낙네들, 그리고 밤거리의 여인들도 몇 명 있었다.

나는 그 군중들 곁으로 다가가 걸음을 멈추었다. 옆에는 구겨진 회색 양복에 어깨가 떡 벌어진 사나이가 있었다. 그의 얼굴은 물론 두터운 입술까지도 잿빛이었다. 나이는 30살을 조금 넘었을까, 넓적한 얼굴에 침착하고 총명한 재기가 엿보였다. 그는 회색 플란넬 와이셔츠 위에 꽃처럼 매달린 빨간 윈저 식 비단 넥타이를 매고 있었다.

"무슨 소동입니까?" 나는 그에게 물었다.

그는 대꾸하기 전에 나를 유심히 쳐다보았다. 사실을 알려 주어도 안전한 사람인지 확인하고 싶어하는 눈초리였다. 그의 두 눈도 역시 회색이긴 했지만 양복 빛깔처럼 연한 회색은 아니었다.

"도널드 윌슨께서 천당에 계신 하느님 오른편 자리로 앉으러 갔지 뭡니까. 하느님께서 총알 구멍을 싫어하지 않으신다면 말이지만."

"누가 쏘았나요?" 나는 물었다.

"총을 가진 사나이가 쏘았겠지요." 회색 옷을 입은 사나이는 목덜미를 긁적이며 말했다.

내가 바란 것은 진상이었지 익살이 아니었다. 이 빨간 넥타이가 나의 흥미를 끌지 않았더라면 나는 다른 구경꾼에게 물어 보았을 것이다.

"난 타관에서 온 사람이오. 상세하게 이야기해 주시오, 처음 온 사람이 알아듣도록."

"모닝 헤럴드와 이브닝 헤럴드 신문사의 사장인 도널드 윌슨 씨가 조금 전에 허리케인 거리에서 시체로 발견되었소. 아직 범인은 모른답니다." 사나이는 재빠르게 낭독조로 말했다. "이만하면 됐습니까?"

"고맙소." 나는 한 손가락을 내밀어 그의 넥타이의 늘어진 한쪽 끝을 건드렸다. "무슨 의도가 있소, 아니면 그냥 매고 있는 거요?"

"난 빌 퀸트라고 하오."

"아, 그래요!" 나는 소리를 지르며 그 이름을 생각해 내려고 애썼다. "이렇게 만나니 참으로 반갑소!"

나는 지갑을 꺼내어 여기저기서 갖가지 수단으로 손에 넣은 명함 뭉치를 훑어보았다. 그중에 빨간 명함이 내가 바라던 것이었다. 이 명함은 내가 세계 산업 노동조합의 상당한 지위에 있는 회원이며 숙련된 선원인 헨리 F. 네일임을 증명하는 것이었다. 물론 이것은 새빨간 거짓말이다.

나는 이 명함을 빌 퀸트에게 내밀었다. 그는 이 명함의 앞과 뒤를 유심히 살펴보고 나서 나에게 돌려 주더니 믿을 수 없다는 듯한 눈초리로 모자 꼭대기부터 발 끝까지 훑어보았다.

"그는 이제 더 이상 죽지 않게 되었소." 그는 말했다. "어느 방향으로 가오?"

"아무 데로나."

우리는 함께 거리를 걸어내려가다 길모퉁이를 돌았다. 어쨌든 나에게는 목표가 없었다.

"선원이라고 했는데, 무슨 바람이 불어서 이곳으로 왔습니까?" 그는 지나가는 말처럼 물었다.

"어째서 그런 생각을 했소?"

"명함에서 읽었잖소."

"내겐 노동자 증명서도 있소." 나는 말했다. "광부가 되어 달라면 내일 즉시 광부 증명서를 구해서 보여 주지."

"그건 안 될걸. 여기선 내가 광부 조합장이니까."

"시카고 본부에서 전화가 오면 어떻게 하시려오?" 나는 물었다.

"시카고는 집어치워요. 여기선 내가 조합장이오." 그는 레스토랑 쪽을 턱짓하며 물었다. "한잔 하겠소?"

"하다뿐이겠소."

우리는 식당을 지나쳐서 계단을 한 층 올라가 기다란 스탠드와 한 줄로 놓인 테이블이 있는 2층 좁은 방으로 들어갔다. 빌 퀸트는 테이블과 스탠드에 앉아 있는 남녀 몇 사람에게 "여어!" 소리치며 고개를 끄덕여 보였다. 그리고는 스탠드 반대편 벽에 나란히 있는 녹색 커튼을 친 방들 가운데 하나로 나를 안내했다.

우리는 두 시간 동안 위스키를 마시며 이야기를 나누었다.

회색 옷을 입은 사나이는 나를, 내가 그에게 보여 주고 또 언급했던 그 명함의 당사자라고는 생각하지 않았다. 또 내가 훌륭한 조합원이라고도 생각하지 않았다.

퍼슨빌의 IWW(세계 산업 노동조합) 광부 조합장인 그는 나의 내

막을 캐내는 한편 자기의 중요한 일은 누설하지 않는 것을 자신의 임무로 여겼다.

그런 일은 내게는 아무래도 좋았다. 나는 퍼슨빌에 관심을 가지고 있었다. 빨간 명함을 가진 나에 대해 슬쩍슬쩍 쑤셔 보면서도 그는 퍼슨빌에 대하여는 별로 꺼리지 않고 이야기했다.

내가 그로부터 캐낸 것은 다음과 같다.

엘리휴 윌슨――오늘 밤 피살된 자의 아버지――은 40년 동안 퍼슨빌을 송두리째 제것으로 삼고 있었다. 그는 퍼슨빌 광업회사와 퍼스트 내셔널 은행의 사장 겸 대주주이고 그 즈음 유일한 신문인 모닝 헤럴드와 이브닝 헤럴드의 사장이었으며, 그밖의 주요 기업체 거의 모두가 적어도 조금씩은 그의 소유물이었다. 이런 자산에다가 상원의원 한 사람, 하원의원 두 사람, 그리고 주지사와 시장과 대부분의 주의회 의원을 손아귀에 넣고 있었다. 엘리휴 윌슨이야말로 퍼슨빌이었으며, 그는 거의 주 전체나 다름이 없었다.

1차대전 때 IWW는――그때 서부에서 전성시대를 누리고 있었다――퍼슨빌 광업회사의 종업원을 그 산하에 두었다. 종업원들은 제대로 대우를 받지 못하고 있었다. 그들은 새로운 힘을 사용하여 그들이 원하는 것을 요구했다. 엘리휴 노인은 주어야 할 것만을 그들에게 주고 기회가 오기를 기다렸다.

1921년에 그 기회가 왔다. 사업이 부진했다. 엘리휴 노인은 회사 문을 한동안 마느냐 안 닫느냐 하는 것은 상관하지 않았다. 그는 종업원들과의 협약을 파기하고 그들을 전쟁 전의 상태로 몰아넣기 시작했다.

물론 종업원들은 응원을 청했다. 빌 퀸트는 시카고의 IWW 본부에서 파견되어 그들을 지휘하게 되었다. 그는 스트라이크, 즉 공공연한 동맹 파업에는 반대했다. 오히려 그는 직장에 있으면서 내부로부터 사태를 마비시키는 낡은 사보타주, 즉 태업 전술을 권했다. 그러나 이 전술은 퍼슨빌의 조합원들에게는 미적지근하게 여겨졌다. 그들은 눈부신 성과를 쌓아올려 노동 운동사에 이름을 남기고 싶었다.

그들은 파업에 돌입했다.

파업은 8개월 동안이나 계속되었다. 쌍방 모두 출혈이 심했다. 조합원들은 자기 자신들의 피를 흘려야 했다. 엘리휴 노인은 폭력단, 파업 파괴자, 주병(州兵), 그리고 정규군의 일부까지도 고용하여 상당한 피를 흘렸다. 마지막 두개골이 터지고 마지막 늑골이 부러졌을 때 퍼슨빌의 노동 조직은 못 쓰게 된 폭죽이나 다름이 없었다.

그러나──빌 퀸트의 말에 의하면──엘리휴 노인은 자기가 이탈리아 역사의 전철을 밟는 줄을 몰랐다. 그는 파업에는 이겼으나 시와 주의 지배력을 잃었다. 그는 광부들을 타도하기 위해 고용한 폭력배들의 난폭을 용인해야 했다. 싸움이 끝났을 때 그는 그들을 제거할 수 없었다. 그는 자기가 지배하던 시를 그들에게 넘겨 주었으며, 그들로부터 다시 시를 되찾기에는 힘이 모자랐다. 퍼슨빌이 마음에 들어서 그들은 이 도시를 차지했다. 그들은 파업을 진압해 주었고 그 전리품으로 이 도시를 얻었다. 그는 공공연하게 그들과 손을 끊을 수가 없었다. 그들은 그의 약점을 너무나 많이 알고 있었다. 파업 중 그들이 저지른 모든 일에 그는 책임을 져야 했다.

여기까지 이야기를 나누었을 때 빌 퀸트와 나는 꽤 거나한 기분이 되었다. 그는 잔을 다시 비우고 눈을 덮는 머리칼을 치켜올리면서 최근의 이야기를 꺼냈다.

"아마 그들 중에서 제일 센 놈은 핀란드인 피트일 거요. 우리가 마시는 이 술도 그의 것이지요. 그 다음은 류 야드. 그는 파커 거리에 전당포를 차리고 있는데, 보석금을 꽤 많이 가로채고 마을의 도난품을 사고팔며──이건 소문이지만──경찰서장 누넌과도 이만

저만한 사이가 아니라는 겁니다. 맥스 탈러라는 녀석은——도박꾼으로 별명이 휘스퍼인데——역시 친구가 많소. 몸집이 작고 번지르르하며 머리털이 새까만 사내인데, 목구멍에 병이 있는지 말을 잘 하지 못하지요. 도박꾼이지요. 이 세 사람은 누넌과 함께 엘리휴를 도와 시를 쥐락펴락하는 셈인데——엘리휴를 그가 바라는 이상으로 돕고 있지요. 그러니 엘리휴 또한 그들과 손을 끊을 수가 없는 거요. 만일 끊었다가는······."
나는 물었다.
"오늘 밤 죽은 그 친구——엘리휴의 아들——는 어떠한 입장이었지요?"
"아버지가 하라는 대로 따랐어요. 그러니까 아버지가 만들어 준 길을 따라간 셈이지요."
"그럼, 노인이 자기 아들을······."
"그럴지도 모르지요. 그러나 내 생각은 달라요. 이 도널드라는 친구는 외국에서 돌아와 아버지 대신 신문을 맡았소. 엘리휴는 비록 죽을 날이 가까웠을지라도, 남이 자기 것을 훔치는 데 두 손 놓고 있는 늙은이는 아니었죠. 이 무리들에 대해서는 깍듯하고 빈틈없이 대하면서 그는 아들과 프랑스인 며느리를 파리로부터 불러들여 자기 대신으로 아들을 내세웠는데——그 늙은이다운 퍽이나 훌륭한 꾀였소. 도널드는 신문으로 개혁 운동을 시작했거든요. 마을에서 악덕과 부패를 몰아 내라——이건 결국 핀란드인 피트와 류 야드와 휘스퍼를 마을에서 몰아 내라는 것이었소. 알겠소? 그들을 몰아내기 위해 아들을 이용했던 거요. 그들도 엘리휴에게 밀리는 게 싫었겠지요."
"그 짐작은 좀 틀린 것 같은데." 내가 말했다.
"이 마을은 틀려먹은 게 한둘이 아니라오. 이 정도면 충분하겠소?"

나는 충분하다고 대답했다. 우리는 거리를 내려갔다. 빌 퀸트는 포레스트 거리의 광부 회관에 살고 있다고 말했다. 그의 집으로 가려면 내가 묵고 있는 호텔 앞을 지나쳐야 했으므로 우리는 함께 거리를 내려가야 했다. 호텔 앞 길가에서 사복 형사처럼 보이는 다부진 사나이가 슈터츠 관광 자동차의 승객과 이야기하고 있었다.

"차 안에 있는 게 휘스퍼요." 빌 퀸트가 내게 알려 주었다.

나는 다부진 사나이로부터 맥스 탈러의 옆모습으로 시선을 옮겼다. 그는 젊으며 검고 작았다. 마치 본을 뜬 것처럼 단정하고 예쁘장한 얼굴이었다.

"미남인데." 나는 말했다.

"그렇소." 회색 옷의 사나이는 맞장구를 쳤다. "하긴 다이너마이트도 예쁘게 생겼지."

포이즌빌의 황제

 모닝 헤럴드지는 두 면에 걸쳐 도널드 윌슨의 죽음을 보도했다. 사진에 난 그의 얼굴은 쾌활하고 이지적이었다. 고수머리에 미소짓고 있는 눈과 입, 끝이 갈라진 턱, 그리고 줄무늬 넥타이를 매고 있었다.
 피살 보도 기사는 간단했다. 전날 밤 10시 40분에 그는 배와 가슴과 등에 네 발의 총알을 맞고 즉사했다. 총격 장소는 허리케인 거리 1100번지였다. 총소리를 듣고 주변 거주자들이 내다보았을 때 피살자는 길바닥에 뻗어 있었다. 한 남자와 한 여자가 시체를 굽어보고 있었다. 거리가 어두워 사람이든 물건이든 무엇 하나 제대로 똑똑히 보이지 않았다. 문제의 남녀는 다른 사람이 그곳에 이르기 전에 이미 자취를 감춰버렸다. 그들의 인상이나 풍채를 아는 사람은 아무도 없었다. 그들이 달아나는 것을 본 사람도 전혀 없었다.
 윌슨에게 발사된 총알은 여섯 발이며 총은 32구경 권총이었다. 두 발은 빗나가 한 채의 집 정면 벽에 박혔다. 경찰은 이 두 발의 총알 탄도를 조사한 결과, 총알이 길 건너편 좁은 골목에서 날아왔다는 것을 알아냈다. 이상이 판명된 사실의 전부였다. 모닝 헤럴드의 사설란은 피살자의 사회 개혁가로서의 짧은 경력을 요약하여 소개하고, 그를 살해한 것은 퍼슨빌의 개혁을 원하지 않는 자의 소행이라는 것을 피력했다. 이어서 헤럴드는 경찰서장은 살인자 또는 살인단을 신속히 체포하여 처단하는 것만이 자기 자신이 공모자가 아님을 밝히는 최선의 방법이라고 언명했다. 사설은 통명스럽고도 신랄했다.

나는 커피 두 잔을 마시자마자 신문을 놓고 브로드웨이 행 전차에 뛰어올랐다. 로렐 거리에서 내려 피살자의 집을 향하여 걸어갔다. 그 집에서 반 구획쯤 떨어진 곳에 왔을 때 나의 마음과 방향을 바꾸는 일이 생겼다.

갈색 계통의 세 가지 빛깔로 옷차림한 조그만 청년이 앞쪽 거리를 건너갔다. 거무스름한 얼굴의 옆모습이 예뻤다. 맥스 탈러였다. 일명 휘스퍼이다. 내가 마운틴 블루버드의 모퉁이에 이르렀을 때였다. 마침 죽은 도널드 윌슨의 집 현관으로 들어가는 탈러의 갈색 양복 뒷자락이 퍼뜩 눈에 띄었다.

나는 브로드웨이로 되돌아와 전화박스가 있는 약국으로 들어가 번호부에서 엘리휴 윌슨의 번호를 찾았다. 전화에 나온 사람은 윌슨 노인의 비서였다. 나는 그에게 도널드 윌슨의 초청으로 샌프란시스코에서 이곳에 와 있는 사람인데, 그의 죽음에 대해서 조금 아는 바가 있으니 부친을 뵙고 싶다고 말했다.

무척 강하게 나간 나의 태도가 효과를 나타냈는지 와도 좋다는 대답이었다.

비서——말수가 적고, 야위고, 눈이 날카로운 40대의 사나이였다——가 나를 침실로 안내했을 때, 포이즌빌의 독재 군주는 침대에서 몸을 일으켜 앉았다.

노인은 머리는 자그마하고 거의 완전히 동그랬다. 머리카락은 짧게 깎았는데 백발이었다. 두 귀 역시 매우 작고 머리쪽에 바싹 다가붙어 있어 머리가 공 모양을 닮았다. 코 또한 작아서 굵은 이마 선이 그대로 내려온 것만 같았다. 입과 턱은 이 공 모양을 잘라 버리는 직선들이었다. 그 아래로는 짧고 굵은 목이 딱 벌어진 살찐 두 어깨 사이의 흰 파자마 속에 들어 있었다. 한쪽 팔을 이불 밖으로 내놓고 있었는데 팔은 짧고 탄탄하며, 손은 통통하고 손가락은 굵었다. 또 동그란 작은 눈은 푸르며 물기가 있었다──안막과 짙은 속눈썹 안에 숨어 있다가 기회만 있으면 튀어나와 잡아챌 듯한 눈이었다. 이러한 사나이를 소매치기하려면 손가락에 무척 자신이 있어야 할 것이다.

그는 동그란 머리를 2인치쯤 저으며 나에게 침대 옆 의자에 앉으라고 명령하고, 또 한번 고개를 끄덕여 비서를 내보낸 뒤에 물었다.

"뭔가, 내 자식의 일이란?"

그의 목소리는 거칠었다. 가슴에는 할 말이 너무 많은데 입이 말을 듣지 않은듯 그의 말은 분명치 않았다.

"저는 콘티넨털 탐정사 샌프란시스코 지국의 탐정입니다." 나는 이야기를 꺼냈다. "2, 3일 전에 아드님께서 부탁할 일이 있으니 급히 사람을 보내 달라는 편지와 함께 수표를 보내왔지요. 그래서 제가 온 것입니다. 어젯밤 집으로 오라고 해서 댁에 가 봤더니 아드님은 돌아오시지 않았습니다. 시내로 돌아와서야 아드님이 피살된 것을 알았습니다."

엘리휴 윌슨은 수상한 눈초리로 나를 살펴보며 물었다.

"그게 어쨌단 말인가?"

"제가 기다리고 있을 때 며느님은 전화를 받고 나가더니, 슬리퍼에 피 같은 것을 묻히고 돌아와 주인은 안 돌아오실 거라고 말했어요. 아드님은 10시 40분에 총을 맞았고, 며느님은 10시 20분에 나가서 11시 5분에 돌아왔습니다."

노인은 침대에서 반듯하게 일어나 앉더니 한바탕 젊은 며느리를 욕했다. 욕을 할 대로 해서 바닥이 났을 터인데도 그에게는 아직 기력이 남아 있었다. 그는 남은 기력을 다하여 고함을 쳤다.

"그년은 감옥에 갇혔나?"

나는 그렇게 되지는 않은 것 같다고 말했다.

그는 며느리가 감옥에 갇히지 않은 것이 마음에 들지 않는 듯 끝없이 투덜거렸다. 그는 나의 비위에 맞지 않은 욕설을 또 한차례 퍼붓고 나서야 말끝을 맺었다.

"자넨 대체 무얼 기다리고 있나?"

한 대 후려치기에는 너무나 늙은 노인이고 환자였다. 나는 웃으며 대답했다.

"증거를 기다립니다."

"증거라니? 무엇이 자네에게 필요한데? 자넨……."

"바보 같은 소리 마시오," 나는 고함소리를 가로막았다. "무엇 때문에 며느님이 아드님을 죽여야 합니까?"

"그 여잔 프랑스의 왈가닥이야! 그 여자는……."

비서가 놀란 얼굴로 문간에 나타났다.

"꺼져 버려!"

노인이 소리를 지르자 그의 얼굴은 사라졌다.

"강짜가 심했나요?" 나는 그가 다시 외치기 전에 물었다. "그렇게 고함을 쳐서야 어떻게 말씀을 알아들을 수 있겠어요. 이스트 균을 먹으면서부터 저의 멀었던 귀가 아주 좋아졌답니다."

노인은 허벅다리를 덮은 불룩한 이불 위에 한쪽 주먹을 내려놓고 네모진 턱을 나에게로 내밀었다.

"난 노인이고 환자이지만," 그는 매우 신중하게 말했다. "벌떡 일어나서 자네의 등을 걷어차고 싶네."

나는 그 말을 못 들은 척하고 거듭 물었다.

"강짜가 심했나요?"

"심했지." 그는 이제는 외치지 않고 말했다. "뻐기고, 못돼먹었고, 의심 많고, 욕심꾸러기에 인색하고, 조심성없으며, 사기꾼이고, 이기적이며, 악질——통틀어 악질이야!"

"질투할 무슨 이유라도 있었나요?"

"그렇기라도 하면……." 그는 비통하게 말했다. "나는 내 자식이 그 여자에게 홀딱 빠졌던 것을 생각만 해도 지긋지긋하다네. 그런데 사실은 그랬나 봐, 그놈은 늘 그런 짓을 했었지."

"며느님에게 아드님을 죽일 만한 이유가 있다고 생각하십니까?"

"어떻게 생각하느냐고?" 그는 다시 소리를 질렀다. "내가 자네에게 이야기하지 않았었나."

"들었습니다. 그러나 그건 이유가 되지 않습니다. 어린애 같은 말이니까요."

노인이 이불을 걷어차고 침대에서 뛰어내리려고 했다. 그러나 곧 생각을 고쳐먹었는지 시뻘개진 얼굴을 쳐들며 버럭 소리를 질렀다.

"스탠리!"

문이 열리고 비서가 슬그머니 들어왔다.

"이놈을 끌어 내!" 그는 나에게 주먹을 휘두르며 비서에게 명령했다.

비서는 내게로 돌아섰다. 나는 고개를 저으며 일러 주었다.

"당신만으로는 안 될거요."

그는 얼굴을 찌푸렸다. 우리는 동년배였다. 그는 호리호리했으며, 나보다 키가 얼추 한 자나 컸으나 몸무게는 50파운드쯤 적었다. 190파운드의 내 몸무게는 비곗살만은 아니었다. 비서는 멈칫거리더니 겸연쩍은 듯이 미소지으며 밖으로 나갔다.

"제가 말씀드리려는 건요." 나는 노인에게 말했다. "오늘 아침 며느님께 이야기할 생각이었습니다. 그런데 맥스 탈러가 아드님 댁에 들어가는 것을 보았습니다. 그래서 저는 방문을 연기했습니다."

엘리휴 윌슨은 다시금 이불을 조심스럽게 끌어올려 다리를 덮고, 베개에다 머리를 기대고 천장으로 눈을 돌리며 말했다.

"흐음, 그래서 그런 거야."

"무슨 말씀입니까?"

"그 여자가 죽였어." 그는 잘라 말했다. "그래서 그렇다는 거야."

복도에서 소란한 발자국 소리가 났다. 비서의 것보다 힘찬 발자국 소리였다. 발자국 소리가 바로 문 밖에서 났을 때 나는 이야기를 시작했다.

"당신은 아들을 이용하여 그들을……."

"물러나!" 노인은 문간에 있는 이들에게 고함쳤다. "그리고 문을 닫아 줘." 노인은 나를 노려보며 따지고 들었다. "내가 무엇에 아들을 이용하고 있었다고?"

"탈러와 야드와 핀란드인 피트에게 원한을 갚기 위해서요."

"거짓말쟁이 같으니라구."

"제가 꾸며낸 이야기가 아닙니다. 퍼슨빌에 온통 퍼진 이야깁니다."

"거짓말이야. 난 아들에게 두 신문을 주었지. 그애는 신문을 갖고 제가 하고 싶은 일을 했을 뿐이야."

"그런 이야기는 친구들에게나 하셔야 할걸요. 그분들이나 그 이야기를 믿을 테니까요."

"그들이 믿든 안 믿든 무슨 상관이야! 내가 자네에게 이야기하는 것은 사실이야."

"그게 어쨌단 말씀입니까? 가령 과실로 피살되었다 하더라도…

…. 그것 때문에 아드님이 되살아나지는 않습니다."

"그 여자가 죽였어."

"혹시 모르지요."

"자네의 혹시는 빌어먹을 놈의 혹시로군! 틀림없이 그 여자가 죽였어."

"혹시 모르지요. 그러나 다른 각도에서도 봐야 합니다. 정치적인 목적이라든지, 이야기하실 수……."

"내가 이야기할 수 있는 건 프랑스의 왈가닥이 내 아들을 죽였다는 것뿐야. 또, 자네가 무슨 다른 바보 같은 생각을 하고 있는데, 그건 엉터리라는 것이고."

"그러나 각도를 달리 해 봐야 합니다." 나는 우겼다. "퍼슨빌의 정치 내막을 당신보다 더 잘 아는 사람을 찾아낼 것 같지 않군요. 피살자는 당신 아들입니다. 적어도 아버지로서 할 수 있는 일은……?"

"적어도 나로서 할 수 있는 일은," 그는 외쳤다. "빨리 프리스코로 꺼지라고 자네에게 말하는 거야. 자네 같은 바보에게……."

나는 불쾌한 듯이 일어서며 대답했다.

"저는 그레이트 웨스턴 호텔에 머무르고 있습니다. 생각이 바뀌어 진지한 이야기를 하고 싶으시거든 저를 불러 주십시오."

나는 침실에서 나와 계단을 내려갔다. 비서는 겸연쩍은 미소를 띠며 계단 아래쪽을 서성거리고 있었다.

"굉장한 노인 깡패야." 나는 중얼댔다.

"무척 기력이 왕성한 분이시지요." 그도 중얼거렸다.

나는 헤럴드 사로 가서 피살자의 비서를 만났다. 그녀는 19, 20살쯤 된 조그마한 처녀였다. 커다란 밤색 눈에 연한 갈색 머리. 얼굴은 창백하고 예뻤다. 성은 루이스였다. 그녀는 사장이 나를 퍼슨빌로 불러 낸 일에 대해서는 몰랐다고 말했다.

"그런데 말예요." 그녀는 설명을 늘어놓았다. "윌슨 씨는 언제나 모든 일을 될 수 있는 한 혼자 가슴에 간직하시는 분이었어요. 그건 말예요——그분이 이곳의 아무도 전혀 믿지 않으셨기 때문이에요."

"당신도?"

그녀는 얼굴을 붉히며 말했다.

"물론이에요. 하지만 그분은 여기 오신 지 얼마 되지 않았고 누구든간에 저희들을 잘 모르셨어요."

"그것뿐만이 아니라 다른 이유도 있었을 거요."

"글쎄요." 그녀는 입술을 깨물며 피살자가 쓰던 번질번질한 책상 모서리에 지문을 한 줄로 찍었다. "그분의 아버지께서는 그분이 하시는 일에 동조——뜻을 같이 하지 않았어요. 실제 사장은 아버지였으니까요. 자기보다도 아버지에게 더 충실한 사원이 있을 거라고 도널드 씨가 생각하신 것도 무리가 아니겠지요."

"노인은 시정(市政)의 개혁 운동에 찬성하지 않았잖나? 신문이 자기 것이라면 노인은 왜 묵인했을까?"

그녀는 고개를 숙여 자기가 찍은 지문을 바라보았다. 그녀는 낮은 목소리로 말했다.

"이해하기 어려우실 거예요——엘리휴 님이 이번에 병이 나자 비로소 도널드를——도널드 님을 불러오셨다는 걸 모르신다면. 도널드 님은 지금까지 대부분 유럽에서 시간을 보내셨죠. 사업 운영을 그만둬야 한다고 플래이드 의사가 엘리휴 님에게 권했어요. 그래서 아드님에게 귀국하라고 전보를 친 거예요. 그러나 막상 도널드 님이 돌아오자 엘리휴 님은 모든 일을 내놓을 결단을 내리시지 못했어요. 그러나 도널드 님을 여기 붙들어 두고 싶어서 그분에게 신문만 내주셨지요——즉 그분을 사장 자리에 앉히신 거지요. 도널드

님은 좋아하셨어요. 그분은 파리에서 저널리즘에 관심을 갖고 있었거든요. 이곳 형편의——시정이나 무엇이나——불합리한 면을 발견하셨을 때 그 개혁운동을 시작하셨어요. 그분은 모르셨어요. 하긴 어렸을 적부터 객지에 나가 계셨으니까요."

"누구보다도 아버지가 깊이 빠져든 걸 몰랐겠지요." 나는 그녀를 거들어 주었다.

그녀는 약간 우물쭈물하며 자기의 지문을 보고 있다가 내 말에 반대하지 않고 말을 계속했다.

"엘리휴 님과 그분은 다투셨어요. 엘리휴 님이 휘젓지 말라고 이르셨는데도 그분은 멈추려고 하지 않으셨으니까요. 만약 그분이——아셔야 했을 일을——모두 아셨더라면 중지하셨겠지만, 아버지가 얽혀들어 빠져나오시지 못한다는 생각은 꿈에도 못했을 거예요. 그리고 아버지도 말하고 싶지 않으셨겠지요. 아버지로서 자식에게 그러한 말을 하기란 어려웠을 거예요. 아버지는 신문을 빼앗겠다고 도널드 님을 위협했어요. 정말로 빼앗을 작정이셨는지도 몰라요. 그러나 아버지가 다시 병이 나셨기 때문에 모든 일이 그대로 진행됐어요."

"도널드 윌슨은 당신에게 비밀 얘기를 하지 않았나요?" 나는 물었다.

"네." 그녀의 대답은 거의 속삭이는 듯했다.

"그럼, 당신은 이 이야기를 어디서 들었지요?"

"전……전 그분의 살해자를 찾으려는 당신을 도우려 하고 있어요." 그녀는 열을 띠며 대답했다. "그런데 그런 말을 저에게 물으시다니……."

"어디서 들었는가를 말해 주어야 당장 나를 돕는 겁니다." 나는 우겼다.

그녀는 물끄러미 책상을 바라보며 아랫입술을 깨물었다. 나는 기다렸다. 이윽고 그녀는 대답했다.

"저의 아버지가 엘리휴 윌슨 씨의 비서예요."

"고맙소."

"그러나 당신은 그렇게 생각하셔서는 안 돼요. 저희들이……."

"그건 나와 관계 없는 일이오." 나는 그녀에게 다짐했다. "도널드는 어젯밤 나를 자기 집에 불러 놓고, 허리케인 거리에서 무얼 하고 있었나요?"

그녀는 모른다고 말했다. 나는 그녀에게 그가 나를 10시에 집으로 오라고 전화로 말하는 것을 들었느냐고 물었다. 그녀는 들었다고 대답했다.

"전화를 한 뒤 그는 무얼 했소? 당신이 퇴근할 때까지 그가 한 말과 일을 사소한 것까지도 모두 생각해 봐요."

그녀는 의자 등에 기대며 눈을 감고 이맛살을 찌푸렸다.

"당신은——사장이 자기 집으로 부른 분이 당신이었다면——2시에 전화를 거셨어요. 그 뒤 도널드 님은 편지를 구술하셨어요. 한 장은 제지회사에, 또 한 장은 우편물 규칙의 변경에 관한 것으로 상원의원 키퍼 씨에게 보내는 것이었지요. 아, 그리고 약 20분 동안 자리를 뜨셨는데, 3시 조금 전이었어요. 그리고 나가시기 전에 수표를 한 장 쓰셨어요."

"누구에게?"

"몰라요. 전 쓰시는 것만 보았어요."

"수표장은 어디 있나요? 가지고 다닙니까?"

"여기 있어요." 그녀는 벌떡 일어나서 사장의 책상으로 돌아가더니 맨 윗서랍을 빼려고 했다. "잠겼어요."

나는 그녀와 함께 쇠로 된 클립을 뽑아 내 나이프 끝으로 조작하여

서랍을 뺐다.

그녀는 퍼스트 내셔널 은행의 얇고 납작한 수표장을 꺼냈다. 맨 마지막으로 뗀 수표의 남은 쪽에 5000이라고 적혀 있었다. 그 외의 기입은 없었다. 이름도 설명도 없었다.

"수표장을 갖고 나가서," 나는 말했다. "20분 동안 자리를 떴었나요? 은행에 다녀오기에 충분한 시간인가요?"

"그분이면 은행까지 5분 이상은 걸리지 않았을 거예요."

"수표를 쓰기 전에 무슨 다른 일은 없었소? 생각해봐요. 쪽지나, 편지나, 전화나."

"가만 계세요." 그녀는 다시 두 눈을 감았다. "그분은 편지를 구술하셨고, 그리고——옳아, 이런 바보 같으니! 그분은 전화를 받으셨어요. '10시엔 갈 수 있지만 곧 바삐 돌아와야 하오' 그분은 말씀하셨어요. 그리고 '좋습니다. 10시에'라고 하셨어요. 그밖에 몇 번 '으음, 으음' 하셨지만 이야기는 그뿐이었어요."

"상대가 남자였나요, 여자였나요?"

"모르겠어요."

"생각해 봐요. 목소리에 차이가 있을 텐데."

그녀는 생각한 끝에 대답했다.

"여자였던 것 같아요."

"당신과 사장 중 누가 먼저 퇴근했소?"

"제가 먼저 퇴근했어요. 저의 아버지——엘리휴 님의 비서라고 했었지요?——가 도널드 님과 초저녁때 만날 약속을 했었지요. 신문의 재정 문제로요. 5시가 지나 아버지께서 오셨어요. 아마 함께 저녁 식사를 했을 거예요."

이것이 루이스라는 아가씨가 나에게 말한 전부였다. 그녀는 허리케인 거리 1100번지에서 윌슨의 시체가 발견된 데 대해서는 아무것도 모른다고 말했다. 윌슨 씨 부인에 관해서도 아무것도 모른다는 대답이었다.

우리는 피살자의 책상을 뒤졌으나 단서가 될 만한 것은 아무것도 캐낼 수 없었다. 교환대의 교환수들과도 부딪쳐 보았으나 아무것도 듣지 못했다. 나는 한 시간 동안이나 사환과 사회부장 그밖의 사람들에게 유도 심문을 해봤으나 아무것도 나오지 않았다. 피살자는 그의 비서의 말대로, 자기 비밀을 누설하지 않는 데 여간 힘을 기울이지 않았던 모양이다.

다이너 블랜드

퍼스트 내셔널 은행에서 나는 알베리라는 회계 주임보를 붙들었다. 그는 25살쯤 된 잘생긴 금발 청년이었다. 내가 용건을 설명하자 그는 말했다.

"제가 윌슨의 수표를 지불 보증했습니다. 수표는 다이너 블랜드 명의로 끊었지요. 5천 달러짜리입니다."

"그 여자가 누군지 아오?"

"그럼요! 잘 압니다."

"그럼, 내게 이야기해 주면 안 될까?"

"물론이죠. 이야기해 드리고 말고요. 그러나 저는 지금 회의에 가야 하는데, 10분이나 지났어요."

"오늘 저녁 나와 함께 저녁 식사를 하면서 이야기해 주겠소?"

"좋습니다." 그는 말했다.

"그레이트 웨스턴에서 7시면 어떨까요?"

"좋습니다."

"그럼, 갈 테니 당신은 회의에 가 봐요. 그런데 여기 그 여자의 당좌가 있소?"

"있습니다. 그리고 오늘 아침 그 수표를 예금했습니다. 경찰이 지금 갖고 있습니다."

"그래? 그럼 여자의 주소는?"

"허리케인 거리 1232번지입니다."

"음, 과연 그렇군! 오늘 밤 만납시다."

나는 물러 나왔다. 내가 다음으로 들른 곳은 시청 안의 서장실이었다.

누넌 서장은 쾌활했다. 그는 둥근 얼굴에 반짝거리는 푸른 눈을 가진 뚱보였다. 내가 이 도시에서의 용무를 말하자 그는 기쁜 기색을 보였다. 악수를 하고 여송연과 의자를 권했다.

"그럼," 의자에 앉자 그가 말했다. "누가 이런 짓을 한 것 같소?"

"말하지 않는 게 좋을 것 같소."

"나도 마찬가지요." 그는 유쾌한 듯이 담배 연기 사이로 말했다. "그러나 당신 짐작은 어떻소?"

"난 짐작은 싫소. 더구나 아무런 사실도 얻지 못했을 땐."

"사실을 당신에게 전부 얘기한댔자 긴 시간이 걸리지는 않을 거요." 그는 말했다. "윌슨은 어제 은행이 끝나기 직전에 다이너 블랜드에게 발행한 5천 달러짜리 수표의 지불 보증을 했소. 어젯밤 그는 다이너의 집에서 한 구역도 떨어지지 않은 곳에서 32구경 권총을 맞고 죽었지요. 총소리를 들은 사람이 시체를 들여다보고 있는 한 남자와 한 여자를 보았다고 하오. 그리고 오늘 아침 일찍 다이너 블랜드가 방금 말한 수표를 퍼스트 내셔널 은행에 예금했습니다. 어떻소?

"그 다이너 블랜드란 어떤 여자요?"

서장은 책상 가운데 있는 재떨이 속에 여송연 재를 떨고 통통한 손으로 여송연을 휘두르며 말했다.

"사내들의 말에 의하면 추락한 천사라고 하오. 고급 창녀, 일류 요부랄까."

"그 여자와 부딪쳐 보았소?"

"아니오. 맨 먼저 처리해야 할 사람이 둘 있소. 우린 그녀를 감시하면서 기다리고 있는 중이요. 지금 말한 건 비밀이오."

"알고 있소. 그런데 내 말을 들어 보오."

나는 그에게 전날 밤 윌슨의 집에서 기다리는 동안 보고들었던 것을 이야기했다.

내 이야기가 끝났을 때 서장은 두터운 입술을 불쑥 내밀고 살며시 휘파람을 불면서 외쳤다.

"참 재미있는 이야기군요! 그래, 슬리퍼에 피가 묻어 있었다구요? 그리고 남편은 돌아오지 않을 거라고 말했다고요?"

"난 그렇게 생각했소." 나는 첫 질문에 그렇게 대답했고, 두 번째 질문에는 "그렇소"라고 대답했다.

"그리고 나서 그 여자와 무슨 이야기를 했소?" 그는 물었다.

"아무 이야기도 안했소. 오늘 아침 그 집을 찾아갔는데, 탈러라는 청년이 나보다 앞서 그 집에 들어가길래 난 방문을 연기했지요."

"그것도 재미있는데!" 그의 녹색 눈이 즐거운 듯이 빛났다. "휘스퍼가 거기 갔었다는 이야기로군요?"

"그렇소."

그는 마룻바닥에 여송연을 내던지고 일어서더니 통통한 두 손으로 책상 위를 짚으며 내 편으로 몸을 내밀었다. 사뭇 기쁜 듯했다.

"당신은 중요한 일을 했소." 그는 목구멍을 울렸다. "다이너 블랜드는 휘스퍼의 정부요. 자아, 나와 함께 나가서 그 미망인과 이야기를 좀 해봅시다."

우리는 서장의 차를 타고 가서 윌슨 부인 집 앞에서 내렸다. 서장은 돌계단의 맨 아랫단에 한 발을 딛고 잠시 멈춰서서 초인종 위에 걸린 검은 상장(喪章)을 보고 있더니 "음, 할 일은 해야지" 하고 말했다. 우리는 계단을 올라갔다.

윌슨 부인은 우리와 만나기를 싫어했다. 그러나 누구도 경찰 서장이 굳이 만나자고 하면 만나야 하는 법이다. 윌슨 부인도 예외가 아니었다. 우리가 안내를 받고 올라간 2층 서재에 도널드 윌슨의 미망인은 앉아 있었다. 상복을 입은 채였다. 푸른 눈에는 서릿발이 깃들어 있었다.

누넌과 나는 차례로 조의를 표했다. 그런 다음 누넌이 물었다.

"우린 그저 한두 가지 물어보고 싶을 따름입니다. 예를 들면 어젯밤 외출하신 장소가 어디이신지······."

그녀는 불쾌한 얼굴로 나를 보고, 서장에게로 눈길을 돌려 얼굴을 찌푸린 채 거만하게 되물었다.

"어째서 그러한 질문을 받게 되는지 이유를 물어 봐도 좋습니까?"

어구도 어조도 같은 이러한 반문을 몇 차례나 들었을까 생각하는 동안, 서장은 이 물음에도 아랑곳없다는 듯이 상냥스럽게 말을 계속했다.

"그리고 부인이 돌아왔을 때 한쪽 슬리퍼에 무엇이 묻어 있었습니다. 오른쪽 아니면 아마 왼쪽이었겠지요, 하여튼 한 짝이었습니다."

그녀의 윗입술이 경련을 일으켰다.

"그뿐이었소?" 서장은 내게 물었다. 그리고는 미처 내가 대답하기도 전에 혀를 차면서 다시 상냥스러운 얼굴을 그녀에게로 돌렸다. "잊을 뻔했군. 바깥주인께서 집에 돌아오지 않는다는 걸 어떻게 아셨는지도 알고 싶습니다."

그녀는 의자 등을 하얀 한쪽 손으로 붙잡으면서 넘어질 듯이 일어섰다.

"정말 미안합니다만."

"괜찮습니다." 서장은 통통한 한 손으로 선선히 저었다. "오래 방해하지는 않겠습니다. 다만 어디 가셨었는지, 슬리퍼의 문제와 바깥주인이 돌아오지 않는다는 걸 어떻게 아셨는지 하는 것뿐입니다. 아, 그리고 생각났습니다. 하나 더 오늘 아침 탈러가 무슨 볼일로 여기에 왔었는지요?"

윌슨 부인은 아주 굳은 자세로 다시 앉았다. 서장은 그녀를 바라보았다. 상냥한 미소를 지으려고 애를 쓴다는 것이 오히려 살찐 얼굴에 우스꽝스러운 주름과 비곗살을 만들어 내었다. 잠시 뒤 그녀의 두 어깨는 풀어지기 시작했고, 턱이 수그러지고, 등이 굽어졌다.

나는 그녀 앞에 의자를 가져다 놓고 앉았다.

"이야기를 하셔야 합니다, 윌슨 부인." 나는 될 수 있는 대로 동정하듯이 말했다.

"이러한 상황은 설명이 있어야 합니다."

"제가 숨기는 것이 있다고 생각하세요?" 그녀는 다시금 뻣뻣한 자세를 취하며 한 마디 한 마디 정확히 내뱉으면서 덤벼들 듯이 물었다. 다만 S음이 약간 희미했다.

"저는 외출했어요. 슬리퍼에 묻은 건 피였어요. 남편이 죽은 걸 알았어요. 탈러는 남편이 피살된 일로 저를 만나러 왔어요. 이러면 질문에 대한 답변이 됩니까?"

"그건 나도 모두 알고 있습니다." 나는 말했다. "우리가 듣고 싶은 것은 그 설명입니다."

그녀는 또다시 일어서서 화를 내며 말했다.

"당신들의 태도가 싫어요. 말 못하겠어요"

누넌이 대답했다.

"지당한 말씀입니다, 윌슨 부인. 그러시다면 서까지 동행해 주십사고 부탁드리는 수밖에 없겠는데요."

그녀는 서장에게 등을 돌리고 깊이 숨을 들이마시더니 내게 쏘아붙였다.

"우리가 여기서 도널드를 기다리고 있는 동안 전화가 걸려왔어요. 이름을 대지 않는 남자였어요. 그의 말은 남편이 5천 달러 수표를 갖고 다이너 블랜드라는 여자의 집으로 갔다는 겁니다. 주소를 대 주었어요. 그래서 차를 몰고 그 집까지 가서 도널드가 나올 때까지 길가에 차를 세우고 그 안에서 기다렸어요.

제가 거기서 기다리는 동안 낯이 익은 맥스 탈러가 눈에 띄었어요. 그는 그 여자의 집까지 갔으나 들어가지 않고 그냥 가버리더군요. 그 다음에 도널드가 나와서 거리를 걸어갔어요. 남편은 저를 보지 못했어요. 저도 들키기 싫었구요. 저는 집으로——그이가 돌아오기 전에 집에 도착할 생각이었어요. 막 엔진을 걸었을 때 총소리가 들려왔고 도널드가 쓰러지는 것이 보였어요. 저는 차에서 내려 그이에게로 뛰어갔어요. 그런데 죽어 있잖겠어요. 저는 미칠 것 같았어요. 그때 탈러가 왔어요. 그는 만약 제가 거기 있으면 제가 죽였다고 말할 것이라고 했어요. 그의 말을 듣고 저는 차 있는 데로 뛰어가 차를 몰고 집으로 돌아왔어요."

그녀의 두 눈에 눈물이 괴었다. 눈물 사이로 그녀의 두 눈은 나의 얼굴을 유심히 바라보았다. 내가 이 이야기를 어떻게 생각하는지 알려고 하는 눈치였다. 나는 아무 말도 하지 않았다.

"이걸로 됐나요?" 그녀는 물었다.

"우선 좋습니다." 누넌은 대답했다. 그는 그 사이에 한쪽 곁으로 걸어와 있었던 것이다. "오늘 아침에 탈러는 무슨 말을 했지요?"

"그분은 저더러 입을 다물고 있으라고 강력히 권했어요." 그녀의 목소리는 억양 없이 나지막해져 있었다. "우리가 그곳에 있었다는 것을 알면 우리 중에서 하나 또는 둘이 함께 혐의를 받게 될 것이라고 말했어요. 왜냐하면 도널드가 그녀에게 돈을 준 뒤 그 집에서 나오다가 피살되었기 때문이지요."

"총소리는 어디서 났지요?" 서장이 물었다.

"모르겠어요. 저는 아무것도 보지 못했어요──다만──그쪽을 보았을 때──도널드가 쓰러지더군요."

"탈러가 쏘았습니까?"

"아녜요." 재빨리 그녀가 말했다. 그녀의 입과 눈이 동그래졌다. 그녀는 한 손을 가슴에 갖다대었다. "모르겠어요. 전 그렇게 생각지 않아요. 그리고 그도 부인하더군요. 그가 어디 있었는지 모르겠어요. 혹시 그가 그랬을지 모른다고 전 생각해 본 적이 없는데, 그 까닭을 모르겠어요."

"지금은 어떻게 생각하시지요?" 누넌은 물었다.

"그가……그가 했을지도 몰라요."

서장은 나에게 눈짓을 했다. 안면 근육을 모두 움직이는 눈짓이었다. 그리고 그는 좀 더 거슬러 올라가서 물었다.

"그리고 누가 전화를 걸었는지도 모르겠습니까?"

"이름을 대려고 하지 않았어요."

"목소리로 누군지 짐작되지는 않나요?"

"네."

"목소리가 어땠지요?"

"누가 엿들을까봐 두려운 듯한 목소리였어요. 알아듣기 힘들었어요."

"소곤대는 듯한 목소리였나요?" 이 말을 한 뒤에도 서장은 입을 딱 벌리고 있었다. 녹색 눈은 비계 눈꺼풀 사이에서 욕심 사납게 반짝거렸다.
 "네, 쉰 듯한 목소리였어요."
 서장은 입을 빠끔히 오므렸다가 다시 열더니 설득하는 듯이 말했다.
 "탈러의 목소리를 들으셨으니까……."
 여자는 깜짝 놀라서 크게 뜬 눈으로 서장과 나를 쳐다보았다.
 "그분이었어요." 그녀는 외쳤다. "그분이었어요."

 퍼스트 내셔널 은행의 젊은 출납계원 로버트 알베리는 내가 그레이트 웨스턴 호텔에 돌아왔을 때 로비에서 기다리고 있었다. 우리는 내 방으로 가서 얼음물을 가져오게 하여 스카치와 레몬 쥬스와 그리너딘〔석류주(酒)〕을 식혔다. 그리고 나서 식당으로 내려갔다.
 "그 여자의 얘기를 해주시오." 수프가 왔을 때 내가 말했다.
 "그 여자를 보신 적이 없으신가요?" 그는 물었다.
 "아직 없소."
 "하지만 소문은 들으셨겠지요?"
 "자기의 직업에선 전문가라더군. 그뿐이오."
 "그렇습니다." 그는 맞장구를 쳤다. "만나게 되실 거라고 생각합니다. 처음엔 실망하실 겁니다. 다음엔 언제 어떻게 되었는지를 말할 수 없는 사이에 그 실망을 잊어 버릴 겁니다. 그리고 그것을 깨달았을 때는 그녀에게 자기의 모든 고뇌와 희망이며 신상에 대한 것을 얘기해 버린 뒤일 겁니다." 그는 소녀같이 수줍은 웃음을 지었다. "그리고 그땐 포로가 되어 있겠지요. 완전한 포로가."
 "주의는 고맙소. 어떻게 해서 그런 정보를 얻었지요?"
 그는 들어올린 수프 스푼 너머로 이를 드러내며 부끄러운 듯이 웃었다. 그리고 고백했다.

"돈으로 샀지요."

"그럼, 비용이 많이 들었겠군. 그녀는 돈을 좋아한다면서요?"

"돈에 미쳤어요. 정말입니다. 그러나 어쩐지 별로 밉지 않아요. 너무도 철저한 금전 주의자이고, 너무도 솔직한 욕심꾸러기이기 때문이죠. 전혀 불쾌한 점이 없어요. 그녀를 알게 되면 저의 말을 이해할 겁니다."

"아마 그럴 테지. 그녀와 어떻게 헤어지게 됐는지 말해 주지 않겠소?"

"물론, 해 드리죠. 돈이 떨어졌어요. 그 때문입니다."

"그렇게 피도 눈물도 없는 여자요?"

그의 얼굴이 좀 붉어졌다. 그는 고개를 끄덕였다.

"당신은 달게 받아들인 것 같군." 나는 말했다.

"별수없었지요." 이 귀여운 젊은이의 얼굴은 더욱 붉어졌다. 그는 주저하면서 말을 꺼냈다. "전 그 때문에 그녀에게 은혜를 입은 셈입니다. 그녀는——당신에게 그 이야기를 해 드리지요. 그녀에게 이런 면이 있다는 걸 알아 두십시오. 저에겐 돈이 조금 있었습니다. 그 돈이 떨어진 뒤——제가 젊다는 것과 그녀에게 홀딱 반했었다는 것을 잊지 말아 주십시오——돈이 떨어진 뒤 저에게 있는 건 은행 돈 뿐이었지요. 전——제가 실지로 그런 짓을 했든 생각만 했든 그건 상관없습니다. 하여튼 그녀는 눈치를 챘어요. 전 그녀에게 무엇 하나 감출 수 없었으니까. 결국 그게 마지막이었어요."

"여자가 당신을 찼나요?"

"그랬습니다. 아, 얼마나 고마운 일이었는지요! 그녀가 저를 차버리지 않았더라면 당신은 지금쯤 저를 뒤쫓고 있을지도 모릅니다. 횡령죄로 말입니다. 그녀의 덕택이고 말고요!" 그는 이맛살을 찌푸렸다. "아무에게도 이 이야기를 하지 마십시오. 저의 생각을 아시겠지만 그녀에게도 좋은 점이 있다는 걸 당신이 알아 주셨으면 합니다. 나쁜 점은 실컷 들으실 겁니다."

"좋은 면도 있겠지. 그렇지 않고서야 일이 터진 경우 그런 위험을 무릅쓰고도 남을 만한 돈을 벌 수 있다고는 아마 생각지 않았을 거요."

그는 이 말을 되새겨 보고서는 고개를 저었다.

"그런 점도 있었는지 모르겠습니다만, 그게 전부는 아닙니다."

"또박또박 선금을 받는 여잔 줄로만 난 추측했었소."

"그럼, 댄 롤프는 어떻게 생각하십니까?" 하고 그는 물었다.

"누군데?"

"그녀의 오빠라고도, 또는 배다른 오빠라고도, 그와 비슷한 관계인 줄로들 생각합니다만 실은 그렇지 않습니다. 그는 뜨내기인데다 폐병쟁이입니다. 그녀의 집에 삽니다. 그녀가 먹여 살립니다. 하지만 그녀가 그에게 반한 것도, 아무것도 아닙니다. 그녀가 어디서 주워 다가 그저 집 안에 들여놨지요."

"그밖엔?"

"늘 함께 다니는 좌익 분자가 있지요. 하지만 그녀는 그에게서 돈을 벌지는 못하는 것 같습니다."

"좌익 분자라니?"

"파업 중에 뛰어든 녀석 말입니다──퀸트라고."

"그도 그녀에게 길들여진 고객인가?"

"파업이 끝난 뒤에도 여기에 머물러 있는 것을 보면……."

"그럼, 여전히 고객이로군 그래?"

"아닙니다. 그녀는 그가 무섭다고 말하더군요. 자기를 죽이겠다고 협박했었다나요."

"그녀는 누구나 모조리 한두 차례는 낚아올린 것 같군."

"그녀가 점을 찍은 사나이는 모조리……." 그는 말했다. 그는 이 말을 진심으로 말했다.

"최근의 상대는 도널드 윌슨이었나?"

"모르겠습니다." 그는 대답했다. "그에 대해선 들은 것도, 본 것도 없으니까요. 서장께서는 어제 저더러 윌슨이 전에 발행했을지도 모르는 수표를 찾아보라고 하셨지만 결국 우린 아무것도 찾아내지 못했습니다. 본 적이 있다고 기억하는 사람도 없습니다."

"당신이 아는 범위에서는 누가 최근의 상대였소?"

"최근엔 그녀가 탈러라는 녀석과 자주 어울리는 것을 보았습니다. 탈러는 이곳에서 도박장을 두 개씩이나 경영하고 있습죠. 휘스퍼라고도 부릅니다. 당신도 아마 들었을 겁니다."

8시 30분. 알베리와 헤어진 나는 포레스트 거리 광부 회관으로 향했다. 회관에서 한 구역 떨어진 곳에서 빌 퀸트를 만났다.

"여어!" 나는 그에게 소리쳤다. "당신을 만나러 가는 길이오."

그는 내 앞에서 걸음을 멈추더니 나를 아래위로 훑어보며 중얼댔다.

"역시 형사로군."

"쓸데없는 소리." 나는 투덜거렸다. "당신을 만나려고 일부러 여기까지 왔는데 당신은 화가 너무 나셨군."

"이번에는 무얼 알고 싶소?"

"도널드 윌슨에 대해서요. 당신은 그와 아는 사이요?"

"알지."

"각별한 사이요?"

"아니오."

"그를 어떻게 생각했소?"

그는 파리한 입술을 오므리고, 그 사이로 헝겊을 찢는 듯한 소리를 내어 말했다.

"엉터리 자유주의자요."

"다이너 블랜드도 알고 있소?"

"알고 있지." 그의 목덜미는 아까보다 더 짧아지고 굵어졌다.

"그 여자가 윌슨을 죽였다고 생각하오?"

"물론이지. 용의자요."

"그럼, 당신은 안했소?"

"했고말고." 그는 말했다. "우리가 한패가 돼서. 또 물어 볼 말이 있소?"

"있소. 하지만 그만두겠소. 어차피 당신은 거짓말만 할 테니까."

나는 브로드웨이까지 되돌아가서 택시를 잡아 운전수에게 허리케인 거리 1232번지로 가자고 말했다.

허리케인 거리

 목적한 집은 회색 목조 가옥이었다. 초인종을 누르니 말라비틀어진 사내가 문을 열었다. 두 볼 위에 50센트 은화만한 붉은 빛이 보일 뿐 살아 있는 빛이라고는 전혀 없는 피로에 지친 얼굴이었다. 이 녀석이 바로 폐병쟁이 댄 롤프라고 나는 생각했다.
 "블랜드 양을 만나보고 싶은데요." 나는 말했다.
 "어디서 오셨습니까?" 병자다운 목소리이기는 하나 교양 있는 목소리이기도 했다.
 "이름을 말씀드려도 모르실 겁니다. 윌슨 사건으로 만나보고 싶어서 그럽니다."
 사내는 놀란 빛도 없이, 다만 피로해진 검은 눈으로 바라보며 말했다.
 "그래서요?"
 "콘티넨털 탐정사 샌프란시스코 지국의 탐정인데, 이번 살인사건에 관여하고 있습니다."
 "수고가 많으십니다." 그는 비꼬는 듯이 말했다. "들어오십시오."

아래층 방 안으로 들어서니 서류가 잔뜩 쌓인 테이블 앞에 젊은 여자가 앉아 있었다. 서류 중에는 은행 관계 팜플렛이며, 주가 예상표도 섞여 있었다. 그중 하나는 경마 예상표였다.

방은 난잡하고 어수선하기 짝이 없었다. 가구가 유달리 많는데, 어느 것 하나 제자리에 놓여 있지 않았다.

"다이너," 폐병쟁이는 나를 여자에게 소개했다. "이분은 샌프란시스코에서 온 콘티넨털 탐정사의 탐정이신데, 도널드 윌슨 씨의 사망 사건을 조사하러 오셨대."

젊은 여자는 일어서서, 발에 걸리는 신문지 두세 장을 걷어차고 한 손을 내밀며 가까이 왔다.

키는 나보다 1, 2인치 크니까 키는 5피트 8인치쯤 되겠다. 두 어깨가 넓고 가슴이 벌어진데다 궁둥이는 토실토실 살이 쪘고, 종아리도 굵고 단단했다. 내미는 손은 부드럽고 따스하며 힘찼다. 얼굴은 벌써 나잇살 먹은 35살의 여자 얼굴이었다. 무르익은 큰 입가에는 잔주름이 잡혔다. 속눈썹이 짙은 눈 언저리에는 보다 더 가냘픈 잔주름이 그물을 치기 시작하고, 푸르고 조금 핏발이 선 눈은 커다랬다. 거칠거칠한 갈색 머리카락은 엉성하며 가리마가 타져 있었다. 입고 있는 옷은 특히 어울리지 않는 포도줏빛이었다. 옷은 한쪽 옆이 군데군데 입을 떡 벌리고 있었다. 단추를 채우지 않았든지 또는 단추가 끌러졌을 것이다. 왼편 양말 앞은 올이 빠져 줄이 하나 져 있었다.

소문에 의하면 이 여자가 바로 퍼슨빌의 남자들을 마음대로 골라잡는다는 다이너 블랜드였다.

"그분의 아버지가 당신을 불러왔나요?" 그녀는 내가 앉을 자리를 마련하기 위하여 의자 위에서 한 켤레의 도마뱀 가죽 슬리퍼와 커피잔과 접시를 치웠다.

부드럽고 나른한 목소리였다.

나는 사실대로 말했다.

"도널드 윌슨에게 불려왔소. 그런데 그를 만나러 가서 기다리는 사이에 그만 피살되었지요."

"댄, 이곳에 있어줘요." 여자는 방에서 나가려는 롤프에게 말을 던졌다.

롤프는 되돌아왔다. 여자는 테이블 앞자리에 앉았다. 롤프는 그 건너편에 앉아서 그 야윈 손으로 야윈 얼굴을 받치고서는 흥미없는 듯 나를 쳐다보았다.

여자는 눈썹을 모아 미간에 주름살을 두어 개 지으며 물었다.

"누가 자기를 죽이려고 하는 것을 본인이 알고 있었다는 말인가요?"

"난 모르겠소. 무슨 용건인지는 말하지 않았으니까. 그의 개혁 운동을 거들어 달라는 것이었는지도 모르지요."

"그럼, 당신은?"

나는 투덜거렸다.

"탐정이 도리어 심문을 받아서는 재미없는데."

"경위를 알고 싶어서 그래요." 그녀는 목구멍 속에서 끄르륵거리며 웃었다.

"나도 마찬가지요. 예컨대 무엇 때문에 당신이 그분한테 수표의 지불 보증을 시켰는지를 알고 싶소."

댄 롤프는 천연스럽게 의자에 앉은 자세를 바꾸어 뒤로 기대며, 야윈 두 손을 테이블 밑으로 숨겼다.

"역시 냄새를 맡으셨군요?" 다이너 블랜드가 물었다. 그녀는 왼발을 오른발 위에 걸쳤다. 두 눈은 양말의 솔기가 타진 데를 노려보고 있었다. "아유——어쩐 일일까, 이래 가지고선 양말도 신을 수가 있어야지!" 그녀는 투덜거렸다. "맨발로 걷지 않으면 안 되겠군. 어제 5달러를 주고 산 건데, 보세요, 벌써 이런 꼴이에요. 매일같이 올이 풀려요, 풀려요, 풀려요!"

"그건 비밀이 아니오." 나는 말했다. "올 이야기가 아니라 수표 건인데, 누넌이 그걸 갖고 있소."

여자는 롤프 쪽을 쳐다보았다. 롤프는 한번 고개를 끄덕였는데, 그동안은 나의 감시를 중지했다.

"그래요, 당신만 내 말을 알아들으면," 그녀는 눈을 가늘게 뜨고 나를 바라보며 일부러 말을 길게 뽑았다. "얼마쯤 도움이 돼 드릴지도 모르지요."

"무슨 이야긴지 우선 듣고 봅시다."

"돈이지요. 많으면 많을수록 좋아요. 나는 돈을 아주 좋아하거든요."

나는 속담으로 대꾸했다.

"절약한 돈은 번 돈이라고 하니까 돈이고 슬픔이고 절약시켜 드릴 수 있소."

"그런 말은 쇠귀에 경 읽기예요." 그녀는 말했다. "하지만 알 듯한 말이군요."

"경찰서에서 아직 수표 건으로 뭔가 물어 오지 않았습니까?"

그녀는 고개를 저었다.

나는 말했다.

"누넌은 휘스퍼와 함께 당신도 체포하려고 하오."

"협박하지 마세요." 그녀는 혀가 잘 돌아가지 않는 듯이 말했다.

"나는 어린애나 다름없으니까요."

"누넌은 탈러가 수표 건을 알고 있다는 것도, 윌슨이 여기 온 사이에 탈러도 왔으나 안으로 들어가지 않은 것도 알고 있소. 윌슨이 총을 맞았을 때 탈러가 이 부근을 얼쩡거린 것도 알고 있고, 탈러와 또 한 여자가 시체 위에 웅크리고 있었다는 것도 알고 있소."

여자는 테이블 위에서 연필을 집어들고 무엇을 생각하는 듯이 연필로 볼을 긁었다. 뺨 위의 연지 위에, 짧고 검은 곡선이 서너 줄 그어졌다.

롤프는 이글이글 타는 번뜩이는 눈초리로 나를 노려보았다. 그는 앞으로 몸을 내밀었으나, 두 손은 여전히 테이블 밑에 감추어져 있었다.

"그런 건 모두가 탈러에 관한 일이지, 블랜드 양과는 관계없는 일이 아닙니까?" 롤프가 말했다.

"탈러와 블랜드 여사와는 전혀 모르는 사이가 아니오." 나는 말했다. "윌슨은 이곳에 5천 달러짜리 수표를 가져왔다가 돌아가는 길에 피살되었소. 그렇게 되면, 블랜드 양이 그걸 현금으로 바꾸기가 어려웠을지도 모르오. 만약 윌슨이 먼저 머리를 써서 지불 보증을 해 놓지 않았더라면 말이오."

"어머, 너무 하군요! 만일 내가 그를 죽이려 했다면 아무에게도 보이지 않는 이 집 안에서 죽였든지, 그렇지 않으면 이 집에서 아주 멀리 떨어진 곳에 갈 때까지 기다렸을 거예요. 도대체 내가 그렇게 멍청이라고 생각하세요?"

"당신이 죽였는지 어쩐지는 모르지요. 다만 그 뚱보 서장이 어떻게 해서든지 당신을 잡으려고 벼르고 있는 건 틀림없소."

"그래, 당신은 어쩔 작정이세요?"

"범인을 잡아야지요. 죽였을지도 모른다든가 죽였을 것이라는 놈이 아니고, 실제로 죽인 녀석을 말이오."

"내가 조금은 도움이 될 수 있을지도 몰라요. 그러나 그러려면 내게도 무슨 좋은 수가 있어야 해요."

"신변의 안전이라든가 이로움 따위 말인가요." 나는 말했으나 여자는 머리를 저었다.

"내가 말한 건 돈이에요. 당신에게도 가치 있는 거지요. 그럼, 내게도 얼마쯤 주셔야지요. 뭐, 한재산 달라는 것은 아니고."

"안 되겠는데." 나는 그녀에게 싱긋이 웃어 보였다. "돈 생각보다는 자선이 어떨까요. 나를 빌 퀸트라고 생각하고."

댄 롤프가 의자에서 벌떡 뛰어 일어났다. 입술까지 새파랬다. 그녀가 웃으니까 그는 도로 주저앉았다. 나른하고 악의없는 웃음 소리였다.

"이 양반은 내가 빌에게서 조금도 돈을 벌지 못한 줄 아는 가봐, 댄." 그녀는 몸을 내밀고 한 손을 내 무릎 위에 놓았다. "알았어요. 만약 어떤 회사 종업원들이 파업을 한다는 걸 미리 날짜까지 알고 있다면, 또 요번의 파업은 언제쯤 그만두게 된다는 것을 미리미리 알고 있다면 어떻게 되겠어요? 그 정보와 얼마쯤의 자본을 갖고 그 회사 주식으로 좋은 돈벌이를 할 수 있지 않을까요? 절대로 확실해요!" 그녀는 의기양양하게 말을 맺었다. "그러니 빌에게서 한 푼도 벌지 못했다는 그런 어리석은 생각은 하지 말아 달라는 거예요."

"버릇이 나쁘게 들었군."

"무얼요, 그렇게 구두쇠 노릇을 한들 무슨 이득이 있다는 거지요?" 그녀는 따졌다. "아무튼 당신 주머니가 가벼워질 리는 없죠. 돈을 쓴 만큼 회사에서 부담할 테니까요?"

나는 가만히 있었다. 그녀는 눈썹을 찌푸리고 내 얼굴과, 양말의 올이 풀어진 데와, 롤프의 얼굴을 번갈아 보았다. 그리고 그녀는 롤프에게 말했다.

"이 양반에게 한잔 먹이면 부드러워질지도 모르겠군."

야윈 남자는 일어서서 방을 나갔다.

그녀는 입을 삐쭉이고 구둣발로 나의 앞 정강이를 가볍게 걷어차며 말했다.

"돈만 그런 게 아니에요. 세상 물정과 사리가 그렇다는 거지요. 도대체 여자가 말예요, 값있는 걸 갖고 제값을 받지 못한다면 어지간히 바보가 아니겠어요?"

나는 싱긋이 웃었다.

"당신은 왜 제 말을 들어 주지 않지요?" 그녀는 애원했다.

댄 롤프는 사이편과, 진 병과, 레몬과, 얼음을 담은 그릇을 갖고 들어왔다.

모두들 한 잔씩 마셨다. 폐병쟁이는 나갔다. 그녀와 나는 다시 술을 마시면서 돈 문제로 다투었다.

나는 어떻게 해서든 화제를 탈러와 윌슨에게로 돌리려 했지만, 그녀는 그것을 당연히 받으려는 돈 문제로 바꿔버리고 말았다. 그러다 보니 진 병이 텅 비었다. 내 시계는 1시 15분을 가리켰다.

여자는 레몬 껍질을 씹으면서 30번째인가 40번째의 대사를 되뇌었다.

"당신 주머니가 가벼워질 리는 없단 말예요. 뭘 망설이는 거예요?"

"돈 문제가 아니오." 나는 대답했다. "사리가 글렀다는 거예요."

여자는 내게 얼굴을 찌푸려 보이며 테이블인 줄 알고 유리잔을 놓았다. 그러나 겨냥이 8인치쯤 틀렸다. 나 역시 마룻바닥에 떨어진 유리잔이 깨어졌는지, 또는 무슨 일이 있었는지, 생각이 떠오르지 않는다. 생각나는 것은 그녀가 테이블을 몰라볼 정도로 취해 버린 것을 보고 용기를 얻었다는 것이다.

"그리고 또 하나는," 나는 새로운 논전을 시작했다. "당신이 어떤 정보를 갖고 있는지는 몰라도, 그게 정말로 필요한 정보인지 난 모르오. 다만 당신이 돌려주지 않더라도 나는 그 정보를 입수할 자신이 있소."

"자신이 있다면 좋겠군요. 그러나 잊지 마세요. 그 사람이 살아 있는 걸 마지막으로 본 사람은 나니까요, 죽인 사람 말고는."

"틀렸소." 나는 말했다. "그의 아내가 봤소. 여기서 나가서 걸어가다가 쓰러질 때까지."

"그의 아내가요!"

"그렇소. 조금 떨어진 곳에 차를 세우고 그 안에 있었지요."

"그 사람이 여기에 온 걸 어떻게 알았을까?"

"부인의 말로는 바깥양반이 수표를 갖고 이곳에 와 있다는 걸 탈러가 전화로 알려주었다고 하더군."

"저를 놀리시네." 여자는 말했다. "맥스가 알고 있었을 리 없어요."

"나는 그저 윌슨 부인이 누넌과 내게 한 말을 전했을 뿐이오."

그녀는 레몬 껍질을 씹다가 남은 것을 마룻바닥에 뱉고, 그렇잖아도 손질을 안한 머리털에 손가락을 집어넣어 헝클어뜨리고, 손등으로 입을 훔치고 테이블을 철썩철썩 두드렸다.

"좋아요, 뭐든지 알고 있는 아저씨." 그녀는 말했다. "그러면 난 당신 편을 들겠어요. 한 푼도 내지 않으려는 건 당신 자유지만, 나는 일이 끝나기 전에 받아낼 건 꼭 받아 낼 테니까요. 거짓말인 줄 아세요?"

그녀는 마치 한 구역 떨어진 먼 거리에서 바라보는 듯한 눈초리로 나에게 도전해 왔다.

돈 문제를 갖고서 논전을 벌일 때가 아니었다. 그래서 나는 "받아 보시구료" 하고 대답했다. 그 말을 서너 번 아주 열심히 되풀이 말한 것 같다.

"받을 테예요. 자아, 그럼 물어 보세요. 당신도 취했지만 나도 취했어요. 당신이 물어보고 싶은 건 무엇이든 지껄이세요. 나도 그런 여자예요. 마음이 내키면 무엇이든지 지껄여 버리거든요. 자아, 물어 봐요. 어서 물어 보라니까?"

나는 물어 보았다.

"윌슨은 무엇 때문에 당신에게 5천 달러를 주었지요?"

"장난삼아서요." 그녀는 몸을 뒤로 젖히며 크게 웃었다. "들어 보세요. 그 사람은 부정사건을 찾고 있었어요. 내가 그런 정보를 많이 갖고 있었거든. 잔돈푼깨나 벌어들이기 좋을 만한 증거 서류나 물건 말이에요. 나도 잔돈벌기를 좋아하는 여자예요. 그래서 그러한 물건들을 모아 왔어요. 도널드에게 정보가 있는데 그것을 팔아도 좋다고 알려 주었지요. 확실한 물건임을 알려 주기 위해 실컷 그에게 보여 주기도 하구요. 아주 좋은 물건이었어요. 다음은 가격을 의논했어요. 당신 같은 깍쟁이가 세상에 어디 있을라구요. 그이도 조금은 깍쟁이 었어요. 그래서 흥정을 어제까지 끌었죠. 어제는 내 쪽에서 강하게 나가, 달리 살 사람이 생겼으니 정말 욕심이 나거든 밤 10시까지 5천 달러 현금이나 지불 보증이 붙은 수표를 갖고 오라고 전화로 말했어요. 거짓말이었지만 그는 숫보기여서 감쪽같이 걸려들었지요."

"왜 10시로 했소?" 나는 물었다.

"왜냐고요? 시간이야 아무렇게 하건 마찬가지 아니에요. 그런 거래에 중요한 건 시간을 딱 잘라 주어야 돼요. 왜 현금이나 지불 보증이 붙은 수표가 아니면 안 된다고 했는가, 이번에는 그 이유를 알고 싶으시죠? 좋아요, 가르쳐 드리지요. 당신이 알고 싶은 건 무엇이든 가르쳐 드리겠어요. 나는 그런 여자예요. 언제나 그런 여자예요."

그런 투로 5분쯤 자기가 어떠한 여자라는 것을, 옛날부터 어떻고 어째서 그렇게 되었는가를 꼬치꼬치 설명하기 시작했다. 나는 적당히 고개를 끄덕이다가 틈을 보아 따지고 들었다.

"잘 알았소. 그럼, 지불 보증이 붙은 수표라야 된다는 것은 어째서 였지요?"

여자는 한 눈을 감고 둘째 손가락을 내게다 대고서 흔들어 보이며 말했다.

"그래 두어야 지불 중지를 할 수가 없거든요. 내가 팔아먹은 정보는 써먹을래야 써먹을 수 없는 것이었기 때문이죠. 하기야 정보는 확실한 것이었죠. 너무 지나칠 정도로 확실한 것이었죠. 그건 다른 사람들과 함께 그분의 아버지까지 감옥에 집어넣을 수가 있었거든요. 다른 누구보다도 엘리휴 노인을 때려잡는 정보였어요."

폭음에 정신을 잃지 않으려고 나는 그녀와 소리를 맞추어 웃었다.

"그건 그밖에 또 누구를 때려잡는 거요?" 나는 물었다. "그들 일당을 모조리……."

그녀는 손을 흔들었다.

"맥스, 류 야드, 피트, 누넌, 엘리휴 윌슨, 그리고 그들 일당을 모조리……."

"맥스 탈러는 당신이 하고 있는 거래를 알고 있었나요?"

"물론 모르죠. 도널드 윌슨 말고는 아무도 몰랐어요."

"그건 틀림없소?"

"물론이에요. 틀림없어요. 저 역시 이런 말을 미리 선전하고 돌아다닐 리가 없잖아요?"

"지금 그런 걸 알고 있을 만한 사람은 또 없을까요?"

"누가 알든 난 상관없어요." 그녀는 말했다. "어차피 그건 그분을 놀려 주었을 뿐이니까요. 그런 정보는 쓸래야 쓸 수 없는 것이거든요."

"당신에게 비밀을 판 녀석들이 그걸 수상하게 생각할 거라고 여겨

허리케인 거리

지지 않소? 누넌은 당신과 탈러를 살인범으로 만들려 하고 있소. 이로써 그 정보를 누넌이 도널드 윌슨의 호주머니에서 발견할 걸 알 수 있소. 세상에선 엘리휴 노인이 아들을 이용하여 그들을 때려잡으려 했다고는 생각하지 않겠소?"

"맞았어요." 그녀는 말했다. "나도 그렇게 생각하는 사람 중의 하나예요."

"아마 당신 생각이 틀렸을지 모르지만, 그런 건 문제가 아니오. 그것보다도 당신이 도널드 윌슨에게 판 정보를 누넌이 윌슨의 호주머니 속에서 발견하여 당신이 그걸 판 걸 알면, 당연히 누넌은 당신과 당신 친구인 탈러가 엘리휴 노인 편에 붙었다고 생각하지 않을까요?"

"엘리휴 노인도 다른 패들과 마찬가지로 피해를 입게 된다는 걸 누넌도 알 수 있을 거예요."

"대체 당신이 팔아먹은 그 정보는 뭡니까?"

"3년 전에 그들은 현재의 시청을 세웠어요." 그녀는 말했다. "모두들 그걸로 한몫 보았거든요. 만약 누넌이 그 서류를 손에 쥐었다면, 그 서류들이 다른 무리들과 마찬가지로, 또는 그 이상으로 엘리휴 노인을 꼼짝 못하게 한다는 것쯤은 곧 발견할 거예요."

"어떻든 같은 거요. 노인은 빠져나갈 길을 만들었다고 생각할 거고. 내 말을 잘 생각해 봐요. 누넌과 그의 일당은 당신과 탈러와 엘리휴가 그들을 배반하고 있다고 생각할 거요."

"그들이 어떻게 생각하든 내가 알 게 뭐예요." 그녀는 완강하게 말했다. "그건 한낱 농담에 지나지 않았어요. 농담으로 한 거예요. 모두가 농담이었어요."

"잘했소." 나는 소리를 질렀다. "당신 같은 사람이면 뚜렷한 제 정신으로 교수대에 오를 수 있을 거요. 탈러를 만났소?"

"아니오. 그렇지만 맥스는 도널드를 죽이지 않았어요. 당신은 그가 죽였다고 생각한다면서요? 비록 그가 현장에 있었다 할지라도……."

"어째서?"

"이유라면 얼마든지 있어요. 첫째, 맥스 자신이 안했으리라는 것. 하려면 다른 사람에게 시키고 자기는 완벽한 알리바이를 갖고 멀리 떨어져 있었을 거예요. 둘째, 맥스가 갖고 있는 건 38구경이고, 그의 부하들은 모두 38이거나 그 이상의 것을 썼을 거예요. 어떤 갱들이 32구경 같은 권총을 갖고 다녀요."

"그럼, 누가 했소?"

"내가 아는 것은 다 말했어요." 그녀는 말했다. "너무 많이 지껄였어요."

나는 일어서며 말했다.

"아니, 꼭 알맞게 이야기를 들려 주었소."

"그럼, 당신은 범인이 누군지 짐작이 간단 말이에요?" 그녀는 금방 취기가 깨었는지 일어서서 나의 멱살을 잡았다. "말해 줘요, 누군지."

"아직 말 못하오."

"내 말 좀 들어 줘요, 네."

"아직 못해."

그녀는 나의 옷깃을 놓고 두 손을 허리 뒤로 돌리더니 내 얼굴에 대고 쓴웃음을 지었다.

"흥, 좋아요. 당신 가슴에 간직해 두세요. 그리고 내가 말한 것 중에서 어디까지가 정말일지 차분히 생각해 보세요."

나는 대답했다.

"아무튼 그 틀림없는 말에 감사의 뜻을 표하오. 그리고 진에게도.

만약 맥스 탈러가 당신과 상관없는 사람이 아니라면 말해 주는 게 좋을 거요. 누넌이 그를 노리고 있다고."

엘리휴 노인, 바른 말을 하다

내가 호텔에 도착한 시각은 오전 2시 반이 가까워서였다. 야근 사무원이 내 방 열쇠와 함께 메모를 건네 주었다. 메모는 포플러 국(局)의 605로 전화를 걸어 달라고 적혀 있었다. 내가 아는 전화번호였다. 엘리휴 윌슨 집의 전화번호였다.

"언제쯤 이 전화가 걸려 왔었소?" 나는 사무원에게 물었다.

"1시 조금 지나서였습니다."

그렇다면 급한 용건인 것 같았다. 나는 전화 박스로 되돌아가 그 번호를 불러 냈다. 비서가 대신 전화를 받아 지금 바로 와 달라고 했다. 나는 곧 가겠다고 약속하고, 사무원에게 택시를 부탁한 다음 방으로 돌아와서 스카치를 한 잔 들이켰다.

나는 아주 맑은 정신으로 있고 싶었으나, 그렇지 못했다. 또 오늘 밤, 지금부터 할 일이 있다면 알코올 기운이 없어진 상태로는 일을 하고 싶지 않았다. 한 잔 들이켜니 무척 기운이 났다. 나는 조그마한 병에 킹 조지를 담아 호주머니 속에 넣고, 택시가 기다리고 있는 아래층으로 내려갔다.

엘리휴 윌슨 집은 위층에서 아래층까지 모두 불이 켜져 있었다. 초인종에 손이 닿기 전에 비서가 현관문을 열었다. 연한 물색 파자마 위에 감색 가운을 걸친 빼빼마른 몸집이 덜덜 떨고 있었다. 메마른 얼굴은 흥분을 억누르지 못하는 것 같았다.

"바삐 서둘러 주시오!" 그는 말했다. "주인 영감이 기다리고 계십니다. 그리고 부탁드리겠습니다만, 시체를 운반할 수 있도록 주인을 설득시켜 줄 수 없을까요?"

나는 약속을 하고 비서의 뒤를 따라 노인의 침실로 올라갔다.

엘리휴 노인은 오늘 아침과 같이 침대 속에 있었는데, 검은 자동권총 한 자루가 그의 손 바로 곁 분홍빛 이불 위에 놓여져 있었다.

내가 나타나자, 노인은 베개에서 고개를 들고 벌떡 일어나 앉아 나에게 짖어댔다.

"자넨 뻔뻔스럽기 짝이 없는데, 자네 배짱도 그만한가?"

노인의 얼굴은 불건강한 검붉은 빛이었다. 그의 눈에서는 안막이 보이지 않았다. 눈은 격렬하게 이글거렸다.

나는 질문에 대한 대답은 미뤄 두고 문과 침대 사이의 마루 위에 있는 시체를 보았다. 갈색 옷을 입은 땅딸보가 반듯이 누워 회색 모자 차양 밑에서 죽은 눈알로 천장을 쏘아보고 있었다. 아래턱 한쪽이 날아갔다. 턱이 기울어졌기 때문에 또 한 발의 총알이 넥타이와 칼라를 뚫고 목덜미에 구멍을 낸 것이 보였다. 한쪽 팔이 휘어져 몸집 밑에 깔려 있었다. 또 한쪽 손에는 우유병만한 크기의 곤봉이 쥐어져 있었다. 유혈이 낭자했다.

나는 이 끔찍한 장면으로부터 눈을 들고 노인을 보았다. 노인의 싱긋 웃는 얼굴은 표독스럽고도 천치 같았다.

"자네 말솜씨가 대단한 줄은 알고 있네." 노인은 입을 열었다. "말솜씨 좋은 기운센 망나니라구. 어때, 또 다른 쓸모가 있나? 자넨 철

면피 못지않는 담력을 갖고 있느냔 말이야? 그렇잖으면 말솜씨뿐인가?"

이 노인과 사이좋게 지내려고 해보았자 아무 소용 없는 일이었다. 나는 얼굴을 찌푸리고 그가 전에 했던 말을 상기시켰다.

"마음을 고치시고 분별있는 이야기를 하시기 전에는 전화를 걸지 말아 달라고 말씀드리지 않았습니까?"

"물론 그랬었지." 그 말투에는 어딘지 익살맞은 억양과 의기가 깃들어 있었다. "그러니까 자네가 말하는 분별있는 이야기를 하려는 거야. 나를 대신하여 이 돼지우리 같은 퍼슨빌의 청소를 맡아서, 큰 것 작은 것 할 것 없이 쥐새끼들을 모조리 불에 그을러 쫓아 줄 사람이 필요해. 이건 대장부의 일이지. 자넨 대장부인가?"

"유행가 가사 같은 말을 해봐야 무슨 소용이 있겠습니까?" 나도 소리를 쳤다. "만일 내게 맞는 일거리가 있고, 당신이 거기에 충분한 보수를 주겠다면 맡을지도 모르지요. 하지만 쥐를 태운다느니, 돼지우리를 청소한다느니, 하는 어리석은 일은 하지 않겠소."

"그럼, 알겠네. 나는 퍼슨빌에서 악당이나 부패 관리들을 몰아내고 싶어. 자아, 그러면 이제 알아듣겠나?"

"오늘 아침에는 그런 걸 원하지 않으신 것 같았는데요." 나는 말했다. "왜 갑자기 마음을 돌리셨지요?"

노인의 설명은 장황하고 추잡했다. 나에게 시끄럽고 커다란 소리를 마구 질러댔다. 설명을 요약하면——퍼슨빌이란 자기가 벽돌을 하나하나 쌓아올리다시피하여 이룩한 도시이므로 이대로 남겨 두거나, 단숨에 산기슭에서 없애버리거나 자기 마음에 달렸다. 어느 누구도 자기가 이룩한 도시에서 자기를 협박하여 좋을 턱이 없다. 지금까지는 그들이 하고 싶은 대로 놓아 두었지만, 놈들이 이 엘리휴 윌슨더러 이래라저래라 참견이 심할 것 같으면 내가 어떤 사람인지 한 번 보여 주고 말 테다. 노인은 마룻바닥의 시체를 향하여 한바탕 뻐기고서는 장황한 이야기를 끝마쳤다.

"이 시체를 보면 그들도 이 늙은이에게 아직 독종다운 면모가 남아 있다는 걸 알았겠지."

나는 술을 안 마셨더라면 좋았을 걸 하고 생각했다. 노인의 어릿광대짓을 어떻게 받아들여야 좋을지 몰랐다. 광대짓 뒤에 숨은 참뜻을 끄집어 낼 수 없는 것은 술에 취했기 때문이었다.

"당신의 상대가 보낸 사람입니까?" 죽은 남자를 턱으로 가리키며 나는 물었다.

"이 자식에게 이걸로 상대를 해주었을 뿐이야." 그는 침대 위로 자동권총을 손바닥으로 두드렸다.

"틀림없이 그들이 보낸 손님일 거야."

"어떻게 된 일입니까?"

"아주 간단한 일이었네. 문이 열리는 소리가 나서 전등을 켜 보니 이 녀석이 저기에 서 있기에 쏘아 주었지."

"몇 시였습니까?"

"1시쯤이었네."

"그래서 지금까지 쭉 이대로 놓아 두셨단 말입니까?"

"그렇지." 노인은 사정없이 큰소리로 웃어 대며 소리를 지르기 시작했다.

"죽은 사람을 보니까 속이 뒤집히나? 그렇지 않으면 이 사람의 죽은 넋이 무서워졌나?"

나는 그를 비웃었다. 이제야 알겠다. 이 노인은 잔뜩 겁을 집어먹고 있는 것이다. 광대짓 뒤에 숨어 있는 그 무엇은 공포였다. 그래서 소리를 질러 댄 것이며, 시체를 옮기지 않은 것도 그 때문이었다. 공포를 쫓기 위하여 자기 방위 능력의 명백한 증거로 시체를 그대로 방

치해 둔 것이다. 나는 나의 입장을 깨달았다.

"진정으로 이 도시의 개혁을 바라고 계십니까?" 나는 물었다.

"아까도 말했고, 지금도 그렇네."

"내가 일을 맡은 이상은 내 멋대로——누구의 인정사정도 보지 않고——자유롭게 행동할 수 있도록 해주셔야 합니다. 그러면 착수금 조로 우선 1만 달러를 받아야겠습니다."

"1만 달러라고! 어째서 내가 전혀 모르는 사람에게 그 돈을 주어야 한단 말인가? 입만 놀리는 사람에게?"

"농담은 그만두십시오. 내가 '나'라고 하면, 그것은 콘티넨털 탐정사를 말하는 거요. 탐정사에 대해선 알고 있겠지요?"

"알고 있네. 저쪽에서도 나라는 사람을 알고 있어. 내게 지불 능력이 있는 것쯤……."

"그런 뜻이 아니오. 당신이 제거하고 싶어하는 패들은 당신과 어제까지 한패였소. 어쩌면 다음 주일에는 또 한패가 될지도 모르지요. 그런 건 어찌 되든 상관없으나, 나는 당신 대신 정치 장난을 하려는 것이 아니오. 당신을 도와 놈을 제자리로 돌려 주는 심부름은 하지 안겠소. 맡은 일을 도중에서 팽개치겠소. 어떻게든 일을 끝까지 하고 싶거든 완전한 일거리에 적합한 돈을 미리 치러 주셔야겠소. 남은 돈은 나중에 돌려 드리지요. 하여튼 철저하게 해치우든지, 아니면 손을 대지 말든지 좋으실 대로 하십시오."

"흥, 누가 부탁한댔나!" 노인은 소리를 질렀다.

계단을 반쯤 내려왔을 때 노인은 나를 다시 불러들였다.

"난 늙었네." 그는 투덜거렸다. "10살만 더 젊었더라도……." 그는 나를 노려보며 입술을 한일자로 굳게 다물었다. "할 수 없군, 수표로 주겠네."

"그리고 내 방침대로 해 나갈 수 있는 권한도 주시겠습니까?"

엘리휴 노인, 바른 말을 하다 63

"그러지."

"그럼, 바로 결단을 내립시다. 비서는 어디 있지요?"

노인이 침대 옆 테이블 위 초인종을 누르자, 지금껏 아무 소리도 않고 있던 비서가 어디선가 나타났다.

나는 비서에게 말했다.

"윌슨 씨는 콘티넨털 탐정사에 1만 달러짜리 수표를 끊으시려고 하오. 그것과 함께 이 탐정사에게——샌프란시스코 지국으로——퍼슨빌 시의 범죄와 정치적 부패를 조사하기 위하여 그 1만 달러를 써도 좋다는 증서를 쓰시겠다고 하오. 그리고 이 탐정사는 적당하다고 믿어지는 방법으로 그 조사를 행할 권한을 갖는다고 증서에 똑같이 써 주시오."

비서가 의문스러운 듯이 노인을 쳐다보자 노인은 얼굴을 찌푸리며 동그란 백발의 머리를 끄덕여 보였다.

"그러나 먼저," 나는 문 쪽으로 걸어 가는 비서에게 말을 걸었다. "경찰에 전화를 걸어서 강도의 시체가 있다고 알려 두는 게 좋을 것 같소. 그리고 윌슨 씨의 주치의도 불러 주시오."

노인은 의사 같은 건 소용없다고 소리쳤다.

"잠을 푹 자게 팔에 주사를 한 대 놔 드리게 하려는 것뿐이오." 나는 침대에 놓인 검은 자동권총을 집으려고 시체를 넘어가며 노인에게 말했다. "오늘 밤은 이곳에서 묵을 작정이오. 내일부터 차분히 포이즌빌의 문제를 검토해 봅시다."

노인은 피로해 했다. 노인은 일일이 이래라저래라 하는 것은 건방지다고 조금 장황하게 욕설을 늘어놓았으나, 그 말에는 기운이 없었다.

죽은 사람의 얼굴을 더 자세히 보려고 모자를 벗겼다. 모르는 얼굴이었다. 본디대로 모자를 덮어 놓았다.

내가 몸을 일으켰을 때 노인은 조용히 물었다.

"도널드를 죽인 범인이 어느 정도 짐작 가나?"

"네, 짐작됩니다. 내일 하루가 지나면 끝이 날 거요."

"누구인가?" 그는 물었다.

비서가 편지와 수표를 갖고 들어왔다. 나는 그 질문에 대답하지 않고 그것들을 노인에게 주었다. 노인은 떨리는 손으로 양쪽에 서명했다. 내가 그것들을 호주머니 속에 집어넣었을 때 경찰이 도착했다.

맨 먼저 들어선 경관은 바로 뚱보 서장 누넌이었다. 그는 노인에게 다정스레 고개를 끄덕여 보이고, 나와 악수한 다음 번들거리는 초록빛 눈으로 죽은 남자를 바라보았다.

"원, 이런이런," 그는 말했다. "큰일을 했군그래, 누가 했는지 모르지만. 꼬마 야키마로군. 어떻소? 잘 봐요, 이놈이 갖고 있는 곤봉을." 그는 죽은 남자의 손에서 곤봉을 발길로 걷어찼다. "이만 하면 군함이라도 가라앉히겠는걸. 당신이 해치웠소?" 그는 내게 물었다.

"윌슨 씨가 해치우셨소."

"그래요, 정말 장한 일을 하셨습니다." 서장은 노인에게 치사를 했다. "많은 사람으로부터 많은 걱정거리를 덜어 주셨습니다. 저도 그 한 사람입니다만. 자아, 이 자식을 끌어 내." 그는 뒤에 서 있는 네 명의 경관에게 명령했다.

제복을 입은 경관 둘이 꼬마 야키마의 다리와 겨드랑이를 들어올려 끌고 나갔다. 한 경관은 곤봉과 시체 밑에 있던 손전등을 주워모았다.

"누구든 자기 집에 숨어든 도둑을 이렇게 해치운다면 참으로 좋겠는데." 서장은 주머니에서 여송연을 세 개 꺼내, 하나는 침대로 던지고, 하나는 내게 건네 주고, 나머지 하나는 자기 잇새에 물었다. "실은 어디 가야 당신을 만날 수 있을까 생각하던 참이오." 그는 담배에 불을 붙이며 내게 말을 걸었다. "지금부터 조그마한 일이 있는데, 당신도 가보고 싶지 않을까 생각했소. 그래서 막 나가려는 참이었는데, 마침 기별이 왔어요."

그는 내 귀에다 입을 바짝 대고 속삭였다. "휘스퍼를 잡으러 함께 가시겠소?"

"그러지요."

"그렇게 말할 줄 알았소. 아, 의사 선생님!"

서장은 때마침 거기에 들어선 남자와 악수를 했다. 피로해 보이는 타원형의 얼굴에 아직 잠이 덜 깬 회색 눈을 가진 땅딸보였다.

의사는 누넌의 부하 한 사람이 윌슨에게 당시의 상황을 물어 보고 있는 침대 옆으로 갔다. 나는 비서의 뒤를 따라 복도로 나와서 그에게 물어 보았다.

"이 집에는 당신 말고 또 누가 있지요?"

"운전기사와 중국인 요리사가 있습니다."

"오늘 밤에는 그 운전기사를 영감님 방에 재우게 해요. 나는 누넌과 함께 가겠소. 될 수 있는 대로 빨리 돌아오겠소. 이젠 이 이상 소동은 일어나지 않겠지만, 어떠한 일이 있더라도 노인을 혼자 두어선 안 되오. 만약 무슨 일이 있더라도 누넌이나 그의 부하와 함께 노인을 두어서는 안 되오."

비서의 눈과 입이 딱 벌어졌다.

"당신이 어젯밤 도널드 윌슨과 헤어진 것은 몇 시였지요?" 나는 물었다.

"그저께 밤, 피살된 밤 말입니까?"

"그렇소."

"꼭 9시 반이었습니다."

"오후 5시부터 그 시간까지 함께 있었소?"

"5시 15분부터 함께 있었지요. 거의 8시까지는 신문사 사무실에서 보고 서류 등을 정리하고 계셨습니다. 그 다음에 베이야드에 가서 식사를 하면서 사무를 끝내셨습니다. 도널드 씨는 약속이 있다고 하시면서 9시 반에 식당을 나가셨습니다."

"그 약속에 대해서 무슨 다른 말은 없었나요?"

"네, 없었습니다."

"어디 간다든지 누구를 만난다든지 하는 눈치도 보이지 않았나요?"

"다만 약속이 있다고 말했을 뿐입니다."

"그럼, 당신은 그 일을 전혀 모르셨단 말이지요?"

"네, 그런데 왜 그러시지요? 제가 알고 있다고 생각하시는 겁니까?"

"혹시 무슨 말을 하지 않았을까 해서 그렇소." 나는 오늘 저녁 일로 말을 돌렸다. "그런데 오늘은 어떤 손님이 찾아왔었나요? 죽은 사람은 말고."

"그것만은 용서하시오. 주인 영감님의 허락이 없으면 말씀드리지 않기로 되어 있으니까요. 미안합니다."

"시내의 유력자가 오지는 않았나요? 이를테면 류 야드라든가……."

비서는 고개를 저으며 같은 말을 되풀이했다.

"제발 그것만은……."

"뭐, 다투어 보았자 별수없겠군." 나는 단념하고 침실문 쪽으로 되돌아가며 말했다.

의사가 외투의 단추를 끼우면서 나왔다.

"바로 잠이 드실 거요." 그는 바쁜 듯이 말했다. "누가 옆에 있어

주시오. 내일 아침에 오겠습니다."

의사는 계단을 내려갔다.

나는 침실에 들어가 보았다. 서장과 노인을 문초하던 경관이 침대 옆에 서 있었다. 서장은 나를 보고 반가운 듯이 피식 웃었다. 다른 사람은 얼굴을 찌푸렸다. 노인은 반듯이 누워서 천장을 노려보고 있었다.

"여기 일은 대강 끝난 것 같소." 누넌은 말했다. "그럼, 가 볼까요?"

나는 고개를 끄덕이며 노인에게 "안녕히 주무십시오" 하고 말했다. 노인은 나를 거들떠보지도 않고 "잘 가게"라고 대답했다. 비서가 운전기사를 데리고 들어왔다. 키가 크고 햇볕에 그을린 다부진 젊은이였다.

서장과 또 한 사람의 탐정 ——맥글로우라는 경감이었다—— 과 나는 아래층으로 내려가서 서장의 차에 올라탔다. 맥글로우는 조수석에 앉았다. 나와 서장은 뒷자리에 앉았다.

"새벽에 체포할 예정이오." 차가 움직이기 시작하자 누넌이 설명했다. "휘스퍼는 킹 거리에 도박장을 갖고 있소. 대체로 새벽쯤에 거기서 나오지. 갑자기 쳐들어가도 좋지만, 그렇게 되면 총질을 피할 수가 없거든. 무난히 붙들어도 마찬가지요. 나올 때 묶어 버리겠소."

과연 휘스퍼를 붙잡아 집어넣으려는 것인지 풀어 놓으려는 것인지 알 수 없었다. 나는 물었다.

"징역살이시킬 만한 증거라도 있나요?"

"증거라?" 그는 상냥스럽게 웃었다. "윌슨 부인이 내게 준 증거를 갖고서도 그를 집어넣지 못한다면 난 소매치기나 다를 바 없겠지."

나는 이 말에 대한 재치있는 대꾸가 두세 마디 떠올랐으나 잠자코 있었다.

휘스퍼의 도박장

 차는 시의 중심에서 얼마 떨어지지 않은 컴컴한 거리의 가로수 밑에서 멎었다. 우리는 차에서 내려 길모퉁이까지 걸었다.
 회색 외투를 입고 회색 모자를 눈 위까지 눌러 쓴 덩치 큰 한 사나이가 나와서 우리를 맞았다.
 "휘스퍼란 놈이 눈치챈 것 같습니다." 덩치 큰 사나이가 서장에게 보고했다. "그 자식이 도노호에게 자기 도박장 밖으로 나가지 않겠다고 전화를 걸어 왔어요. 서장님께서 잡아 낼 자신만 있으면 잡아 보라고 했답니다."
 누넌은 웃고 귓전을 긁적거리며 유쾌한 듯이 물었다.
 "그의 일당은 몇 명이나 될까?"
 "50명은 될걸요."
 "뭐, 뭐라고! 그렇게 많지는 않을 거야. 이른 새벽인데."
 "흥, 그렇게 많지 않으면 얼마나 좋겠습니까?" 그 덩치 큰 사나이는 퉁명스럽게 대꾸했다. "자정부터 기어들어왔거든요."
 "그럼, 어디서 정보가 샌 거로군. 그자들이 안으로 들어가는 것을 막았으면 좋았을걸."

"아마 그랬을는지도 모르지요." 덩치 큰 사나이는 성을 벌컥 냈다. "하지만 저는 시키시는 대로 했을 뿐입니다. 서장님께서 말씀하시지 않았습니까, 누구든지 마음대로 드나들게 해놓으라고. 다만 휘스퍼가 나타났을 때는……."

"잡아넣으랬어." 서장은 말했다.

"그러셨지요." 덩치 큰 사나이는 맞장구를 치면서, 험악한 눈으로 나를 쳐다보았다.

응원 경관이 늘어났고 의논들이 벌어졌다. 서장을 제외하고는 모두가 기색이 좋지 않아 보였다. 서장만 신바람이 나는 것 같았다. 나는 그 까닭을 몰랐다.

휘스퍼의 도박장은 그 구역의 중심에 있는 3층 벽돌 건물로 양쪽의 2층 건물 사이에 끼어 있었다. 아래층은 담배가게인데, 그곳이 위층 도박장의 입구가 되도록 눈속임이 되어 있었다. 안에는 덩치 큰 사나이의 보고를 믿는다면, 휘스퍼가 싸움에 대비하여 권총에 탄환을 장전한 50명의 부하를 집결시키고 있다는 것이었다. 밖에서는 누넌이 이끄는 경찰대가 건물을 둘러싸고 정면의 길 위에, 뒷길 모퉁이, 그리고 이웃집 지붕 위에 진을 치고 있었다.

"그렇다면……." 서장은 모두들이 저마다 의견을 말하고 났을 때 다정스럽게 말했다. "내 생각으로는 휘스퍼도 우리와 마찬가지로 소동을 싫어하는 것 같애. 그렇지 않고서야 그에게 그만한 수효의 부하가 있다면 이렇게 되기 전에 먼저 쏘아 대며 나오지 않았을까. 하지만 그에게는──그만한 수효가 없으리라고 터놓고 말하는 바이지만."

"그만큼 있다는 말입니다." 덩치 큰 사나이는 말했다.

"그러니 그가 소동을 싫어한다면," 누넌은 말을 계속했다. "아마 서로 말로 해서 잘 될지도 모르지. 닉, 자네가 가서 평화적 해결이 가능한 지 좀 알아보고 오게."

"천만에요." 덩치 큰 사나이는 말했다.

"가기 싫으면 전화를 걸게." 다시 누넌은 권했다.

덩치 큰 사나이는 "그게 훨씬 낫지요." 중얼대며 나갔다.

그는 완전히 만족한 얼굴로 돌아왔다.

"제 말 좀 들어 보십시오." 그는 보고했다. "서장님께 죽어 버리랍니다."

"남은 사람들을 여기에 모아 두게." 누넌은 명랑하게 말했다. "날이 새면 곧 해치우지."

덩치 큰 사나이 닉과 나는 부하의 배치 상황을 돌아보는 서장의 뒤를 따랐다. 그다지 믿음직스러운 부하들은 아니었다——추레하고 눈알이 제대로 박히지 않은 무리들인데, 큰 사건을 앞에 두고 전혀 열의가 없었다.

하늘이 연한 회색으로 밝아왔다. 서장과 닉과 나는 거리를 사이에 두고 우리의 목표물과 대각선이 되는 상수도설비점의 입구에서 멈춰섰다.

휘스퍼의 도박장은 깜깜했다. 2층 창문에는 아무것도 보이지 않고, 담배가게의 창과 문에는 차일이 내려져 있었다.

"휘스퍼에게 반성할 기회를 주지 않고 일을 시작하긴 웬지 찜찜한데." 누넌은 말했다.

"그도 나쁜 녀석은 아니야. 하지만 내가 말한들 소용없는 일이지. 그는 옛날부터 나를 별로 좋아하지 않았거든."

서장은 나를 쳐다보았다. 나는 아무 말도 하지 않았다.

"당신 한 번 해볼 생각 없소?" 그는 나에게 물었다.

"좋소. 한번 해보지요."

"참 고마운데. 그래 준다면 정말 고맙겠소. 그를 설득해 조용히 나와 주기만 하면 되는데. 어떻게 말하는 것이 좋을지 당신은 알고 있겠지——자기 신상에 이롭다든가 하는 그러한 이야기 말이오."

"알고 있소." 나는 대답하고 맨손이라는 것을 보여 주기 위해 두 손을 양옆으로 흔들며 담배가게가 있는 곳으로 다가갔다.

날이 새려면 아직은 좀 일렀다. 거리는 희읍스름했다. 내 발소리만 길 위에서 크게 울렸다.

나는 문 앞에서 발을 멈추고 손등으로 유리를 가만히 두드렸다. 그 유리문 안쪽에는 녹색 블라인드가 내려져 있기 때문에 유리가 거울 역할을 하고 있었다. 그 거울에는 두 사람이 길 건너로 움직여 가는 것이 비쳤다.

건물 안에서는 아무런 소리도 들리지 않았다. 나는 더 세게 유리문을 두드리고 나서 손을 내려 손잡이를 덜거덕거렸다.

안에서 경고하는 소리가 들렸다.

"늦기 전에 빨리 꺼져 버려."

웅얼거리는 소리였다. 속삭이는 듯한 소리가 아닌 것을 보면 휘스퍼의 목소리는 아닌 모양이다.

"탈러에게 할 말이 있네." 나는 말했다.

"할 말이라면 너를 보낸 비겟덩어리와 이야기하게."

"누넌을 대변하러 온 게 아니야. 탈러는 내 목소리가 들리는 곳에 있나?"

잠깐의 침묵. 이윽고 중얼거리는 목소리가 말했다.

"그렇다."

"나는 콘티넨털 탐정사의 탐정이네. 누넌이 너를 노리고 있다는 걸 다이너 블랜드에게 일러 준 건 나야." 나는 말했다. "자네와 5분 동안만 얘기하고 싶네. 누넌이라는 녀석의 속셈을 뭉개려는 일 말고는 그와 아무런 관계도 없네. 나는 혼자야. 원한다면 권총을 버려도 좋아. 안으로 들여 보내주게."

나는 기다렸다. 모든 것을 다이너 블랜드가 나와 만났던 이야기를 그에게 전했느냐에 달려 있었다.

중얼거리는 목소리가 말했다.

"문을 열면 빨리 뛰어들어와. 그리고 이상한 짓을 하면……."

"그러지."

자물쇠가 찰가닥 하고 울렸다. 나는 문이 열리자마자 뛰어들어갔다.

길 건너에서 한꺼번에 여러 개의 권총이 일제히 불을 뿜었다. 총알을 맞은 유리 파편이 문과 창문의 이쪽저쪽에서 튀었다.

누군가 내 발을 걸어 넘어뜨렸다. 공포가 나로 하여금 두뇌와 눈을 질리게 하였다. 나는 곤경에 빠져 있었다. 나는 누넌에게 꼼짝없이 속아 넘어간 것이다. 이것으로 휘스퍼의 부하들은 나를 누넌의 앞잡이라고 생각할 수밖에 없게 만들었다.

나는 마룻바닥에 넘어졌으나, 몸을 틀고 문 쪽을 보았다. 바닥에 넘어지면서 이미 권총은 빼든 상태였다.

길 건너에서는 덩치 큰 사나이 닉이 문 뒤에서 모습을 나타내고 두 손에 권총을 들고 우리들 쪽을 향하여 총을 쏘고 있었다.

나는 바닥에 팔꿈치를 짚고 권총을 겨누었다. 닉의 몸이 바로 가늠쇠 안으로 들어왔다. 나는 방아쇠를 잡아당겼다. 닉은 쏘는 것을 멈췄다. 그는 두 자루의 권총으로 가슴에 십자를 그으면서 뒤로 털썩 넘어졌다.

나의 발목을 잡은 손들이 나를 뒤로 낚아챘다. 턱이 마룻바닥에 긁히었다. 문이 쾅 닫혔다. 누군가 익살스럽게 비꼬았다.

"흐흠, 당신은 어디서나 눈치꾸러기군."

나는 반쯤 몸을 일으켜 소란한 속에서 고함을 질렀다.

"난 이럴 줄 몰랐어."

총질이 점점 줄어들더니 뚝 그쳤다. 문이나 창의 블라인드에는 회색 구멍이 점점이 뚫렸다. 어둠 속에서 목쉰 소리가 속삭였다.

"토드, 너와 슬래트는 아래층을 지켜. 남은 사람은 모두 2층으로 올라가."

우리는 상점의 뒷방을 통해 복도로 나가, 양탄자가 깔린 층계를 올라가 그래프 도박용의 녹색 테이블이 있는 2층 방으로 들어갔다. 조그마한 방에는 창문도 없고, 전등이 켜져 있었다.

모인 사람은 다섯. 탈러는 걸상에 앉아 궐련에 불을 붙였다. 그는 검은 피부이고 조그마한 젊은이였는데, 얼굴은 합창단의 가수처럼 예쁘게 생겼으나 자세히 보면 엷은 입술이 험상궂었다. 트위드 차림의 아직 20살도 안 돼 보이는 뼈가 앙상한 금발 젊은이가 긴의자에 번듯이 누워서 천장으로 담배 연기를 뿜어올리고 있었다. 같은 금발에 나이도 같으나 뼈는 그렇게 앙상하지 않은 또 한 젊은이가 진홍색 넥타이와 노란 머리칼을 자꾸만 매만지고 있었다. 느슨한 크나큰 입 밑에 턱이 있는지 없는지 분간 못할 정도의 30살쯤 된 빼빼마른 사나이가 지루한 듯한 얼굴로 〈장미빛 볼〉이라는 노래를 흥얼거리며 방 안을 왔다갔다했다. 나는 탈러의 자리에서 2, 3피트 떨어진 의자에 앉았다.

"누넌은 언제까지나 이렇게 우리를 가둘 작정이지요?" 그는 물었다. 그의 속삭이는 듯한 쉰 목소리에는 귀찮다는 기색이 약간 엿보였을 뿐 어떠한 감정도 깃들어 있지 않았다.

"이번 포위는 당신이 목표요." 나는 대답했다. "언제까지건 할 거요."

도박사는 멸시하는 듯한 엷은 웃음을 띠었다.

"그런 식으로 내게 일방적인 혐의를 씌우다가는 언젠가 호되게 혼이 날 텐데."

"놈은 법정에서 흑백을 가리려고는 아예 생각지도 않고 있소."

"그렇다면?"

"체포에 항거했다든지 도망치려 했다든지 해서 당신을 없앨 심산이지. 아예 죽여 버리면 뒷일은 간단하니까."

"자식, 늙다리치고는 모진 놈이로군." 얄팍한 입술이 일그러지며 또다시 미소가 떠올랐다. 그는 뚱보 서장의 살의(殺意) 같은 건 개의치 않는 것 같았다. "그놈이 나를 없애려 한다면 언제나 없앨 만한 죄상은 있지. 그렇지만 당신에게는 무슨 원한이 있다는 거요?"

"살려 두면 성가실거라고 생각하나 보오."

"안됐군요. 다이너가 말하더군, 당신은 좀 깍쟁이긴 하지만 괜찮은 사나이라고."

"환대를 받았지요. 그런데 도널드 윌슨 살인 사건에 대해 아는 것이 있으면 말해 주겠소?"

"부인이 쏘았소."

"보았나요?"

"쏘고 난 직후에——권총을 들고 있었소."

"그런 말은 아무 소용 없소." 나는 말했다. "어디까지나 당신이 꾸며 낸 말일지도 모르니까 말이오. 그럴싸하게 포장을 잘하면 법정에서는 버틸 수 있을는지 모르지만, 그러나 법정에까지 가져갈 기회는 아마 없을 거요. 만약 누넌에게 잡히기만 하면 살려 두지 않을 테니까. 바른 대로 말해 주시오. 빨리 이 사건을 처리하는 데 필요해서 그럽니다."

그는 담배를 마룻바닥 위에 내던지고 발로 짓밟고 나서 물었다.

"당신은 확실하게 범인을 잡을 것 같소?"

"당신이 말 한 마디만 해주면 되오. 당장에라도 잡아 보이겠소……. 하기야 여기서 나갈 수 있다만 말이지만."

휘스퍼는 또 담배에 불을 붙여 물었다.

"전화를 걸어 온 건 나라고 윌슨 부인이 말했나요?"

"그렇소. 누년이 그녀를 꾀었지요. 지금은 부인 자신도 그렇게 믿을 것이오. 아마 그럴 거요."

"당신은 덩치 큰 닉을 넘어뜨렸으니까." 그는 말했다. "나도 당신한테 한 번 운명을 맡겨보기로 하지. 그날 밤, 나한테 전화를 걸어 온 녀석이 있었소. 모르는 놈이었지요. 어디에 사는 누군지 전혀 모르는 놈이었소. 윌슨이 5천 달러짜리 수표를 갖고 다이너한테 갔다는 거였소. 내가 알 게 뭐람. 그러나 모르는 녀석이 내게 알려 왔다는 게 이상하지 않소. 나도 가 봤지요. 그런데 댄이란 녀석이 나와서 나를 현관에서 내쫓았어요. 그것까지는 좋소. 그러나 전화를 걸어온 녀석만은 아무래도 이상했습니다.

나는 한길로 나와서 어느 집 현관문 뒤에 숨어 있었지요. 그때 나는 윌슨 부인의 차가 거리에 서 있는 것을 보았지만 그땐 그녀의 차라는 것도, 그녀가 타고 있다는 것도 몰랐죠. 그때 막 윌슨이 나와서 거리를 걸어갔습니다. 총을 쏘는 현장은 보지 못했소. 총소리를 들었을 뿐이오. 여자가 차에서 뛰어나와 남편 있는 쪽으로 쫓아가더군요. 그녀가 쏘지 않았다는 건 나도 알고 있었죠. 나는 그대로 피해 버렸으면 좋았을 테지만, 아무래도 이상하더군요. 그래서 그녀가 윌슨 부인인 줄 알고선 어떻게 된 일인지 알아보려고 그 옆에까지 가 보았습니다. 그게 큰 실책이었지요. 그래서 만약의 경우에 대비해서 도망칠 길을 마련해야 했소. 나는 그 부인에게 일러 두었소. 이게 전부요. 거짓없는 사실이오."

"고맙소." 나는 말했다. "그 말을 들으러 온 거요. 이젠 저들의 일

제사격을 받지 않고 이곳을 빠져나갈 수 있는 묘책이 문제요."

"묘책 같은 건 필요없소." 탈러는 잘라 말했다. "나가고 싶을 땐 언제든지 나가면 되는 거요."

"지금 바로 나가고 싶군요. 당신 같아도 지금 당장 나가고 싶겠지. 당신은 누년에게 긴급 허위보고를 해서 한 건 한 셈이니 여기서 위험한 곡예를 한대서야 시시하지 않겠나? 살짝 빠져나가 정오 때까지 숨어 있으면 누년의 음모는 실패할 테니까."

탈러는 바짓주머니에 손을 집어넣어 두툼한 돈 뭉치를 꺼냈다. 100달러짜리 지폐 한두 장, 50달러, 20달러, 10달러짜리를 각각 몇 장씩 세어 턱이 없는 남자에게 주며 말했다.

"이걸로 출구를 매수해주게, 젤리. 누구든 보통 때 이상으로 주어선 안 돼."

젤리는 돈을 받더니, 테이블에서 모자를 집어들고 건들거리며 방에서 나갔다. 30분쯤 지나자 그는 돌아와서 몇 장의 지폐를 탈러에게 건네주고 아무렇지도 않은 듯한 얼굴로 말했다.

"기별이 있을 때까지 부엌에서 기다리십시오."

모두들은 부엌으로 내려갔다. 캄캄했다. 몇 사람이 늘었다.

이윽고 무엇인지 딸가닥 하고 문에 부딪치는 소리가 났다. 젤리가 문을 열었다. 우리들이 돌층계를 내려가자 뒤뜰이 나왔다. 제법 날이 훤하게 밝았다. 모두 열 사람.

"이게 전부요?" 나는 탈러에게 물었다.

탈러는 고개를 끄덕였다.

"닉의 보고로는 50명쯤 된다고 했는데……."

"50명이나 되면 저 따위 시시껄렁한 경관을 피하겠소!" 탈러는 비웃었다.

정복 경관 한 사람이 뒷문을 열어 놓고 기다리다가 초조한 듯이 중얼거렸다.

"여보게들, 빨리 해줘."

나는 급히 서둘렀으나, 다른 사람들은 아무도 그의 말에 귀를 기울이지 않았다.

우리는 골목길을 빠져나와 갈색 옷을 입은 커다란 사나이의 신호로 또 다른 문으로 들어갔다. 그 집 안을 지나 다음 거리로 나와서 길가에 세워 둔 검은 색 자동차에 올랐다.

금발 청년 중 한 명이 운전했다. 그는 속력을 내어 달렸다.

나는 그레이트 웨스턴 호텔 근방에 내려 달라고 했다. 운전사가 뒤를 돌아보니까 휘스퍼가 고개를 끄덕였다. 5분 뒤, 나는 호텔 앞에서 차를 내렸다.

"또 봅시다." 도박사는 속삭였다.

차는 미끄러지듯이 사라졌다.

마지막으로 나의 눈에 띈 것은 길모퉁이를 돌아서 사라지는 경찰차의 번호판이었다.

계약의 참된 이유

 5시 반이었다. 두세 구역을 걸어가니, '클로포드 호텔'이라는 아직 전기가 켜져 있지 않은 전광판이 보였다. 나는 층계를 올라가 2층 사무실로 갔다. 숙박계에 이름을 써넣은 뒤 10시에 깨워달라고 부탁하고 초라한 방으로 안내를 받았다. 나는 포켓에서 조그만 위스키 병을 꺼내어 조금 마신 다음, 엘리휴 노인이 준 1만 달러짜리 수표와 권총을 몸에 지닌 채 침대에 누웠다.

 이튿날 아침 10시에 나는 옷을 차려입고 퍼스트 내셔널 은행으로 갔다. 알베리 청년을 찾아 윌슨의 수표를 지불 보증해 달라고 부탁했다. 나는 얼마쯤 기다려야 했다. 노인 집에 전화를 걸어 수표가 진짜인가 알아보겠지. 잠시 후 그는 수표를 내게 돌려 주었다. 격식대로 지불 보증이 적혀 있었다.

 나는 봉투를 한 장 얻어 노인의 서류와 수표를 집어넣었다. 겉봉에 샌프란시스코 지국이라고 써서 우표를 붙인 다음 밖으로 나와 길모퉁이에 있는 우체통 속에 넣었다.

 그리고 은행으로 돌아와 알베리에게 말했다.

"그를 죽인 까닭을 말해 주시오."

그는 빙그레 웃으며 대답했다.

"누구 말입니까? 동토의 주인공 코크 로빈 말입니까, 아니면 링컨 대통령 말입니까?"

"도널드 윌슨을 죽인 사실을 솔직히 시인하지 않을 작정이오?"

"다투고 싶지 않습니다." 그는 여전히 빙그레 웃으면서 말했다. "그러나 시인하고 싶지도 않습니다."

"그럼, 좀 난처해질 텐데." 나는 투덜거렸다. "여기서 언쟁을 벌이면 곧 누가 달려올 테니까. 이리로 오고 있는 저 안경 쓴 뚱보는 누구요?"

청년의 얼굴이 새빨개졌다.

"출납 주임 들리튼 씨입니다."

"소개해 주시오."

청년은 불쾌한 표정을 지었으나 회계 주임을 불렀다.

들리튼——번드레한 붉은 얼굴에 대머리의 가장자리에는 백발이 희끗희끗하고 테없는 코안경을 쓴 덩치가 큰 사나이——이 우리 쪽으로 왔다.

출납계원은 소갯말을 중얼거렸다. 나는 이 청년에게 눈을 떼지 않으며 들리튼과 악수했다.

"방금 우리는……." 나는 들리튼에게 말을 건넸다. "남의 눈에 띄지 않는 이야기 장소가 있어야겠다고 말하려던 참이었소. 내가 좀 후려치지 않으면 아무래도 이 사람이 털어놓지 않을 것 같소. 그렇다고 내가 소리를 지르는 것을 온 은행 사람들에게 들려주고 싶지도 않거든요."

"털어놓다니요?"

출납 주임의 혀가 이 사이로 보였다.

"그렇소." 나는 누년을 본받아 얼굴이며 목소리며 태도에서 점잔을 잃지 않으려고 애썼다. "알베리가 도널드 윌슨 살해범이라는 걸 몰랐습니까?"

당치 않은 농담이라고 생각해서인지 은근한 미소가 출납 주임의 안경 뒤에 떠올랐다가 부하의 얼굴을 보자 당황한 얼굴로 바뀌었다. 젊은이의 얼굴은 연짓빛으로 붉어졌으며, 그가 억지로 입가에 짓는 미소가 보기 딱했다.

들리튼은 목소리를 가다듬어 진심에서 우러나오는 것처럼 말했다.

"아침 날씨가 무척 좋습니다. 좋은 날씨가 계속됩니다 그려."

"조용히 이야기할 수 있는 별실은 없습니까?" 나는 버티었다.

들리튼은 신경질적으로 벌떡 일어나더니 젊은이에게 물었다.

"이게……어찌 된 일인가?"

알베리 청년은 무슨 말인지 알아들을 수 없는 목소리로 중얼거렸다.

"별실이 없다면 시청으로 데려가야겠는데요." 나는 말했다.

들리튼은 코에서 흘러내리는 안경을 붙잡아 제자리에 꽉 끼면서 말했다.

"이리로 오십시오."

우리는 그의 뒤를 따라 복도 끝의 사무실로 들어갔다──은행장실이라는 푯말이 붙어 있는──엘리휴 노인의 사무실이었다. 아무도 없었다.

나는 알베리에게 의자에 앉으라고 손짓하고 나 자신도 다른 의자에 걸터앉았다. 출납 주임은 책상에 등을 대고 우리들을 똑바로 쳐다보면서 안절부절못하고 있었다.

"그러면 설명해 주실까요?" 그는 말했다.

"차츰 알게 될 겁니다." 나는 그에게 대답하고 청년에게로 몸을 돌렸다. "당신은 다이너의 옛 보이프랜드였지만 그녀로부터 버림받았소. 낯선 사람으로부터 윌슨 부인과 탈러에게 전화가 걸려 왔을 때, 그녀를 잘 알 뿐 아니라 수표의 건도 잘 알고 있는 사람은 당신밖에 없었소. 윌슨은 32구경 총으로 사살되었소. 은행에서는 주로 32구경 권총을 많이 쓰지. 혹시 당신이 사용한 총이 은행 것이 아닐지도 모르지만 나는 은행 것이리라고 생각하오. 아마 당신은 아직 총을 은행에 돌려 주지 않았을지도 모르오. 그렇다면 은행의 것이 한 자루 모자랄 거요. 어쨌든 난 총 전문가에게 부탁해서 윌슨을 죽인 탄환과 이 은행에 보관된 탄환을 현미경과 마이크로미터로 조사할 작정이오."

젊은이는 침착한 얼굴로 나를 바라볼 뿐 아무 말도 하지 않았다. 그는 침착한 태도를 되찾고 있었다. 이래서는 안 되겠다. 나는 심술궂게 굴어야 했다.

"당신은 그 여자에게 미쳤소. 당신은 내게 고백하기를 그 여자가 말을 잘 들어 주지 않았기 때문에 당신은 그 짓을……."

"제발, 제발 그만둬 주십시오." 그는 숨을 헐떡였다. 그의 얼굴은 다시 붉어졌다. 내가 그를 멸시의 눈빛으로 바라보자 그는 두 눈을 내리깔았다. 이어서 나는 말했다.

"당신은 너무 말이 많았어. 당신은 자기 생활의 결백함을 내게 보이려고 지나치게 애를 썼지. 그건 당신 같은 풋내기 범죄자가 하는 짓이야. 당신 같은 사람들은 언제나 지나치게 자기의 솔직함과 결백을 보여 주려고 애쓰기 마련이지."

그는 두 손을 바라보고 있었다. 나는 그에게 또 한 번 쏘아붙였다.

"당신은 자신이 그를 죽였다는 걸 알고 있어. 당신이 은행 총을 썼는지, 그것을 되돌려 놓았는지 당신은 잘 알고 있을 거야. 만약 당신이 은행 총을 돌려 주었다면 당신은 이제 붙잡힌 거나 다름없어.

도망칠 길이 없단 말야. 총 전문가가 처리해 줄 테니까. 만약 돌려 주지 않았더라도 어차피 난 당신을 체포할 작정이오. 그렇지, 당신이 피할 길이 있는지 없는지를 내가 말할 필요는 없을거야. 당신 스스로 잘 알고 있을 테니까. 누넌은 이번 사건의 용의자로 휘스퍼 탈러에게 올가미를 씌우려 했소. 기소는 불가능하지만 올가미는 빈 틈이 없어서 설령 탈러가 체포에 저항하다가 피살되더라도 서장의 입장으로는 안전하다는 속셈이었지요. 서장의 속셈은——탈러를 죽이려는 것이었소. 탈러는 킹 거리의 도박장에 틀어박혀서 밤새 경찰의 접근을 허락하지 않았소——지금도 접근을 허락하지 않고 있지——그렇지만 경찰이 덮치면 그것으로 휘스퍼는 끝장이지.

만약 당신이 형벌을 피할 기회가 있다고 생각한다면, 그리고 당신 덕분에 남이 죽는다면, 그건 당신이 할 탓이겠지만, 그러나 살 기회가 없다고 생각한다면——그 권총이 발견되면 그런 기회가 없어지겠지만——제발 탈러의 누명을 벗겨 그를 살려 주기 바라오."

"그러겠습니다." 알베리의 목소리는 노인 같았다. 그는 두 손을 바라보던 눈을 쳐들어 들리튼을 바라보며 "그러겠습니다." 라고 되풀이해서 말하고는 입을 다물었다.

"총은 어디 있소?" 나는 물었다.

"출납계의 창구 안에 있습니다." 젊은이는 말했다.

나는 출납 주임을 노려보며 말했다.

"가져다 주시겠습니까?"

그는 자리를 뜨는 게 기쁜 듯이 나갔다.

"전 그분을 죽일 생각은 없었습니다." 젊은이는 말했다. "나도 당신이 그를 죽일 생각이 있었다고는 생각지 않아요."

나는 엄숙하면서도 동정어린 표정을 지으려고 애쓰며 격려하듯이 고개를 끄덕였다.

"저는 총을 갖고 있었지만 그분을 죽일 생각이 있었다고는 생각지 않아요." 그는 되풀이 말했다. "제가 다이너에게 미쳤다는 당신의 말씀은 옳습니다. 그때는 며칠 동안 여느 날보다 기분이 좋지 않았어요. 윌슨이 수표를 가져온 날이 바로 기분이 나빴던 그런 날이었습니다. 이젠 돈이 떨어졌으니 난 그녀를 잃고 말았다는 생각밖에는 할 수 없었지요. 내겐 돈이 없는데 그분은 5천 달러나 가지고 그녀에게 가는 거였어요. 그 수표 때문이었어요. 그걸 이해하시겠습니까? 그녀와 탈러와의 사이는 알고 있었어요. 당신도 알고 계십니다. 윌슨과 그녀 사이를 알았더라도 수표를 보지 않았더라면 저는 아무 일도 저지르지 않았을 겁니다. 정말입니다. 수표를 보았기 때문이었어요. 그리고 나는 돈이 떨어졌으니까 그녀를 잃고 말았다고 깨달았기 때문이었습니다.

전 그날 밤, 그녀의 집을 지켜보며 윌슨이 안으로 들어가는 걸 보았지요. 저는 무슨 짓을 저지르게 될까봐 두려웠습니다. 왜냐하면 기분이 나쁜 날이었으니까요. 그리고 제 주머니에 총이 들어 있었거든요. 솔직히 전 아무 일도 저지르고 싶지 않았습니다. 전 두려웠어요. 전 그 수표 이외는 어떠한 생각도 할 수가 없었습니다. 그리고 어째서 그녀를 잃고 말았는가도. 윌슨의 아내가 질투가 많은 여자인 줄은 저도 알고 있었어요. 모두들 알고 있었지요. 그녀에게 전화를 걸어 이야기하면 좋겠다고 생각했습니다. 제가 무슨 생각을 했는지 전 정확히 모르겠어요. 그러나 길모퉁이의 상점에 가서 윌슨 부인에게 전화를 걸었어요. 다음엔 탈러에게 전화를 걸었지요. 저는 그들이 와주기를 바랐어요. 그들 말고도 다이너나 윌슨과 관련이 있는 사람을 생각해낼 수 있었다면 그들에게도 전화를 걸어 불러냈을 겁니다.

그리고 저는 되돌아가 다시 다이너의 집을 지켜보았지요. 윌슨부인과 탈러가 왔습니다. 그 두 사람은 그곳에서 떠나지 않고 엿보고 있더군요. 전 그게 즐거웠어요. 그들이 그곳에 있으니까 전 제가 저지를지도 모를 일이 그다지 두렵지 않았어요. 잠시 뒤 윌슨이 다이너의 집에서 나와 거리를 내려갔지요. 저는 윌슨 부인의 자동차와 탈러가 숨어 있는 문을 쳐다보았습니다. 윌슨은 멀어져 가고 있었습니다. 그때 나는 왜 그들을 불러 냈는지 그 까닭을 깨달았습니다. 그들이 무슨 일을 해주기를 바라고 있었던 겁니다. 그러면 제가 할 필요가 없을 것이라고. 그러나 그들은 가만히 있었고, 윌슨은 멀어져 가고 있었습니다. 만약 그들 중 한 사람이 가까이 가서 그에게 말을 걸었거나 뒤를 밟았더라면 저는 아무런 일도 하지 않았을 겁니다.

그런데 그들은 꼼짝도 하지 않았어요. 전 호주머니에서 권총을 뺀 기억은 납니다. 그리고 마치 내가 울고 있는 것처럼 눈앞이 흐려져서 권총을 버렸어요. 아마 울고 있었을지도 모릅니다. 총을 쏜 것은 생각이 안 나요——침착하게 겨누어 방아쇠를 당긴 기억이 나지 않는단 말입니다——그러나 발사했을 때의 소리와, 그 소리를 깨달았던 일은 지금 기억이 납니다. 윌슨이 어떠한 모양을 하고 있었으며, 내가 돌아서 골목으로 달려가기 전에 윌슨이 쓰러졌는지 어떤지도 저는 기억이 나지 않아요. 저는 집으로 돌아와서 권총을 소제하고 탄환을 재어서 이튿날 아침 출납계의 창구에 돌려 주었습니다."

젊은이와 함께 권총을 갖고 시청으로 가는 도중, 나는 처음에 그를 몰아세울 때 시골 장난꾼 같은 짓을 한 데 대한 사과의 말을 늘어놓았다.

"난 당신의 마음을 꼭 붙들어야 했었소. 그러려면 그 방법밖에 달리 없었소. 그 여자에 대한 당신의 말투로 보아 당신에게 직접 대들어서는 끄덕도 하지 않는 대단한 배우인 줄 알았소."

그는 움찔했다. 그리고 천천히 말했다.

"연극이 아니었습니다, 절대로. 제 몸이 위험에 빠져 교수대를 눈앞에 두고 보니까 그 여자는, 그 여자 같은 건 제게 있어 중요한 것같이 여겨지지 않았어요. 저는 지금도 잘 모르겠어요. 전혀. 제가 왜 그런 짓을 했는지. 제 말의 뜻을 아시겠습니까? 어쩐지 그 때문에 만사가──나까지도──유치하게 됐어요. 처음부터 모든 일이 말입니다."

나는 의미없는 말밖에는 대답할 말을 찾아 낼 수 없었다.

"세상 일이란 그런 법이오."

서장실에는 전날 밤 습격에 참가한 경관이 있었다. 비들이라는 붉은 얼굴의 사나이였다. 회색 눈을 부릅뜨고 신기한 듯이 나를 보았으나 킹 거리의 일에 대해서는 아무 말도 하지 않았다.

비들은 검사실로부터 다트라는 젊은 변호사를 불러들였다. 알베리가 비들과 다트와 속기사에게 조금 전의 이야기를 되풀이하고 있을 때 서장이 나타났다. 그는 방금 침대에서 나온 것 같은 얼굴을 하고 있었다.

"여어, 당신을 만나니 참 반가운데." 누넌은 나의 등을 두드리며 내 오른손을 펌프처럼 올렸다내렸다했다. "아닌 게 아니라, 어젯밤 당신은 하마터면 큰일 날뻔했소. 그놈의 쥐새끼들 같으니! 당신이 그들의 손아귀에서 죽은 줄만 알고 문을 박차고 들어가 보니까 도박장에는 쥐새끼 한 마리도 없더군. 그놈의 깡패들이 어떻게 빠져나갔는지 이야기해 주시겠소."

"당신 부하 둘이 뒷문으로 나오게 해서 뒷집을 지나 경찰차로 보내주었소. 그들에게 끌려나오는 바람에 난 당신에게 연락도 못했어요."

"내 부하 둘이?" 그는 놀란 기색이라고는 조금도 없었다. "하긴 그래! 그놈들은 도대체 어떻게 생겨 먹었지?"

나는 인상을 대주었다.

"쇼어와 리오던이군." 그는 말했다. "미처 몰랐네. 그런데 이 사나이는 누구요?"

젊은이가 구술을 하고 있는 동안 나는 그에게 간단한 경위를 이야기했다.

서장은 껄껄 웃고 나서 말했다.

"으음, 그래, 휘스퍼에게는 미안하게 됐군. 그를 찾아 사과를 해야겠소. 그럼, 당신이 이 젊은이를 체포했소? 참 장하구려. 축하와 치사를 해야겠군." 그는 다시 나의 손을 잡았다. "이제 곧 이곳을 떠나게 되겠구려?"

"당장은 아니오."

"그렇소." 그는 나에게 말했다.

나는 아침 겸 점심을 먹으러 밖으로 나왔다. 그리고 면도와 이발을 하고, 지국에다 딕 폴리와 미키 리네헌을 퍼슨빌로 보내 달라는 전보를 쳤다. 그런 다음 방에 들러 옷을 갈아입고 의뢰인의 저택으로 향했다.

엘리휴 노인은 몸에 담요를 감고 양지바른 창가 안락의자에 앉아 있었다. 그는 뭉툭한 손으로 내 손을 쥐고는 아들 살해범을 체포해 주어서 고맙다고 말했다.

나는 적당히 대답을 해 주었다. 나는 그가 어떻게 해서 그 소식을 알았는지 궁금했으나 묻지는 않았다.

"어제 자네에게 준 수표로 이번 일에 대한 사례가 되겠나?"

"아드님에게서 받은 수표만으로도 되고 남습니다."

"그럼, 내 수표는 상여금으로 생각하고 받아 주게."

"콘티넨털 탐정사의 규칙은 상여금이나 사례금을 못 받게 되어 있습니다." 나는 말했다.

계약의 참된 이유 87

노인의 얼굴이 붉어지기 시작했다.

"흥, 빌어먹을 규칙이로군……."

"당신의 수표는 퍼슨빌의 범죄와 부패를 조사하기 위한 비용이라는 것을 잊지 않으셨겠지요?"

"그건 허튼 수작이었어." 그는 콧방귀를 뀌었다. "어젯밤엔 흥분했었네. 그건 취소야."

"취소할 수는 없습니다."

노인은 한바탕 욕을 지껄였다. 그리고 나서는 고함을 쳤다.

"그건 내 돈이야. 어리석은 짓에 내 돈을 낭비하고 싶지는 않네. 이번 일에 대한 보수로 받지 않으려거든 다시 돌려 주게."

"고함을 치는 건 이제 그만 하시지요. 저는 착실히 이 도시를 개혁하는 일에 손을 댈 겁니다. 그 일 때문에 당신은 저와 계약을 했고, 당신에게 해 드리려는 것도 그 일이오. 아들 살해범이 알베리이며 당신들의 한패가 아니라는 것도 이제 아셨겠지요. 그들도 당신이 그들을 배반하는 것을 탈러가 돕지 않았다는 것을 이제 알았지요. 아들이 죽고 보니 당신은 그들에게, 신문이 이젠 먼지를 파헤치지 않을 거라고 그들에게 약속할 수 있게 되었소. 만사는 다시 태평이오.

그렇게 될 것 같다고 저는 당신에게 이야기드렸었지요. 그 때문에 저는 당신의 문서를 받아 두었습니다. 그러므로 당신은 문서에 얽매인 몸이 되었습니다. 수표는 이미 지불 보증을 받고 난 뒤니까 지불을 정지시킬 수도 없게 되었습니다. 권한 인정 서류는 계약서만큼 효력이 없을지 모르나 효력이 없다는 것을 증명하려면 당신은 법정에 나가셔야만 할 겁니다. 만약 당신이 그 일이 공개되는 걸 원하신다면 그렇게 하시지요. 어디 두고 봅시다그려.

어젯밤 당신 부하인 뚱보 서장은 어젯밤 저를 암살하려고 했습니다. 그런 짓은 저의 비위에 맞지 않습니다. 보복을 해줄 만한 오기도 제겐 있습니다. 이젠 제멋대로 해볼까요. 자금으로는 당신의 1만 달러짜리 수표가 있습니다. 이 돈을 써서 저는 퍼슨빌을 목젖에서 발목까지 수술할 작정이오. 보고서는 될 수 있는 한 꼬박꼬박 당신의 손에 들어가도록 하겠습니다. 당신도 보고서를 기대해 주십시오."
나는 노인의 욕바가지를 머리에 뒤집어쓰면서 밖으로 나왔다.

키드 쿠퍼 대 아이크 부슈

나는 도널드 윌슨 사건에 관한 사흘 동안의 보고서를 쓰느라고 그날 오후의 대부분을 보냈다. 그리고는 비스듬히 앉아서 파티머를 피우며 저녁 식사 때까지 엘리휴 윌슨 사건을 곰곰이 생각해 보았다.

호텔 식당으로 내려가서 머시룸을 곁들인 비프스테이크를 주문하기로 결정했을 때 나를 찾는 호텔보이의 목소리가 들려 왔다.

나는 급사를 따라서 로비의 전화 박스로 갔다. 다이너 블랜드의 나른한 목소리가 수화기에서 들려 나왔다.

"맥스가 당신을 만나고 싶어해요. 오늘 밤 들르시겠어요?"

"당신 집으로?"

"네."

들른다고 약속하고 식당으로 돌아와 식사를 시작했다. 식사를 마친 뒤 5층 정면 쪽 방으로 올라왔다. 문을 열고 들어가 전등을 켰을 때였다.

한 발의 탄환이 나의 머리를 스쳐 문틀에 구멍을 뚫었다.

잇달아 여러 발의 탄환이 문과 문틀과 벽에 많은 구멍을 뚫었으나,

이때는 벌써 나의 머리를 창으로부터 사각지점인 안전한 구석으로 옮긴 뒤였다.

거리 맞은편에 내 방 창문보다 지붕이 좀 높은 4층 건물이 있다는 것을 알고 있었다. 건너편은 어두웠다. 내 방에는 불이 켜져 있었다. 이러한 상태에서 바깥을 기웃거리는 것은 아무런 이득이 없는 짓이다.

전등에다 던질만한 것을 찾으려고 둘러보니까 기드온 성서가 눈에 띄었다. 나는 그것을 던졌다. 전등이 깨어지고 어둠에 휩싸였다.

사격은 그쳤다.

나는 창가로 기어가서 무릎을 꿇고 낮은 구석에 한쪽 눈을 갖다댔다. 길 건너 지붕은 어둡고 너무 높아서 가장자리만 보일 뿐 그 너머는 볼 수 없었다. 그렇게 한쪽 눈으로 10분 동안 엿보고 있었더니 목덜미만 아플 뿐 아무 소용도 없었다.

나는 인터폰을 눌러 교환 아가씨에게 호텔의 형사를 곧 보내 달라고 부탁했다.

형사는 흰 수염을 기른 뚱뚱한 남자였다. 이마는 어린애처럼 둥글고 낮았다. 지나치게 작은 모자를 뒤통수에다 올려놓고 있어서 이마가 온통 드러났다. 이름은 키버라고 했다. 그는 내가 저격을 당한 이야기를 듣고 몹시 흥분했다.

호텔 지배인이 들어왔다. 얼굴도 목소리도 태도도 그야말로 신중한 뚱보였다. 전혀 흥분한 기색이 없었다. 그는 마치 거리의 야바위꾼이 한창 속임수를 쓰다가 야바윗속이 드러났을 때의 '그럴 리가 없다는 투의 대수롭지 않은 일'이라는 식의 태도를 취했다.

새 전구를 가져오라고 해서 우리는 위험을 무릅쓰고 전등을 켠 다음 탄흔을 세었다. 10개나 구멍이 뚫려 있었다.

경찰관들이 왔다가 갔다. 그들은 곧 되돌아와서는 어떠한 흔적도 잡지 못했다고 알려줬다.

누넌도 전화를 걸어 왔다. 그는 현장 담당 경감과 이야기를 하고 나서 나와 이야기를 했다.

"방금 저격 사건을 들었는데," 그는 말했다. "당신을 노린 자가 누군지 짐작이 가오?"

"짐작할 수 없소." 나는 거짓말을 했다.

"한 발도 맞지 않았다던데?"

"그렇소."

"불행 중 다행이오." 그는 진심으로 말했다. "그놈이 누구이건 간에 잡아넣겠소. 안심해요. 그곳에 경관을 두 사람 보내드릴까요, 또다시 일이 일어나지 않도록?"

"아니, 괜찮소."

"바란다면 그래도 좋은데." 그는 우겨 댔다.

"아니 괜찮다니까요."

누넌은 될 수 있는 한 빠른 시일 안으로 자기를 방문해 줄 것을 나에게 약속시켰다. 그리고 퍼슨빌 경찰은 최대한으로 나의 편의를 보아 줄 것이라면서, 내게 무슨 일이 일어난다면 그것은 자기 인생의 파멸이라는 것을 누누히 강조했다. 그는 전화를 끊었다. 나는 저격을 쉽사리 받을 수 없는 다른 방으로 짐을 옮겼다. 그리고 옷을 갈아입고 허리케인 거리로 나갔다. 목쉰 소리의 도박사를 만나기 위해서였다.

다이너 블랜드가 문을 열어 주었다. 무르익은 두터운 입술에는 루즈가 골고루 칠해져 있었으나 갈색 머리털은 여전히 손질이 덜 되어 있었다. 가리마도 엉망으로 타져 있었다. 오렌짓빛 비단옷의 앞자락에는 얼룩이 묻어 있었다.

"아니, 아직 살아 계시군요." 그녀는 말했다. "불사신이신가 봐요. 어서 들어오세요."

우리는 어질러진 거실로 들어갔다. 댄 롤프와 맥스 탈러가 트럼프로 피노클 놀이를 하고 있었다. 롤프는 나에게 고개를 끄덕여 보였다. 탈러는 일어서서 악수를 청했다.

그의 속삭이는 듯한 쉰 목소리가 말했다.

"당신은 포이즌빌에 선전포고를 했다지요?"

"내 탓이 아니오. 나의 고객이 이 고장의 공기를 갈아넣어주기를 바라기 때문이오."

"지금은 바라고 있지 않소." 의자에 앉으면서 그는 내 말을 바로잡았다. "왜 손을 떼지 않지요?"

나는 일장연설을 했다.

"싫소. 난 포이즌빌이 나를 대하는 태도가 비위에 맞지 않소. 지금 난 기회를 잡았소. 그래서 반격할 작정이오. 당신들은 이제까지의 일은 물에 흘러보내고 형제 모두가 다시 모이려는 모양이군. 그래서 내가 손을 떼어 줬으면 하고들 있군. 나도 그만 내버려 둘까 하고 생각할 때가 있소. 그렇게 했으면 지금쯤 나는 샌프란시스코로 되돌아가는 중일 것이오. 그런데 나를 내버려 두지를 않았소. 특히 뚱보 누년이 나를 내버려 두지 않았소. 그는 이틀 동안에 두 번이나 내 목숨을 노렸소. 그것만으로도 충분하오. 이젠 내가 그를 곯려 줄 작정이오. 포이즌빌의 악(惡)은 익었으니까 지금 거둬들여야 하지 않겠소. 그것이 내 비위에 맞는 일이며 나는 그 일을 할 작정이오."

"당신의 목숨이 지속하는 동안." 도박사는 말했다.

"아무렴." 나도 맞장구를 쳤다. "신문을 보니까 오늘 아침 침대 속에서 초콜릿 에클레어를 먹다가 질식사한 친구가 있더군."

"그것도 괜찮을는지 몰라요." 다이너 블랜드는 말했다. 그녀의 굵은 몸뚱이가 안락의자 속에서 꿈틀거렸다. "그러나 아침 신문에 나진 않았어요."

그녀는 궐련에 불을 붙이고 성냥개비를 체스터필드 식 의자 밑의 보이지 않는 곳으로 내던졌다. 폐병쟁이는 트럼프를 모아서 의미도 없이 몇 번이고 쳐 대고 있었다.

탈러는 내게 얼굴을 찌푸려 보이며 말했다.

"윌슨은 당신에게 1만 달러를 주고 싶다고 하오. 그것으로 손을 끊으시오."

"난 오기가 있는 사람이오. 나를 암살하려던 자들을 가만둘 순 없소."

"그래 봐야 입장만 난처해질 뿐이오. 난 당신 편이오. 당신은 누넌이 나에게 누명을 씌우려는 것을 구해 주었소. 그 때문에 난 당신에게 말하는 겁니다. 그런 건 잊어버리고 샌프란시스코로 돌아가시오."

"나도 당신 편이오." 나는 말했다. "그 때문에 나도 당신에게 말하는 거요. 그들과 갈라서도록. 그들은 당신을 한 번 속였소. 또 속일 거요. 하여튼 그들은 곧 우수수 떨어지는 낙엽일 거요. 형편이 좋을 때 빠져나가도록 해요."

"지금 상태가 너무 좋아서," 그는 말했다. "그리고 내 문제는 내가 처리할 수 있으니까."

"그럴지도 모르지요. 그러나 도박장 사업은 그렇게 좋은 상태로만 지속되지 못한다는 걸 당신도 알지 않소. 벌써 알맹이는 빼먹었잖았소. 이젠 집어치울 때가 되었소."

탈러는 검은 머리칼의 조그만 머리통을 흔들었다.

"당신이 제법 수완가인 줄은 알지만, 당신은 이 거리의 진영을 쳐부술 만큼 세다고는 생각하지 않습니다. 그것은 너무 견고하오. 당신이 흔들 수 있다고 생각한다면 난 당신편이 됐을 것이오. 내가 지금 누넌과 어떤 사이인가는 당신도 잘 알잖소. 그러나 당신은 결코 성공 못하오. 그만두시오."

"안 되오. 엘리휴의 1만 달러가 마지막 한 푼이 될 때까지 난 손을 떼지 않을 것입니다."

"고집이 너무 세어서 세상 물정을 알아듣지 못한다고 내가 말하지 않았어요." 다이너 블랜드는 하품을 하였다. "댄, 부엌에 뭐 마실 것이 없을까?"

폐병쟁이는 테이블에서 일어나 방을 나갔다.

탈러가 어깨를 움츠리며 물었다.

"당신 고집대로 하시오. 잘 알아서 할 테니까. 내일 밤 권투 시합에 가지 않겠소?"

나는 갈 생각이라고 대답했다. 댄 롤프가 진과 마른안주를 갖고 왔다. 우리는 두 잔씩 마셨다. 우리는 권투 시합 이야기를 했다. 퍼슨빌에 대한 이야기는 더 이상 나오지 않았다. 도박사는 손을 든 것 같았으나 나의 고집에 기분이 상한 것 같지는 않았다. 그는 내게 권투 시합에 관한 확실한 정보를 가르쳐 주기까지 했다. 본시합의 제 6회전에서 키드 쿠퍼가 아이크 부슈를 때려눕히리라는 것을 잊어버리지 않으면 돈을 걸어도 틀림이 없으리라고 내게 가르쳐 주었다. 그는 자기가 말하는 의미를 잘 알고 있었다. 그 일은 다른 두 사람에게는 새로운 소식인 것 같지는 않았다.

나는 11시가 조금 지나 그들과 작별하고, 아무 일 없이 호텔로 돌아왔다.

검은 나이프

 이튿날 아침 잠이 깼을 때 어떤 묘안이 머리에 떠올랐다. 퍼슨빌의 인구는 약 4만에 불과했다. 뉴스를 퍼뜨리는 것은 어렵지 않겠다. 10시에 나가서 뉴스를 퍼뜨렸다. 당구장, 담배 가게, 무허가 술집, 다방, 그리고 길모퉁이에서 나는 이런 식의 뉴스를 퍼뜨렸다.
 "성냥 가지셨어요?……고맙소. 오늘 밤 권투 시합에 가십니까? 아이크 부슈가 6회 전에서 뺀는다더군요…… 틀림없는 정보입니다 ──휘스퍼로부터 나왔으니까요……그럼요, 그렇답니다."
 사람들은 은밀한 이야기를 좋아하지만, 탈러의 이름이 붙은 이야기라면 퍼슨빌에서 특히 은밀한 이야기가 되었다. 그 뉴스는 순식간에 퍼졌다. 내가 귀띔을 해준 사람의 절반이 자기들이 은밀한 이야기를 알고 있다는 것을 나타내 보이기 위하여 나만큼 열심히 그 뉴스를 퍼뜨렸기 때문이다.
 내가 소문을 퍼뜨리기 시작했을 때는 4대 7의 비율로 아이크 부슈 편에 승산을 걸고 있었고, 그나마 그가 녹아웃으로 이기리라는 전망은 3대 2의 비율이었다. 그러나 오후 2시에는 어느 도박장도 양쪽에다 거의 비슷한 도박금밖에는 걸 수 없게 되었고 3시 반쯤에는 키드 쿠퍼 쪽이 2대 1로 우세했다.

나는 마지막으로 스낵바에 들러 따뜻한 비프 샌드위치를 먹으면서 급사와 두세 손님들에게 소문을 퍼뜨렸다.

밖으로 나오니까 한 사나이가 문 앞에서 나를 기다리고 있었다. 활등처럼 구부러진 다리에 턱이 돼지 입같이 길게 튀어나와 있었다. 그는 고개를 끄덕이더니, 나와 함께 나란히 거리를 걸었다. 이쑤시개를 깨물면서 내 얼굴을 옆눈질로 흘끗흘끗 쳐다보았다. 모퉁이에 왔을 때 그는 입을 열었다.

"그렇게 되지는 않을 거요."

"무슨 말이오?" 나는 물었다.

"아이크 부슈가 나동그라진다는 이야기 말이오. 그렇게 되지는 않을걸요."

"어쨌든 당신이 그렇게 알고 있으면 됐지 않소. 그러나 약삭빠른 패들은 2대 1로 쿠퍼에게 돈을 걸고 있고, 녀석은 부슈가 져 주지 않는 한 쿠퍼는 도저히 그의 상대가 안 되지……."

그는 돼지같이 튀어나온 입에 물었던 이쑤시개를 내뱉고서 나에게 누런 이를 드러내 보였다.

"어젯밤, 부슈는 내게 쿠퍼는 자기 상대가 못 된다고 말했소——져 주는 짓 따위는 하지 않을 거요——내게 거짓말을 하지는 않을 것이오."

"당신 친구요?"

"친구까진 못 되지만, 그를 알고 지내지요. 여보슈, 휘스퍼가 정말로 당신에게 그랬소?"

"정말이오."

그는 욕설을 퍼부었다.

검은 나이프 97

"제기랄, 그 자식 말을 믿고 거금 35달러를 그놈의 쥐새끼에게 걸었어. 그놈의 속셈을 모조리 까발려야겠어…… 제기랄." 그는 말을 그치고 거리를 내려다 보았다.

"무엇으로 그놈을 까발린단 말이오?" 나는 물었다.

"숱하게 많지요." 그는 말했다. "무엇이든 모두."

내게 묘안이 떠올랐다.

"당신이 무언가 그의 비밀을 쥐고 있다면 우리는 그걸 말해야 될 거요. 부슈가 이겨도 나는 상관없소. 당신이 쥐고 있는 게 쓸모가 있다면 그에게 그걸 들이대 보면 어떻겠소?"

그는 나를 쳐다보고 길바닥을 내려다보더니 호주머니 속에서 새로운 이쑤시개를 뒤져 내어 입 속에 넣으며 중얼거렸다.

"당신은 누구요?"

나는 헌터인지, 헌트인지, 헌팅튼인지, 그런 이름을 대주고 나서 그에게 이름을 물었다. 그는 맥스웨인이라고 했다. 보브 맥스웨인――확실한 것은 시내의 누구에게나 물어 보면 안다고 했다.

나는 그의 말을 믿는다고 대답하고 나서 물었다.

"당신 생각은 어떻소? 부슈를 곯려 줄까요?"

그에 눈에 사나운 빛이 살짝 나타나더니 도로 사라졌다.

"안 되오." 그는 꿀꺽 목구멍의 숨을 삼켰다. "난 그런 사람이 아니오. 난 한 번도……."

"당신은 매사에 남에게 속아넘어 가기만 했지. 한번도 그런 일을 해본 적이 없단 말이지. 맥스웨인 당신이 나서지 않아도 되오. 정보만 제공하면 활동은 내가 하지요――무슨 소득이 있다면 말이오."

그는 입술을 핥으며 곰곰이 생각했다. 이쑤시개가 떨어져 옷섶에 걸렸다.

"내가 관계되었다고는 떠벌리진 않겠지요?" 그는 물었다. "난 이 고장 사람이므로, 만약 그런 사실이 드러나면 끝장이오. 그리고 부슈에게 시합을 포기케 하진 않겠지요? 녀석이 정말로 싸우는 데만 그 정보를 사용하시겠지요?"

"그렇소."

그는 흥분한 듯이 내 손을 붙잡고 다그쳤다.

"신께 맹세코?"

"신께 맹세코."

"녀석의 본명은 앨 케네디요. 2년 전, 필라델피아에서 키스튼 트러스트 사건에 가담했었지요. 그때 시저즈의 해거티 일당이 메신저 둘을 죽였소. 앨은 살인과는 관계가 없었으나 그 난동에는 가담했었지요. 그는 늘 필라델피아에서 싸움만 했소. 다른 놈들은 붙들렸으나 그는 용케 빠져나왔지요. 그래서 이런 시골에 처박혀 있는 거요. 신문이나 선전물에 사진을 내지 못하게 하는 것도 그때문이지요. 그래서 일류 선수인데도 엉터리 사기 시합을 하는 거요. 알겠소? 이 아이크 부슈야 말로 필라델피아 경찰이 키스튼 사건의 용의자로서 찾고 있는 앨 케네디요. 알겠소? 그가 키스튼 사건에……"

"알겠소, 알겠소." 나는 그가 되풀이하는 말을 막았다. "다음은 그를 만나는 일이오. 어떻게 해야 하지요?"

"그는 유니언 거리의 맥스웰 호텔에 묵고 있소. 아마 지금쯤 그곳에서 시합 전의 휴식을 취하고 있을걸요."

"시합 전의 휴식이라고? 싸우려는 생각도 없는데. 하여튼 우리 한번 부딪쳐 봅시다."

"우리라니! 우리라니! 어디다 그 '우리'를 붙이는 거요? 당신은 말하지 않았소──아니, 맹세하지 않았소! 내 이름을 밝히지 않

검은 나이프 99

겠다고."

"아, 그렇군요." 나는 말했다. "그 생각은 못했소. 그는 어떻게 생겼지요?"

"머리털이 새까맣고, 야윈 편이오. 찌그러진 짝귀에 눈썹이 일직선으로 그어져 있소. 당신의 이야길 들어 줄는지 난 모르겠소."

"그건 내게 맡기시오. 나중에 어디서 당신을 만나지요?"

"멀리네 당구장 근방을 어슬렁거리고 있을 테요. 내 이름을 일러바치지 마시오. 약속했죠?"

맥스웰 호텔은 유니언 거리에 있는 여러 호텔 가운데 하나로 상점과 상점 사이의 좁은 현관문으로 들어가서 초라한 계단을 올라가면 2층에 사무실이 있었다. 사무실이라지만 복도의 한쪽 구석에 페인트가 거의 다 벗겨진 목제 카운터가 있고 그 뒤에 열쇠와 우편물 선반이 있었다. 놋쇠 초인종과 손때 묻은 숙박부가 카운터에 있을 뿐 사람이라고는 아무도 없었다.

숙박부를 8페이지나 넘긴 뒤에야 아이크 부슈의 이름이 나왔다. 솔트레이크 시, 아이크 부슈, 214호실이라고 숙박부에 적혀 있었다. 그 번호의 열쇠 선반은 비어 있었다. 계단을 더 올라가서 그 번호가 붙은 문을 두드렸다. 아무런 기척도 없었다. 두세 번 더 두드려보고 나서는 계단으로 되돌아왔다.

누가 올라오고 있었다. 나는 계단 위에 멈추어 서서 그의 얼굴을 보려고 기다렸다. 얼굴을 볼 수 있을 정도의 전등 불빛이 있었다.

그는 군대용 와이셔츠에 푸른 양복, 회색 모자를 쓴 야윈 근육질의 젊은이였다. 검은 눈썹은 눈 위에서 일직선을 긋고 있었다.

"여어." 나는 말을 걸었다.

그는 걸으면서 입을 열지 않고 고개만 끄덕였다.

"오늘 밤에 이길 수 있겠소?" 나는 물었다.

"이겼으면 하오." 그는 짤막하게 대답하며 내 옆을 지나갔다.

네 발자국쯤 그의 방 쪽으로 가게 해 놓은 다음에, 나는 그에게 말을 던졌다.

"이겨 주었으면 하오, 앨. 당신을 필라델피아로 압송하기는 싫으니까 말이오."

그는 한 걸음을 더 떼었다가 천천히 돌아서서 벽에 한쪽 어깨를 기대고 졸리는 듯 눈을 감더니 신음하듯이 중얼거렸다.

"으음?"

"제 6회전에선지, 어느 회전에선지는 모르나 키드 쿠퍼 같은 애송이에게 나가떨어진다면 나는 울화통이 터질 거요." 나는 말했다. "바보 같은 짓은 하지 마시오, 앨, 당신은 필라델피아로 돌아가고 싶지 않을 테지요?"

청년은 턱을 목에 박고서는 내게로 되돌아왔다. 팔이 닿는 곳까지 이르렀을 때 그는 걸음을 멈추고 왼편 어깨를 약간 앞으로 내밀었다. 그의 두 손은 축 처져 있었다. 나의 두 손은 외투 주머니 속에 들어 있었다.

"으음!" 그는 또 신음했다.

나는 말했다.

"부디 잊지 말도록──만일 오늘 밤 아이크 부슈가 이기지 않으면 그는 내일 아침 동부로 떠나야 할 거요."

그는 왼쪽 어깨를 1인치쯤 올렸다. 나는 주머니 속에서 보라는 듯이 권총을 휘둘렀다.

"내가 이기지 않는다는 소문은 어디서 들었소?" 그는 물었다.

"그저 좀 귀동냥을 했을 뿐이죠. 뭐, 대단한 일은 아니오. 필라델피아로 돌아가는 차표만 있으면."

"네 놈의 턱주가리를 부수어 놓아야겠다, 이 돼지 같은 악당."

"부수려면 지금 하구려." 나는 그에게 충고해 주었다. "오늘 밤에 당신이 이기면 두번 다시 나를 보지 않을 테지만, 지면 한번 더 보게 될 텐데 그때에는 당신의 두 손엔 쇠고랑이 차일 거요."

나는 브로드웨이의 멀리네 당구장에서 맥스웨인을 찾았다.

"그를 만났소?" 그는 물었다.

"만났소. 이야기가 됐소── 놈이 폭탄으로 거리를 부수든가, 후원자들에게 귀띔을 하든가 하기로── 내 말을 무시하지 않는 한."

맥스웨인은 잔뜩 겁을 먹고 있었다.

"당신은 조심하는 게 좋을 거요." 그는 나에게 경고를 했다. "그들은 당신을 처치하려고 들 거요. 나는, 난 거리에서 누굴 만나야겠소."

그리고 그는 나를 두고 가버렸다.

퍼슨빌의 직업 권투 시합장은 변두리의 유원지였던 곳에 있는 목조의 큰 도박장이었다. 8시 반에 가 보니 시민 대부분이 몰려와 있었다. 아래층의 접는 의자는 빠짐없이 꽉 들어찼고, 양쪽의 조그마한 발코니에 있는 벤치는 더 말할 나위가 없었다.

담배 연기, 악취, 더위, 소음.

내 좌석은 링 사이드의 셋째 줄에 있었다. 내 자리로 가면서 댄 롤프가 별로 떨어져 있지 않은 통로 쪽 좌석에 다이너 블랜드와 나란히 앉아 있는 것을 발견했다. 다이너도 오늘밤은 머리 손질도 하고 웨이브도 해서인지 커다란 회색 털코트를 둘러쓴 부잣집 마님 같았다.

"쿠퍼에게 걸었어요?" 그녀는 인사를 주고받은 다음에 나에게 물었다.

"아니오. 당신은 쿠퍼에게 많이 거셨소?"

"별로 많이 걸지는 않았어요. 좀 확률이 좋아질까 하고 걸었지요. 그러나 차이가 크게 벌어질 것도 같고."

"부슈가 지는 걸 시내 사람이 모두 알고 있는 것 같더라구요." 나는 말했다. "2, 3분전에도 쿠퍼에게 4대 1의 비율로 100달러를 거는 걸 보았소." 나는 롤프 너머로 몸을 기울여 그 회색 털 깃에 가려진 다이너의 귀에 입을 바짝 갖다대고 소곤거렸다. "져 주는 건 그만두기로 했소. 늦기 전에 바꿔 대는 게 좋을 거요."

그녀의 핏발선 커다란 눈은 불안과 탐욕과 호기심과 의혹으로 커지고 거무스름해졌다.

"정말예요?" 그녀는 목쉰 소리로 물었다.

"그렇소, 정말이오."

그녀는 붉게 칠한 입술을 깨물고 얼굴을 찌푸리며 물었다.

"어디서 들었어요?"

나는 입을 다물었다. 그녀는 입술을 좀더 깨물고 나서 물었다.

"맥스도 알아요?"

"아직 못 만났소. 여기 와 있소?"

"아마 그럴 거예요." 그녀는 다른 데 정신이 팔린 듯이 말했다. 눈초리도 먼 곳을 바라보는 듯했다. 그녀의 입술은 마치 혼자서 속셈을 하고 있는 것처럼 움직였다.

"내 말을 믿건 말건 상관없지만, 그러나 둘 중 하나요." 나는 말했다.

다이너는 몸을 내밀고 내 두 눈을 날카롭게 들여다보고서는, 윗니와 아랫니를 맞추어 소리를 내며 지갑을 벌리고 커피통만한 지폐 뭉치를 끄집어 냈다. 그녀는 댄의 손안에 일부를 틀어넣었다.

"자, 댄, 이걸 부슈에게 걸어요. 아직 한 시간이 남아 있으니까 비율을 잘 봐야 해요."

롤프는 그 돈을 받아 갖고 심부름을 하러 자리를 떠났다. 내가 그 자리에 앉았다. 그녀는 내 팔을 붙잡고 말했다.

"만약 당신이 내 돈을 잃게 한다면 가만 있지 않겠어요."

나는 그까짓 어리석은 수작은 작작하라는 듯한 표정을 지어 보였다.

본시합 전에 아마추어 선수들의 4회전이 시작되고 있었다. 나는 탈러를 찾아 보았으나 그를 볼 수가 없었다. 그녀는 시합도 제대로 보지 않고 내 옆에서 안절부절못하며 어디서 그런 정보를 얻었느냐고 묻다가는, 만약 그 정보가 거짓 정보면 나를 초열(焦熱) 지옥에 빠뜨리겠다고 협박을 하곤 했다.

세미파이널이 시작되었을 때 롤프가 되돌아와서 그녀에게 한 손에 가득 도박권(卷)을 내주었다. 내 자리로 가려고할 때 그녀는 도박권을 뚫어지게 보고 있었다. 그녀는 고개를 들지도 않고 말을 건넸다.

"경기가 끝나면 밖에서 우리를 기다려 주세요."

내가 사람 틈을 파고들면서 내 자리로 향하고 있을 때 키드 쿠퍼가 링 뒤에 올라왔다. 보릿대 빛깔의 머리칼에다가 혈색이 좋고 몸집이 튼튼한 사나이였다. 코가 찌그러지고, 수국빛 팬티 위로는 비대한 살이 비어져 나와 있었다. 아이크 부슈, 일명 앨 케네디는 반대쪽 코너의 로프 사이로 들어왔다. 그의 체구가 더 나아 보였다――야위고, 근육이 멋지고, 민첩하고――그러나 얼굴은 불안 때문에 창백했다.

그들은 소개를 받고 링 복판에 나가서 늘 하는 지시를 받은 다음 자기 코너로 돌아가서 가운을 벗어던지고 로프를 붙들고 몸을 폈다. 징이 울리고 경기가 시작되었다.

쿠퍼는 엉터리였다. 크게 휘젓는 두 팔의 스윙은 상대가 맞으면 뜨끔할지 모르나 두 발을 가진 자라면 그 스윙에 맞을 턱이 없었다. 부슈는 매우 훌륭했다——민첩한 다리, 원활하고 재빠른 왼손, 그리고 툭 튀어나가는 오른손, 만약 이 야윈 청년이 실력껏 하려는 생각이 있었더라면 그에게 쿠퍼를 대전시키는 것은 살인 행위나 다름이 없었을 것이다. 그러나 그는 그럴 생각이 없었다. 말하자면 이기려 하지 않았다. 그는 이기지 않으려고 애를 쓰고 있었다. 그러느라고 두 손이 모자랄 지경이었다.

쿠퍼는 시합장을 평평한 발바닥으로 어기적어기적 걸어다니며 전등이건 코너의 기둥이건 아무것에나 스윙을 크게 내둘렀다. 그의 방식은 아무렇게나 스윙을 내둘러 상대가 요행히 맞기를 바라는 것에 불과했다. 부슈는 그 틈에 들락날락하면서 내킬 때는 언제나 그 혈색 좋은 녀석에게 글러브를 부딪쳤다. 그러나 그 글러브 속에는 아무런 힘도 들어 있지 않았다.

사람들은 1회전이 끝나기도 전에 투덜거리기 시작했다. 2회전 역시 같은 모양이었다. 내 기분도 별로 좋지 않았다. 부슈는 나와 나눈 잠깐 동안의 대화에 별로 마음을 두고 있는 것 같지 않았다. 다이너 블랜드가 내 주위를 끌려는 것을 곁눈으로 볼 수가 있었다. 그녀는 열중한 얼굴이었다. 나는 내 눈치를 그쪽이 알아차리지 못하게 하려고 조심했다.

3회전에서도 관중석에서 "끌어내라." "왜 키스만 하나." "싸움을 시켜라" 는 고함이 터져 나올 정도로 짜고 하는 시합은 계속되었다. 잠깐 불평이 멎었을 때 그들은 나와 가장 가까운 코너로 마치 강아지가 왈츠를 추듯이 다가왔다.

나는 두 손을 메가폰처럼 만들어 소리를 질렀다.

"앨, 필라델피아로 돌아가!"

부슈는 나에게 등을 돌리고 있었다. 그는 쿠퍼와 씨름을 하듯 하면서 그를 돌려 로프 쪽으로 밀어넣었으므로 그는——부슈는——내

검은 나이프 105

쪽을 향했다.

어딘가 뒤쪽 먼 곳에서도 "앨, 필라델피아로 돌아가!"라는 고함 소리가 들려왔다.

맥스웨인이구나, 나는 짐작했다.

한쪽 귀퉁이에서 어떤 주정꾼이 살찐 얼굴을 들어 같은 말을 되풀이 소리지르고는 무슨 신통한 농담인 양 웃고 있었다. 다른 관객들도 덩달아 똑같은 소리를 질러 댔다. 왜냐하면 그 소리에 부슈가 당황하는 것 같은 표정을 보였기 때문이었다.

그의 두 눈알이 검은 줄 같은 두 눈썹 밑에서 이리저리 움직였다.

쿠퍼의 한쪽 글러브가 야윈 청년의 턱을 맹렬히 때렸다.

아이크 부슈는 심판의 발 밑에 쓰러졌다.

심판은 2초에 다섯까지 카운트를 세었으나 징소리에 그는 살아났다.

나는 다이너 블랜드 쪽을 건너다보고 웃었다. 웃을 수밖에 없었다. 그녀는 나를 보고도 웃지 않았다. 그녀의 얼굴은 댄 롤프처럼 핼쑥했으나 보다 더 노기를 띠고 있었다.

부슈의 세컨드가 그를 코너로 끌고 가서 몸뚱이를 밀어 주기는 했으나 열의가 없었다. 그는 두 눈을 멀건이 뜨고 두 발을 바라보았다. 징이 울렸다. 키드 쿠퍼는 팬티를 끌어올리면서 어기적어기적 걸어 나왔다. 부슈는 이 엉터리가 링 복판에 나올 때까지 기다렸다가 그에게로 달려들었다. 재빨랐다.

부슈는 왼편 글러브를 아래로 내리고 내질렀다——글러브가 상대의 뱃속으로 들어가서 거의 안 보일 정도였다. 쿠퍼는 "으윽" 외치고 허리를 꺾으면서 뒷걸음질쳤다.

부슈는 쿠퍼의 입에다가 오른손 주먹을 먹여 윗몸을 꼿꼿이 펴지게 해 놓고서는 다시 왼손 주먹을 날렸다. 쿠퍼는 다시 "으윽" 비명을 지르고 무릎을 비틀거렸다.

부슈는 그의 머리 양옆에다 한 대씩 먹인 다음 오른손을 세우고 왼손으로 쿠퍼의 얼굴을 조심스럽게 일으켜 놓고서는 오른손 스트레이트를 자기의 턱 밑으로부터 쿠퍼의 턱 밑까지 날렸다.

관중들은 이 펀치에 자기가 얻어맞은 것 같은 느낌이었다.

쿠퍼는 마룻바닥에 나가떨어져 한 번 튀어오르고는 영 움직이지 않았다. 심판원이 열을 세는데 30초가 걸렸다. 30분이 걸려도 마찬가지였을 것이다. 키드 쿠퍼는 기절하고 말았다.

심판이 무성의하게 카운트를 끝냈고 부슈의 손을 치켜올렸다. 둘 다 기쁘지 않은 얼굴이었다. 이때 공중에서 번쩍 하는 것이 내 눈에 띄었다. 한 발코니로부터 짧은 은빛 섬광이 사선을 그으면서 떨어졌다.

한 여자가 비명을 울렸다.

은빛 사선은 링에서 그 빛을 잃었다. 동시에 털썩, 하는 소리가 들렸다.

아이크 부슈의 팔이 심판의 손에서 떨어지고, 그의 몸뚱이는 키드 쿠퍼의 몸뚱이 위로 쓰러졌다. 검은 나이프 손잡이가 부슈의 목덜미에 불쑥 나와 있었다.

범죄를 구함——남녀 불문

30분 후에 밖으로 나왔을 때 다이너 블랜드는 하늘색 소형 마몬의 운전석에 앉아 길에 서 있는 맥스 탈러와 이야기를 하고 있었다.

그녀의 네모진 턱은 위로 치켜 올라가 있었다. 빨갛게 칠한 두터운 입술은 말을 할 때마다 잔인하게 보였고 입 가장자리에 파인 주름은 냉혹해 보였다.

휘스퍼도 다이너 못지않게 불쾌한 얼굴이었다. 그의 예쁜 얼굴은 참나무처럼 누렇고 탄탄했다. 말을 할 때마다 그의 입술은 종잇장처럼 얇아 보였다.

마치 사이좋은 부부 같았다. 여자가 나를 보고 "어머나, 안 오실 줄 알았어요" 하고 말을 걸지 않았더라면 나는 그들을 만나려고 하지 않았을 것이다.

나는 차 옆으로 갔다. 탈러는 보닛 너머로 쌀쌀하게 나를 바라보았다.

"어젯밤에 샌프란시스코로 돌아가시라고 말씀드렸는데." 그의 속삭이는 듯한 목소리는 어느 누구의 고함 소리보다도 거칠었다. "다시 한번 말해 둡니다."

"대단히 고맙소" 라고 말하며 나는 여자의 옆자리에 올라탔다.

시동을 걸고 있는 다이너에게 휘스퍼가 말했다.

"네가 나를 배반한 건 이번이 처음이 아니야. 그러나 이번이 마지막이야."

그녀는 차를 발차시키며 어깨 너머로 고개를 돌리고서 노래하듯이 대꾸했다.

"좋으실 대로, 나의 맥스!"

우리는 순식간에 시내로 들어갔다.

"부슈는 죽었나요?" 그녀는 차를 브로드웨이로 꺾으면서 물었다.

"죽었고말고. 몸을 뒤집어 보니까 칼 끝이 목구멍 앞에까지 나와 있더군."

"패거리들을 배반하면 안 되었는데. 우리 무얼 좀 먹어요. 난 오늘 밤 도박에서 거의 1100달러나 땄어요. 그러니까 저 양반이 기분이 좋을 리 없지. 당신은 얼마나 땄어요?"

"난 아무한테도 걸지 않았소. 그래서 당신이 좋아하는 맥스가 저렇게 기분이 좋지 않았군?"

"걸지 않았다고요?" 그녀는 외쳤다. "당신은 어떻게 생겨먹었길래 바보 짓을 했지요? 그렇게 틀림없는 정보를 쥐고 있으면서 걸지 않았다니, 그런 사람이 어디 있어요?"

"틀림없는 정보인지 아닌지 자신이 없었소. 그래, 맥스는 그렇게 되지 않은 게 화가 나는가 보군요?"

"맞았어요. 많이 잃었대요. 그리고 그는 내가 머리를 써서 재빨리 승자를 바꿔쳤기 때문에 내게 화를 내는 거예요." 그녀는 중국 요릿집 앞에서 난폭하게 차를 세웠다. "쩨쩨한 깡패 같은 녀석!"

그녀의 두 눈은 눈물에 젖어 반짝거렸다. 그녀는 차에서 내릴 때

손수건으로 눈을 문질렀다.
"아, 배고파!" 그녀는 나를 끌다시피하여 음식점으로 들어갔다.
"볶음국수를 한 톤쯤 사 주세요."
그녀는 한 톤까지는 먹지 않았으나 꽤 많이 먹었다. 수북한 자기 접시를 비우고는 내 것도 절반쯤 먹어치웠다. 그리고 우리는 마몬으로 되돌아가 그녀의 집까지 차를 몰았다.

댄 롤프는 식당에 있었다. 물이 든 잔과 라벨이 붙어 있지 않은 갈색 술병을 올려놓은 테이블 앞에 앉아 있었다. 그는 의자에 반듯이 앉아 술병을 노려보고 있었다. 방에서는 아편 냄새가 났다.

다이너 블랜드는 어깨로부터 털외투를 벗어 의자 위에 걸쳤는데 절반은 마룻바닥에 떨어졌다. 다이너는 폐병쟁이에게 손가락을 딱딱 퉁기며 초조한 듯이 물었다.

"수금해 왔어요?"

롤프는 술병에서 눈을 떼지 않은 채 윗옷 안주머니에서 한 뭉치의 지폐를 꺼내어 테이블 위로 내던졌다. 여자는 그것을 움켜쥐고 두 번 센 뒤에 입맛을 쩍쩍 다시며 핸드백 속에 집어넣었다.

그녀는 부엌에 가서 얼음을 깨뜨리기 시작했다. 나는 주저앉아 궐련에 불을 붙였다. 롤프는 술병을 노려보고 있었다. 그와 나는 피차 할 말이 있을 것 같지 않았다. 이윽고 여자는 진과 레몬 쥬스와 탄산수와 얼음을 갖고 왔다.

술판이 벌어졌을 때 그녀는 롤프에게 말했다.

"맥스가 노발대발이야. 당신이 시합 직전에 부슈에게 돈을 걸려고 한다는 걸 들었나봐. 그 녀석은 내게 배반당한 줄로 생각하는 모양인데 그것과 내가 무슨 관계가 있지? 내가 한 일은 이기는 편에 붙는다는——분별있는 사람이면 누구나 다 하는 짓이었는데——내가 조금이라도 무슨 술책이라도 부렸나요?" 그녀는 내게 물었다.

"없었지요."

"없고말고요. 맥스가 걱정하는 건 자기도 솜씨 좋게 댄을 시켜서 나와 마찬가지로 자기 돈도 걸게 했다고 남들이 생각할거라는 거예요. 어쨌든 그 사람의 운수가 나빠요. 그 녀석이 어떻게 되든 난 알 바 아니지만. 쩨쩨한 녀석 같으니. 자아, 한 잔 더 하시겠어요."

다이너는 자기 잔과 내 잔에 술을 따랐다. 롤프는 첫 잔에도 손을 대지 않고 있었다. 그는 여전히 갈색 술병을 노려보면서 말했다.

"맥스의 기분이 풀리기를 바란다는 건 무리요."

여자는 얼굴을 찌푸리며 불쾌한 듯이 말했다.

"내가 원하는 걸 바라는 건 무리가 아니에요. 그리고 그도 내게 그 따위 말버릇으로 대할 수는 없어요. 내가 뭐 그 사람 것인가. 그는 내가 자기 것인 줄 생각할지 몰라도 나는 그게 아니라는 걸 보여주어야겠어요." 그녀는 단숨에 잔을 비우더니 테이블 위에다 쾅 내려 놓고 의자 속에서 몸을 비틀어 내 쪽으로 향했다. "당신이 이 시를 개혁하기 위하여 엘리휴 윌슨에게서 1만 달러를 받았다는 게 정말이에요?"

"그렇소."

그녀의 핏발 선 두 눈이 굶주린 듯이 번득였다.

"만약 내가 거들어 주면 그 1만 달러 중에서 얼마를 내게……."

"그건 안 돼, 다이너." 롤프는 탁한 목소리로 말했으나, 점잖으면서도 단호한 말투였다.

그는 마치 어린 아이를 타이르는 것처럼 "그거 아주 더러운 짓이오"라고 덧붙였다.

여자는 고개를 천천히 그 쪽으로 돌렸다. 아까 휘스퍼하고 이야기하던 때와 똑같은 표정이 입가에 떠올랐다.

"난 할 작정이야." 그녀는 말했다. "그런 짓을 하면 내가 더 더러워지기라도 하는 건가, 뭐?"

롤프는 한 마디 대꾸도 하지 않고 술병만 노려보고 있었다. 다이너의 얼굴은 빨개지고, 냉혹해지고, 잔인해졌다. 그러나 목소리는 부드럽고 달콤하게 속삭이는 듯했다.

"비록 폐는 약간 나쁠지라도 당신 같은 순진한 신사가 나 같이 더러운 여자와 사귄다는 건 유감천만이구려."

"폐병은 고칠 수 있소." 그는 천천히 말하면서 일어섰다. 그는 머리 끝까지 아편 기운이 올라와 있었다.

다이너 블랜드는 의자에서 뛰어 일어나 테이블로 돌아가 롤프에게 대들었다. 그는 아편 기운에 멍청해진 눈으로 그녀를 바라보았다. 그녀는 얼굴을 그에게 바짝 갖다대고 따져물었다.

"그럼 당신에겐 나란 여자가 아주 더럽단 말이지?"

롤프는 태연하게 말했다.

"이 사람에게 친구들의 비밀을 파는 것은 아주 더러운 짓이라고 말했을 뿐이오, 아주 더러운 짓입니다."

다이너는 그의 야윈 한쪽 손목을 붙잡아서 그가 무릎을 꿇을 때까지 비틀었다. 그녀는 다른 한 손으로 그의 수척해진 뺨을 여섯 차례씩 갈겼다. 그의 고개가 좌우로 흔들렸다. 그는 붙잡히지 않은 손으로 그것을 막을 수도 있었을 텐데 막지 않았다.

그녀는 그의 손목을 놓아 준 뒤 그에게 등을 돌리고 진과 탄산수에 손을 뻗쳤다. 그녀는 미소를 띠고 있었다. 나는 그 미소가 비위에 맞지 않았다.

롤프는 눈을 깜박거리면서 일어섰다. 팔목은 그녀에게 붙잡혔던 자국으로 빨갰다. 그의 얼굴에는 피멍이 들었다. 그는 반듯이 몸을 세우더니 흐리멍덩한 눈으로 나를 바라보았다.

그는 얼빠진 눈과 얼굴의 표정을 전혀 바꾸지 않은 채 윗옷 밑에 손을 넣어 까만 자동 권총을 꺼내더니 나를 향하여 쏘았다.

그러나 그는 손을 떨고 있어서 속도도 정확성도 없었다. 나는 그에게 술잔을 던졌다. 술잔은 그의 어깨에 맞았다. 그의 총알은 나의 머리 위를 스쳐 지나갔다.

두 발째를 쏘기 전에 나는 뛰어 일어나서——그에게 덤벼들어 권총을 낚아채었다. 두 번째 총알은 마룻바닥에 박혔다.

나는 그의 턱을 갈겼다. 그는 물러서더니 그대로 쓰러져 움직이지 못했다.

나는 돌아보았다.

다이너 블랜드는 탄산수 병으로 내 머리를 치려고 벼르고 있었다. 무거운 유리병이므로 그것은 내 머리를 부수었을 것이다.

"그만두지 못해." 나는 외쳤다.

"댄을 그렇게 칠 필요까지는 없잖아요." 여자도 소리를 질렀다.

"아무튼 끝난 일이니. 일으켜 주는 게 좋을 것이오."

그녀는 술병을 내려놓았다. 나는 그녀를 도와 그를 2층 침대로 옮겨놓았다. 그가 눈을 움직이기 시작했으므로 뒷일은 그녀에게 맡기고 나는 아래 식당으로 내려왔다. 15분 뒤에 그녀도 식당으로 되돌아왔다.

"걱정없어요." 그녀는 말했다. "그러나 때리지 않고 다룰 수도 있었잖아요."

"글쎄, 하지만 그를 걱정해서 한 일이오. 그가 나를 쏜 이유를 아시오?"

"맥스를 팔아먹을 상대자를 없애려고 그런게 아닐까요?"

"아니오. 당신에게 혼나는 걸 내가 보았기 때문이오."

"저는 이해 못하겠어요" 그녀는 말했다. "혼을 낸 것은 난데."

"그는 당신에게 홀딱 반해 있고, 그렇게 당하는 것은 처음이 아닐 테지요. 그의 행동은 마치 당신과 힘을 겨루어 봐야 별수없다는 걸 깨달은 듯하였소. 그러니 다른 남자 앞에서 뺨을 얻어맞고 기분이 좋을 리 있었겠소?"

"난 남자들의 속을 좀 알고 있다고 생각해 왔는데," 그녀는 투덜거렸다. "그런데 도무지 모르겠어요. 미치광이들이에요, 남자란 모조리."

"그래서 난 그에게 자존심을 세워 주려고 그를 후려갈긴 거요. 알겠지만 여자에게 얻어맞고 있는 거지가 아니라 한 사나이로서 대해 주었단 말요."

"마음대로 지껄이세요." 그녀는 한숨을 내쉬었다. "이제 그만두겠어요. 술이라도 마셔요."

우리는 술을 마셨다. 나는 말했다.

"조금 전 윌슨의 돈에서 내 몫을 당신에게 준다면 나의 일을 돕겠다고 말했지. 좋소, 내몫을 주겠소."

"얼마나?"

"일 나름이오. 한 일에 따라서 값은 얼마든지 주겠소."

"명확하지는 않군요."

"당신의 협력도 마찬가지요, 지금의 나로서 알고 있는 한."

"그래요? 정보를 드릴 수 있어요, 오라버님. 그것도 산더미 같은 정보를요. 그러니까 절 깔보지 마세요. 저는 포이즌빌을 샅샅이 알고 있단 말이에요." 그녀는 회색 양말을 신은 두 무릎을 내려다보고 있더니 한쪽 다리를 내게 저어 보이면서 화가 난 듯 큰소리를 질렀다. "이거 보세요, 이런. 또 줄이 갔어요. 이보다 더한 게 있겠어요? 털어놓고 말하지만, 이러다간 난 맨발이 되겠어요."

"당신 발이 너무 굵소." 나는 그녀에게 말했다. "그래서 실밥이 터지는 거요."

"당신한테서 벌면 되겠죠. 이 도시를 깨끗이 청소한다는데 어떻게 할 건가요?"

"지금까지 내가 들은 이야기가 거짓말이 아니라면 탈러, 핀란드인 피트, 류 야드, 누년 등 이들 4명이 포이즌빌을 지금과 같은 '단내 나는 난장판'으로 만들었소. 엘리휴 노인도 같은 비난을 받아야 하겠지만 그의 책임만은 아닌 것 같소. 게다가 그분은 싫기는 하지만 내 고객이니까 그분에게 야박하게 대하고 싶지는 않소.

지금으로서는 이들 4명과 관련된 부정 사실을 모조리 파헤쳐 내는 거요. 혹 나는 신문에 광고를 낼지도 모르오. '범죄를 구함――남녀불문'이라고. 그들이 내가 생각한 것과 같은 악당들이라면 그들이 저지른 한두 가지 부정사실을 들추어 내는 것쯤은 힘들지 않을 것입니다."

"당신이 권투 시합을 제대로 진행시킨 것도 그러한 목적에서였나요?"

"그건 하나의 실험에 불과했소. 결과를 보려고 했을 뿐이오."

"그게 과학적 탐정이 쓰는 방법인가요. 기가 막혀라! 중년의 뚱보하고 무정한 고집쟁이치고는 내가 들은 적도 없는 일을 똑똑히 처리할 줄도 아시는구려."

"때로는 계획을 세우는 것도 좋지요." 나는 말했다. "그리고 때로는 그저 소동을 일으켜 놓기만 해도 좋거든요. 끝까지 버티며 살아남아 눈을 활짝 뜨고 있으면, 그 소동이 절정에 이르렀을 때 보고 싶은 걸 볼 수 있단 말이오."

"한 잔 더 마실 만하군요." 그녀는 말했다.

훌륭한 정보

우리는 또 한 잔 마셨다.
다이너는 술잔을 내려놓고 입술로 핥으며 말했다.
"소동을 일으키는 게 당신의 수법이라면 나는 훌륭한 정보를 갖고 있어요. 누넌의 동생인 팀이 약 2년 전 모크 호수에서 자살했다는 이야기를 들은 적이 있나요?"
"없소."
"그런 것까지 들었을 리는 없겠지요. 아무튼 팀은 자살하지 않았어요. 맥스가 죽인 거예요."
"그래요?"
"이봐요, 정신차리세요. 내가 말하는 건 정말이에요. 누넌은 팀에게는 아버지와 다름없었어요. 누넌에게 증거를 대줘봐요. 그는 다른 일은 제쳐놓고 맥스를 잡으러 다닐 거예요. 그런 걸 당신은 바라고 있는 거지요?"
"증거가 있소?"
"팀이 숨을 거두기 전에 달려온 사람이 둘 있는데, 팀은 그들에게 자기는 맥스에게 당했다고 말했다는 거예요. 둘 다 지금 시내에 살고 있어요. 하긴 한 사람은 별로 오래 살 것 같지도 않지만. 어때요, 이 정보는?"

여자는 제법 진실을 말하는 듯한 표정이었다.

하긴 상대가 여자인 경우에, 더구나 푸른 눈의 여자인 경우에 표정만 갖고서는 반드시 그렇다고 말할 수는 없다.

"자세하게 이야기를 더 들려 주구려." 나는 말했다. "나는 자세한 것까지 듣길 좋아하니까."

"자세히 알려 드리죠. 모크 호수에 가 본 적이 있나요? 그곳은 산골짜기 길을 30마일쯤 올라가 있는 피서지예요. 습기가 심하지만 여름은 시원해서 여간 좋은 곳이 아니지요. 작년 여름 8월의 마지막 주말이었어요. 나는 홀리라는 남자하고 같이 그곳에 갔었지요. 홀리는 지금 영국으로 돌아갔지만, 그 사람 걱정을 할 건 없어요. 뭐, 홀리는 그 일과는 아무 관계가 없으니까요. 익살쟁이 노인네 같은 남자지요. 실매듭에 발을 상한다면서 언제나 하얀 명주 양말을 뒤집어서 신고 다니니까요. 지난 주일에 그의 편지를 받았어요. 어디 요 근처에 있을 텐데. 뭐, 그런 건 아무래도 좋겠지요.

아무튼 맥스도 거기에 와 있었어요. 언제나 같이 놀러 다니는――머틀 제니슨이라는――여자와 함께요. 그 여자는 지금 시립 병원에 입원하고 있는데 신장염인가 뭔가로 다 죽어가고 있대요. 그 무렵엔 아주 멋진 애였지요. 날씬한 금발이었어요. 두세 잔 술이 들어가면 술주정하는 버릇만 없으면 언제나 귀여운 애였지요. 팀 누넌이 그애한테 열을 올리고 있었는데, 그해 여름 그 애는 맥스 말고는 아무도 거들떠보지 않았어요.

팀은 그애 뒤를 쫓아다니며, 혼자 놓아 두질 않았어요. 팀은 체격이 큼직하고 풍채도 좋은 아일랜드 계 청년이지요. 형이 경찰서장이라는 배경에 기대어 그럭저럭 살아 가고 있던 게으름뱅이 소악당이라고나 할까. 어디든 머틀이 가는 곳에는 팀이 얼굴을 내밀었지요. 머틀은 그런 일을 맥스에게 일러 바칠 마음은 없었어요. 맥스가 팀의 형인 경찰 서장과 충돌을 일으키도록 하고 싶지는 않았기 때문이었겠지요.

팀은 당연히 그 주 토요일 머틀 때문에 모크 호수에 나타났어요. 머틀과 맥스는 둘뿐이었어요. 홀리와 나는 다른 패들과 함께였지만. 머틀을 마주쳐 나는 말을 걸었어요. 그녀는 팀의 편지를 받았다고 하더군요. 4, 5분이라도 좋으니 만나 달라, 밤에 호텔 정원에 있는 조그만 정자에서 기다릴 테니 나와라, 만약 와 주지 않으면 자살하겠다고 씌어 있었다나요. 아주 호들갑스러운 엉터리 같은 협박편지죠. 나는 내버려 두라고 말했지만, 그애는 얼근히 한잔해서 퍽 기분이 좋았던 참이라 귀에 불이 날 만큼 타일러 줄 작정이라고 말하는 거였어요.

그날 밤 우리들은 모두 호텔에서 춤을 추고 있었어요. 한동안 맥스의 모습도 보였으나 어느새 없어져 버렸더군요. 머틀은 러트거즈라는 이 마을 변호사와 춤을 추고 있었군요. 그러다가 그녀는 러트거즈에게서 떠나 옆문으로 나갔어요. 내 옆을 지나다가 내게 눈짓을 보내기에 나는 옳아, 팀을 만나러 가는구나 알아챘어요. 그런데 막 나가자마자 권총 소리가 들려 온 거예요. 아무도 알아차린 사람이 없었어요. 나도 머틀과 팀의 이야기를 알고 있지 않았으면 알아듣지 못했을 거예요.

나는 홀리에게 머틀을 보고 오겠다고 말하고 머틀의 뒤를 쫓아 혼자서 나왔어요. 그녀가 나가고 나서 아마 5분쯤 지나서였을 거예요. 밖에 나와 보니까 별관 옆에 불빛이 아른아른 비치면서 사람들이 모여 있지 않겠어요. 그래서 가 보니까——아유, 지껄이면 이렇게 목이 마른다니까."

나는 두 잔분의 진을 따라주었다. 여자는 또 하나의 술잔과 얼음을 가지러 부엌으로 갔다. 그것을 섞어 마신 뒤 여자는 차분히 목을 가라앉히고 또 이야기를 시작했다.

"가 보니까 팀 누년이 관자놀이에 총구멍이 뚫려 죽어 있잖아요. 곁에는 팀의 권총이 떨어져 있었고, 열 두서너 명의 사람들이 둘러서 있었어요. 호텔 사람이며 손님이며 누년의 부하인 맥스웨인 형사 등등. 머틀은 나를 보자 곧 그 구경꾼들로부터 떨어진 나무 뒤로 끌고 갔어요. '맥스가 그를 죽였어요. 어떻게 하면 좋아요.' 머틀은 말했어요.

들자니, 이야기는 이랬어요. 머틀은 '번쩍' 하는 피스톨의 불빛을 봤대요. 그래서 처음엔 팀이 평소에 그가 말한대로 자살했구나 하고 생각했대요. 그와 멀리 떨어진 곳에 있었고, 게다가 깜깜했기 때문에 다른 건 아무것도 보이지 않았던가 봐요. 그리로 달려가 보니까 팀은 대굴대굴 구르며 신음하고 있더래요. 그러면서 '그 여자 일로 저놈의 손에 내가 죽을 이유가 없단 말이야. 나는……, 하고 말하는데 그 다음은 알아듣질 못했대요. 관자놀이에 피를 콸콸 쏟으면서 굴러다니고 있었다는군요.

머틀은 맥스가 한 짓이 아닌가 걱정스러워 확인해 보려고 무릎을 꿇고 팀의 머리를 치켜들고 '누가 그랬어요, 팀?' 하고 물어봤대요.

거의 죽어가고 있었다는데 숨을 거두기 전에 겨우 '맥스!' 라고 간신히 말했다는군요.

그애가 '어떻해요' 하고 나한테 물어보기에, 누군가 달리 팀의 말을 들은 사람이 있느냐고 되물으니까 곁에 형사가 있었다고 그러잖아요. 머틀이 팀의 머리를 치켜들려고 하고 있을 때 뛰어온 거지요. 다른 사람은 아무도 그 말이 들릴 만큼 가까이는 없었다고 생각되지만 그 형사는 듣고 말았다고 하지 않겠어요.

나는 팀 누넌과 같은 얼간이를 죽인 것쯤으로 맥스를 감옥에 보내기가 싫었어요. 그 무렵 맥스는 내게 아무것도 아닌 존재였어요. 그저 막연히 좋다는 것뿐. 누넌 형제는 아주 싫어했어요. 그 형사——맥스웨인이란 사람도 나는 알고 있었지요. 그의 부인하고도 알고 있었어요. 바탕은 매우 마음 좋고 고지식하며 정직한 사람이었는데, 경찰에 들어가고 나서는 다른 형사와 마찬가지로 되어 버렸어요. 부인은 잘 참아 내더니 기어이 헤어지고 말더군요.

그 형사를 알고 지내니까 이야기가 잘 될 것이라고 나는 머틀에게 말했어요. 조금만 돈을 쓰면 맥스웨인은 깨끗이 잊어 줄 테고, 그게 싫다면 맥스가 얼마든지 상대를 없애버릴 수 있으리라고 생각했어요. 게다가 머틀은 자살하겠다는 팀의 협박편지도 갖고 있었으니까요. 그 형사만 그럴듯하게 잘 보조를 맞춰서 팀의 머리 상처는 스스로 피스톨을 쏘았기 때문이라는 걸로 해 두고 그 편지와 말귀가 들어맞게 해 버리면 만사가 해결될 테니요.

나는 머틀을 나무 뒤에 남겨 두고 맥스를 찾으러 갔어요. 그런데 아무 데도 없잖겠어요. 그때까지 호텔의 오케스트라는 댄스곡을 연주하고 있었어요. 맥스가 보이지 않기에 나는 머틀에게로 다시 돌아갔지요. 그러자 머틀은 머틀대로 다른 생각을 하고 있더군요.

그녀는 맥스가 팀을 죽인 것을 자기가 알고 있다는 걸 맥스에게 눈치채이기 싫었던 거예요. 맥스가 무서웠던 거지요.

내가 말한 뜻을 알겠어요? 그녀는 만약 자기와 맥스 사이가 나빠지거나 할 때에 맥스의 약점을 쥐고 있다는 걸 알게 되면 그냥 살려 두지 않으리라는 것을 두려워한 거지요. 나도 그 기분은 알아요. 그 뒤 내게도 그와 비슷한 일이 생겨서 그녀처럼 위축됐으니까요. 그래서 맥스가 눈치채지 못하도록 해결지을 수 있다면 그 이상 좋은 일이 없을 거라고 우리들은 생각했어요. 아무튼 우리들은 표면에 나서기는 싫다고 생각한 것이었지요.

그래서 머틀은 팀을 둘러싸고 있는 사람들 쪽으로 돌아가서 맥스웨인을 조금 떨어진 곳으로 데리고 갔어요. 그곳에서 흥정을 했지요. 얼마큼 돈을 갖고 있었으므로 우선 200달러와 보일이라는 남자가 사 준 1천 달러짜리 다이아몬드 반지를 빼서 그에게 줬어요. 맥스웨인은 그런 정도로 끝나지 않고 나중에 더 많이 내놓으라고 할 줄 알았는데 그런 일은 없었던 모양이에요. 그대로 꼭 지켜 줬어요. 그리고 팀이 머틀에게 보낸 편지를 그럴듯하게 이용해서 팀이 자살한 것처럼 꾸며 놓았지요.

누넌은 어딘지 이상하다고 생각했겠지만 아무래도 확실한 사실을 탐지해 낼 수가 없었어요. 그렇지만 누넌은 맥스가 뭔가 이 사건과 관계가 있다고 의심하고 있었으리라고 생각해요. 그래도 맥스에겐 빈틈없는 알리바이가 있어서——그 점은 믿어도 좋아요——한다하는 누넌도 기어이 맥스를 어떻게 할 수 없었던 모양이에요. 그래도 누넌은 맥스웨인을 파면하고——경찰에서 쫓아내 버렸어요.

그로부터 얼마쯤 뒤에 맥스와 머틀은 헤어져 버렸어요. 뭐 싸웠다거나 그런 것도 아니고 그냥 헤어져 버린 거지요. 아마도 그 일이 있은 뒤로 머틀은 그전처럼 편안한 기분으로 남자 곁에 있을 수가 없었던 모양이에요. 하긴 내가 알기로도 남자 쪽에선 꿈에도 머틀이 뭔가 알고 있다고 의심해 본 적은 없는 것 같았지만. 아까 말한 것처럼 그애는 지금 병으로 오래 살 것 같진 않아요. 그러니까 물으면 거리낌없이 사실을 말해주리라고 생각해요. 맥스웨인은 지금도 할 일없이 거리를 돌아다니고 있지요. 그 남자는 돈이 된다고 생각하면 앞으로 무엇이든지 이야기해 줄 거예요. 이 두 사람이 맥스의 비밀을 쥐고 있어요. 그래요, 누넌이 알면 물고 늘어지지 않을 리가 없어요. 어때요? 당신이 말하는 그 소동을 일으키는 실마리로는 충분하지 않으세요?"

"자살이라고는 생각할 수 없었나요?" 나는 물었다. "팀 누넌이 죽으면서 맥스를 끌고 들어가려고 그런 생각을 해낸 것은 아닐까요?"

"그 헛장담만 하는 허풍선이가 자기 자신을 쏜다고요? 천만의 말씀이에요."

"머틀이 쏘았다고는 생각 할 수 없나요?"

"그 점은 누넌도 놓치지 않았어요. 총소리가 났을 때 머틀은 비탈의 3분의 1도 내려가 있지 않았어요. 팀의 머리에는 바로 곁에서 맞은 증거로 화약에 그을린 흔적이 있었고, 맞고 나서 비탈로 굴러떨어진 것은 아니었거든요. 머틀은 문제 밖이에요."

"맥스에겐 알리바이가 있었나요?"

"네, 그래요. 그이에겐 알리바이가 있었어요. 그이는 줄곧 건물의 반대쪽 호텔 바에 있었다나요. 네 명의 남자가 그렇게 증언했어요. 내 기억에 그 네 사람은 누가 물어 보기 전부터 큰소리로 몇 번이나 그렇게 말하였어요. 그 시간에 바에는 다른 남자들도 있어서 맥스가 있었는지 없었는지 확실히 기억할 수 없다고 말했지만 그 네 사람이 기억하고 있다는 것이 이상하지 않아요. 그 패들은 맥스가 기억하고 있어 주길 바라는 일이라면 무엇이든지 기억하고 있답니다."

여자의 눈이 커지더니 다음에는 검은 눈썹의 가장자리가 붙어 일직선이 되어 버릴 만큼 좁아졌다. 그리고 갑자기 내게로 몸을 내미는 바람에 팔꿈치로 자기 술잔을 엎어 버렸다.

"피크 멀리가 네 사람 중의 하나였어요. 지금은 그 남자와 맥스의 사이가 좋지 않으니까 지금이라면 무슨 이야기를 지껄일지도 모르지요. 브로드웨이에서 도박장을 하고 있어요."

"그 맥스웨인이란 자는 혹시 보브라는 이름을 갖고 있지 않소?" 나는 물어 보았다. "돼지처럼 턱이 긴 앙가발이 남자요?"

"그래요. 아세요?"

"본 적이 있을 뿐이오. 지금은 뭘 하고 있소."

"깍쟁이에다가 사기꾼이에요. 어떻게 생각하세요, 이 이야기를?"

"나쁘진 않군요. 쓰일지도 모르겠소."

"그럼, 돈으로 흥정해요."

나는 여자의 탐욕스러운 눈빛을 보고 픽 웃으며 말했다.

"아직은 빨라요, 아가씨. 돈을 뿌리기 전에 그 정보가 어떻게 돌아가는지 보지 않고선 말이오."

여자는 나에게 지독한 깍쟁이라고 욕을 하며 진 술병에 손을 뻗쳤다.

"이제 술은 그만 하겠소." 나는 시계를 보았다. "벌써 아침 5시네. 바쁜 하루가 시작됐군요."

여자는 또 배가 고파 죽겠다고 말했다. 그 말을 들으니 나도 배가 고팠다. 와플과 햄과 커피를 가져오는데 30분이나 걸렸다. 그것을 위장 속으로 들여보내고 한 잔의 커피를 마시고 두서너 대의 담배를 피우는 데 또 시간이 조금 걸렸다.

막상 돌아가려고 했을 때는 6시를 훨씬 지나고 있었다.

나는 호텔로 돌아와서 냉수욕을 했다. 기운이 났다. 나는 기운을 낼 필요가 있었다. 40살이 되어서도 진을 수면의 대용품으로 삼고 해나가려면 할 수도 있는 일이지만 그게 그다지 편한 것은 되지 못한다. 옷을 입고 차분히 앉아서 서류 한 통을 작성했다.

팀 누넌은 죽기 직전에 맥스 탈러가 쏘았다고 내게 말했습니다. 그가 내게 그렇게 말하는 것을 형사 보브 맥스웨인이 듣고 있었습니다. 나는 맥스웨인 형사에게 그 말을 입 밖에 내지 말고 자살로 보게 하는 입막음으로 현금 200달러와 1천 달러짜리 다이아몬드 반지를 주었습니다.

나는 서류를 호주머니에 넣고 아래층으로 내려가 커피뿐이라고 할 만큼 간단한 아침 식사를 다시 하고 나서 시립병원으로 갔다.

면회 시간은 오후뿐이라고 되어 있었으나 나는 콘티넨털 탐정사의 신분 증명서를 휘두르며, 아무나 상관 없이 병원 사람에게 한 시간만 늦으면 몇천 명의 생명에 관한 문제가 될지도 모른다고, 그렇게까지는 말하지 않았지만 그런 정도의 효과가 있는 말을 하여 겨우 머틀 제니슨을 만날 수 있었다.

그 여자는 3층 병실에 홀로 누워 있었다. 다른 네 개의 침대는 비어 있었다. 그 여자는 처녀로 보려면 볼 수 있고 50살의 노파로 보려면 그렇게도 보였다. 그녀의 얼굴은 통통 부어 있고 기미투성이였다. 생기를 잃은 노란 머리칼을 두 줄로 땋아 베개 위에 길게 걸쳐 놓았다.

나는 안내해 준 간호사가 나갈 때까지 기다렸다. 그런 다음 그 서류를 환자 앞에 내밀며 말했다.

"미안하지만 여기에 서명해 주시겠습니까, 제니슨 양?"

여자는 부어오른 살덩이 같은 눈꺼풀 때문에 빛깔이라는 것은 도무지 없어진 보기 싫은 눈을 이쪽으로 돌리고 서류를 보더니, 간신히 담요 안에서 부어오른 손을 내밀어서 그 서류를 손에 잡았다.

여자는 내가 쓴 42개의 낱말을 그럭저럭 5분 가까이 읽는 척하고 있었다. 그러더니 이윽고 서류를 담요 위에 떨어뜨리고 물었다.

"이런 이야기를 어디서 들었지요?" 힘이 없으나 초조한 목소리였다.

"다이너 블랜드가 가 보라고 말하더군요."

여자는 정색하고 물었다.

"그녀는 맥스와 헤어졌나요?"

"그렇지는 않을 겁니다." 나는 거짓말을 했다. "만약의 경우를 대비해서 이것을 지니고 있은 것뿐이 아닐까요?"

"그렇게 해서 목이라도 잘리고 싶은 모양인가 보군, 바보처럼. 연필을 이리로 줘 보세요."

나는 만년필을 빌려 주었다. 그리고 내가 수첩을 서류 밑에 받쳐 주자 여자는 문장의 끄트머리에 서명을 하더니 곧 서류를 내게 건네 주었다. 종이를 흔들며 잉크를 말리고 있으니까 여자가 말했다.

"다이너가 원한다면 나는 괜찮아요. 이제 와서 누가 무슨 짓을 하더라도 나는 거리낄 게 없어요. 나는 이제 그만인걸요. 모두 마음대로 하라고 하세요."

여자는 소리를 죽여 웃더니 갑자기 담요를 무릎 언저리까지 쑥 내리고 하얀 싸구려 잠옷에 싸인 무섭게 부어오른 몸을 보였다.

"어때요, 내가 마음에 들어요? 난 이제 그만이에요."

나는 담요를 고쳐 덮어 주면서 말했다.

"서명해 줘서 고맙소, 제니슨 양."

"괜찮아요. 이제 아무렇지도 않으니까요. 다만 ……." 그녀의 부어오른 턱 끝이 떨렸다. "이렇게 추악한 꼴로 죽는 게 분할 따름이에요."

새로운 국면

나는 맥스웨인을 찾으러 나섰다. 하지만 시의 거주자 명부에도, 전화 번호부에도 그의 이름은 올라 있지 않았다. 당구장이나 담배 가게나 무허가 술집 같은 데 들어가서 처음에는 주위를 살피고 다음에는 신중히 물어 보았다. 그래도 아무것도 알 수가 없었다. 나는 여기저기 앙가발이를 찾아서 거리를 헤맸다. 그래도 허탕이었다. 나는 호텔로 돌아가 한숨 자고 나서 밤에 찾아보기로 했다.

로비 저쪽 구석에 서서 신문으로 얼굴을 가리고 있던 사나이가 나를 보더니 이쪽으로 왔다. 앙가발이에다가 돼지 턱인 그 사나이는 바로 맥스웨인이었다. 나는 가볍게 아는 척을 한 다음에 승강기 쪽으로 발걸음을 옮겼다. 그는 나를 따라와서 입속말로 중얼거렸다.

"지금 틈이 있소?"

"조금쯤은 있소." 나는 무관심한 척하면서 멈춰섰다.

"아무도 보이지 않는 데로 갑시다." 그는 불안한 듯이 말했다.

나는 그를 내 방으로 데리고 왔다. 그는 두 다리를 버티고 의자에 걸터앉아 성냥개비를 입에 물었다. 나는 침대가에 걸터앉아 상대편이 뭔가 말하기를 기다렸다. 그는 한참 동안 성냥개비를 깨물고 있더니 입을 열었다.

"당신에게 실토하려고 합니다만, 난……."

"그건 당신이 어제 내게 말을 붙였을 때 당신은 이미 내 정체를 알고 있었다고 말하려는 건가요?" 나는 물었다. "아니면 부슈가 자기에게 걸어 두라고 당신에게 얘기하지 않았다는 것을 내게 말하려는 건가요? 그리고 또 나중에야 당신은 부슈에게 걸었다는 것도 말이오? 아니면 당신은 전직 형사니까 부슈의 전과를 알고 있었노라고 말하려는 건가요? 또 나를 시켜서 그 사실을 부슈에게 귀띔하면 부슈에게서 돈을 뜯어 낼 수 있으리라고 생각했다는 건가요?"

"난 절대로 거기까지 말할 속셈은 아니었소," 그는 말했다. "그러나 듣고 보니 그렇다고밖에는 할 수 없군요."

"어때, 큰돈 벌었소?"

"은화로 600달러쯤 벌었지요." 그는 모자를 뒤로 젖히고 깨물고 있던 성냥개비 끝으로 이마를 긁었다. "그렇지만 쌍륙 도박에서 그 돈을 고스란히, 또 내가 그전에 지니고 있던 200달러 남짓까지 털려 버렸단 말이오. 어떻소? 물고기를 낚듯이 600달러를 벌었다 했더니, 오늘은 아침 끼니에 50센트를 구걸할 수밖에 없는 신세가 되었소."

그거 참 안됐지만, 그런 게 세상살이라고 나는 말했다.

그는 "어허" 하고 말하고 성냥개비를 입 속에 밀어넣어 좀더 깨물고 나서 덧붙였다.

"그렇기 때문에 난 당신을 만나러 오기로 했단 말이오. 나도 전엔 형사 노릇을 했고 그래서……."

"무엇 때문에 누넌은 당신을 파면했지요?"

"파면이라니? 무슨 파면이오? 내가 그만두었소. 여편네가 자동차

새로운 국면

사고로 죽었을 때, 내 마음이 변해 버렸단 말이오. 보험료가 들어왔거든요. 그래서 난 그만두었소."

"내가 듣기로는 서장의 동생이 자살했을 때 서장이 당신을 내쫓았다던데요?"

"글쎄, 그렇다면 당신이 잘못 들은 거요. 그만둔 건 확실히 바로 그 뒤였소. 하지만 내가 스스로 그만두었다는 건 누넌에게 물어보면 알 거요."

"그런 일은 내겐 별문제가 아니오. 당신이 나를 만나러 온 이유를 말해주시오."

"나는 말했소, 모두 다. 난 당신이 콘티넨털 탐정사의 탐정이라는 것도 알고 있고, 당신이 여기서 무슨 일을 하고 있는지도 대강 짐작하고 있소. 이 광산 도시에서 일어나고 있는 일들을 안팎으로 대강 알고 있단 말이오. 아무래도 본디 형사였고 양편에 연줄도 있으니까 앞으로 당신에게 도움이 될 일도 많을 테니까요."

"그러니까 내 끄나풀이 되고 싶다는 말인가요?"

그는 똑바로 내 눈을 보고 차분히 말했다.

"달리 얼마든지 표현할 수 있을 텐데 하필이면 싫은 말을 골라쓰는 걸 보니 이 친구, 눈치가 없군."

"그럼, 일감을 드리지, 맥스웨인." 나는 머틀 제니슨의 서류를 꺼내어 그에게로 건네 주었다. "이 서류에 대한 이야기를 듣고 싶소."

그는 조심스럽게 끝까지 읽었다. 읽어 감에 따라 입술이 움직였으므로 성냥개비가 입 속에서 위아래로 움직였다. 그는 일어서서 서류를 내 옆 침대 위에 놓고 얼굴을 찌푸리며 내려다 보았다.

"먼저 조사해 봐야 할 일이 있소." 그는 매우 엄숙한 어조로 말했다. "곧 돌아와서 모조리 다 이야기하지요."

나는 웃으며 그에게 말했다.

"어리석은 짓을 해선 안 되오. 당신을 이 방에서 나가게 할 내가 아니라는 것쯤은 당신도 알고 있을 텐데."

"그런 건 난 모르오." 그는 고개를 저었다. 여전히 엄숙한 어조였다. "당신 자신도 모를 거요. 당신이 아는 일이란 이 방에서 나를 못 나가게 해볼 것인가 아닌가 뿐이겠지요."

"그래, 못 나가게 할 작정이오." 말하면서 나는 그가 아주 튼튼하고 강하며, 나이는 나보다 예닐곱 아래로 무게는 2, 30파운드 가볍겠다고 판단했다.

그는 침대 발치에 버티고 서서 엄숙한 눈초리로 나를 쳐다보았다. 나는 침대 쪽에 앉아 어떠한 눈초리인지는 모르지만 내가 늘 쳐다보는 눈초리로 그를 쳐다보았다. 우리는 거의 3분 동안 그렇게 하고 있었다.

나는 두 사람 사이의 거리를 눈짐작으로 측정하며, 어떻게 하면 상대가 덤빌 경우 침대 위에 벌렁 드러누워서 허리를 비틀어 뒤꿈치로 녀석의 얼굴을 강타할 수 있을까를 생각했다. 피스톨을 꺼내기에는 상대가 너무 가까웠다. 내가 이러한 작전 계획을 머릿속에서 세우고 있을 때 그는 입을 열었다.

"그 치사한 반지는 1천 달러는커녕 200달러를 받은 것만 해도 잘 판 셈이었소."

"차분히 앉아서 그 이야기를 들려 주시오."

그는 다시 고개를 저으며 말했다.

"그보다도 먼저 그걸 조건으로 당신이 어떻게 할 계획인지 알고 싶소."

"휘스퍼를 집어넣어야겠소."

"그 말이 아니오. 나를 어떻게 할 작정인가 말이오."

"당신은 나와 함께 시청까지 가 줘야겠소."

새로운 국면 129

"안 되오."

"왜 안 되지요? 당신은 증인일 따름이 아니오?"

"난 증인에 불과하지만, 누넌은 뇌물을 받은 혐의나 그 일이 끝난 뒤의 공범으로, 또는 양쪽으로 몰아서 나를 구속할 수 있단 말이오. 기회를 잡아서 얼씨구 좋다고 기뻐할 거요."

이 따위 수작은 끝장이 날 것 같지 않았다. 나는 말했다.

"안됐소만, 누넌을 만나도록 해줘야겠소."

"해볼 테면 해보시오."

나는 성큼 윗몸을 일으켜 오른손을 허리께로 돌렸다.

그는 나를 잡으려고 덤벼들었다. 나는 침대 위에 벌렁 나자빠지며 허리를 홱 비틀어 상대를 향해 발을 내둘렀다. 훌륭한 작전이었다. 다만 상대에게 잘 맞지 않았을 뿐이었다. 녀석이 황급히 내게 덤벼들려 했으므로 그는 쿵 침대에 부딪쳤고, 그 때문에 침대가 옆으로 밀리는 바람에 나는 보기 좋게 마룻바닥 위로 나가 떨어졌다. 나는 데굴데굴 굴러서 침대 밑으로 들어가려다가 권총을 꺼내려고 서둘렀다.

맥스웨인은 나를 붙잡지 못하자 여세를 몰아 낮은 발판을 뛰어넘어 내 침대 옆구리로 넘어 왔다. 그는 재주를 넘으면서 내 곁에 나가떨어졌다.

나는 권총 구멍을 상대방의 왼눈에 들이대고 말했다.

"두 사람을 멋쩍은 광대로 만들지 말아. 너는 가만히 있는 거야. 내가 일어날 때까지. 그렇잖으면 네 대갈통에 구멍을 뚫어 뇌수가 흘러나오게 해주겠어."

나는 일어나서 서류를 찾아 호주머니 속에 집어넣고 손을 내밀어 상대를 일으켜 세웠다.

"모자가 찌그러진 것을 고치고 넥타이를 앞으로 당겨. 함께 거리를 갈 때 내가 창피하지 않도록 말이야." 나는 우선 그의 양복을 위에서

부터 쓰다듬어 내려가, 무기 같은 것을 갖고 있지 않는가를 확인한 다음에 명령했다. "당신은 내가 이 권총을 외투 주머니 속에 넣어 겨누고 있다는 사실을 똑똑히 알아 두는 게 좋을 거야."

그는 모자와 넥타이를 바로잡고 나서 말했다.

"내 말 좀 들어 주시오. 이렇게 된 바에야 바둥바둥해 봤자 별수없겠지요. 내가 고분고분하게 군다면 우리가 격투한 걸 잊어 주겠소? 억지로 끌려온 것이 아니라 자진 출두한 것처럼 그들이 생각한다면 내 일이 보다 순조로울지도 모르니까."

"좋소."

"고맙소."

누년은 식사하러 나가고 없었다. 우리들은 대기실에서 30분쯤 기다려야 했다. 누년은 돌아오자 언제나처럼 "어떻소?…… 참 좋구만" 하고 내게 인사했다. 맥스웨인에게는 아무 말도 안했다. 그저 못마땅한 듯이 그에게로 눈길을 돌렸을 뿐이다.

우리는 서장실로 들어갔다. 서장은 의자 하나를 책상 곁으로 끌고 가서 나를 앉히고 자기도 앉았다. 전직 형사는 조금도 그의 안중에 없었다.

나는 병든 아가씨의 진정서를 누년에게 건네 주었다.

서장은 흘끗 그것을 보자마자 의자에서 뛰어 일어나 멜론 크기만한 주먹으로 맥스웨인의 얼굴을 후려갈겼다.

그 펀치에 맥스웨인은 단번에 방 끄트머리까지 밀려가다가 벽에 부딪쳐 멎었다. 벽은 충격으로 삐걱거렸고, 누년과 그밖의 시(市)의 유력인사들이 누군지 알 수 없는 사나이를 환영하고 있는 사진들이 마룻바닥에 떨어졌다.

뚱보 서장은 어기적어기적 걸어가서 사진들을 주워들더니, 그것으로 맥스웨인의 머리와 어깨를 두들겨 팼다. 그 바람에 사진틀은 산산조각이 났다.

누넌은 책상으로 돌아가 숨을 헐떡이며 웃는 얼굴로 쾌활하게 말했다.

"이 따위 놈을 가리켜 배신자라고 하는 거요."

맥스웨인은 일어나 앉아서 좌우를 돌아보았다. 그의 코며 입이며 머리에서는 피가 흐르고 있었다.

누넌은 그에게 호통을 쳤다.

"너 이놈, 이리 와."

맥스웨인은 "네, 서장님" 하며 기어 일어나서 책상 곁으로 다가갔다.

"모조리 털어놓지 않으면 죽여 버리겠어." 누넌이 말했다.

맥스웨인은 대답했다.

"네, 서장님, 거기 씌어진 그대로입니다. 다만 한 가지, 그 다이아몬드는 1천 달러 가치가 없었습니다. 아무튼 그 여자는 입막음으로 반지와 200달러를 주었습니다. 그렇게 된 것은 제가 쫓아갔을 때 그 여자가 팀에게 '누가 그랬어요' 하고 물으니까 팀이 '맥스!'라고 대답했기 때문이지요. 팀은 숨을 거두기 전에 확실히 말해 두고 싶은 것처럼 약간 높고 날카롭게 말했습니다. 그리고 말하자마자 바로 죽어 버렸었지요. 사실 그대로입니다. 다이아몬드는 전혀 가치가 없는 겁니다."

"다이아몬드 얘긴 집어치워, 이 자식!" 서장은 으르렁댔다. "융단 위에 피 흘리지마."

맥스웨인은 호주머니를 뒤져 더러운 손수건을 찾아 내어 코와 입을 닦고 빠른 말로 지껄여 댔다.

"그대로였습니다, 서장님. 다른 일은 모두 다 그때 제가 말씀드린

대로입니다. 그저 맥스가 했다는 말을 들은 것만 말씀드리지 않았을 뿐입니다. 저는 말씀드려서 안 되는 줄로……."

"입 다물어!" 소리치며 누넌은 책상 위에 가지런히 놓여 있는 단추 가운데 하나를 눌렀다.

제복을 입은 순경이 들어왔다. 서장은 엄지손가락을 맥스웨인 쪽으로 움직이며 말했다.

"이 자식을 지하실로 데리고 가 조금 아픈 꼴을 보여 주고 집어넣어 둬."

맥스웨인은 필사적으로 "오오, 서장님" 하고 애원하기 시작했으나 순경은 그의 애원이 효과를 낼 사이도 없이 데리고 나가 버렸다.

누넌은 여송연 한 개를 내게 내밀고 다른 여송연으로 그 서류를 가리키면서 물었다.

"이 여잔 어디 있소?"

"시립병원에서 죽어 가고 있소. 진술서를 얻으러 집행관을 보내려는 거요? 그 서류는 법률적으로는 별로 소용이 없소. 또 한 가지 피크 멀리와 휘스퍼는 서로 등진 지 오래요. 멀리도 휘스퍼의 알리바이를 증언한 사람이 아니었소?"

서장은 "그랬지" 하며 전화기를 들어올려 "맥글로우" 하고 말했다. "피크 멀리를 찾아서 잠깐 들러 달라고 말해 줘. 그리고 나이프를 던진 토니 아고스티를 체포하게."

그는 전화기를 내려놓고 일어서서 여송연을 피워 대며 그 연기 속에서 말했다.

"지금까지는 언제나 당신과 뜻이 맞았다고 할 수 없었소."

무척 부드러운 말투를 쓴다고 나는 생각했다. 나는 잠자코 그가 계속하는 말을 듣고 있었다.

"당신도 자기의 장사가 어떤 것인지 잘 알고 있을 테죠. 이런 일들이 어떠한 것인가 잘 알고 있을 거요. 여기저기에 말을 들어 주지 않으면 안 될 사람들이 있는 법이거든. 그저 경찰의 우두머리라는 것뿐, 누구에게나 우두머리라고는 할 수 없기 때문이지요. 어쩌면 당신은 내게 귀찮게 구는 사람에게 귀찮게 굴고 있을지도 모르거든. 내가 당신을 틀림없는 사람이라고 생각한다 하더라도 그건 그저 그뿐이란 말이오. 나는 나를 한패로 끼워 주는 무리들과 사이좋게 지낼 수밖에 없었던 거요. 내 말뜻을 알겠소?"

알겠다는 것을 보여 주기 위하여 나는 고개를 끄덕였다.

"지금까지는 그렇게 해 왔소." 그는 말했다. "그러나 이제부터는 그렇게 하지 않을 거요. 새로이 씨를 뿌려야겠소. 어머니가 돌아가실 때 팀은 아주 어린애였기 때문에 어머니는 '저애를 부탁한다'하며 내게 팀을 맡기셨소. 그런데 휘스퍼란 놈이 저 뜨내기 여자 때문에 팀을 죽여 버리다니."

누넌은 손을 뻗쳐 내 손을 쥐었다.

"내가 생각하고 있는 걸 알겠소? 그건 2년 반 전의 일이었지만 당신이 비로소 그를 붙잡아넣을 기회를 주었단 말이오. 분명히 말하지만 이 퍼슨빌에서 당신에게 큰소리치는 놈이 있다면 내가 가만두지 않겠소. 오늘부터는 절대로 가만두지 않겠소!"

나는 이 말이 기뻤기 때문에 고맙다고 말했다. 둘 다 서로 기뻐하고 있을 때 주근깨 투성이의 동그란 얼굴 한복판에 지독한 들창코를 한 말쑥한 사나이가 안내되어 들어왔다. 피크 멀리였다.

"지금 우리는 팀이 죽었을 때의 일을 이야기하고 있었는데 말이야." 서장은 멀리를 의자에 앉게 하고 여송연을 한 대 권하며 말했다. "휘스퍼의 알리바이에 관해서 묻는 말인데, 자네도 그날 밤 호수가에 갔었나?"

"그렇습니다."

멀리의 코 끝이 날카로와졌다.
"휘스퍼하고 함께 있었나?"
"줄곧 함께 있지는 않았소."
"총을 쏘았을 때는 함께 있었나?"
"아니오."
서장의 녹색 눈은 더 가늘어지며 더욱 빛이 났다. 그는 부드럽게 물었다.
"그가 어디에 있었는지 자네는 알고 있지?"
"모릅니다."
서장은 크게 만족한 듯이 크게 숨을 내쉬고 의자에 앉은 채 윗몸을 뒤로 젖혔다.
"그만두게, 피크. 전에는 휘스퍼와 함께 바에 있었다고 하지 않았나?"
"그렇지요, 전엔 그렇게 말했습니다." 말쑥한 사나이는 끄덕였다. "휘스퍼가 그렇게 부탁하기에 친구를 도와 주고 싶었던 마음밖에는 다른 생각이 없었지요."
"그렇다면 위증죄로 문초를 받고 싶은 생각이 있다는 말인가?"
"놀리지 마십시오." 멀리는 타구에다 탁 하고 침을 뱉었다. "난 법정 같은 데서 그런 말을 한 적이 없소."
"젤리와 조지 켈리와 오브라이언은 어떤가?" 서장은 물었다. "셋이 부탁받았으니까 함께 있었다고 한 건가?"
"오브라이언은 그랬지요. 나머지 두 사람에 대해선 아무것도 모릅니다. 내가 바를 나오는데 휘스퍼와 젤리와 켈리가 뛰어들어오기에 되돌아 들어가 그들과 한잔했지요. 팀이 죽었다는 것은 켈리가 가르쳐 주더군요. 그러자 휘스퍼는 '누구든 알리바이가 있으면 다치지 않아. 우리들은 줄곧 여기에 있었단 말이야. 응, 그렇지?' 하며

새로운 국면　135

바의 한쪽에 있던 오브라이언을 바라보았지요. 오브라이언은 '그렇고말고' 하고 말했습니다. 그리고 휘스퍼가 내 얼굴을 바라보았으므로 나도 같은 말을 했지요. 그러나 지금 생각해 보면 내가 무엇때문에 그놈을 감싸 주지 않으면 안 되었는지 도무지 그 까닭을 알 수 없습니다."

"그러니까 팀이 살해되었다는 말은 켈리가 했단 말인가? 죽어 있더라고 말한 게 아니란 말인가?"

"살해되었다고 말했지요."

서장이 말했다.

"고마와, 피크. 처음부터 그렇게 말했더라면 좋았을걸. 뭐, 지난 일은 지난 일이지. 그건 그렇고, 애들은 어때?"

멀리는 모두 다 잘 있는데 갓난아이만은 아무래도 마음대로 살이 오르지 않는다고 대답했다. 누넌은 검사국에 전화를 걸어 다트와 속기사를 오게 하여 피크의 진술을 받고서 그를 돌려보냈다.

누넌과 다트와 속기사는 머틀 제니슨에게서 완전한 진술을 받기 위하여 시립병원으로 갔다. 나는 함께 가지 않았다. 나는 잠을 자야 했으므로 서장에게 나중에 만나자고 말하고 호텔로 돌아왔다.

200달러 10센트

내가 조끼의 단추를 다 끌렀을 때 전화벨이 울렸다.

다이너 블랜드였다. 10시쯤부터 나를 찾으려고 애썼다고 그녀는 불평을 늘어놓았다.

"내가 해 드린 이야긴 착수해 보셨나요?" 그녀는 물었다.

"여태까지 음미해 보았지요. 여간 좋은 정보가 아닌 것 같소. 오늘 오후에는 까발려 버릴까 생각하고 있소."

"안 돼요. 나를 만날 때까지 기다려 주세요. 지금 와 줄 수 없나요?"

나는 새하얀 빈 침대를 바라보면서 "갈 수 있소" 하고 별로 내키지 않는 듯이 대답했다.

또 냉수욕탕에 들어갔지만 전혀 효과가 없어서 하마터면 목욕통 속에서 잠들어버릴 뻔했다.

그 여자의 집 초인종을 누르자 롤프가 나타나 나를 들여보내 주었다. 어젯밤엔 아무 일도 없었던 듯한 얼굴빛과 태도였다. 다이너 블랜드가 복도에 나와서 외투 벗는 것을 거들어 주었다. 그녀는 황갈색 모직 드레스를 입고 있었지만 한쪽 어깨의 솔기가 약간 터져 있었다.
그녀는 나를 거실로 안내했다. 체스터필드 식 긴 의자에 나와 나란히 앉자 그녀는 말을 꺼냈다.
"부탁이 있어요. 당신은 내가 싫지 않지요?"
나는 그렇다고 했다. 여자는 둘째손가락으로 내 왼쪽 손가락의 마디마디를 누르면서 그 부탁이라는 것을 설명했다.
"어젯밤에 이야기한 것, 그건 그냥 덮어 두고 아무 일도 하지 말아 주었으면 좋겠어요. 아니, 조금 기다려 주세요. 전부 털어놓고 이야기할 때까지 말예요. 댄의 말이 옳아요. 그렇게 해서 맥스를 팔아서는 안 돼요. 정말 치사한 일이에요. 그뿐 아니라 당신이 가장 혼내주고 싶은 것은 누넌이지요? 그러니까 내 말을 듣고 이번만큼은 맥스를 가만히 놓아두면 누넌을 끝장내 버릴 정보를 당신에게 주겠어요. 당신도 그게 좋지 않겠어요? 당신은 내가 좋다니까 설마 맥스가 한 말에 대해서 흥분한 나머지 내가 누설한 정보를 써먹거나 당신 마음대로 하고 싶지는 않겠지요?"
"누넌의 약점이 뭐요?" 나는 물었다.
"약속해 주시겠어요?" 여자는 내 팔을 주무르듯 더듬으며 나직이 중얼거렸다.
"아직 안 되오."
여자는 불만스러운 표정으로 나를 보며 말했다.
"난 죽을 때까지 맥스와는 떨어질 수 없어요. 정말이에요. 당신에겐 나를 배신자로 만들 권리가 없어요."
"누넌의 이야기란 뭐요?"
"이야기하기 전에 약속해 줘요."
"싫소."
여자는 내 팔을 손가락으로 꾹꾹 누르면서 앙칼지게 물었다.

"당신은 벌써 누넌에게 갔었군요?"

"그렇소."

여자는 내 팔을 놓고 얼굴을 찌푸리며 어깨를 움츠리더니 음산한 목소리로 말했다.

"그럼, 어떻게 하지요?"

나는 일어섰다. 그때 목소리가 들렸다.

"앉아."

속삭이는 듯한 야비한 목소리――탈러의 목소리였다.

돌아다보니 식당 입구에 커다란 권총을 손에 쥐고 탈러가 서 있었다. 그 뒤에는 볼에 상처 자국이 있는 붉은 얼굴의 사나이가 서 있었다.

또 하나의 출입구――복도 쪽으로 난 입구――도 내가 앉자 막혀져 버렸다. 휘스퍼가 젤리라고 부르는 것을 들은 적이 있는 헤벌어진 입모습의 턱이 없는 사나이가 그 입구에서 한 걸음 거실 안으로 성큼 걸어들어왔다. 두 어깨 너머로 킹 거리의 도박장에 있던 두 금발 청년 중 야위고 뼈가 앙상한 자가 이쪽을 보고 있었다.

다이너 블랜드는 긴 의자에서 일어나 탈러 쪽으로 등을 돌리고 나에게 말을 걸었다. 심한 분노 때문에 목이 쉰 듯했다.

"이건 내가 꾸민 일이 아니에요. 이 사람은 혼자 여기에 와서 어젠 그런 말을 해서 미안하다고 말하고 누넌을 당신에게 팔아 넘기면 우리들이 얼마큼 돈을 벌 수 있는가를 내게 가르쳐 주었어요. 모두가 함정이었는데, 내가 그만 걸려들어 버렸단 말예요. 정말이에요! 당신에게 이야기하는 동안 이 사람은 2층에서 기다리기로 했거든요. 다른 사람의 일은 전혀 몰랐어요. 나는……"

젤리의 아무렇지도 않은 듯한 목소리가 점잔을 빼며 길게 끌었다.

"아가씨 속옷 핀에 한 방 쏘면 틀림없이 주저앉아 버린 채 아마 입을 닫아 줄 테지. 괜찮겠소?"

내게는 휘스퍼의 얼굴이 보이지 않았다. 두 사람 사이에 여자가 가로막고 서 있었던 것이다. 휘스퍼는 입을 열었다.

"지금은 안 돼. 댄은 어디 있지?"

뼈가 앙상한 금발의 청년이 말했다.

"2층 화장실 마룻바닥에 뻗어 있습니다. 좀 혼을 내주었지요."

다이너 블랜드는 홱 돌아서 탈러의 얼굴을 정면으로 노려보았다. 양말의 뒷줄이 여자의 통통한 장딴지에서 S자를 그리고 있었다. 여자는 말했다.

"맥스 탈러, 당신은 치사하게……."

그는 매우 침착하게 속삭였다.

"입 다물고 비켜서."

놀랍게도 여자는 탈러가 시키는 대로 했다. 여자는 탈러가 내게 이야기하는 동안 잠자코 있었다.

"그러니까 당신과 누넌은 놈의 동생에 대한 일을 내게 뒤집어씌우려고 했단 말이지?"

"뒤집어씌우고 말 것도 없지. 사실 그대로인걸."

그는 엷은 입술을 비틀고 내게 말했다.

"당신도 그놈 못지 않게 악당이로군."

나는 말했다.

"당신이 더 잘 알고 있을 텐데. 누넌이 당신을 함정에 빠뜨리려고 했을 때 나는 당신 편을 들어 줬어. 이번에는 당연히 저쪽이 당신을 묶을 차례지."

다이너 블랜드는 또 화가 나 방 가운데에서 두 팔을 휘두르며 발악을 했다.

"나가 줘요. 한 사람도 남지 말고. 대체 뭐가 어쨌다고 당신네들의 쓸데없는 다툼 때문에 내가 피해를 입어야 하는 거지요? 썩들 나가 줘요."

롤프를 혼내 줬다고 하던 금발의 청년이 젤리를 밀어 내고 피식 웃으며 방 안으로 들어왔다. 그는 휘두르고 있는 여자의 한 팔을 붙잡고 뒤로 틀어올렸다.

그녀는 몸을 비틀며 청년 쪽으로 돌아서자 자유스러운 쪽의 주먹으로 남자의 뺨을 쿡 찔렀다. 그야말로 근사한 한 대——크나큰 남자가 친 것만한 일격이었다. 남자는 여자의 팔을 놓고 비틀비틀 두세 걸음 뒤로 물러났다.

청년은 크게 입을 벌리고 헐떡이는 듯이 숨을 쉬더니 허리에서 곤봉을 빼어들고 대들었다. 그의 얼굴에서 웃음이 사라졌다. 젤리가 소리를 내며 웃었다. 작은 턱이 보이지 않았다.

"그만둬!" 탈러가 속삭이는 소리로 거칠게 말했다.

청년은 탈러의 말 같은 건 듣지도 않았다. 이를 드러내고서 여전히 여자를 노려보고 있었다.

여자는 은화처럼 딱딱한 표정으로 청년을 쏘아보았다. 몸무게를 거의 모두 왼쪽 다리에 모으고 서 있었다. 금발이 더 가까이 다가선 것은 여자에게 차이지 않으려는 주의에서였던 것이다.

청년은 비어 있는 왼손으로 덤벼들 듯한 시늉을 하더니 그 여자의 얼굴을 향하여 곤봉을 휘둘러 올렸다.

탈러는 또 한번 "그만둬!" 속삭이며 총을 쏘았다.

탄환이 금발 청년의 오른쪽 눈 아래에 명중하자 그는 뒤쪽으로 홱 한 바퀴 돌더니 다이너 블랜드의 팔 안으로 쓰러져 버렸다.

때는 바로 지금이라고 생각했다.

이 소란 속에서 내 손은 허리께로 돌아갔다. 나는 권총을 뽑자마자 탈러의 어깨를 겨누어 방아쇠를 당겼다.

잘못 쏘았다. 정곡을 겨누었더라면 꼭 어깨를 맞았을 것이다. 턱 없는 젤리가 웃고 있기는 했지만 눈을 뜨고 있었던 것이다. 그는 나보다 한순간 쏘는 것이 빨랐다. 그의 총알은 내 손목에 타는 듯한 아픔을 주고 겨냥을 빗나가게 했다. 그러나 탈러를 빗나간 내 탄환은 그 뒤에 있던 붉은 얼굴의 남자를 쓰러뜨렸다.

나는 손목이 얼마만큼 다쳤는지 모르는 채로 권총을 왼손으로 바꿔 쥐었다. 젤리는 두 방째를 나에게 쏘려 하고 있었다. 여자는 안고 있던 시체를 젤리 쪽으로 밀어던졌다. 죽은 노란 머리통이 상대의 무릎에 쿵 부딪쳤다. 젤리가 비틀거리는 틈을 타서 나는 상대편에게 뛰어 덤벼들었다.

뛰어 덤빈 덕분에 탈러의 탄환은 내게서 빗나갔다. 동시에 나와 젤리는 서로 엉클어져서 복도로 굴러나갔다.

젤리는 벅찬 상대는 아니었지만 빨리 해치워 버리지 않으면 안 되었다. 뒤에는 탈러가 있었다. 두 번 치고 한 번 걷어차고 적어도 한 번은 권총 손잡이로 찧고, 아래에 깔렸을 때는 물어뜯을 곳을 찾았다. 또 한 번 턱 언저리를 쳐올리고——기절한 척하고 있지 않는가를 확인하기 위해서였다——입구에서 네 발로 기어서 사각지대인 현관까지 굴러 갔다.

나는 벽을 등지고 앉아 탈러가 있는 방의 입구에 권총을 똑바로 돌려 대고 기다렸다. 얼마 동안 머릿속에서 피가 욱신욱신 뛰는 소리 말고는 아무것도 들리지 않았다.

내가 굴러나온 입구에 나타난 것은 다이너 블랜드였다. 그녀는 먼저 젤리를, 다음에는 나를 보았다. 이빨 사이로 혀 끝을 내보여 방긋이 웃으며 고개를 홱 당겨 거실로 들어오라는 신호를 하고서는 돌아갔다. 나는 조심스럽게 그녀의 뒤를 따라갔다. 휘스퍼는 방 한가운데에 버티고 서 있었다. 두 손은 비어 있고 얼굴은 허탈해 보였다. 독기가 어린 작은 입만 없었다면 그는 양복점 진열장의 마네킹 같았다.

댄 롤프가 그의 뒤에 서서 체구가 작은 도박사의 왼편 옆구리에 총구멍을 들이대고 있었다. 롤프의 얼굴은 피투성이었다. 금발의——지금은 롤프와 나 사이의 마룻바닥에 죽어 있는——청년에게 호되게 얻어맞은 모양이다.

나는 탈러에게 씩 웃어 보이며 "이거 참, 재미있는데"라고 말했다. 알고 보니 롤프의 또 한 자루의 권총이 내 살찐 배때기 한복판을 노리고 있었다. 이건 별로 재미있지 않았다. 그러나 내 손아귀의 권총도 알맞게 겨누어져 있었다. 우리는 비긴 상태나 다름이 없었다.

롤프는 말했다.

"권총을 내려놔."

나는 다이너를 보았다. 나는 아마 난처한 표정을 하고 있었으리라. 다이너는 어깨를 움츠리고 내게 말했다.

"댄이 판을 치는 모양이군요."

"그럴까? 이런 짓을 싫어한다고 그에게 말해 주는 사람이 있었으면 좋겠는데."

"권총을 내려놔." 롤프는 되풀이 말했다.

나는 불쾌한 듯이 말했다.

"내려놓으라니, 어림도 없는 소리. 나는 이 녀석을 붙잡으려고 20파운드나 몸무게가 줄었지만 같은 결과를 위해서라면 또다시 20파운드의 몸무게가 줄어도 좋단 말이야."

"난 당신들 두 사람 사이의 일 같은 것엔 흥미도 없고 어느 쪽에도 편들 의사가 없지만……"

다이너 블랜드는 훌쩍 방 건너편으로 가 있었다. 그녀가 롤프의 등 뒤로 돌았을 때 나는 롤프의 이야기허리를 꺾고 그녀에게 말을 건넸다.

"지금 당신이 롤프를 거꾸러뜨려 주면, 틀림없이 당신에게는 편이 둘 생기는 거요——누넌과 나 말이오. 이젠 탈러를 믿을 수 없으니까 그를 도와 주어야 아무 소용도 없소."

그녀는 큰소리로 웃으며 대답했다.

"돈 이야기를 해요, 귀여운 도령."

"다이너!" 롤프는 항의했다.

그러나 그는 붙잡혔다. 그녀는 그의 등 뒤에 있었고 또한 롤프를 다룰 만한 힘도 갖고 있었다. 롤프가 그녀를 쏠 것 같지도 않았고 그 밖의 무슨 일 때문에 그녀가 하기로 결심한 일이 중지될 것 같지는 않았다.

"100달러를 주도록 하지." 나는 금액을 내걸었다.

"어머나!" 여자는 큰소리로 외쳤다. "이제야 당신에게서 현금을 받게 되었군요. 하지만 그것 갖고는 부족해요."

"그럼, 200달러를 주지."

"통이 커지시는군요. 그러나 아직 받아들일 수 없어요."

"받아들이도록 해봐요." 나는 말했다. "그만하면 롤프가 권총을 쏘지 못하게 하는 값이 될 거요. 그러나 그 이상은 줄 수 없어요."

"아직까지는 잘 나가셨는데 약해지면 안 돼요. 아무튼 한 번 더 값을 불러 보세요."

"200달러 10센트. 그 이상은 안 되오."

"당신은 굉장한 바보로군요." 그녀는 말했다. "그럼, 못하겠어요."

"마음대로 하구려." 나는 탈러에게 얼굴을 찌푸려 보이고 그에게 경고장을 내렸다.

"무슨 일이 일어나도 꼼짝하지 마시오."

다이너는 외쳤다.

"가만 있어요! 정말 당신은 그럴 작정이세요?"

"탈러를 데리고 나가겠소. 무슨 일이 있어도."

"200달러하고 10센트예요?"

"그렇소."

"다이너" 롤프는 내게서 눈을 떼지 않고 소리를 질렀다. "당신은 설마……"

그러나 다이너는 소리내어 웃으며 롤프의 뒤로 다가붙더니 힘센 두 팔로 그의 몸뚱이를 감아 롤프의 두 팔을 내리게 하여 양옆에 딱 붙게 하였다.

나는 오른팔로 탈러를 밀어 내고 권총을 탈러에게 겨누며 롤프의 무기를 빼앗았다. 다이너는 폐병쟁이를 놓아 주었다.

롤프는 식당의 문 쪽으로 두 걸음쯤 떼더니 "그럴 수가……" 하고 지친 듯이 말하며 마룻바닥에 그만 쓰러져 버렸다.

다이너는 그에게로 달려갔다. 나는 탈러를 밀어붙여 복도로 나가는 출입구로 가서 아직 잠들어 있는 젤리의 곁을 지나 전화가 있는 현관 계단 아래 골방까지 갔다.

나는 누넌을 불러 내어 탈러를 붙잡았다는 것과 장소를 알려 주었다.

"아, 고맙소." 그는 말했다. "내가 갈 때까지 그놈을 죽이지 마시오."

맥스

 휘스퍼가 체포되었다는 뉴스는 삽시간에 퍼졌다. 누넌과 그가 끌고 온 경찰들과 나는 도박사와 간신히 제 정신으로 돌아온 젤리를 시청으로 끌고 갔다. 도중에 적어도 100명의 구경꾼들이 길에 서서 우리들을 쳐다보고 있었다.
 어느 얼굴을 보아도 모두 기쁜 듯한 표정은 없었다. 누넌의 부하 경찰관들은——아무리 잘 보아도 초라하다고밖에는 할 수 없는 무리들이지만——긴장 때문에 파리해진 얼굴을 하고 얼쩡거리고 있었다. 그러나 누넌은 미시시피 강 서쪽에서는 가장 의기양양한 사람이었다. 휘스퍼를 고문하려다가 마신 누넌의 쓰라린 경험도 그 행복감을 깨뜨리지는 못했다.
 휘스퍼는 그들의 온갖 시달림에도 끄떡하지 않았다. 그는 자기 변호사 이외에는 아무에게도 말하지 않겠다고 고집했다. 그리고 누넌으로 말하면 이 도박사를 미워하면 할수록 그는 이 포로를 학대하지도 못했고 구원대에게 넘겨 주지도 못했다. 휘스퍼는 서장의 동생을 죽인 놈이었고 서장은 그놈의 배짱을 증오하고 있었다. 그러나 휘스퍼는 함부로 취급할 수 없는 포이즌빌의 명사였다.

 마침내 누넌은 그의 포로를 다루는 데 지쳐 버려서 유치장에——유치장은 시청의 맨 꼭대기 층에 있었다——집어넣어 버렸다. 나는 서장의 여송연을 또 한 대 얻어 피워물었고, 서장은 병원에서 다 죽어 가는 여자로부터 얻어 온 자세한 진술서를 읽고 있었다.

 서장은 저녁을 먹으러 자기 집에 가지 않겠느냐고 청했지만 손목이——지금은 엄살로 붕대를 감고 있었다——아프니까 못 간다고 꾸며 대어 거절해 버렸다. 사실은 좀 덴 정도의 상처에 지나지 않았지만. 그런 이야기를 하고 있을 때 사복 형사들이 휘스퍼를 겨누고 쏜 나의 빗나간 탄환을 맞은 붉은 얼굴의 사나이를 끌고 들어왔다. 그 탄환은 그의 늑골을 부러뜨렸는데 우리들이 다른 일에 정신팔려 있는 동안에 뒷문으로 살짝 도망쳐 버린 것이다. 누넌의 부하들은 어느 의사한테서 그를 잡아 왔던 것이다. 서장은 심문해 보았지만 이렇다할 만한 정보가 잡히지 않았기 때문에 그대로 병원으로 보내버렸다.

 나는 일어서서 나설 차비를 하며 말했다.

 "그 블랜드라는 아가씨가 이번 정보를 제공했소. 그렇기 때문에 그녀와 롤프를 빼주도록 부탁한 거요."

 그때 서장은 내 왼손을 잡았다. 이 악수는 지금까지 두 시간 동안에 다섯 번째 아니면 여섯 번째가 되는 악수였다.

 "당신이 그 여자를 봐 달라고 한다면 그 한 마디 말로 충분하오," 그는 나에게 확언했다. "뿐만 아니라 그녀가 맥스를 잡아 내는 데에 협조했다면 내가 그러더라고 하며, 언제든지 원하는 걸 말만 해주면 들어주겠다고 말해도 좋소."

 그럼 그녀에게 그렇게 전하겠다고 대답하고 나는 깨끗하고 하얀 침대를 생각하면서 호텔로 돌아왔다.

 그러나 8시가 가까웠기 때문에 위장도 돌봐 줄 필요가 있었다. 나는 호텔 식당으로 가서 저녁 식사를 했다.

 그 다음에는 가죽의자에 유혹되어 여송연을 한 대 피우면서 로비에서 쉬었다. 쉰 덕분에 센트루이스에 사는 내 친구를 알고 있다는, 덴버에서 온 철도회사의 감사인 사나이와 이야기하게 되었다. 그때 거리에서 마구 쏘아대는 총소리가 들려왔다.

 우리는 현관까지 나가보고 총소리가 시청 근처에서 나는 것임을 알았다. 나는 감사를 놔두고 그쪽으로 급히 발길을 옮겼다. 시청 쪽으로 3분의 2쯤 걸어갔을 때 자동차 한 대가 굉장한 속도로 총질을 마구 해대면서 내 쪽을 향하여 거리를 달려 왔다.

 나는 한 골목 어귀로 물러서서 권총을 꺼냈다. 차가 내 눈앞에까지 왔다. 가로등 불빛이 앞자리에 앉은 두 얼굴을 비췄다. 운전하고 있는 자는 내가 전혀 모르는 사나이였다. 다른 놈의 얼굴은 꾹 눌러쓴 모자에 반쯤 가려져 있었다. 휘스퍼의 얼굴이었다.

 거리 건너에는 내가 있는 골목과 같은 구획의 어귀가 있었고, 그 훨씬 안쪽은 전등불이 비치고 있었다. 그 전등과 나 사이로 바로 휘스퍼의 차가 요란한 소리를 내며 지나갔을 때 사람 그림자가 움직였다. 그 그림자는 쓰레기통인가 뭔가의 뒤에서 뛰어나오자마자 바로 다음 쓰레기통으로 숨어 버렸다. 나로 하여금 휘스퍼를 잊어 버리게 한 것은 그 그림자 사나이가 앙가발이였기 때문이다.

 경관을 가득 태운 차가 휘스퍼가 타고 있는 차를 향해 탄환을 퍼부어 대면서 소란스럽게 지나갔다.

 나는 거리를 가로질러 앙가발이 사나이가 들어간 골목 쪽으로 뛰어갔다.

 저것이 내가 목표하는 사나이라면 그는 무기를 갖고 있을 리가 없었다.

 그 셈을 하고 나는 눈과 귀와 코를 사용하여 으슥한 그늘들을 들여다보면서 미끌미끌한 골목 한가운데를 똑바로 나갔다.

이 구획의 4분의 3쯤 갔을 때 그늘 속에서 그림자 하나가 뛰어나왔다. 그 사나이는 무턱대고 나한테서 도망치려고 했다.

"거기 서 있어!" 나는 외치고, 발소리를 울리며 그의 뒤를 쫓았다. "서 있지 않으면 쏜다, 맥스웨인."

그는 대여섯 걸음 뛰어가다가 멈춰서서 돌아다보았다.

"오, 당신이군." 그는 말했다. 마치 누가 그를 유치장으로 끌고 가든 그런 건 마찬가지라는 듯한 말투였다.

"그렇네." 나는 사실대로 인정했다. "그런데 너희들 어떻게 유치장을 도망쳐 나와서 쏘다니는 거지?"

"뭐가 뭔지 나도 모르겠소. 누군지 모르지만 유치장 바닥에 다이너마이트로 구멍을 뚫은 놈이 있었단 말이오. 나도 다른 놈들과 함께 그 구멍으로 빠져나왔소. 경관들이 못 따라오게 감시하고 있는 얼간이들도 있더군. 나는 맨 마지막 무리에 끼어들었소. 그러다가 흩어져 버렸지요. 난 뛰어 돌아다니다가 산 쪽으로 도망갈까 하던 참이었소. 난 아무 일도 하지 않았소. '펑' 하고 구멍이 뚫렸기에 나왔을 뿐이오."

"아까 저녁 때 휘스퍼가 붙잡혔소." 나는 그에게 일러주었다.

"쳇, 그래서 그렇게 된 거로군. 누넌도 그 사내를 잡아 두지 못한다는 것쯤은 알고 있었어야 했을 텐데…… 적어도 이 도시에서는 말이오."

우리들은 맥스웨인이 뛰다가 멈춘 곳에서 아직도 서 있었다.

"휘스퍼가 왜 붙잡혔는지 아시오?" 나는 물었다.

"흥, 팀을 죽였기 때문이지."

"누가 팀을 죽였는지 당신은 알고 있소?"

"뭐라고? 뻔하지, 그놈이 한 짓이오."

"당신이 죽였소."

"뭐라고? 이런 바보같으니라구? 정신이 있소?"

"내 왼손엔 권총이 들려 있소." 나는 그에게 경고했다.

"그러나 이봐요, 팀은 그 계집애에게 휘스퍼가 죽였다고 말했다지 않소? 대체 당신은 뭘 알리려는 거요?"

"팀은 휘스퍼라고는 말하지 않았소. 나는 여자들이 탈러를 맥스라고 부르는 것은 들었지만, 이곳의 남자가 그를 '휘스퍼' 이외의 이름으로 부르는 것은 나는 한 번도 들어 본 적이 없소. 팀은 맥스라고 말한 게 아니오. 맥스——라고 맥스웨인의 첫부분만을 말하다가 말을 끝맺지 못한 채 죽어 버린 거요. 내 왼손의 총을 잊지 마오."

"내가 무엇 때문에 그를 죽여야 할 까닭이 있단 말이오. 그가 쫓아다닌 계집애가 휘스퍼의……."

"거기까지는 아직 난 모르겠소." 나는 수긍했다. "그러나 가만 있어 보오. 당신은 마누라와 사이가 별로 좋지 않았소. 팀은 여자라면 정신 못 차리는 놈이었지? 아무래도 거기에 뭔가 있었던 같은데 그건 조사해 보면 알 일이고, 내가 당신을 수상하다고 생각하기 시작한 것은 당신이 그 아가씨에게 더 이상 돈을 뜯어 내려 하지 않았기 때문이란 말이오."

"그만두시오." 그는 애원하는 듯이 말했다. "당신도 알고 있을 거요. 그런 들어맞지 않는 엉터리 이야기를. 그렇다면 무엇 때문에 내가 나중에까지도 현장에서 어물어물하고 있었겠소? 휘스퍼처럼 그 자리를 피해서 알리바이라도 만들려고 했지."

"무엇 때문이냐고? 그 무렵 당신은 형사였겠다, 사건 가까운데 있는 것이 당신에게는 가장 유리한, 모든 일이 순조롭게 되어 가는 걸 보면서 자신이 그 일을 처리해 나가기에 가장 적당했기 때문이 아니오."

"그 말은 아귀가 맞지 않소. 어불성설이라는 것은 당신도 잘 알고 있을 게 아니오. 제발 그만두구려."

"그게 바보짓이라 해도 난 상관하지 않겠소." 나는 말했다. "되돌아가서 누넌에게 말해 주어야겠군. 휘스퍼를 놓친 뒤라 맥이 풀려 있을 테니까. 이 이야긴 그의 기분 전환이 될 테지."

맥스웨인은 질퍽거리는 진흙투성이의 골목에 꿇어앉아서 외쳤다.

"아, 제발 그러지 말아 주시오. 서장은 두 손으로 내 목을 졸라 죽일 거요."

"입 닥치고 일어서," 나는 호통을 쳤다. "그럼, 내게 털어놓고 이야기하겠소?"

"서장은 두 손으로 내 목을 졸라 죽일 거요." 그는 다시 어린애처럼 흐느끼며 말했다.

"좋을 대로 해. 당신이 말하지 않겠다면 내가 누넌에게 말하겠소. 만약 당신이 모조리 털어놓고 내게 얘기해 주면 내가 할 수 있는 데까지는 봐 주겠소."

"어떻게 봐 준단 말이오?" 그는 자포자기한 듯이 말하고 나서 또 낑낑거리기 시작했다. "봐 준다지만 그걸 내가 어떻게 믿습니까?"

나는 진실을 약간만 그에게 털어놓았다.

"당신은 내가 이 포이즌빌에서 뭘 하고 있는가 짐작이 간다고 했었지. 그렇다면 누넌과 휘스퍼를 싸우게 하는 것이 내 계획이라는 것쯤도 당신은 알고 있을 거요. 누넌에게 팀을 죽인 것이 휘스퍼라고만 알려두면 둘 사이는 언제까지나 앙숙인 채로 있게 되거든. 그러니까 당신은 나하고 한패가 되자는 거죠."

"그럼, 서장에겐 말하지 않겠다 이 말씀이오?" 그는 다시 물었. "약속해 주시겠소?"

"약속은 절대로 해주지 않겠소." 나는 말했다. "무엇 때문에 내가 약속 같은 걸 하겠소? 당신의 목이 내 손아귀에 들어 있는데. 내게 말하거나 누넌에게 말하거나 둘 중 하나요. 빨리 결정을 내리시오. 이런 곳에 밤새 서 있을 순 없으니까."

마침내 그는 마음을 결정했는지 내게 이야기하기 시작했다.

"당신이 어디까지 알고 있는지는 모르지만, 아까 당신이 말한 대로 내 아내는 팀에게 반해 버렸어요. 내가 타락해 버린 것도 그 때문이오. 누구에게나 물어 봐도 알 거요. 그전에는 내가 얌전한 놈이었다는 것을 말이오. 난 아내가 하고 싶은 짓을 하도록 내버려두고 싶었소. 그러나 아내가 하고 싶어하는 것은 내게 힘이 닿지 않는 것뿐이었소. 그러나 난 달리 어떻게 할 수도 없었지요. 내 힘이 닿는 일이었다면 얼마나 좋았겠소. 그래서 난 아내가 팀과 결혼할 수 있도록 이혼 서류에 도장을 찍어 주었소. 그놈이 정말로 결혼할 작정인 줄 알았기 때문이오.

그런데 얼마 안 돼서, 그놈이 그 머틀 제니슨인가의 꽁무니를 쫓아 다닌다는 소문이 들리기 시작했지요. 난 참고 있을 수가 없었소. 나는 그가 헬렌과 함께 살 수 있는 정정당당한 기회를 주었는데 말이오. 그런데 그는 머틀 때문에 헬렌을 버린 거예요. 나는 참을래야 참을 수가 없었소. 헬렌은 그렇게 값싼 여자가 아니거든요. 그러던 참에 그날 밤 호수가에서 팀을 만난 것은 우연이었소. 그놈이 별장 쪽으로 내려가는 것을 보고 나는 그의 뒤를 쫓아갔소. 담판을 짓기에는 조용하고 꼭 적당한 장소라고 생각했지요.

아마 그때 우린 벌써 약간 술이 취해 있었던 것 같소. 아무튼 우린 맹렬히 다투었지요. 그러다가 그놈이 더 이상 참지 못하고 권총을 꺼냈어요. 그는 음침한 놈이오. 난 그의 권총을 붙잡았지요. 실랑이를 하다가 탄환이 튀어나왔소. 하느님께 맹세하지만 결코 일부러 쏜 것은 아니었소. 권총을 붙잡고 실랑이를 하다가 탄환이 튀어나왔단 말이오. 나는 도망쳐 나무 숲 속으로 숨었지요. 그런데 나무 숲 속으로 숨자마자 그놈이 신음하면서 뭐라고 지껄이는 게 들려 왔소. 그리고 사람들이 몰려왔지요. 한 여자가 호텔에서 뛰어내려 왔는데 그 여자는 머틀 제니슨이었소.

난 되돌아가서 팀의 신음하는 소리를 듣고 싶었소. 그러면 내 입장도 알게 될 거라고요. 그러나 난 조심하느라고 맨 먼저 그곳으로 뛰어가진 않았소. 그래서 그 여자가 그놈 곁에 올 때까지 가만히 기다리면서 그동안 그놈이 신음하는 소리를 들었는데, 너무 떨어져 있어서 잘 들리지 않았어요. 그 여자가 그놈 곁에 오는 것과, 내가 뛰어나가 당도한 것과, 그놈이 내 이름을 부르려다가 죽어 버린 것은 모두 동시에 일어난 일이었소.

그 여자가 자살해 버리겠다고 쓴 협박 편지와 200달러와 다이아몬드 반지를 갖고 내게 상의하러 올 때까지 나는 팀이 휘스퍼의 이름을 댔다는 걸 전혀 몰랐었소. 난 그 근처에서 얼쩡거리며, 그 사건을 다루고 있는 척하면서——그 무렵엔 경찰에 있었으니까요——그리고 내 입장이 어떠한 것인가를 알아보려 했지요. 그런데 그 여자가 그렇게 나왔으므로 난 이게 웬 떡이냐 하고 생각했소. 그 뒤 줄곧 당신이 묵은 일을 파내 갖고 올 때까지는 그런 식으로 지내 온 거요."

그는 질퍽거리는 진흙 속에서 양쪽 발을 올렸다가 내렸다가 하면서 덧붙여 말했다.

"그 다음 주일에 내 아내는 죽었소. 사고로. 그래 그것은 분명, 사고였소. 아내는 포드 차를 운전하다가, 탠너 거리로부터 기다란 비탈길을 내려오던 6번 버스와 정면으로 충돌했소. 그러자 차는 멈춰서 버렸지요."

"모크 호수는 이 군 안에 있소?" 나는 물었다.

"아니, 볼더 군에 있소."

"그럼, 누넌의 관할 밖이군. 어때, 내가 볼더 군으로 당신을 데리고 가서 치안관에게 넘기면 어떻겠소?"

"안 되오. 그쪽 치안관은 키퍼 상원의원이 사위인 톰 쿡크란 말이오. 난 여기서 당하나 마찬가지요. 누넌은 키퍼를 통해서 나를 손아귀에 넣고 마음대로 할 수 있을 테니까요."

"어찌 되었든 재판에서 징역형을 받을 기회는 반반일걸."

"누넌이 그런 기회 같은 걸 내게 줄 줄 아오? 하긴 반반의 기회라면 그렇게 해보겠지만……그놈들 상대로는 안 되오."

"그럼 시청으로 돌아가지." 나는 말했다. "당신은 입을 꼭 다물고 있어."

누넌은 서장실 마룻바닥을 왔다갔다하면서, 어디로든 나가 버리고 싶어하는 듯한 표정으로 서 있는 여섯 명의 부하에게 짓궂은 욕설을 퍼붓고 있었다.

"이 녀석이 얼쩡거리고 있기에 데리고 왔소." 나는 맥스웨인을 그 앞으로 내세웠다.

누넌은 그를 보자마자 몇 차례 때리고 나서 한 순경에게 데리고 나가라고 소리쳤다.

누군가가 누넌에게 전화를 걸어 왔다. 나는 누넌에게 돌아가겠다는 인사도 하지 않고 가만히 빠져나와 호텔로 돌아왔다.

북쪽에서 권총소리가 콩 튀듯이 들려 왔다.

세 남자가 한패가 되어 좌우를 살피며 살금살금 걸어서 내 곁을 지나갔다.

조금 더 가니까 또 한 명이 바짝 길가로 붙다시피하여 걸어오다가 나를 멀리로 비키며 지나갔다. 그는 내가 모르는 사람이었고 그도 나를 아는 것 같지는 않았다.

별로 멀지 않은 곳에서 또 한 발의 총성이 울렸다.

내가 호텔에 도착했을 때 낡아 빠진 검은 포장 자동차 한 대가 포장이 부풀어오를 만큼 사람을 처넣어 가지고 적어도 시속 50마일은 넘을 것 같은 속력으로 거리를 달려 왔다.

그것을 보며 나는 싱긋 웃었다. 퍼슨빌은 이제 냄비 속에서 끓기 시작한 모양이다. 나는 벌써 이 지방 사람이 되어 버린 듯한 기분이 되어 있었기 때문에, 그 끓고 있는 냄비 속에서 내가 아주 좋지 않은 역할을 맡고 있다는 것조차 잊어 버리고 에누리없는 12시간 동안의 수면을 취했다.

시더 힐 별장

정오가 조금 지났을 때 미키 리네헌이 전화로 나를 깨웠다.

"방금 왔소." 그는 나에게 말했다. "환영 위원은 지금 어디 있지요?" 딕 폴리를 두고 하는 말이었다.

"아마 어디 들러서 한잔하고 있겠지. 짐을 맡겨 두고 호텔로 와 주게. 537호실이네. 떠들썩하게 오지 말게."

그들이 도착했을 때 나는 벌써 옷을 갈아입고 있었다.

미키 리네헌은 어깨가 축 처지고 금방이라도 온몸의 관절이 모두 부러져 버릴 것 같은 시원찮은 몸뚱이를 가진 덩치만 큰 얼간이였다. 그의 양쪽 귀는 바짝 서 있고 동그랗고 붉은 얼굴에는 언제 봐도 얼간이같이 뜻없는 웃음이 떠올라 있었다. 그는 보기에 희극배우 같았는데, 아닌 게 아니라 희극배우였다.

딕 폴리는 키가 자그마한 캐나다 사람인데, 성급해 보이는 날카로운 얼굴을 하고 있었다. 그는 키를 크게 보이기 위하여 굽 높은 구두를 신었고, 손수건에 향수를 뿌리고 다녔으며, 될 수 있는 대로 말을 하려 하지 않았다.

그러면서도 둘 다 탐정으로서는 훌륭했다. 모두들 자리에 앉자 나는 그들에게 물었다.

"일에 대해서 대장은 뭐라고 하던가?"

'대장'이라는 것은 콘티넨털 탐정사의 샌프란시스코 지국장이었다. 그는 또한 그리스도를 처형한 로마 총독과 같이 본티오 빌라도로도 통하고 있었다. 그것은 그가 자살이나 다름없는 임무를 지워 십자형을 당하는 길로 우리들을 내보낼 때도 싱글벙글 웃고 있기 때문이다. 온화하고 예의바른 중년 신사이지만 그에게는 따뜻한 인간미가 교수형을 처할 때 쓰는 밧줄만큼도 없었다. 대장의 입김에는 오뉴월에도 고드름이 연다고 지국 안의 익살꾼들은 말하고 있었다.

"어떻게 된 판인지 대장은 잘 모르는 모양이던데요." 미키는 대답했다. "당신이 응원을 청하는 전보를 쳐 왔다는 사실밖에는 이틀 동안 아무런 보고도 받지 못했다고 하더군요."

"보고가 가기까진 아마 2, 3일쯤 더 기다려야 할걸. 이 포이즌빌에 대해서 자네들은 뭐 좀 알고 있나?"

딕은 고개를 저었다. 미키가 말했다.

"사람들이 포이즌빌(毒村)이라고 하는 것을 들었을 뿐인데, 아닌 게 아니라 지독한 도시인가 보군요."

나는 내가 알고 있고 이미 했던 바를 그들에게 말했다. 이야기가 거의 다 끝날 무렵 전화벨이 우리들의 대화를 방해했다.

다이너 블랜드의 권태로운 목소리가 들려 왔다.

"여보세요! 손목의 상처는 어때요?"

"뭐 조금 덴 정도요. 탈옥 소동을 어떻게 생각하오?"

"제 탓은 아니에요." 그녀는 말했다. "나는 내 역할을 했을 뿐예요. 누넌이 그를 붙들어 놓을 수가 없었다면 유감천만이군요. 나는 오늘 낮에 모자를 사러 시내에 나가요. 혹 당신이 거기 계신다면 잠깐 들러 볼까 생각하던 참이에요."

"몇 시에?"

"3시쯤."

"기다리지요. 그리고 당신에게 빚진 200달러 10센트도 준비해 두겠소."

"그렇게 해주실래요." 그녀는 말했다. "사실은 그것 때문에 들르는 거예요, 안녕."

나는 자리로 돌아가서 이야기를 계속했다.

이야기가 끝나자 미키 리네헌이 휘파람을 한 번 불고 나서 말했다. "과연 당신이 보고를 꺼린 것도 무리가 아니군요. 당신이 하려는 일을 들어 봤자 대장인들 별로 좋은 방도가 서지 않을 테니까?"

"내 계획대로 일이 순조롭게 풀린다면 뭐 싫증나는 자세한 이야기까지 시시콜콜 보고하지 않아도 되겠지." 나는 말했다. "탐정사로서는 여러 가지 규칙이나 제한이 있는 것은 당연한 일이지만, 일을 가지고 바깥에 나왔을 때는 저마다 할 수 있는 최선의 방법으로 해 나갈 수밖에 별수 없네. 누구도 퍼슨빌에 윤리 도덕 따위를 가지고 와 봤자 그런 것은 모두 녹이 슬어 버릴 거야. 아무튼 구질구질한 일들을 자세히 보고하는 게 아냐. 그러니까 자네들도 무엇이든지 먼저 내게 보이고서 샌프란시스코로 편지를 보내도록 해주게."

"우린 어떤 범죄를 조사하면 되는 거지요?" 미키가 물었다.

"자넨 핀란드 사람인 피트를 맡아 주면 좋겠어. 딕은 류 야드를 부탁하네. 어차피 자네들도 하지 않으면 안 되겠지. 말하자면 닥치는 대로야. 나는 지금 말한 그 두 사람이 누넌을 설득시켜 휘스퍼에게 손을 대지 않도록 하지 않을까 하는 생각이 든단 말이야. 누넌이 어떠한 행동으로 나올는지 나도 모르겠어. 그는 굉장한 변덕쟁이라 동생을 죽인 자에게 원수를 갚지 않고서는 못 배기겠지."

"내가 그 핀란드 양반을 맡는다면," 미키는 말했다. "녀석을 어떻게 하지요? 난 내가 둔한 것을 자랑하고 싶지 않아요. 그러나 이놈의 일은 내겐 그야말로 천문학적이어서 뜬 구름잡기와 같단 말이오. 당신이 방금 설명한 얘기를 모두 알아들었지만 당신이 무엇 때문에 하는지, 그리고 앞으로 무엇을 어떻게 하려는 것인지, 그것만은 도무지 알 수가 없단 말이오."

"먼저 피트의 뒤를 밟는 일부터 시작하면 돼. 난 피트와 야드, 야드와 누넌, 피트와 누넌, 피트와 탈러 사이에, 또는 야드와 탈러 사이에 쐐기와 같은 것을 박아야 하거든. 만약 우리가 웬만큼 현상을 분쇄한다면, 다시 말해서 그들의 유대 관계를 단절시킨다면――그들은 서로의 등에다가 칼을 꽂아 대며 우리가 할 일을 우리 대신 해줄 거야. 탈러와 누넌 사이에 틈이 벌어지기 시작하는 거지. 그러나 만약에 우리가 거들어 주지 않으면 불똥은 거꾸로 우리들에게 떨어질지도 모르지.

난 다이너 블랜드로부터 정보를 송두리째 사들일 수 있지만 어떤 놈이든 법정으로 끌어 내 봐야 아무 소용도 없을 거야. 비록 어떠한 증거를 잡아도 마찬가지. 재판소 그 자체가 그들의 손아귀 안에 들어 있는 데다가 지금의 재판소로는 너무나 일 처리가 느려서 아무것도 성과를 거둘 수 없거든. 나 자신 무슨 사건 속에 휘말려 들어가게 되어 그것을 대장이 눈치채게 되면――대장을 속일 만큼 샌프란시스코는 멀지 않으니까――대장은 전화에 매달려 설명을 요구할 거란 말일세. 자질구레한 사실을 감춰 놓고 결과를 쥐어야 한단 말이야. 그러니까 증거 같은 건 소용없을 것이고 우리가 가져야만 할 것은 다이너마이트뿐일 거야."

"우리들의 고객인 엘리휴 윌슨 씨는 어떤가요?" 미키가 물었다. "그분과는 어떻게 할 작정입니까?"

"그분을 파멸시키거나 혼을 내어 우리 편을 들게 해야겠지. 어느 쪽이나 나는 상관없네. 미키, 자넨 퍼슨 호텔에 묵는 게 나을 걸세. 그리고 딕은 내셔널 호텔로 가는 게 좋을 테고, 서로 떨어져 있게. 그리고 자네들이 내 모가지를 자르지 않으려거든 대장이 당황해서 뛰어오기 전에 후딱 일을 끝내주는 거지. 자, 다음의 사실들은 적어 두는 게 좋겠네."

나는 엘리휴 윌슨, 그 비서인 스탠리 루이스, 다이너 블랜드, 댄 롤프, 누넌, 맥스 탈러――일명 휘스퍼, 그 오른팔 부하인 젤리, 도널드 윌슨 미망인, 윌슨의 비서였던 루이스의 딸, 그리고 다이너의 남자친구였던 좌익의 빌 퀸트――이러한 사람들의 이름과 인상과 주소를 불러 주어 그들이 받아 쓰게 했다.

"자, 뛰어들게." 나는 말했다. "그리고 포이즌빌에 자기가 만든 것 이외의 법이 있다는 생각은 농담으로라도 하지 말게."

미키는 법률 같은 건 없어도 해낼 테니 나더러 놀라지나 말라고 말했다. 딕은 "안녕히 계십시오" 하고 말했다. 그리고 그들은 떠났다.

아침을 먹고 시청으로 나갔다. 누넌의 녹색 눈은 한숨도 자지 않은 듯 흐릿했고 얼굴빛도 별로 좋지 않았다. 그는 여느 때처럼 열렬히 내 손을 붙잡고 펌프처럼 아래위로 흔들었다. 그리고 그의 목소리와 태도에 진심이 넘쳤다.

"휘스퍼에 대해서는 단서라도 잡았소?" 나는 악수를 하고 나서 물었다.

"조금 잡은 것 같지만," 그는 벽시계를, 이어서 전화통을 바라보았다. "금방이라도 무슨 보고가 들어올까 기다리고 있는 중이오. 앉으시오."

"또 누가 도망쳤소?"

"아직 잡히지 않은 건 젤리 후퍼와 토니 아고스티 두 놈뿐이오. 나머지는 모두 잡혔지. 젤리는 휘스퍼의 충복이고 이탈리아인은 그의 부하 가운데 하나요. 그놈은 권투 시합이 있었던 날 밤에 아이크 부슈에게 나이프를 던졌던 녀석이오."

"휘스퍼의 부하로 또 들어가 있는 놈이 있소?"

"아니, 당신 총에 맞은 배크 윌리스를 제외하면 세 명뿐이오. 그는 병원에 있소."

서장은 또 벽시계를, 이어서 손목시계를 바라보았다. 정각 2시였다. 그는 전화기 쪽으로 돌아섰다. 전화가 울렸다. 수화기를 쥐고 말했다.

"누넌이야 ……그래 ……그래 ……그래 ……됐어."

그는 전화통을 밀치고 책상 위에 나란히 있는 진주 단추를 피아노 건반을 치듯이 눌렀다. 서장실은 삽시간에 경관들로 가득찼다.

"시더 힐의 별장이야." 서장은 외쳤다. "베이츠, 자넨 부하들과 함께 나를 따라오게. 테리, 자넨 브로드웨이로 곧장 달려가 뒤편에서 공격하게. 도중에 교통 경관들을 모두 데리고 가게. 모조리 데려가도 손이 모자랄지 모르니까. 듀피, 자넨 부하를 데리고 유니언 거리로 나가서 폐광 도로로 돌아가게. 맥글로우는 본부를 지키게. 부하들이 모이는 대로 뒤딸려 보내주게. 자아, 출동!"

그는 모자를 움켜쥐고 부하의 뒤를 따라나가면서 늠름한 어깨 너머로 내게 소리를 질렀다.

"갑시다, 이건 살육전이오."

나는 그의 뒤를 따라 차고까지 내려갔다. 차고에는 여섯 대의 차가 엔진 소리를 내고 있었다. 서장은 운전사 곁에 앉았다. 나는 4명의 형사와 함께 뒷좌석에 앉았다.

경관들은 다른 차에 올랐다. 기관총 덮개가 모두 벗겨졌다. 라이플

이며 비상용 권총 같은 무기와 탄약 꾸러미 등이 저마다 분배되었다.
 서장의 차가 맨 먼저 달려나갔다. 그 바람에 내 위아래 이빨이 맞부딪쳤다. 차는 주차장을 아슬아슬하게 빠져나가 두세 명의 통행인을 보도에 대각선으로 쫓아 버리고 길 가장자리 돌에 걸려 덜컥거리며 차도로 나가 아까의 주차장에서처럼 아슬아슬하게 트럭을 피하여 경적을 마구 울려 대며 킹 거리를 내달렸다.
 통행중인 다른 자동차들은 우리 차를 통과시키기 위하여 교통 규칙 같은 것에는 상관없이 양옆으로 쏜살같이 피했다. 아주 통쾌한 질주였다.
 나는 뒤를 돌아보았다. 또 한 대의 경찰차가 우리 뒤를 뒤따르고 있었고 세 번째 차는 브로드웨이로 꺾어들고 있었다. 누넌은 불붙이지 않은 여송연을 깨물며 운전사에게 말했다.
 "좀 더 속력을 내, 패트."
 패트는 놀라서 어쩔 줄 모르는 여자가 운전하는 쿠페 차를 홱 피하자마자, 전차와 대형 세탁소 사이의 좁은 틈――우리 차가 미끈한 에나멜 칠을 하지 않았다면 빠져나가지도 못할 것 같은 좁은 틈――을 꿰뚫고 달리며 말했다.
 "속력을 내는 건 좋지만 브레이크가 좋지 않습니다."
 "그거 신나는데." 왼편에 앉은 잿빛 수염이 난 형사가 말했다. 그의 말은 그렇게 신나게는 들리지 않았다.
 시내 중심부를 빠져나오자 자동차의 왕래는 많지 않지만, 도로 포장이 아주 나빴다. 모두가 자칫하면 누군가의 무릎 위에 궁둥방아를 찧게 되는 그런 반시간 동안의 질주였다. 더구나 나중의 10분 동안은 브레이크가 좋지 않다는 패트의 말을 잊을 수 없을 만큼 요철이 심한 언덕길이었다.
 차는 어떤 집 대문 앞에서 홱 돌아섰다. 대문 꼭대기에는 전등이 꺼지기 전까지는 '시더 힐 산장'이라고 읽혔을 듯한 초라한 전광판이 얹혀 있었다. 그 대문에서 20피트쯤 안에 있는 여관은 녹색 페인트칠을 한 나지막한 케케묵은 목조 건물로서, 이 건물 주위를 온갖 잡동사니가 둘러싸고 있었다. 현관 입구와 창문들은 꼭 닫혀 있었고 장식 같은 것도 전혀 없었다.

우리는 누년을 따라 차에서 내렸다. 우리 뒤를 따라온 차도, 길모퉁이를 홱 돌아 나타나서 우리 차의 곁에 미끄러지듯이 멈추어서서 사람과 무기를 토해 냈다.

누년은 두서없이 명령을 내렸다. 경관 셋이 한패가 되어 건물 양쪽으로 돌아갔다. 기관총을 든 다른 세 명의 경관이 대문 옆에 남아 있었다. 나머지 사람들은 모두 깡통과 병과 헌 신문 너저분하게 깔린 길을 지나서 현관으로 걸어갔다.

차 안에서 내 옆에 앉았던 잿빛 콧수염을 기른 형사는 자루가 빨간 도끼를 들고 있었다. 우리는 현관 복도로 발을 들여놓았다.

한 창틀 아래에서 굉음과 함께 총소리가 났다.

잿빛 콧수염을 기른 형사가 쓰러지고 도끼가 그의 쓰러진 몸뚱이 속으로 들어갔다.

나는 누년과 함께 뛰었다. 우리는 길가 여관 쪽 도랑 속에 몸을 숨겼다. 도랑은 바닥이 깊고 가장자리가 높아서 우리가 과녁이 되지 않고 꼿꼿이 서 있기에 충분했다.

서장은 흥분하고 있었다.

"참 다행이로군!" 그는 기쁜 듯이 말했다. "그놈이 저기에 있소, 그놈이 저기에 있단 말이오."

"사격은 창틀 아래에서 한 것이오." 나는 말했다. "솜씨가 제법인데."

"뭐, 그까짓 것 곧 못 쏘게 해줄 테요." 그는 즐거운 듯이 말했다.

"완전히 쓰레기 더미를 만들어 주겠어. 대청소를 해준단 말이오. 지금쯤은 듀피가 저쪽 한길에 와 있을 테고, 테리와 셰인도 머지않아 뒤따라 도착할 거요. 여어, 돈너," 하고 그는 커다란 돌 뒤에 숨어서 엿보고 있는 사나이에게 소리를 질렀다. "빨리 뒤로 돌아서 듀피와 셰인이 오면 곧 공격하라고 해. 총알을 모조리 쏘도록. 킴블은 어디 있나?"

엿보던 사나이는 옆에 있는 나무 쪽으로 엄지손가락을 홱 돌려 보였다. 그 나무는 도랑 안에서는 꼭대기 가지밖에 보이지 않았다.

"킴블더러 기관총을 갖다 놓고 사격하라고 해." 누넌은 명령을 내렸다. "낮게 정면으로, 치즈를 자르듯이 쏘아야 한다고 해."

엿보던 사나이는 자취를 감췄다.

누넌은 도랑 속을 왔다갔다하면서 이따금 위험을 무릅쓰고 머리를 도랑 밖으로 내놓고 주위를 둘러보는가 하면, 부하에게 소리를 지르며 손짓으로 신호를 보내었다.

그러다가 돌아와서 내 옆에 쭈그리고 앉아 내게 여송연을 한 대 주고는 자기 것에 불을 붙였다.

"잘 되어 갈 거요." 그는 만족한 듯이 말했다. "휘스퍼가 도망칠 기회가 없을 거요. 그는 마지막이오."

나무 옆의 기관총에서 불을 뿜었다. 더듬더듬 시험삼아 쏘는 듯이 8발, 10발. 누넌은 싱긋이 웃으며 입에서 동그란 연기를 만들어 내뿜었다. 기관총은 본격적으로 불을 튀기기 시작했다. 마치 분주한 작은 죽음의 공장처럼 끊임없이 불꽃이 튀었다. 누넌은 또 한번 동그란 담배 연기를 내뿜으며 말했다.

"저래야만 될 거요."

저렇게 해야 한다고 나도 맞장구를 쳤다. 우리가 진흙 도랑의 벽에 기대어 여송연을 피우고 있는 동안, 먼 곳에서 제2의 기관총이 발사

되기 시작했고 이어서 제3의 기관총도 발사되기 시작했다. 그 사이사이에 소총이며 권총 소리가 불규칙적으로 섞였다. 누넌은 흡족한 듯 고개를 끄덕였다.

"5분 동안만 저렇게 갈겨대면 그놈은 이 세상에도 지옥이 있다는 것을 알게 될 테지."

그 5분이 지났을 때, 나는 결과를 보러 가자고 서장에게 말했다. 나는 서장의 엉덩이를 밀어 도랑 위로 올려보낸 뒤 나도 기어올라왔다.

여관은 조금 전처럼 스산하고 텅 빈 것같이 보였다. 더구나 아까보다 더 망가져 있었다. 이제 그쪽에서는 총알이 날아 오지 않았다. 이쪽에서는 아직 푸짐하게 쏘아대고 있었다.

"당신은 어떻게 생각하오?" 누넌은 물었다. "만약에 지하실이 있으면 쥐새끼 한 마리쯤은 살아 있을지도 모르겠군."

"글쎄, 그건 나중에 해치울 수 있을 거요."

그는 주머니에서 호각을 꺼내어 요란스럽게 불었다. 그가 통통한 두 팔을 흔드니까 사격이 줄어들기 시작했다.

우리는 그 명령이 두루 미치도록 잠깐 동안 기다리지 않으면 안 되었다.

그리고서 우리는 입구를 부수었다. 아래층은 발목이 잠길 정도로 흥건히 술에 잠겨 있었다. 술은 이 집을 가득 메울 정도로 쌓아올려진 상자와 술통에 박힌 총알 구멍으로부터 콸콸 흘러나오고 있었다.

우리는 쏟아지는 독한 밀주 냄새에 얼떨떨해 하면서 술 위로 철벅철벅 걸어다닌 끝에 네 명의 시체를 발견했으나 살아 있는 사람은 하나도 없었다. 죽은 네 명은 노동복을 입은, 얼굴이 가무잡잡하고 외국인같이 보이는 사나이들이었다. 그들 중에서 둘은 너무도 많은 탄환을 맞았기 때문에 산산조각이 나 있었다.

누넌이 말했다.

"그냥 내버려 두고 밖으로 나갑시다."

그의 목소리는 기운찼으나 손전등 불빛에 비쳐진 두 눈자 위에는 공포로 하얗게 질린 달무리 모양의 무늬가 생겨 있었다.

우리는 기세 좋게 밖으로 나왔다. 나는 '디워얼'이라는 상표가 붙은 깨지지 않은 병 하나를 주머니에 넣느라고 잠시 동안 어물거렸다.

카키색 제복을 입은 한 명의 경관이 대문에서 굴러떨어지듯이 오토바이에서 뛰어내렸다. 그는 큰소리로 우리들에게 외쳤다.

"퍼스트 내셔널 은행이 습격을 당했소."

누넌은 사정없이 욕을 하며 고함을 쳤다.

"그놈의 새끼 꾀에 우리가 넘어갔구나! 모두들 시내로 돌아가, 모두."

서장과 함께 차를 탄 우리들을 제외하고는 모두 기관총 쪽으로 뛰어갔다. 그들 중의 둘이 죽은 형사를 운반했다.

누넌은 곁눈으로 나를 보며 말했다.

"그 녀석은 지독한 놈이오. 우습게 봐서는 안 되오."

나는 "글쎄" 하며 어깨를 움츠려 보이고 어슬렁어슬렁 서장의 차까지 걸어갔다. 운전사는 벌써 핸들 앞에 앉아 있었다. 나는 건물에 등을 돌리고서 패트와 이야기했다. 무슨 이야기를 나눴는지 기억나지는 않았다. 이윽고 누넌과 다른 형사들도 차에 올랐다.

우리가 한길 모퉁이를 돌아 사라지기 전에 활짝 열린 여관문 사이로 작은 불꽃이 보였다.

젤리의 퇴장

퍼스트 내셔널 은행 주변에는 사람들이 웅성대고 있었다. 우리는 그들을 헤치고 입구까지 밀고 들어갔다. 얼굴이 부어 터진 맥글로우가 거기에 있었다.

"복면을 한 6인조였습니다." 우리들이 안으로 들어갔을 때 그는 서장에게 보고했다. "습격은 2시 30분경, 다섯 놈이 돈을 갖고 흔적없이 달아났어요. 경비원이 한 놈을 거꾸러뜨렸는데 젤리 후퍼였지요. 저기 벤치 위에 송장이 되어 있습니다. 곧 도로를 막고 제가 전화 연락을 취했지만 너무 늦은 뒤였습니다. 마지막으로 그들을 보았을 때는 놈들이 검은 색 링컨을 타고 킹 거리로 막 꺾어드는 참이었습니다."

우리는 젤리의 시체를 보러 갔다. 그는 로비 벤치에 갈색 옷으로 덮여 눕혀져 있었다. 총알은 왼편 어깨뼈 밑에 박혀 있었다.

은행 경비원은 악의없는 얼굴을 한 멍청한 영감으로, 가슴을 내밀고 당시의 상황을 설명했다.

"처음에는 어떻게 할 수가 없었지요. 쥐도 새도 모르게 들어와 있었으니까요. 놈들은 서둘지 않았던 것 같아요. 돈을 쓸어 갔지요. 그땐 속수무책이었어요. 하지만 저 혼자 말했죠. '흥, 젊은 놈들이 마음대로 돈을 갖고 내뺄려고 하지만 가만 보고 있을 수는 없지. 그래서 저는 마음먹은 대로 했지요. 문간까지 놈들을 따라가 권총을 쏘아 댔던 겁니다. 바로 저놈이 차를 타려는 걸 넘어뜨렸지요. 탄환이 더 있으면 그들을 더 잡았을 거요. 아무튼 쏘아 넘어뜨리기가 쉬운 일은 아니었어요. 이쪽은 서서 이렇게……."

"장하오, 아주 장하오." 누넌은 폐 속의 공기를 모조리 뱉어 내게 할 정도로 넋 빠진 늙은이의 등을 두드려줌으로써 장광설을 중지시켰다. "아주 잘했소, 정말 잘했소."

맥글로우는 시체를 다시 덮고 투덜댔다.

"대체 누군지 아무도 모릅니다. 그러나 젤리가 끼어든 걸 보면 휘스퍼의 장난이 확실합니다."

서장은 기쁜 듯이 고개를 끄덕이며 말했다.

"맥, 자네에게 일임하겠어." 그리고 그는 내게 물었다. "이 근방을 좀 더듬어 살펴보겠소, 아니면 나와 함께 시청으로 돌아가겠소?"

"미안하오. 난 약속도 있고 구두가 술에 흠뻑 젖었으니 바꿔 신어야겠어요."

다이너 블랜드의 소형 마몬이 호텔 앞에 서 있었다. 다이너는 보이지 않았다. 나는 내 방으로 올라왔으나 문에는 열쇠를 채우지 않았다. 모자와 외투를 벗고 있는데 노크도 하지 않고 다이너가 들어왔다.

"어머나, 방 안에서 웬 술 냄새가 이렇게 지독하지요?"

"구두에서 나는 거요. 누넌을 따라갔다가 술 웅덩이에 빠졌소."

다이너는 창가로 가서 창문을 열고 창틀에 걸터앉아 물었다.

"무슨 일 때문이에요?"

"누넌은 당신의 맥스가 시더 힐 별장에 숨어 있는 걸 알아냈소. 그래서 대거 출동하여 그곳에다가 마구 총격을 가하여 이탈리아 사람을 몇 죽이고, 술을 몇 갤런이나 쏟고 불을 지르고는 돌아왔소."

"시더 힐 별장에요? 그곳은 1년 이상이나 비워 둔 집이었을 텐데요?"

"그런 것 같았소. 그러나 누군지는 몰라도 창고로 쓰고 있었소."

"하지만 맥스는 없었지요?" 그녀는 물었다.

"우리가 거기 간 사이에 맥스는 엘리휴 영감의 퍼스트 내셔널 은행을 털어 간 모양이오."

"나도 봤어요." 그녀는 말했다. "내가 은행과는 두 집 떨어진 벨글렌에서 나왔을 때였어요. 차에 막 올라탔을 때 커다란 사나이가 뒷걸음질로 은행에서 나오는 걸 보았어요. 검은 보자기로 얼굴을 가리고 권총과 자루를 하나씩 들고 있었지요."

"맥스도 끼어 있었소?"

"아니에요. 그렇지 않아요. 젤리와 부하를 시키지요. 그 때문에 부하를 기르고 있는 건데요. 젤리가 끼어 있더군요. 검은 보자기를 쓰고 있었지만 그가 차에서 내렸을 때 곧 알아보았지요. 모두들 검은 보자기를 쓰고 있더군요. 넷이 은행에서 나와 길가에 세워 둔 차 있는 데로 달려갔어요. 젤리와 또 한 사람은 차 안에 있었고요. 넷이 보도를 가로질러 도망쳐오니까 차에서 내려 마중을 나가던데요. 그때 총질이 시작되고 젤리가 쓰러졌어요. 다른 놈들은 차를 타고 도망쳤어요. 그런데 내게 줄 돈은 어떻게 됐지요?"

나는 20달러짜리 지폐 10장과 10센트 은화 한 개를 내놓았다. 다이너는 창가에서 그것을 받으러 왔다.

"이건 맥스를 잡도록 댄을 붙들어 준 보수요." 그녀는 돈을 핸드백 속에 집어넣었다.

"그러면 맥스가 팀 누넌을 죽였다는 정보를 입수할 수 있는 장소를 가르쳐 준 값은 어떻게 되지요?"

"그건 맥스가 기소될 때까지 기다려야겠소. 정보가 확실한지, 어떤지 알아야 하니까."

다이너는 얼굴을 찌푸리며 물었다.

"도대체 당신은 돈을 쓰지 않고 어떻게 하려는 건가요?" 그녀의 얼굴은 환하게 밝아졌다. "당신은 맥스가 있는 곳을 알고 있죠?"

"모르오."

"가르쳐 주면 얼마를 주겠어요?"

"한 푼도 못 내겠소."

"100달러만 내면 가르쳐 드릴 텐데."

"그렇게까지 당신의 신세를 지고 싶지는 않소."

"50달러로 가르쳐 드리겠어요."

나는 고개를 저었다.

"25달러."

"난 이제 그 사람에겐 일이 없소." 나는 말했다. "그가 어디에 있든 상관하지 않겠소. 왜 당신은 누넌에게 그 정보를 팔지 않소."

"그렇군요. 그 사람을 꾀어 볼까. 당신들에겐 술이 향수 대신인가, 마실 술도 좀 있어야 하지 않아요?"

"시더 힐에서 주워 온 디워얼이 있소. 가방에 킹 조지도 있고, 어떤 게 좋소?"

그녀는 킹 조지를 택했다. 아무것도 하지 않고 한 잔씩 마신 뒤에 나는 말했다.

"혼자 마시고 있어요. 옷을 갈아입을 동안."

25분 뒤 욕실에서 나와 보니 그녀는 책상 앞에 앉아 담배를 피우면서 내 여행 가방 옆주머니에 넣어 둔 메모를 열심히 읽고 있었다.
 "여기에 적힌 건 다른 일로 탐정사에 청구한 비용인 모양이지요!" 그녀는 얼굴도 들지 않고 말했다. "무슨 일로 내게만 그렇게 쓰기 싫어하는 건지 도무지 알 수가 없군요. 이봐요, 여기에 600달러 '정'이라고 씌어 있군요. 누구로부터 사들인 정보인가요? 또 그 밑줄에 150——'상'——이라고 씌어 있는 건 뭔지 모르겠지만. 그리고 이 날은 1천 달러 가까이나 쓰고 있잖아요."
 "전화 번호요. 그 숫자는," 나는 그녀에게서 수첩을 빼앗아들었다. "당신은 어디서 자랐소? 남의 짐이나 뒤지다니!"
 "나는 수도원에서 자랐어요. 매년 품행 방정 상을 탔었지요. 코코아 속에 여분의 설탕을 넣는 계집아이는 식충이라는 이름으로 지옥에 떨어지는 줄로만 생각했어요. 18살 때까지 하느님을 모독하는 욕이 있다는 것을 몰랐어요. 처음으로 그런 말을 들었을 땐 하마터면 기절할 뻔했어요." 그녀는 눈앞에 있는 융단 위에 침을 뱉고 의자를 뒤로 젖혀 겹친 두 다리를 침대 위에 걸치고 물었다. "당신은 그걸 어떻게 생각하세요?"
 나는 그녀의 발을 침대에서 밀어 내고 말했다.
 "나는 선창가 술집에서 자랐소. 내 방바닥에 침을 뱉지 마시오. 한 번만 더 뱉으면 목덜미를 잡아서 창밖으로 내동댕이치겠소."
 "그보다 우리 한 잔 더 해요. 이봐요, 시청을 신축할 때 그 패들이 크게 한몫 보았다는 이야기가 있는데 얼마나 주시겠어요?——도널드 윌슨에게 팔아먹은 서류에 씌어 있던 이야기인데."
 "내 마음엔 들지 않소. 다른 걸 말해 보시오."
 "류 야드의 첫 번째 부인이 왜 정신병원에 들어갔는지 그 이유는요?"
 "들을 필요가 없소."

"이 지역 보안관 중 킹이란 작자가 4년 전에는 8천 달러의 빚 때문에 쩔쩔매었는데, 지금은 번화한 상가의 대지를 사들였어요. 전부는 가르쳐 줄 수 없으나 어딜 가면 정보를 얻을 수 있는가 정도는 가르쳐 주어도 좋아요."

"그밖에 다른 것은?" 나는 다이너의 기분을 부추겨 주었다.

"이젠 싫어요. 당신은 정보를 살 생각이 없어요. 당신은 공짜로 손에 넣기를 바라는군요. 이 스카치는 나쁘지 않군요. 대체 어디서 입수했지요?"

"샌프란시스코에서 가져온 거요."

그녀의 큰 눈이 반짝이고 있었다.

"나는 류 야드의 명함을 한 장 갖고 있어요. 당신이 집어 온 디위얼 술병에 그 명함을 붙여서 피트에게 전해준다고 생각해 보세요. 그러면 피트는 선전포고로 생각하지 않을까요? 만약 시더 힐 별장이 술의 은닉처라면 피트의 것임에 틀림없어요. 그 술병과 류의 명함이 오면 누넌이 류의 안내로 쳐들어온 걸로 짐작하지 않겠어요?"

나는 한참 생각한 다음에 말했다.

"너무 서툴러. 그런 것쯤으로 넘어갈 상대가 아니지. 하지만 지금 단계로는 피트나 류 두 사람이 서장과 싸우도록 해 놓고 싶은데."

그녀는 뾰루퉁하여 말했다.

"당신은 내가 무엇이든 전부 알고 있는 줄 생각하나봐. 정말 상대하기가 어렵군요. 오늘 저녁 어디로든 데려가 주시지 않겠어요? 모두가 눈을 휘둥그렇게 뜰 정도의 옷을 새로 마췄어요."

"그럽시다."

"8시쯤 데리러 와 주시겠어요."

그녀는 따뜻한 손으로 내 볼을 어루만지며 "안녕" 하고 말하고는 나갔다. 그때 전화벨이 울렸다.

"내가 맡은 빈대와 딕이 맡은 빈대가 함께 당신의 의뢰인 집에 와 있소." 미키 리네헌이 전화로 보고했다. "내 빈대는 침대를 둘 가진 수완가보다 바쁜 모양이오. 하긴 난 무슨 꿍꿍이속인지 모르겠지만. 무슨 일이 있었소?"

나는 아무 일도 없었다고 말하고 침대에 드러누워 누넌의 시더 힐 별장 습격과 휘스퍼의 퍼스트 내셔널 은행 습격에서 대체 어떠한 결론을 얻을 것인가 혼자서 생각해보았다. 엘리휴 노인 댁에서 노인과 핀란드인 피트와 류 야드가 무슨 말을 했는지 그것을 엿들을 수 있는 능력이 없는 것이 못내 아쉬웠다. 그러나 그런 능력은 없었고 게다가 나는 본디 추리력이 약했다. 그래서 30분 뒤에 나는 머리를 혹사하는 짓을 그만두고 잠을 잤다.

잠에서 깨어나니 벌써 7시가 가까웠다. 얼굴을 씻고 옷을 갈아입고 주머니 속에 권총과 1파인트들이 작은 스카치 병을 집어넣고 다이너의 집으로 갔다.

레노 스터키

다이너는 나를 거실로 데리고 가서 조금 뒤로 물러서더니 빙 돌아보이며 새 옷이 어떠냐고 물었다. 나는 마음에 든다고 대답했다. 빛깔은 로즈 베이지 색이며 옆에 붙인 장식들은 어떻다는 둥 설명을 늘어놓고 나서 그녀는 결론을 맺었다.

"정말로 이 옷이 제게 어울린다고 생각하세요?"

"그럼, 어울리고말고요." 나는 대꾸했다. "류 야드와 핀란드인 피트가 오늘 오후 엘리휴 영감을 찾아갔소."

다이너는 내게 얼굴을 찌푸려 보이며 말했다.

"내 옷에 대해선 아무런 말씀도 안해 주는군요. 그런데 그 사람들 뭐하러 거기에 갔을까?"

"작전 협의차였겠지, 분명히."

그녀는 눈을 치켜올리며 물었다.

"당신은 정말로 맥스의 거처를 모르나요?"

그 말로 알아차렸다. 그러나 지금까지 몰랐다고 시인해도 소용없는 일이었다. 나는 대꾸했다.

"아마 윌슨 댁에 있을걸. 별로 확인해 볼 만한 흥미도 없으니까."

"당신도 넋이 나갔군요. 맥스는 당신과 나를 원망할 거예요. 이 엄마의 충고를 듣고 빨리 맥스를 잡아 줘요. 당신이나 엄마의 목숨을 아낀다면."

나는 웃으며 대꾸했다.

"당신은 아직 중대한 사정을 모르고 있군. 누넌의 동생을 죽인 건 맥스가 아니오. 팀은 맥스라고는 하지 않았소. 맥스웨인이라고 하려다가 말을 끝맺지 못하고 죽은 거요."

그녀는 내 두 어깨를 붙잡고 190파운드의 내 몸무게를 흔들려고 했다. 흔들 만큼 그녀는 힘이 세었다.

"망할 자식 같으니!"

그녀의 입김이 내 얼굴에 화끈 와 닿았다. 얼굴빛이 하얗게 질렸다. 붉은 연지가 마치 입과 볼에 붙은 딱지처럼 두드러져 떠올랐다.

"만약 당신이 맥스에게 누명을 씌웠고 나도 거기에 한몫 끼었다면 빨리 그를 없앨 수밖에 없어요. 당장에."

거친 취급을 받는 것을 나는 좋아하지 않는다. 비록 상대편이 신화에 나오는 여신처럼 젊은 미인이며, 또 잔뜩 격분하고 있을 때일지라도, 나는 어깨에서 그녀의 두 팔을 떼어 놓으며 말했다.

"불평을 늘어놓지 말아요. 당신은 아직 살아 있지 않소."

"그래요, 아직은요. 하지만 나는 맥스라는 사람에 대해서는 당신보다 내가 더 잘 알아요. 그 사람에게 누명을 씌운 사람이 얼마 동안 살아남을 수 있는지 나는 알고 있단 말예요. 제대로 된 증거가 없어도 저 꼴이 되는 판인데, 더군다나……."

"떠들지 말아요. 난 지금까지 수백만 명을 죄인으로 몰았지만 아직 아무런 일도 없었소. 모자와 외투를 가져와요. 식사나 하러 가게. 배가 부르면 기분이 좋아질 거요."

"이 양반이 돌았나 봐. 내가 나갈 거라고 생각해요. 이러한 때에……."

"집어치워요, 아가씨. 만약 그가 그렇게 위험한 인물이라면, 당신은 여기서든 어디서든 당하는 건 마찬가지일 거요. 무엇이 다르단 말이오?"

"그렇지 않아요. 당신은 앞으로 그가 할 일을 알고 있지요? 당신은 맥스가 제거될 때까지 여기 있어 줘요. 당신 탓이니까 당신은 나를 보호해 주는 게 당연해요. 이젠 댄도 없어요. 그는 입원중이에요."

"난 못 있겠는데." 나는 말했다. "내겐 할 일이 있소. 당신은 공연히 겁을 먹고 있소. 맥스는 지금쯤 당신을 까마득하게 잊고 있을 거요. 자아, 모자와 외투를 가져와요. 난 이러다간 여기서 굶어 죽겠소."

그녀는 자기 얼굴을 내 얼굴에다 갖다 붙였다. 그녀의 눈은 내 눈에서 무슨 무서운 것이라도 찾아 낸 것처럼 보였다.

"참으로 당신은 치사하군요!" 그녀는 말했다. "내가 어떻게 되든 당신은 눈썹 하나 까딱하지 않을 거예요. 다른 사람들을 이용하듯이 나를 이용하면서——당신에게 필요하다던 다이너마이트 대신으로요. 나는 당신을 믿고 있었는데."

"당신은 확실히 다이너마이트임에는 틀림없소. 그러나 다이너마이트가 아닌 부분은 말하자면 어리석은 여자요. 기분좋게 있을 때가 당신은 한결 귀엽소. 당신의 얼굴 구멍새는 큰 편이오. 성이 나면 그것들이 꼭 짐승 같소. 아가씨, 난 굶어 죽겠소."

"여기서 먹어요." 그녀는 말했다. "어두워진 뒤에는 나를 못 데리고 나가요."

그녀는 진정이었다. 그녀는 로즈 베이지 색 옷을 앞치마와 바꾸어

입고 냉장고 속에 든 것을 전부 꺼냈다. 감자, 레터즈, 깡통 스프, 게다가 프루츠 케이크가 반쪽. 이것이 전부였다. 나는 밖에 나가 스테이크 두 개와 롤 빵과 아스파라거스와 토마토를 샀다.

내가 돌아와 보니 그녀는 1쿼터들이 셰이커에 진과 버머드와 오렌지 비터스를 꽉 찰 정도로 넣어 뒤섞고 있었다.

"무슨 일이 없었나요?" 그녀는 물었다.

나는 상냥스럽게 그녀의 비위를 맞추어 주었다. 다 된 칵테일을 식당으로 날라가 요리가 익을 때까지 몇 번이고 잔을 비웠다. 술이 몇 잔 들어가자 다이너는 아주 명랑해졌다. 우리가 식사를 시작할 무렵에는 그녀의 무서운 기분이 거의 가셨다. 요리는 별로 신통치 않았으나 둘은 훌륭한 요리사가 만든 요리인 듯이 먹었다.

마지막에 우리는 진――진저 에일 두 잔으로 만찬을 마쳤다. 다이너는 지금부터 놀러 나가자고 말했다. 자기는 좀팽이 꼬마새끼 같은 놈이 무서워 집에 갇혀 있을 여자가 아니다, 그도 그럴 것이 그가 아무것도 아닌 일을 갖고 치사하게 굴어도 자기는 그에게 차별없이 대해 왔지 않느냐, 만약 자기가 하는 짓이 아니꼬우면 그는 나무에 목을 매달든지 물 속에 뛰어들면 되지 않느냐, 그리고 우리는 실버 애로우(은화살)로 가야 한다, 오늘 밤 당신을 데리고 가고 싶었던 곳이다, 파티에 참석하겠다고 레노에게 약속했으니 무슨 일이 있어도 가야 한다, 자기가 가지 않을 거라고 생각한다면 어지간히 머리가 돈 거다, 그러니 당신은 어떻게 생각하느냐고 그녀는 말했다.

"레노가 누군데?" 그녀가 앞치마 끈을 잘못 잡아당기는 바람에 도리어 매듭이 단단하게 묶이어 풀어내지 못하는 것을 보면서 나는 되물었다.

"레노 스타키예요. 틀림없이 당신 마음에 들 거예요. 좋은 남자예요. 난 그의 축하 파티에는 꼭 가겠다고 약속했어요. 그러니까 기어이 가 봐야겠어요.”

"무슨 축하요?"

"이 앞치마는 왜 풀어지지 않는 거야? 레노는 오늘 오후 보석으로 나왔어요."

"자아, 돌아서봐요, 내가 풀어 줄 테니. 그는 무슨 일로 들어가 있었소?……움직이면 안 된다니까."

"6, 7개월 전에 금고를 털었대요——털록이라는 보석상의 금고를 레노, 패트 콜린즈, 검둥이 호엘렌, 행크 오말러, 그리고 '한 걸음 반'이라는 별명의 꼬마 절름발이가. 배경은 충분이 있었지만——류 야드 말예요——지난 주일에 보석상 조합의 탐정들이 그 패들의 짓이라는 걸 밝혀 냈어요. 누넌도 별수 없이 구속 영장을 냈었지요. 구속 영장 같은 것은 아무것도 아니에요. 레노는 상습자예요. 그리고 이것 말고 세 가지 사건에도 보석으로 나왔단 말예요. 당신, 칵테일 한 잔 더 하면 어때요? 그 동안에 옷을 갈아입을께요."

실버 애로우는 퍼슨빌과 모크 호수의 중간 지점에 있었다.

"실버 앨로우는 나쁜 곳이 아니에요." 하고 다이너는 소형 마몬을 운전하면서 말했다. "폴리 디 보트는 좋은 여자예요. 그녀가 파는 건 다 좋아요. 하지만 부르봉 위스키만은 제외해야 할걸요. 언제나 시체에서 짜낸 것 같은 맛이 나요. 당신도 틀림없이 폴리가 마음에 들 거예요. 떠들어 대지만 않으면 무슨 짓을 해도 괜찮아요. 폴리는 시끄러운 건 딱 질색이거든요. 아아, 저기예요. 저 나무 사이에 붉은 불과 파란 불이 보이죠?"

숲을 빠져나오자 도로가에 서 있는 불야성 같은 식당의 전경이 나타났다.

"시끄러운 게 질색이라는 건 무슨 뜻이오?" 내가 물었을 때 탕! 탕! 탕! 하는 권총소리가 들려 왔다.

"일이 벌어졌군." 다이너는 중얼거리며 차를 세웠다.

두 남자가 한 여자를 이끌고 식당에서 뛰어나와 어둠 속을 달음질쳤다. 옆문에서도 한 남자가 튀어나오더니 달아났다. 총소리가 계속 울렸다. 번쩍하는 불빛이 내게는 전혀 보이지 않았다.

또 한 남자가 뛰어나와 뒤꼍으로 몸을 감췄다.

정면 2층 창문에서 검은 권총을 쥔 남자가 몸을 내밀었다.

다이너는 휘파람을 세게 불었다.

길가의 생울타리에서 오렌지색 불빛이 창가의 남자를 향하여 짤막한 포물선을 그었다. 그의 권총도 아래 쪽으로 불꽃을 뿜었다. 그는 더욱 몸을 밖으로 내밀었다. 생울타리로부터의 두 번째 음전은 없었다.

창가에 있던 남자는 발을 창틀에 걸고 몸을 움추렸다가 훌쩍 땅으로 내려뛰었다.

다이너는 별안간 차를 앞으로 내몰았다. 그녀는 아랫입술을 꼭 깨물고 있었다.

창에서 뛰어내린 사나이는 손과 무릎을 짚고 일어서려는 참이었다. 다이너는 내 얼굴 앞에 자기 얼굴을 내밀며 외쳤다.

"레노!"

그 사나이는 벌떡 일어나 우리를 보았다. 차가 그의 곁으로 가까이 다가가자 그도 세 걸음쯤 걸어 길을 건너왔다.

다이너는 레노의 발이 차문의 발판에 뛰어오르기도 전에 벌써 소형 마몬의 문을 활짝 열어 놓았다. 나는 두 팔로 레노의 몸을 붙들려다가 하마터면 팔이 빠질 뻔했다. 레노는 내게 안기면서도 몸을 내밀어 사방에서 쏘아 대는 사격에 맞서 응사하느라고 나를 몹시 거칠게 다루었다.

그리고 모두 끝났다. 우리들은 퍼슨빌로부터 재빨리 빠져나왔으므로 실버 애로우의 사정 거리와 소란으로부터 밖으로 나와 있었다.

레노는 몸을 돌려 차에 매달렸다. 나는 그의 두 팔을 잡아 차안으로 끌어넣었다. 그는 별로 다친 데가 없는 것 같았다. 다이너는 운전하느라고 정신이 없었다.

레노가 말했다.

"고마워. 난 빠져나와야 했어."

"괜찮아요." 그녀는 그에게 말했다. "당신이 베푼다던 파티란 저런 거였군요?"

"불청객이 찾아왔단 말씀이야. 탠너 거리를 알고 있나?"

"알고 있어요."

"그 길로 가 줘. 그러면 마운틴 블루버드로 나갈 거야. 그 길로 해서 시내로 돌아갈 수 있어."

그녀는 고개를 끄덕이고 얼마쯤 속력을 늦추면서 물었다.

"불청객들이란 누구지요?"

"내게 손을 대려는 미련한 건달패들이지."

"내가 알고 있는 건달패들인가요?" 다이너는 좁고 울퉁불퉁한 도로로 차를 돌리며 사뭇 아무 일도 아닌 듯이 물었다.

"쓸데없는 말은 묻지 마." 레노는 말했다. "그보다는 일정한 속력으로 달리지."

다이너는 마몬의 속력을 시속 15마일쯤 냈다. 그녀는 차를 길밖으로 빗나가게 하지 않으려고 무척 조심스럽게 운전했다. 레노도 차에서 떨어지지 않으려고 무척 애를 썼다. 포장이 괜찮은 도로로 나올 때까지 두 사람은 더 이상 말을 주고받지 않았다.

그때 레노가 물었다.

"당신이 휘스퍼를 차 버렸나?"

"흐응."

"소문엔 밀고했다던데."

"그럴 거예요, 당신 생각은?"

"차 버린 건 좋았어. 그러나 형사와 한패가 되어 그를 때려잡는 건 좋지 않을걸. 정말 좋지 않을 거야. 물어 오니까 대답하는 거지만."

그렇게 말하면서 레노는 내 얼굴을 바라보았다. 나이는 서른 너덧, 키가 꽤 크고 뚱뚱하지는 않으나 육중한 체구였다. 크고 둔한 갈색 눈은 서로 사이가 떨어져서 조금 혈색이 나쁜 말상 속에 박혀 있었다. 유머가 전혀 없는 우둔한 얼굴이나 어쩐지 불쾌한 얼굴은 아니었다. 나도 그를 쳐다보며 입을 다물고 있었다.

"그렇게 생각한다면 당신은······." 그녀는 말했다.

"저것 봐." 레노가 소리를 질렀다.

우리가 탄 차가 커브를 돌았을 때였다. 길고 검은 대형차 한 대가 앞쪽 도로를 가로지르고 있었다——바리케이트였다.

탄환이 우리들 주위로 날아왔다. 레노와 내가 응사하는 사이에 다이너는 소형 마몬을 마치 잘 훈련된 프로 경기마처럼 조종했다.

그녀는 도로 왼편으로 차를 밀어붙이어 왼편 바퀴가 둑 위로 높이 올라가게 하여 레노와 내 체중을 내부에 걸고 유턴했다. 그러자 우리들의 무게가 걸려 있음에도 불구하고 차체가 오른편 둑 위로 높이 올려졌다. 그 바람에 우리는 적에게 등을 돌리는 자세가 되어 적의 공격으로부터 완전히 노출되었다. 차가 유턴하여 다시 미끄러져 내려와, 거기서 빠져나왔을 때는 서로 공방전을 벌이느라 우리들의 권총은 텅 비어 버렸다.

여러 사람이 숱하게 총을 난사했으나 우리가 말할 수 있는 것은 아무도 상처를 입지 않았다는 것이었다.

레노는 두 팔꿈치를 문에 대고 자동권총에 새로 총알을 장진하면서 말했다.

"훌륭한 솜씬데. 당신의 운전은 자유자재로군."

"이젠 어디로 갈까요?" 다이너가 물었다.

"우선 멀리 떨어져야겠어. 이 도로로 계속해서 달려. 좀 생각해 봐야겠어. 마을로 가는 길은 완전히 차단된 모양이야. 속력을 늦추지 마."

우리들은 퍼슨빌로부터 11 내지 12마일 이상 멀어졌다. 몇 대의 차가 우리를 스쳐 갔지만 추격당하고 있는 것 같지는 않았다. 작은 고랑을 건너면서 차바퀴가 덜그럭거렸다. 레노는 말했다.

"언덕을 넘어서면 오른쪽으로 꺾어."

오른쪽으로 꺾어드니까 흙탕길이었다. 길은 나무숲 사이를 빙빙 돌아 바위산의 허리로 내려갔다. 이런 곳에서 시속 10마일이면 빠른 편이다. 5분쯤 기어가듯이 달리니까 레노가 정차를 명령했다. 그대로 어둠 속에서 30분 동안 가만히 앉아 있었다. 아무 소리도 들리지 않았고 아무것도 보이지 않았다. 그러자 레노는 말했다.

"1마일쯤 내려가면 빈 판잣집이 있을 거야. 거기서 밤을 세우면 어때? 오늘 밤 다시 경계선을 돌파하는 건 어리석은 짓이니까."

다시금 권총의 저격을 당하느니 차라리 무엇이든지 참겠노라고 다이너는 나직이 말했다. 나는 될 수 있는 한 시내로 돌아갈 다른 길을 찾아보고 싶었지만 괜찮다고 말했다.

흙탕길을 조심스럽게 내려가니 이윽고 헤드라이트가 조그마한 판잣집을 비췄다. 한 번도 페인트 칠을 하지 않았는지 지독하게 낡았다.

"이것 말예요?" 다이너는 레노에게 물었다.

"그래, 그래. 잠깐 보고 올 테니 기다려줘."

레노는 차에서 내리더니 헤드라이트가 비추는 오두막 입구에 바로 나타났다. 자물쇠에 열쇠를 집어넣고 덜그럭거리더니 문을 열고 안으로 들어갔다. 한참 뒤 그는 문가에 나타나서 우리를 불렀다.

"좋아, 이리로 들어와서 쉬어."

다이너는 앤진을 끄고 차에서 내렸다.

"차 안에 손전등 있소?" 나는 물었다.

"있어요." 다이너는 손전등을 나에게 건네주며 하품을 했다. "아아, 고단해. 오두막 안에 마실 것이 있었으면 좋겠는데."

나는 작은 스카치 병을 가져왔다고 말했다. 이 말을 듣자 다이너는 단번에 기운이 나는 것 같았다.

오두막의 하나밖에 없는 방에는 갈색 모포를 씌운 군대용 간이 침대, 한 벌의 카드와 손때로 절은 포커 점수패가 놓여진 노름 테이블, 녹슬은 무쇠 스토브, 의자가 넷, 석유 램프, 접시, 주전자, 냄비, 세숫대야, 통조림이 얹어진 3층 선반, 장작더미, 그리고 손수레 등이 어지럽게 널려 있었다.

우리가 방으로 들어갔을 때 레노는 램프에 불을 켜고 있었다. 그는 입을 열었다.

"여기서 차분히 기다리기엔 그렇게 나쁘진 않을 거야. 나는 차를 숨기고 오겠어. 그러면 날이 샐 거야."

다이너는 침대로 걸어가 시트를 뒤집어 보면서 대답했다.

"뭐가 있을지는 모르겠으나, 벌레 같은 것들이 득실거리지는 않을 것 같아요. 자아, 그 술이나 마시기로 해요."

레노가 차를 숨기러 나간 사이에 술병의 마개를 뽑아 그녀에게 건네주었다. 그녀가 마시고 난 다음 나도 한 모금 마셨다.

마몬의 엔진 소리가 점점 멀어져 갔다. 나는 문을 열고 바깥을 내다보았다. 하얀 불빛이 듬성듬성한 나무숲 사이를 뚫고 언덕을 내려가는 것이 보였다.
 그것이 아주 보이지 않게 되었을 때 나는 집안으로 돌아와 다이너에게 물었다.
 "당신은 걸어서 집으로 돌아간 적이 있었소?"
 "뭐라고요?"
 "레노가 차와 함께 사라졌소."
 "치사한 거지새끼 같으니! 그래도 침대가 있는 곳에 우리를 버려 둔 게 다행이군요."
 "그렇게 되지는 않을 거요."
 "안 된다고요?"
 "그래요. 레노는 이곳 열쇠를 갖고 있었소. 놈을 쫓은 자들은 모두 그걸 알고 있을 거란 말이요. 그러니까 놈은 우리를 여기에 내동댕이치고 혼자서 도망친 거요. 우리가 그들하고 다투는 사이에 더 멀리 도망치려는 것이 그놈의 속셈이요."
 다이너는 기가 막힌 듯이 침대에서 벌떡 일어나 레노를, 나를, 아담 이후의 모든 남성을 저주했다.
 "당신은 모르는 게 없군요. 그러면 지금부터 우리는 어떻게 해야 되지요?"
 "이곳에서 멀지 않은 안전한 빈터로 찾아가 무슨 일이 일어나는지 지켜보기로 합시다."
 "그럼 이 모포를 가져가야겠어요."
 "한 장쯤은 괜찮지만 그 이상 가져가면 들키기가 쉬울거요."
 "들키면 어때요." 그녀는 투덜거렸으나 결국 한 장만 갖고 나왔다.
 나는 램프를 끄고 오두막을 나온 뒤 자물쇠를 걸고 손전등을 비추며 수풀 사이의 오솔길을 더듬어 올라갔다.
 언덕을 조금 오르니 조그맣게 움푹 팬 곳이 있었다. 거기서는 풀숲 사이로 도로와 오두막을 어렴풋이 볼 수 있었고, 이 풀숲은 무성했기 때문에 불빛이 어른거리지 않는 한 발견될 염려가 없었다.

나는 모포를 깔았다. 우리는 주저앉았다.

다이너는 내게 몸을 기대며 땅이 축축하다느니, 외투를 입고 있어도 춥다느니, 다리에 쥐가 오른다느니, 궐련을 피우고 싶다느니 하고 불평을 늘어놓았다. 그녀에게 술을 한 모금 마시게 했다. 술 덕분에 나는 한 10분쯤 편히 쉴 수 있었다.

그러자 그녀가 말했다.

"감기 들겠어요. 누구든 올지 안 올지 모르지만, 그가 올 때쯤은 시내까지 들릴 정도의 큰 재채기나 기침이 나올 것 같아요."

"그렇게 한 번만이라도 해보시오." 나는 그녀에게 말했다. "놈들이 당신 목을 졸라 죽일 거요."

"쥐새끼인지 무언지가 담요 밑에서 꾸물꾸물해요."

"아마 뱀일 거요."

"당신, 결혼했어요?"

"그런 말은 꺼내지 마오."

"그럼, 했어요?"

"안 했소."

"안 해서 부인은 다행이네요."

이 농담에 적당한 응수를 해주려고 궁리하는 참인데 멀리서 불빛이 길을 비추며 올라오고 있었다. 쉬, 쉬, 하고 여자에게 말하자 그 불빛은 사라졌다.

"뭐예요?" 그녀는 물었다.

"불빛이오. 방금 사라졌소. 아마 우리를 찾아온 손님들인데 미리 차에서 내려 걸어올 모양이오."

시간이 꽤 지났다. 여자는 따뜻한 볼을 나의 볼에다 대고 떨고 있었다.

발소리가 들리는 것도 같았고, 검은 그림자가 도로와 오두막 주위에서 움직이는 것이 보이는 듯도 했다. 그러나 확실치는 않았다.

그때 오두막 문에 손전등의 동그란 불빛이 어른거렸다. 이것으로 우리의 의심은 끝났다. 묵직한 목소리가 들려 왔다.

"여자는 나와도 좋다!"

안에서의 대답을 기다리고 있는 동안 30초쯤의 침묵이 흘렀다. 그리고서 묵직한 같은 목소리가 "나올 텐가?" 하고 다시 물었다. 그리고 더 긴 침묵이 흘렀다.

그리고 오늘 밤 이미 귀에 익은 총소리가 침묵을 깨뜨렸다. 누군가 판잣문을 부수고 있었다.

"자아, 갑시다." 나는 그녀에게 속삭였다. "그들이 소동을 일으키고 있는 동안에 그들의 차를 탈취합시다."

"내버려 두세요." 그녀는 일어서려는 나의 팔을 잡아당겼다. "오늘 밤은 너무나 많은 것을 겪었어요. 이젠 진력이 났어요. 여기 가만히 있으면 되잖아요."

"자아, 일어서요." 나는 우겼다.

그녀는 "난 싫어요" 하며 움직이지 않았다. 우리가 말다툼을 하고 있는 사이에 너무 늦어버렸다. 그들은 오두막집이 텅 빈 것을 보자 문을 박차고 나와 소리를 질렀다.

차는 그들 여덟 명을 싣고서 레노가 달아난 방향으로 언덕을 내려갔다.

"다시 들어가도 좋겠소." 나는 말했다. "오늘 밤은 이리로 되돌아오지는 않을 테니까."

"아직 술병에 스카치가 조금 남아 있으면 좋겠는데."

그녀는 나의 손을 잡고 일어섰다.

페인터 거리

 오두막집에 비치된 통조림 가운데에는 아침 식사가 될 만한 것은 하나도 없었다. 양철 세숫대야 속에 들어 있던 물로 커피를 끓여 그것으로 식사를 때웠다.
 1마일쯤 걸어가니까 농가 한 채가 나타났다. 젊은이가 있기에 교섭했더니 4, 5달러만 주면 자기의 자가용 포드로 시내까지 데려다 주겠다고 승낙했다. 그는 여러 가지를 물었지만 우리는 엉터리 대답을 해 주거나 아예 묵살해 버렸다. 킹 거리 위쪽에 있는 조그마한 식당 앞에서 내렸다. 여기서 우리는 메밀 케이크와 베이컨을 실컷 먹었다.
 택시를 잡아타고 9시가 조금 못 되어 다이너의 집 문 앞에 내렸다. 그녀가 부탁하므로 지붕부터 지하실까지 샅샅이 조사했으나 아무도 찾아온 흔적은 없었다.
 "언제 돌아오시겠어요?" 현관까지 따라나오며 다이너는 물었다.
 "밤 12시까지는 한번 들러 보겠소, 4, 5분이라도, 그런데 류 야드는 어디 살고 있소?"
 "페인터 거리 1622번지예요, 여기서 세 구역 건너가면 페인터 거리지요, 네 구역 올라가면 1622번지예요. 거기엔 무엇하러 가시는 거지요?" 내가 대답도 하기 전에 다이너는 내 팔에 매달려 애원했다. "맥스를 잡아 주세요. 나는 그가 무서워 죽겠어요."

"좀 있다가 누넌을 부추겨서 맥스를 잡게 하겠소만, 그것도 형편 나름이오."

그녀는 나더러 자신의 일만 해치우고 나면 남의 일이야 어찌 되었든 상관하지 않는 배신자라고 욕설을 퍼부었다.

나는 페인터 거리로 갔다. 1622번지는 현관 포치 밑에 차고가 있는 붉은 벽돌집이었다. 거리를 한 구획 올라가니 동료인 딕 폴리가 이곳에 와서 임대한 뷔크 자동차 안에 들어앉아 있었다. 그와 나란히 타면서 나는 물었다.

"어때, 형편은?"

"2시에 발견, 3시 반에 외출. 윌슨 댁까지 미행——미키. 5시 귀가. 출입 빈번. 계속 감시. 3시에 철수, 7시까지. 이상 무."

이 보고인즉 그는 어제 오후 2시에 류 야드를 발견했고, 3시 반에 윌슨 댁까지 미행해 온 미키를 만났고, 오후 5시에 윌슨 댁을 나온 류 야드를 또 그의 집까지 따라갔고, 여러 사람이 이 집을 들락날락하는 것을 보았으나 그들의 뒤를 밟지 않았고, 오늘 아침 3시까지 이 집을 감시했고, 7시에 다시 망을 보았고, 그때부터 지금까지 아무도 출입하는 사람을 못 보았다는 것을 내게 알리려는 것이다.

"여기는 그만두고 윌슨 댁을 엿보아야겠어." 나는 말했다. "휘스퍼가 그 집에 들어앉아 있다는 말이 있어. 그를 누넌에게 알리느냐 어쩌느냐를 내가 결심할 때까지 감시해 주면 좋겠네."

딕은 고개를 끄덕이고 시동을 걸었다. 나는 차에서 내려 호텔로 돌아왔다. 대장으로부터 전보가 와 있었다.

〈현재 맡은 작업 사정, 지급으로 상세히 알려라. 오늘의 일보(日報)도 함께.〉

나는 전보를 주머니 속에 집어넣으면서 사태가 급속도로 진전해 주기를 바랐다. 대장이 요구하는 보고문을 지금 보낸다는 것은 사표를 보내는 거나 마찬가지다.

나는 새 칼라를 갈아 달고 부리나케 시청으로 뛰어갔다.

"여어." 누넌이 나를 맞이했다. "기다리던 참이오. 호텔로 연락을 취했지만 돌아오지 않았다고 하더군."

오늘 아침 누넌의 안색은 별로 좋아 보이지 않았다. 그러나 내가 기쁜 듯이 손을 내밀자 기분이 바뀌어 나를 만나는 것을 진심으로 반기는 것 같았다.

내가 앉았을 때 전화 벨이 울렸다. 누넌은 수화기를 귀에 대고 "응?" 하고 한참 듣고 있다가 "맥, 당신이 혼자 가는 게 좋겠어" 하고 수화기를 도로 얹어 놓는 데 두 번이나 바로 놓지 않으면 안 될 정도로 허둥거렸다. 얼굴빛이 조금 파래졌으나 나에게 말하는 목소리는 여느 때와 조금도 다름이 없었다.

"류 야드가 당했소──방금 자택 현관 계단을 내려오다가 총을 맞았다는군."

"자세한 것은?" 나는 딕 폴리를 페인터 거리에서 한 시간이나 빨리 철수시킨 것을 후회했다. 굉장한 실수였다.

누넌은 고개를 저으며 무릎 위를 노려보고 있었다.

"현장에 가 볼까요?" 나는 일어섰다.

누넌은 일어서지도 않고 나를 쳐다보지도 않았다.

"안 가겠소." 그는 피로에 지친 듯이 자기의 무릎 쪽으로 얼굴을 돌리며 말했다.

"바른 대로 말하면 나는 가고 싶지 않소. 이젠 견뎌 낼 수 있을는지 모르겠어. 이렇게 사람을 죽인다는 것에 진절머리가 나는군. 나는 신경이——지쳤단 말이오."

나는 다시 주저앉아 어째서 누년이 이렇게 기운이 없는가를 생각하며 물어 보았다.

"누가 류 야드를 죽였다고 생각하오?"

"알게 뭐요." 그는 중얼거렸다. "모두들 서로 죽이는 판이오. 어디서 끝장이 날 것 같소?"

"레노가 죽였다고 생각하오?"

누년이 주춤하며 내 얼굴을 쳐다보다가 생각을 다시 돌렸는지 아까 한 말을 되풀이했다.

"알게 뭐요."

나는 각도를 달리하며 그에게 부딪쳐 보았다.

"어젯밤 실버 애로우의 싸움에서는 누가 죽었소?"

"셋뿐이오."

"누구였소?"

"어제 5시에 보석으로 나왔던 존슨 패거리 검둥이 호엘렌과 패드 콜린즈라는 두 사람과, 별동대의 독일인 잭 와알이오."

"싸운 원인은 뭐랍디까?"

"그저 소란을 피운 걸 테지. 패트와 검둥이, 그들과 함께 석방된 패거리들이 친구들과 잔치를 벌이고 있다가 총질로 끝장을 본 거요."

"모두가 류 야드의 부하입니까?"

"그건 나도 전혀 모르겠는데." 그는 말했다.

나는 일어서서 "몰라도 괜찮소" 말하며 문께로 갔다.

"잠깐만." 누년은 황급히 불렀다. "그대로 가 버리지 마시오. 아마

류 야드의 부하였을 거요."

나는 되돌아와서 아까 앉았던 의자에 앉았다. 누넌은 책상머리만 쳐다보고 있었다. 그의 얼굴은 갓 칠한 파테(접합제의 한 종류)처럼 잿빛이었으며, 흐느적거리고 축축했다.

"휘스퍼는 윌슨 댁에 있소." 나는 말했다.

누넌은 얼굴을 홱 들었다. 눈빛이 거무스름해졌다. 이윽고 입 모양이 일그러지더니 다시 고개를 숙여 버렸다. 눈빛이 시들어졌다.

"이젠 나는 이 짓을 못해 나가겠소." 그는 중얼거렸다. "이놈의 무참한 살인질에는 정말 진절머리가 났소. 나는 더 이상 견딜 수가 없단 말이오."

"만일 평화로워진다면 팀의 살해자에게 대해 보복하려는 생각 따위는 포기할 정도로 진절머리가 난 거요?" 나는 물었다.

"그렇소."

"그런 생각 때문에 일이 시작된 거요." 나는 서장에게 지난 일을 상기시켰다. "당신만 포기한다면 그 일은 중단될 거요."

누넌은 얼굴을 들고 마치 뼈다귀를 문 개를 보는 것처럼 나를 쳐다보았다.

"다른 패거리들도 당신과 마찬가지로 진절머리가 났을 거요."

나는 말을 계속했다. "당신의 마음을 그 사람들에게 말하십시오. 한자리에 모여서 화해를 하시오."

"내게 무슨 꿍꿍이속이 있다고 생각하지는 않을까?" 누넌은 처량한 목소리로 반대했다.

"윌슨 댁에서 모임을 가져 봐요. 휘스퍼는 거기에 진을 치고 있소. 거기로 간다면 당신이 계략에 빠질 위험이 있지. 당신은 겁이 나오?"

누넌은 얼굴을 찌푸리며 물었다.

"나와 함께 가 주시겠소?"
"원한다면."
"고맙소." 그는 말했다. "그렇게 해보겠소."

평화회의

 약속 시간인 그날 밤 9시, 누넌과 내가 윌슨 댁에 도착했을 때 평화회의의 다른 대표들도 모두 참석해 있었다. 모두들 우리에게 고개를 끄덕여 보였으나 그 이상의 인사는 없었다.
 핀란드인 피트만이 내게는 초면이었다. 이 주류 밀매업자는 뼈대가 굵은 50살의 사나이였는데 완전히 대머리였다. 이마는 작았으나 턱이 엄청나게 크고 넓었으며, 근육이 묵직하게 불거져나와 있었다.
 우리는 윌슨의 서재 테이블을 둘러싸고 자리에 앉았다.
 엘리휴 노인이 윗자리에 앉았다. 짧게 깎은 머리털은 동그란 핑크색 머리 위에서 전등불에 비쳐 은빛으로 빛나고 있었다. 그의 푸르고 동그란 눈은 짙은 흰 눈썹 밑에서 험악하게 일그러져 있었다. 입도 턱도 가로로 일직선이었다.
 그의 오른편에 앉은 핀란드인은 한번도 깜박거리지 않는 작고 까만 눈으로 모두들을 노려보고 있었다. 레노 스타키는 이 주류 밀매업자 옆에 앉았다. 레노의 핏기없는 말상은 그의 눈처럼 완고하고 우둔했다.

맥스 탈러는 윌슨의 왼쪽 의자에 몸을 뒤로 젖혀 넘어질 듯이 앉아 있었다. 이 조그만 도박사는 정성들여 다림질한 바지를 입은 한쪽 다리를 다른 다리에다가 아무렇게나 걸쳐 얹고 있었다. 그의 꼭 다문 입 가장자리에는 궐련이 매달려 있었다.

나는 탈러의 옆에 앉았다. 누넌은 내 옆자리에 앉았다.

엘리휴 노인이 개회사를 했다. 그는 현상태로 사태를 내버려 둘 수 없다고 말했다──우리는 모두 분별이 있고 이치를 알고 있으며, 세상 일이 누구든 한 사람의 마음대로 되는 것이 아님을 잘 알고 있다고 말문을 열었다. 그러기에 때로는 모든 사람이 타협을 해야 하며 자기의 소원을 풀기 위해서는 남의 소원도 들어 주어야 한다고 강조했다. 현재 우리의 소원은 이러한 미친 듯한 살인 행위를 중지하는 것임을 확신하는 바이므로 모든 일을 기탄없이 토의하여 한 시간 안에 해결을 지어 퍼슨빌을 도살장으로 만들지 않을 수 있음을 보여 주어야 한다고 말했다.

그의 연설은 훌륭했다.

연설이 끝나자 한동안 침묵이 흘렀다. 탈러는 마치 무슨 말이 나오리라고 기대하는 듯이 누넌을 쳐다보았다. 나머지 사람들도 탈러를 따라서 경찰서장을 쳐다보았다.

누넌은 얼굴을 붉히면서 목쉰 소리로 말을 꺼냈다.

"휘스퍼, 난 자네가 팀을 죽인 걸 잊겠네." 그는 일어서서 두툼하게 살찐 손을 내밀었다. "이 손은 그 뜻이야."

탈러의 엷은 입술이 틀어지며 악의 섞인 미소가 떠올랐다.

"당신 동생 녀석은 죽어도 당연한 놈이지만 내가 죽이진 않았소."

그는 냉정하게 속삭이듯 말했다.

서장의 얼굴은 붉은 색에서 자줏빛으로 바뀌었다.

나는 큰소리로 말했다.

"잠깐만, 누넌. 이래서는 안 됩니다. 모두들 사실을 털어놓지 않으면 좋은 결과를 얻지 못합니다. 그렇지 않으면 전보다 더 나빠집니다. 팀을 죽인 건 맥스웨인이오. 당신도 그것을 잘 알고 있지 않소."

누넌은 아연실색한 눈초리로 나를 노려보았다. 그는 입을 딱 벌렸다. 그는 내 말을 이해할 수가 없는 듯했다.

나는 다른 사람들을 둘러보고, 아주 덕망있는 군자와도 같은 얼굴을 지으려고 애쓰며 질문을 던졌다.

"그 문제는 이것으로 해결됐지요? 이젠 나머지 문제들을 매듭지읍시다." 나는 핀란드인 피트에게 말을 건넸다. "어제 당신의 술창고가 파괴되고 네 명이 살해된 사건을 어떻게 생각하십니까?"

"흉악한 사건이오." 그는 투덜거렸다.

나는 설명했다.

"누넌은 당신이 그 비밀 장소를 쓰고 있는 줄 몰랐소. 빈집인 줄 알고 시내에서 일어난 일의 방해물을 치우기 위해서 출동했을 뿐이오. 당신의 부하가 먼저 쏘았기 때문에 누넌은 탈러의 은신처인 줄로만 생각했지요. 그것이 당신의 술 창고임을 깨닫자 누넌은 겁에 질려서 그곳에다 불을 질렀소."

탈러는 눈과 입에 냉혹한 미소를 띠며 나를 지켜보고 있었다. 레노는 온통 우둔하고 완고한 얼굴이었다. 엘리휴 노인이 내 쪽으로 몸을 내밀고 있었는데, 그의 두 눈은 날카롭고 심술궂었다. 누넌이 어떻게 하고 있었는지 나는 모른다. 나는 그를 쳐다볼 수가 없었다. 나는 패를 잘 쓰면 유리한 위치에 있었고 못 쓰면 불리한 위치에 있었다.

"살해된 네 명은 위험을 무릅쓴 보답을 받은 거니까 문제는," 핀란드인 피트는 말했다. "창고 건은 2만 5천 달러를 내면 해결이 되겠소."

누넌은 곧 서슴치 않고 말했다.

"좋소, 피트. 돈을 드리겠소."

나는 그의 넋 나간 목소리를 듣고 웃음이 터져나오려는 것을 참느라고 입술을 깨물었다. 이제는 그를 쳐다보아도 탈이 없을 것이다. 누넌은 완전히 얻어맞은 듯했고, 두들겨 맞은 서장은 기진맥진했으며, 자기의 살찐 목을 살릴 수 있다면 무슨 일이나 쾌히 응할 작정이었다. 나는 그의 얼굴을 쳐다보았다.

그는 나를 쳐다보려고도 하지 않았다. 그는 앉아 있을 뿐 아무도 쳐다보지 않았다. 그는 나 때문에 빠져나오게 된 이 이리 떼의 손아귀로부터 능지처참이 되지 않고 무사히 빠져나올 수 있게 된 것 같은 얼굴을 지으려고 애썼다.

이번에는 엘리휴 노인에 관련된 일로 방향을 바꾸었다.

"당신은 은행을 습격당한 건에 대해서 불평하시겠습니까, 또는 그대로 놔두어도 좋겠습니까?"

맥스 탈러가 나의 팔을 툭 치며 암시를 주었다.

"당신이 알고 있는 걸 먼저 말해 주면, 누가 불평할 자격이 있는지 아마 말하기 좋을 거요."

나는 기꺼이 말해 주었다.

"누넌은 당신을 체포하고 싶어했소" 나는 휘스퍼에게 말했다. "그런데 야드나 여기 있는 윌슨 두 사람들로부터 당신에게 손대는 것을 말렸는지, 금했는지 뭐 그럴 지경에 처해졌지요. 그때 서장은 은행을 습격하게 해 당신이 저지른 것으로 만들어 버리면 당신의 후원자들이 정나미가 떨어져서 당신의 체포를 용인할 것이라고 생각했지. 야드는 시내의 모든 소동에 참견하지 않기로 되어 있었다고 여긴 거요. 하여간 당신은 야드의 영토를 침범하고 윌슨의 돈을 털어먹은 꼴이 되었지. 겉으로는 그렇게 보였소. 그리고 그 때문에 그들은 화가 나서 누넌을 도와 당신을 체포케 할 것으로 되어 있었던 거요. 누년은 당신이 여기 있는 줄 몰랐소.

레노와 그의 부하들은 유치장에 있었소. 레노는 야드의 부하지만 두목에게 반기를 드는 것쯤은 조금도 꺼리지 않았지요. 벌써 마음 속으로는 류의 손에서 이 도시를 빼앗을 준비가 되어 있었소."

나는 레노를 향하여 "그렇지 않소?" 하고 물었다.

그는 목석같이 무표정하게 나를 쳐다보며 말했다.

"그건 당신 이야기요."

나는 내 이야기를 계속했다.

"누년은 당신이 시더 힐 별장에 있다는 정보를 날조하여 순경들을 모조리 끌고 갔소. 심지어는 브로드웨이의 교통 순경까지 말끔히 끌고 갔소. 그러면 레노는 활개를 칠 수 있지 않겠소. 맥글로우의 이 연극에 동참한 부하들은 레노와 그의 일당을 유치장에서 빠져나가게 한 다음에 도로 집어넣었소. 알리바이가 멋지지 않소? 그리고 나서 두 세 시간이 지난 뒤에 그들은 보석으로 당당하게 빠져나왔소.

하지만 아무래도 류 야드가 그것을 눈치챘던 것 같아요. 그는 독일인 잭 와알과 다른 젊은이들을 실버 애로우에 보내어 레노와 그의 패거리들에게 제멋대로 그 따위 짓을 못하게 버릇을 가르치려고 했지요. 총격전 끝에 레노는 달아났다가 시내로 다시 되돌아왔지요. 이쯤 되면 레노나 류나 둘 중 하나였소. 레노는 선수를 쳐서 오늘 아침 류의 집 앞에서 권총을 들고 섰다가 그가 집을 나설 때 승부를 결정해 버렸소. 레노의 작전이 맞았나 보오. 왜냐하면 류가 뻗지 않았더라면 류가 앉을 자리에 레노가 앉아 있는 것이 금방 눈에 띌 테니까 말이오."

모두가 앉은 채 조용했다. 마치 누가 얼마나 잠잠한가에 주의를 끌려고 하는 듯이. 여기 참석한 이들 중에 마음을 통할 수 있는 친구가 있다고 기대하는 사람은 하나도 없는 것 같았다. 누구도 함부로 몸을 움직일 때가 아니었다.

내가 한 말이 레노에게 어느 점에서 따끔했는지에 대해 레노는 표시하지 않았다.

탈러가 낮은 목소리로 속삭였다.

"이 이야기에서 좀 빼먹은 것이 있지 않소?"

"젤리에 대한 것 말이오?"

나는 이 모임의 중심 역할을 계속했다.

"지금 그 이야기로 돌아가려던 참이었소. 당신이 유치장을 부수고 도망쳤을 때 젤리가 함께 도망쳤다가 나중에 붙잡혔는지, 또는 처음부터 도망을 치지 않았는지 나는 모르겠소. 그리고 그가 은행 습격에 얼마큼 자발적으로 갔는지도 나는 모르겠소. 그는 은행에 함께 갔었고 그 은행 앞에서 차에서 떨어진 채 버림을 받았지요. 왜냐하면 젤리는 당신의 오른팔이었고, 그가 그곳에서 죽었으므로 혐의는 당신에게로 갈 테니까. 그는 그들이 도망쳐 버릴 때까지는 차 안에 처박혀 있었소. 그리고 젤리는 차 밖으로 밀려나와 등에 총알을 맞았소. 그는 총알을 맞았을 때 차를 등지고 은행 쪽을 향하고 있었지요."

탈러는 레노를 쳐다보며 속삭였다.

"그런가?"

레노는 우둔한 눈으로 탈러를 바라보며 차갑게 대답했다.

"그게 어쨌단 말인가?"

탈러는 일어서서 "나는 나가겠소" 말하고는 문 쪽으로 걸어갔다.

핀란드인 피트가 일어서서 뼈대가 굵은 큼직한 두 손을 테이블 위에 짚고 가슴 속에서 우러나오는 소리로 말을 건넸다.

"휘스퍼!" 그는 탈러가 걸음을 멈추고 돌아서서 그와 얼굴을 마주하자 말을 이었다.

"잘 들어두게 휘스퍼. 그리고 여러분들 모두. 도대체 그놈의 총질이 틀려먹었단 말이오. 모두들 알 테지. 제일 좋은 해결 방도를 제시할 만한 두뇌가 여러분들에게 없단 말이오? 그러니까 내가 일러주겠소. 이 따위로 시내를 소란스럽게 해놓고 때려 부수는 건 우리 사업에 백해무익한 것이오. 난 그만두겠소. 여러분들도 얌전하게 굴어야지 그렇지 않으면 내가 버릇을 고쳐 주겠소.

내겐 총구멍 앞에서 끄덕도 하지 않는 젊은이들이 산더미처럼 많소. 내 사업에는 이런 젊은이들이 필요하니까. 여러분들 중 누가 화약이나 폭약으로 불장난을 치고 싶소? 불장난을 어떻게 하는 건지 내가 가르쳐 주지. 싸우고 싶단 말이오? 내가 상대를 해주겠소. 내 말을 잊지마시오."

핀란드인 피트는 자리에 앉았다.

탈러는 잠깐 생각하는 기색이었으나 자기의 생각을 입 밖으로 내지도 얼굴에 비추지도 않고 나가 버렸다.

탈러가 나가자 다른 사람들은 초조해졌다. 누가 근처에서 무기를 모으는 판인데, 그때까지 손을 놓고 우두커니 앉아 있고 싶은 사람은 아무도 없을 것이다.

불과 2, 3분 사이에 엘리휴 노인과 나만이 그곳에 남았다.

우리는 앉은 채 서로 얼굴을 쳐다보았다.

이윽고 그는 말했다.

"자네가 이곳의 경찰서장이 되면 어떨까?"

"천만에요. 난 시시한 심부름꾼일 따름이오."

"이 패거리들을 두고 한 말이 아니야. 그들을 쫓아낸 뒤에 말이야."

"그래서 놈들과 똑같은 다른 패거리들을 끌어모으겠단 말이지요."

"무슨 돼먹지 않은 말을 하는거야!" 그는 말했다. "아비뻘 되는 나에게 좀 더 점잖은 말을 써도 자네에겐 손해가 아닐 텐데."

"실컷 저주를 해놓고서 슬쩍 뒤로 숨는 사람한테 말이지요."

엘리휴 노인은 화가 나서 이마의 푸른 정맥이 불거졌다. 그리고 무엇을 생각했는지 그는 소리내어 웃었다.

"자넨 젊은 사람답지 않게 버르장머리가 없군." 그는 말했다. "그러나 나는 자네가 맡은 일을 안했다고는 말하지 않겠네."

"저는 아직도 당신에게서 많은 조력을 받아야 합니다."

"자넨 유모에게 젖이라도 얻어먹고 싶어 했나? 나는 자네에게 돈을 주었고 자유롭게 행동하도록 하지 않았는가. 자네는 그러기를 바랐으니까. 뭘 더 원하나?"

"터무니없게도 당신은 늙은 해적이오." 나는 말했다. "내가 반은 협박하는 바람에 당신은 일에 착수했지만, 그래서 지금까지 사사건건 방해를 해 왔지 않소. 저들이 정신없이 서로 뜯어먹고 아웅다웅하고 있다는 걸 당신도 알고 있을 텐데요."

"나보고 늙은 해적이라," 그는 되풀이했다. "여보게, 만약 내가 해적이 아니었더라면 아마 나는 지금쯤 아나콘다 공장의 임금 노동자일 테지. 그리고 퍼슨빌 광업회사도 존재하지 못했을걸. 자네라는 위인도 한다하는 괴물인가 본데, 여보게, 나도 말이야, 머리털을 빡빡 깎이는 곳에 처박힌 적도 있었어. 내 비위에 맞지 않는 일도 했었지.——오늘밤까지 내가 겪어야 했던 더 고약한 일도 많았다네. 나는 포로와 같은 몸이었고 시기를 기다려야 했어. 휘스퍼 탈러가 여기 온 뒤로는 난 내 집 안에 갇힌 죄수나 다름이 없었지. 인질이었단 말야, 빌어먹을."

"대단하십니다. 그럼, 이젠 어느 편에 드실 건가요?" 나는 따지듯

물었다. "나를 밀어 주시겠습니까?"

"자네가 우세하다면."

나는 일어서며 말했다.

"그럼, 어서 그들의 손아귀에서 빠지시구려."

그는 말했다.

"자네는 그럴 거네만, 난 안 되지." 그는 유쾌한 듯이 곁눈으로 나를 보았다. "난 자네에게 돈을 대고 있어. 그걸로 내 뜻이 잘 나타나 있지 않나? 여보게, 내게 너무 박정하게 굴지 말게. 난 이래뵈도——"

나는 "쳇!" 하고 걸어나왔다.

아편

다음 길모퉁이에서 딕 폴리가 전세 낸 자동차 안에 들어앉아 기다리고 있었다. 나는 다이너 블랜드의 집에서 한 구역쯤 떨어진 곳에서 차를 내려 나머지는 걷기로 했다.

내가 그녀의 뒤를 따라 거실로 들어가자 그녀는 말했다.

"피곤해 보여요, 일하셨어요?"

"평화회의에 나갔었지. 그 때문에 앞으로 머지않아 적어도 한 다스나 되는 살인 소동이 일어날걸."

전화가 걸려 왔다. 다이너가 받고 나를 불렀다.

레노 스터키의 목소리였다.

"당신이 듣고 싶어할 것 같아서 전화한 건데, 누넌이 관사 앞에서 차를 내리자마자 사정없이 총알을 맞고 죽어 버렸소. 저렇게 죽은 사람을 난 처음 보았소. 적어도 서른 발은 맞았을 게 틀림없소."

"고맙소."

다이너의 커다란 파란 눈이 궁금한 빛을 띠었다.

"평화회의 최초의 수확을 휘스퍼 탈러가 거둬들였다는구먼." 나는 그녀에게 말했다. "진은 어디 있소?"

"레노에게 온 전화였지요?"

"그렇소. 포이즌빌에 경찰서장이 없어지면 내가 좋아할 줄 알았나 보오."

"무슨 말이지요?"

"레노의 말인즉, 누넌이 오늘 저녁 죽었다는 거요. 진은 이제 없소? 오늘은 내가 진을 청하는 게 보기 좋소?"

"있는 곳을 알고 있으면서 왜 이러시지요, 또 그 귀여운 음모를 하고 있나요?"

나는 부엌에 가 냉장고를 열고 파란 색과 흰 색의 동그란 손잡이에 6인치나 되는 날카로운 얼음 송곳으로 얼음을 깼다. 그녀는 부엌에 서서 여러 가지 질문을 했다. 나는 대답도 하지 않고 유리잔 두 개에 얼음과 진과 레몬 쥬스와 탄산수를 넣었다.

저마다 마실 것을 방안으로 들고 들어가면서 그녀가 물었다.

"대체 무얼 하고 있었던 거예요? 얼굴빛이 아주 나빠요."

나는 잔을 테이블 위에 놓고 넋두리를 늘어놓았다.

"이놈의 광산 도시 덕분에 머리가 이상해졌소. 빨리 빠져나가지 않으면 이 도시의 주민들처럼 바보가 되고 말 거요. 자아, 생각을 해봐요, 무슨 일이 있었는지. 내가 이곳에 오고 나서 벌써 한 다스 반이나 되는 사람이 피살당했소——도널드 윌슨, 아이크 부슈, 시더 힐의 건달 네 명과 형사 하나, 다음은 젤리, 류 야드, 실버 애로우에서는 독일인 잭 와알과 검둥이 호엘렌과 패트 콜린즈, 내가 쏘아서 넘어뜨린 덩치 큰 닉, 여기서 휘스퍼에게 피살된 금발 청년, 엘리휴 노인 집에 침입한 꼬마 야키마, 그리고 조금 전의 누넌. 1주일도 안 돼서 16명, 아직도 더 있을 거요."

다이너는 찌푸린 얼굴로 나를 쳐다보며 말했다.

"싫어요. 그런 표정 짓지 마세요."
나는 웃으며 말을 이었다.
"이제까지 필요에 따라서는 살인을 한둘 자행한 일은 있소. 그렇지만 이토록 살인의 광풍에 휩쓸린 적은 이번이 처음인가 보오. 이 미친 광산 도시 덕분이오. 여기선 똑바르게 걸어가기는 글러버렸어요. 나는 처음부터 사건에 끌려들어갔소. 엘리휴 노인에게 버림을 받았을 때에는 누군가 그들을 서로 싸움시키는 수밖에 없었지. 내 딴에는 제일 좋은 방법으로 일을 처리하려 했는데, 그 제일 좋다고 생각한 방법이 이토록 많은 사람이 죽는 결과가 되었소. 어떻게 다른 방법을 쓸 수가 없었던 거지요. 엘리휴의 뒷받침이 없는 한 이렇게 할 수밖에 없었단 말이오."
"그래요. 그렇게 할 수밖에 없었다면 그걸 갖고 떠들어 봐야 무슨 소용이 있겠어요? 어서 술이나 드세요."
나는 반쯤 마시고 좀 더 지껄이고 싶은 충동을 느꼈다.
"적어도 살인놀이가 지나치면 나중에 가서는 둘 중 하나가 되지요. 아주 싫증이 나거나 재미를 붙이거나. 그런데 누넌은 싫증이 났던 거요. 야드가 죽은 뒤로 그는 완전히 풀이 죽어 기운을 잃고, 화해 공작이라면 무엇이든지 하려고 생각했던 거요. 그래서 그를 설득하여 살아남은 패들과 한자리에 모여 서로의 의견 차이를 풀어 보면 어떻겠느냐고 말해 주었지요.

그래서 우리는 오늘 밤 윌슨 집에서 모임을 가졌던 거요. 모두들 그럴듯한 얼굴들이었지. 나는 모든 사실을 흉금없이 털어놓고 서로의 오해를 풀어 버리려는 척하며 우선 누넌을 발가벗겨 그들 앞에 던져 놓았소——레노도 함께. 그런데 회의는 결렬됐소. 휘스퍼는 퇴장선언을 했소. 피트는 그들을 협박했지. 싸움질은 자기의 주류 밀매업에 방해가 되니까 앞으로 무슨 일을 저지른 자에게는 자기 부하를 감시원으로 보낼 테니 단단히 각오하고 있으리라고 눈을 부라리던군요. 그래도 휘스퍼는 눈썹 하나 까딱하지 않았고 레노도 마찬가지였소."

"그 두 사람이라면 그만한 일에 끄떡없을 거예요." 그녀는 말했다. "그래서 당신은 누넌에게 어떻게 했지요? 누넌과 레노를 발가벗겼다니, 어떻게 했다는 거예요?"

"팀을 죽인 자가 맥스웨인이라는 것을 누넌은 처음부터 알고 있었다고 말해 주었소. 내가 그들에게 한 거짓말은 그것뿐이었소. 그리고 은행을 턴 것은 레노와 서장이 꾸민 연극이며 휘스퍼가 저지른 일처럼 꾸미기 위하여 젤리를 데리고 가서 현장에 놔 두고 갔다는 것도 말해 주었소. 만약 당신이 말한 대로 젤리가 차에서 나와 은행 쪽으로 가려다가 총을 맞은 게 사실이라면 그렇게 된 것이 확실해요. 총알 자국은 등에 박혀 있었으니까, 범인들이 탄 차는 킹 거리로 돌아갔다는 맥글로우의 증언과 딱 들어맞거든. 놈들은 시청으로 가는 참이었소. 유치장에 있었다는 알리바이를 만들기 위해서지요."

"그래도 은행 경비원은 자기가 젤리를 쏘았다고 말하지 않았어요? 신문에 그렇게 난 것 같던데."

"경비원은 그렇게 말했지만, 그러나 그는 무슨 말이든 지껄이고 그렇게 믿어 버리는 영감탱이니까 믿을 건 못 되오. 틀림없이 눈을 딱 감고 탄환을 다 쏘고 나서는 죽은 사람은 모두 자기가 죽인 걸로 착각하고 있단 말이오. 당신은 젤리가 쓰러지는 걸 보지 않았소?"

"네, 봤어요, 틀림없이. 은행 쪽을 향하고 있었지만 주위에서 와자지껄하고 있었기 때문에 누가 쏘았는지는 전혀 몰랐어요. 아무튼 많은 사람이 서로 쏴대고 있었으니까……."

아편 205

"그렇겠지. 거기까지 계산에 넣고 있었으니까. 거기서 나는 류 야드를 쏜 것은 레노라는 사실——적어도 나는 그것이 사실이라고 생각되는데——도 그들 앞에서 폭로해 버렸소. 그 레노란 작자는 무서운 놈이오. 누년은 기가 질려 어쩔 줄 몰라했으나 레노는 '그게 어쨌다는 거야'라는 말을 한 마디 했을 뿐이오. 어쨌든 상당히 신사적인 좋은 모임이었소. 그들은 고르게 둘로 갈라져 버렸소. 피트와 휘스퍼 대 누년과 레노로 말이오. 그러나 그들은 누구나 자기가 무슨 일을 하려고 할 때 자기 편이라고 생각한 놈이 자기를 후원해 주리라 기대하지는 않는 것 같았소. 그래서 회의가 끝날 무렵에는 그 두 패도 또 분열되어 버렸소. 누년은 문제 밖으로 밀려났고, 원수지간인 레노와 휘스퍼는 피트를 그들의 적으로 만들어 버렸소. 그래서 모두가 둘러앉아 점잖게 상대방을 감시하고 있는 동안 나는 마음대로 죽음과 파괴의 요술을 부릴 수가 있었지.

맨 먼저 나간 것이 휘스퍼였소. 덕분에 그는 서장이 귀가할 무렵에는 서장 집 문 앞에 몇 자루의 권총을 동원할 시간을 번 것 같소. 서장은 그의 총알에 맞아 죽었소. 만약 핀란드인 피트가 자기가 말한 걸 실행하는 남자라면——그 얼굴로 보아선 그렇게 할 것 같지만——그는 휘스퍼를 노릴 거요. 레노는 누년에 지지 않을 정도로 젤리의 죽음에 책임이 있으니까 휘스퍼는 당연히 그를 노리게 된단 말이요. 그걸 알고 있으므로 레노는 자기가 먼저 휘스퍼를 없애 버리려고 할 거요. 그렇게 되면 피트가 레노를 노리게 되겠지. 그뿐만 아니라 레노는 자기를 두목으로 원하지 않는 죽은 류 야드의 부하들 처리에만도 손이 모자랄 지경이 될 텐데. 그건 모두 한 접시의 훌륭한 요리가 되는 셈이오."

다이너 블랜드는 테이블 너머로 손을 내밀어 내 손을 살짝 때렸다. 불안한 눈이었다.

"아무것도 당신이 잘못 한 게 아니에요. 그보다는 우리 한 잔 더 마시는 게 어때요." 그녀가 말했다.

"아니, 그밖에도 다른 방법은 얼마든지 많았소." 나는 말했다. "엘리휴 노인이 처음에 나를 그냥 내버려 둔 것은 그놈들이 하도 억세고, 그들을 송두리째 뽑아 버릴 확신이 설 때까지 그들과 손을 끊어 버릴 용기가 나지 않았기 때문이었지요. 노인은 내가 그런 일을 할 수 있을는지 몰랐기 때문에 그쪽에 붙었던 거요. 그러나 노인은 그들과 같은 살인마와는 다르오. 거기에 그는 이 시 자체를 자기의 사유재산으로 생각하고 있으므로 그걸 침범한 놈들의 짓이 불만스러웠던 것이오.

실은 오늘 오후, 노인 집에 가서, 놈들을 모조리 박살내 버릴 방법을 가르쳐 줄 수도 있었소. 노인도 거기에는 귀를 기울였을 거요. 내 편에 서서 일을 합법적으로 해 나가는 데 필요한 지지를 해주었을지도 모르오. 하려고만 생각하면 그렇게 할 수 있었을 거요. 그러나 그보다는 그들이 서로 죽이도록 하는 방법이 훨씬 수월했지. 더 쉽고 더 확실했단 말이요. 지금 생각해보면 역시 그렇게 한 게 더 만족스럽게 느껴진단 말이요. 탐정사에는 뭐라고 보고하면 좋을지 모르겠소. 내가 한 일을 대장이 알게 되면 나를 기름에다 튀길려고 펄펄 뛸 거요. 그것은 이놈의 도시 때문이오. 포이즌빌이라고 말한 건 정말 잘했소. 나는 벌써 그 포이즌(毒)에 중독됐나보오.

이봐요, 나는 오늘 밤 윌슨 댁의 테이블 앞에 앉아서 마치 송어를 낚싯바늘에 꿰어 갖고 놀 듯 그들을 갖고 놀았소. 그것은 낚시질을 할 때와 마찬가지로 재미가 있더군. 나는 누넌의 얼굴을 쳐다보며, 내가 그를 까발린 것 때문에 내일까지 살아남을 가망이 하나도 없다고 생각했지요. 나는 웃었소. 속으로는 흥분되고 흐뭇하기까지 했소. 내가 본디 이렇지는 않았는데. 남아 있는 내 영혼에 온통 단단한 쇠

가죽에 둘러 씌어졌나보오. 나는 그간 20년 동안이나 범죄만을 다루어 왔기 때문에 어떠한 살인을 보더라도 내 호구지책, 즉 일로밖에 생각되지 않더란 말이오. 그러나 이렇게 이면에서 살인 계획을 한다는 건 나답지 않은데, 이곳이 나를 이렇게 만들었소."

다이너는 지나치게 상냥한 미소를 띠고 달콤한 목소리로 말했다.

"당신은 너무 과장이 심하네요. 그들은 모두 그런 변을 당해도 마땅해요. 자업자득이거든요. 제발 그런 표정을 짓지 말아요. 소름이 끼쳐요."

나는 싱긋이 웃으며 두 사람의 잔을 들고 부엌으로 가서 진을 따랐다. 돌아오자 다이너가 이마를 찌푸리고 불안하고 어두운 눈빛으로 나를 쳐다보며 물었다.

"무엇하러 그런 얼음 송곳을 가져왔어요?"

"내 마음을 설명하려고. 이틀 전만 하더라도 이건 얼음 덩어리를 깨는 편리한 물건쯤으로만 생각했었소."

나는 손가락으로 6인치쯤 되는 동그란 강철 송곳을 끝날까지 쓰다듬었다.

"이것은 사람을 옷 위에서 푹 쑤시는 데 더없이 좋은 물건이지. 솔직하게 말해서 지금 나는 그런 걸 생각했소. 담배의 라이터를 보고 이것이 마음에 들지 않는 녀석을 위하여 니트로글리세린을 넣어 둘까 하고 생각한다니까요. 이 집 앞 도랑에 구리철사가 굴러다니는데——가늘고, 부드럽고, 양끝을 쥐고 목을 졸라매기에 안성마춤인 길이더군. 또 그걸 주워서 호주머니 속에 넣고 싶은 유혹을 누르느라고 한참이나 끙끙대고. 혹시 만약의 경우에……."

"혹시 당신 돌지 않았어요."

"그래, 난 돌았소. 아까부터 말하고 있는 게 바로 그거요. 난 살인광이 되어 가고 있단 말이요."

"싫어요. 어서 그걸 부엌에 갖다 두고 여기 앉아 정신을 차리세요."

나는 그녀의 명령에 3분의 2만 따랐다.

"야단났군요." 그녀는 나를 나무랐다. "신경이 상했나 봐요. 요 2, 3일 사이에 너무 심한 충격을 받아 왔나 봐요. 이런 일을 계속하다가는 정말로 정신착란증으로 신경 쇠약이 되겠네."

나는 한쪽 손을 내밀고 손가락을 펼쳐 보였다. 그것은 조금도 떨리지 않았다.

그녀는 내 손을 보고 말했다.

"그런 건 아무런 의미가 없어요. 병은 당신 마음 속에 있으니까요. 한 이틀쯤 어디로 가서 쉬면 어때요. 당신은 그들이 저희들끼리 날뛰도록 해 놓았잖아요. 솔트레이크에나 가보면 어떨까요. 그러면 기분전환도 되고요."

"소용없어요, 아가씨. 누군가 여기 있으면서 죽은 사람을 세어야 해요. 게다가 모든 상황이 지금같이 사람과 사건이 얼버무려져 있으니까요. 우리가 여기를 빠져 나가 버리면 그게 바뀌어져 버릴 테니 결국 모든 일을 다시금 되풀이해야 될 거요."

"당신이 떠나는 걸 아무에게도 알리지 않으면 되잖아요. 그리고 나야 아무런 관계도 없고."

"언제부터 관계가 없지요?"

그녀는 몸을 내밀며 눈을 가늘게 뜨고 물었다.

"지금 당신은 누굴 조롱하는 거예요?"

"아무것도 아니오. 다만 어째서 당신이 그렇게 갑자기 아무런 관계도 없는 구경꾼이 되었는가 생각했을 뿐이오. 도널드 윌슨은 당신 때문에 피살되었고, 그게 모든 사건의 발단이 된 걸 잊어 버렸소? 하마터면 도중에서 그대로 식어 버리려던 것이 당신이 내게 준 휘스퍼에 관한 정보 때문에 다시 시끄러워진 걸 잊었느냔 말이오."

"그건 내 탓이 아니라는 것쯤은 당신도 알고 있잖아요." 다이너는 버럭 화를 냈다.

"어차피 지나간 일이에요. 괜히 기분이 좋지 않고 시비를 걸고 싶으니까 별 걸 끄집어 내는군요."

"어제까진 아직 지나간 일이 아니었잖소. 휘스퍼에게 피살될지도 모른다고 벌벌 떨던 건 누구요?"

"죽이느니 죽느니, 이제 그런 이야긴 하지 말아요!"

"전에 알베리에게서 들은 이야기인데, 빌 퀸트가 당신을 죽인다고 협박했다지요?"

"그만해 두세요!"

"아무래도 당신은 남자친구한테 살의를 일으키게 하는 소질이 있나 보군. 알베리는 윌슨 살해범으로 재판을 받고 있소. 휘스퍼는 근처에 숨어서 당신을 떨게 하고 있소. 나까지도 당신의 영향을 벗어나지 못했소. 내 이 변한 꼴을 보오. 그리고 언젠가는 댄 롤프가 당신을 죽일 것만 같은 생각이 자꾸 든단 말이오."

"댄이! 당신은 정말 미쳤군요. 글쎄, 난……."

"그렇소. 댄은 폐병쟁이고 낙오자요. 당신이 그를 건져 주었소. 당신은 집과 그가 원하는 아편을 주었소. 당신은 그를 부려먹고 내 앞에서 그의 얼굴을 때리고 다른 사람 앞에서도 막 때렸지. 그는 당신한테 반해 있소. 그러나 머지않아 아침 잠을 깨어 보면 그가 당신의 목을 몸뚱이에서 떼어 놓을 거요."

다이너는 몸서리치며 일어나더니 웃기 시작했다.

"당신이 횡설수설하는 것을 당신조차 모르니 웃을 수밖에 없군요." 그녀는 빈 잔을 들고 부엌으로 갔다.

나는 궐련에 불을 붙이고 어째서 이런 기분이 되었을까 의아스럽게 생각됐다. 나는 지금 정신병자가 되어 가고 있지 않은가, 이런 불길한 예감 속에는 어떠한 근거가 있는가, 그렇잖으면 다만 신경이 상했을 뿐인가 나는 의아스럽게 생각했다.

"어디로 떠나는 게 싫다면 좋은 방법이 있어요." 잔에 진을 채워 갖고 돌아오면서 다이너는 내게 충고를 했다. "차라리 취해서 너덧 시간 동안 모든 걸 잊어 버려요. 당신 잔에는 진을 두 배나 채웠어요. 지금 당신에게는 그게 꼭 필요해요."

"내가 아니오"라고 말하면서 어째서 내가 이런 말을 하는지 또 의아스럽게 느껴졌다. 그러면서도 나는 이렇게 말하는 것이 즐거웠다.

"당신에게 필요하오. 내가 살인 이야기만 하면 당신은 내게 대들었소. 당신은 여자란 말이오. 살인 이야기가 안 나오면, 당신은 이 시내에 당신을 죽이고 싶어하는 사람의 수가 얼마인지 모르나 아마 한 사람도 당신을 죽이러 오지는 않을 거라고 생각하고 있소. 어리석은 일이오. 우리들이 무엇을 말하든 하지 않든, 가령 휘스퍼를……"

"제발 부탁이예요. 그만두세요! 난 바보예요. 나는 살인 얘기가 무서워요. 난 휘스퍼가 무서워요. 오오, 당신은 어째서 내가 부탁했을 때 휘스퍼를 처치하지 않았지요?"

"미안하오." 나는 말했다. "당신 생각이 아마 맞을 거요. 이제 와서 말한들 무슨 소용이 있겠소. 그것보다는 마십시다. 하기야 이 진으로는 취하지 않겠지만."

"취하지 않는 건 당신이에요. 진 탓이 아니란 말이에요. 정말 취하고 싶으세요?"

"오늘 밤은 니트로글리세린을 마실 테요."

"그게 바로 당신에게 드리려는 거요."

그녀는 부엌에서 병따는 소리를 내더니 지금까지 마신 것과 비슷한 것을 잔에 넣어 가져왔다. 나는 냄새를 맡아 보고 말했다.

"댄의 아편이 들었군. 댄은 아직 입원중이오?"

"그래요, 두개골에 금이 간 모양이에요. 자아, 단숨에 꼭 들이키세요, 서방님, 마음에 드시면."

나는 아편이 든 진을 목에 흘려 넣었다. 이윽고 기분이 좋았다. 마실수록, 지껄일수록 세계는 장밋빛으로 즐겁고 지상은 우애와 평화로 가득차는 듯했다. 나는 시간이 흐르는 것을 잊고 있었다.

다이너는 진만 마셨다. 나도 한동안은 진만 마시다가 또다시 아편이 든 진을 한 잔 들이켰다.

그 뒤 나는 한참 동안 무슨 게임을 했다. 아무것도 보이지 않는데 아직 제 정신이 있는 것처럼 눈을 뜨고 있으려는 게임을. 이윽고 이 짓이 다이너를 속이지 못하게 되었으므로 나는 그 일을 포기했다.

마지막으로 기억에 남은 것은 그녀가 나를 안방의 긴의자 위에 눕혀 준 것뿐이었다.

열 일곱 번째 살인

 나는 꿈을 꾸고 있었다——볼티모어의 할렘 공원 분수를 바라보는 벤치 위에 베일을 쓴 여자와 나란히 앉아 있었다. 여자와 함께 이곳에 왔던 것이다. 내가 잘 아는 여자였다. 그런데 갑자기 나는 그 여자가 누구인지 생각이 나지 않았다. 길다란 검은 베일을 썼기 때문에 여자의 얼굴을 볼 수가 없었다.
 말이라도 걸면 대답하는 목소리로 그녀가 누군지 알 것이라고 생각했다. 그런데 공연히 부끄러워져서 말을 거는 데 오랜 시간이 걸렸다. 간신히 물어 본 말은 "캐럴 T. 해리스라는 남자를 아십니까"라는 것이었다.
 그녀는 대답을 했다. 그러나 공중으로 솟아오르는 분수의 요란한 소음에 그녀의 목소리가 묻혀 버렸기 때문에 한 마디도 들을 수가 없었다.
 에드먼드슨 거리를 소방차가 달려갔다. 그녀는 나를 남겨 두고 소방차를 따라갔다. 그녀는 달리면서 "불이야! 불이야" 하고 외쳤다. 나는 그제야 여자의 목소리를 듣고서 그녀가 누구인 줄 알게 되었고 그 여자가 내게는 소중한 사람이라는 걸 깨달았다. 나는 그녀의 뒤를 쫓았으나 때는 너무 늦었다. 그녀도 소방차도 사라져 버렸다.

여자를 찾아 거리를 헤매다녔다. 볼티모어의 게이 거리와 마운트 로열 거리, 덴버의 콜팩스 거리, 클리블랜드의 이트너 거리와 센트 클리어 거리, 댈러스의 매키니 거리, 보스턴의 르마틴 거리와 코넬 거리와 어모리 거리, 루이스빌의 베리 블루버드, 뉴욕의 렉싱턴 거리 등…… 미국 거리의 절반을 헤매고 다니다가 드디어는 잭슨빌의 빅토리아 거리까지 왔는데 이곳에서 다시 여자의 목소리를 들었으나 여전히 그녀의 모습은 볼 수 없었다.

여자의 목소리가 들리는가 하고 귀를 기울이며 더 많은 거리를 헤매고 다녔다. 여자는 내 이름이 아니라 내가 모르는 이름을 부르고 있었다. 그러나 아무리 빨리, 또는 어느 방향을 걸어도 여자의 목소리와는 조금도 가까워지지 않았다. 엘패소의 페더럴 빌딩 앞을 지나는 거리에서도, 디트로이트의 그랜드 서커스 공원에서도 마찬가지로 그 목소리는 내게서 멀었다. 그러다가 그 목소리가 뚝 그쳤다.

피곤하고 낙심하여 나는 노스캐롤라이나 록키 산의 정거장을 바라보는 호텔 로비에 들어가서 쉬었다. 그곳에 앉아 있는데 기차가 들어왔다. 그녀는 기차에서 내리더니 호텔 로비에 들어와서 내게로 와 키스를 퍼부었다. 모든 사람이 둘러서서 우리를 쳐다보며 웃고 있었기 때문에 나는 기분이 몹시 나빴다.

그 꿈은 여기서 끝났다.

나는 다시 꿈을 꾸고 있었다――나는 내가 미워하는 남자를 찾아서 낯선 도시에 와 있었다. 칼집에서 뺀 칼을 주머니 속에 넣고, 그를 찾으면 그 칼로 찔러 죽일 작정이었다. 일요일 아침이었다. 교회 종소리가 울리고 있었고, 거리는 교회로 가고 돌아오는 군중들로 꽉 차 있었다. 나는 첫 꿈에서처럼 멀리 헤매고 돌아다녔으나 언제나 이

낯선 도시 밖으로 나가지 못했다.

그때 내가 쫓던 사나이가 나에게 소리를 질렀기 때문에 그를 보았다. 그는 챙이 굉장히 넓은 솜브레로를 쓴 조그마한 사나이였으며 얼굴빛은 갈색이었다. 그는 광장 저쪽 고층 건물 돌계단 위에 서서 나를 비웃고 있었다. 그와 나 사이의 광장에는 군중들이 어깨를 맞댈 정도로 밀집해 있었다.

나는 호주머니 속에서 날카로운 칼을 꺼내어 한 손에 쥐고서 그 조그마한 갈색 남자를 향하여 광장의 군중들 머리와 어깨를 디디며 내달았다. 그 머리와 어깨들도 높이가 서로 달랐고 간격도 고르지 않았다. 나는 그것들 위에서 미끄러지기도 하고 버둥거리기도 했다.

그 조그마한 갈색 사나이는 돌계단 위에 서서 소리내어 웃고 있었으므로 그를 거의 붙잡을 뻔했다. 그때 그는 고층 건물 속으로 뛰어들어갔다. 나는 그를 추격하여 몇 마일이나 되는 나선형 계단을 올라갔다. 그는 언제나 내 손이 닿을 거리보다 1인치 더 앞서 내닫고 있었다. 우리는 지붕까지 갔다. 그는 지붕의 가장자리까지 일직선으로 달려갔고 내 한 손이 그에게 닿는 순간에 훌쩍 뛰어올랐다.

그의 어깨가 나의 손가락에 스치며 빠져나갔다. 내 손은 그의 솜브레로를 떨어뜨렸고 그의 머리에 닿았다. 그 머리는 큰 알보다는 크지 않은 미끌미끌하고 단단한 동그란 머리였다. 내 손가락은 줄곧 그 머리를 어루만졌다. 한 손으로 그의 머리를 더듬으며 다른 손으로는 주머니에서 칼을 꺼내려고 무척 애를 썼는데——다음 순간 나는 그와 함께 지붕의 가장자리에서 뛰어내리고 있음을 깨달았다. 우리는 몇 마일 떨어진 저 아래에서 올려다 보고 있는 수백만의 얼굴을 향하여 어지러울 정도의 속도로 떨어져 내리고 있었다.

눈을 뜨니 차일 틈으로 아침의 어렴풋한 햇살이 새어들어오고 있었다.

 나는 식당 마룻바닥에 엎드려 있었다. 머리는 왼팔을 베고 오른팔은 앞으로 쭉 내밀어져 있었다. 오른손은 얼음 송곳의 파란 색과 흰색이 섞인 동그란 손잡이를 쥐고 있었다. 바늘처럼 예리한 6인치 길이의 그 송곳날은 다이너 블랜드의 왼편 가슴에 푹 꽂혀 있었다.

 그녀는 시체가 되어 번듯이 누워 있었다. 길다란 근육질의 두 다리는 부엌문을 향해 뻗쳐 있었다. 오른쪽 양말에는 올이 한 줄 튕겨져 풀려 있었다.

 나는 천천히, 조용히, 그리고 마치 그 여자를 깨울까봐 두려워하는 듯이 그 얼음 송곳을 뽑아낸 다음 팔을 오므리며 일어섰다.

 나의 두 눈은 타는 듯 쓰라렸다. 목도 입도 화끈거렸고 어지러웠다. 나는 부엌에 들어가서 진 술병을 찾아 병째 입에다가 대고 숨이 막힐 때까지 마셨다. 부엌의 시계는 7시 41분을 가리키고 있었다.

 진을 뱃속에 넣은 뒤 나는 식당으로 돌아와 전등을 켜고 죽은 여자를 바라보았다.

 피는 조금밖에 흘리지 않았다. 그녀의 푸른 비단 옷에는 얼음 송곳이 뚫은 구멍 둘레로 은화만한 핏자국이 얼룩져 있었다. 광대뼈 바로 밑의 오른쪽 볼 위에 타박상이 있었다. 그녀의 오른 팔목에도 손톱으로 긁힌 상처가 하나 보였다. 두 손에는 아무것도 쥐어져 있지 않았다. 그녀의 몸을 움직여 봤으나 그 밑에 아무것도 발견되지 않았다.

 나는 방 안을 살펴보았다. 내가 기억하고 있는 한 변화된 것이라고는 아무데서도 찾아볼 수 없었다. 나는 부엌으로 되돌아가 보았으나 거기에서도 이렇다할 변화를 찾아 내지 못했다.

 뒷문도 스프링 자물쇠로 잠겼고, 누가 장난한 흔적도 없었다. 현관문으로 가 보았으나 거기에도 별다른 흔적을 찾아내지 못했다. 집 안을 샅샅이 조사해보았으나 아무것도 알 수 없었다. 창문에도 이상이 없었다. 화장대 위의 보석류——손가락에 낀 두 개의 다이아몬드 반지는 별도로 하고——도, 침실 의자 위에 놓인 핸드백 속의 400달러도 그대로 있었다.

식당으로 되돌아가서 죽은 여자 옆에 무릎꿇고 그 얼음 송곳의 손잡이에 묻은 내 지문을 손수건으로 닦았다. 술잔이랑 술병, 문, 전등 스위치, 가구 등 내가 만졌던 또는 만진 것 같은 모든 물건에서도 마찬가지로 내 지문을 닦았다.

그리고 나서 손을 씻고, 옷에 피가 묻었는가 살펴 보고, 내 소유품이 하나도 남아 있지 않은 것을 확인하고 난 다음 현관문으로 갔다. 나는 현관문을 열고, 손잡이의 지문을 닦고, 문을 닫고, 바깥 손잡이를 닦고 그녀의 집으로부터 나왔다.

브로드웨이의 위쪽에 있는 약국에서 딕 폴리에게 전화를 걸어 내 호텔까지 와 달라고 했다. 내가 호텔로 돌아와서 2, 3분 지나자 그가 도착했다.

"다이너 블랜드가 어젯밤, 아니 오늘 아침 새벽에 자기 집에서 피살되었어." 나는 그에게 이야기했다.

"얼음 송곳으로 찔려 죽었어. 경찰은 아직 그 사실을 몰라. 나는 충분히 얘기 해 두었으니까 자네도 그녀를 죽일 만한 이유를 가진 사람이 얼마큼 있다는 걸 알 테지. 맨 먼저 조사해 주어야 할 인물이 셋인데——휘스퍼, 댄 롤프, 좌익인 빌 퀸트야. 그들의 인상을 알고 있지. 롤프는 머리가 터져서 병원에 있을 텐데 병원 이름을 몰라. 우선 시립병원으로 가 보게. 그리고서 미키 리네헌——아직 핀란드인 피트의 뒤를 밟고 있는——에게 연락하여 이 일에 대해서 알려주고 당분간 피트의 행방은 접어두고 어젯밤 이 세 놈이 어디 있었나 알아봐 주도록 일러주게. 그것도 빨리 해줘야겠어."

작은 체구의 캐나다 출신의 탐정은 내가 말하는 동안 흥미있는 눈초리로 나를 보고 있었다. 그는 뭐라고 말하려다가 그만두고 "알았습니다" 라고 중얼거리며 떠났다.

나는 레노 스터키를 찾으러 나섰다. 한 시간 동안이나 수소문한 끝에 로니 거리의 하숙집에 그가 있다는 사실을――전화로――알아냈다. 만나고 싶다고 말하자 그는 물었다.
"당신 혼자요?"
"그렇소."
그는 와도 좋다고 말하고 자기 집으로 찾아가는 길을 가르쳐 주었다. 나는 택시를 탔다. 집은 변두리 가까운 곳의 더러운 2층 건물이었다.

그 앞 길모퉁이의 식료품 가게 앞에 두 사람이 어슬렁거리고 있었다. 다음 모퉁이의 낮은 목조 계단에도 역시 젊은 두 사람 앉아 있었다. 이 넷 중에서 눈에 띌 정도로 세련된 복장을 한 사람은 하나도 없었다.

초인종을 누르자 두 사람이 문을 열었다. 그 두 사람 모두 별로 인상좋은 얼굴을 하고 있지 않았다.

따라서 들어간 2층의 정면 쪽 방에는 칼라 없는 셔츠에 조끼를 입은 레노가 두 발을 창틀에 걸치고 의자를 뒤로 젖힌 채 번듯하게 앉아 있었다.

그는 혈색이 나쁜 길다란 얼굴을 끄덕이며 입을 열었다.
"의자를 가까이 끌어다 주겠나."
나를 안내한 사나이들은 문을 닫고 나갔다. 나는 앉아서 이야기를 꺼냈다.
"실은 난 지금 알리바이가 필요하오. 어젯밤 내가 그 집에서 나온 뒤에 다이너 블랜드가 피살되었소. 설마 그 때문에 내가 체포되진 않겠지만, 누난도 죽고 해서 경찰이 어느 정도 믿어줄지는 모르겠소. 나는 그들에게 혐의를 받을 만한 구실을 주고 싶지 않소. 혹시 그들이 고의적으로 나오더라도 말이오. 물론 내가 하려고만 들면 어젯밤의 알리바이는 증명할 수 있겠지. 그러나 당신이 거들어 준다면 나의 수고를 훨씬 덜 수도 있을 것이오."
레노는 우둔한 눈초리로 나를 쳐다보며 말했다.
"그래서 내게로 왔소?"
"어젯밤 내게 그곳으로 전화를 걸지 않았소. 초저녁 때 내가 거기 있는 것을 알고 있었던 사람은 당신뿐이오. 만일 내가 다른 곳에 있었다고 알리바이를 댄다고 해도 그 건에 관해서는 당신과 말을 맞추어 놓아야 하지 않겠소?"
그는 물었다.
"당신이 죽이지 않았소?"
나는 "안 죽였소" 하고 사실대로 대답했다.
그는 잠깐 창 밖을 내다보고 나서 입을 열었다.
"어째서 당신은 내가 당신을 도와 주리라고 생각했소? 어젯밤 윌슨의 집에서 당신이 내게 했던 짓을 내가 고맙게 여긴다고 생각하란 말이오?"
나는 대답했다.
"나는 별로 당신을 다치게 하지는 않았소. 거기다가 어차피 그 사건은 절반쯤 드러나 있었으니까. 휘스퍼는 나머지 절반을 짐작하고 있었소. 나는 알고 있는 것을 그대로 당신에게 공표했을 뿐이오. 당신은 무엇이 걱정됩니까? 당신은 자기 앞 정도는 가릴 수 있는 사람이 아니오."
"한 번 해 보겠소." 그는 승낙했다. "잘 알았소. 그럼, 당신은 탠너의 탠너 하우스에 있었던 것으로 하지요. 탠너는 여기서 2, 30마일 떨어진 산 위에 있는 작은 마을이지요. 당신은 윌슨의 집을 나온 뒤 그곳에 가서 숙박했소. 멀리의 가게 부근에서 택시 운전사 노릇을 하는 리커라는 자가 당신을 태우고 갔다가 태우고 온 것으로 합시다. 당신이 그곳에서 한 일은 자신이 잘 알고 있을 거요. 내게 사인을 주면 숙박부에 적어넣겠소."

나는 만년필 뚜껑을 뽑으며 말했다.

"고맙소."

"그런 말은 하지 마시오. 내가 이런 짓을 하는 건 필요한 친구를 얻기 위해서지요. 나는 당신이 나와 휘스퍼와 피트와 한패가 됐을 때 불쾌한 꼴을 당하고 싶지 않단 말이오."

"그런 걱정은 마시오. 그렇게 되진 않을거요." 나는 약속했다. "이번에 누가 서장이 된답디까?"

"맥글로우가 서장 대리를 하고 있소. 곧 그가 서장이 될 거요."

"그는 어떻게 나올까요?"

"핀란드인 피트와 한패가 되겠지. 그는 성질이 난폭하니까 일을 엉망으로 만들 거요. 피트도 다를 게 없지. 모든 게 엉망이 될 수밖에. 휘스퍼 같은 녀석이 제멋대로 노는 판에 내가 잠자코 있다간 바보가 되지 않겠소. 내가 아니면 그자니까 말이오. 도대체 누가 저 갈보를 죽였을까?"

"동기는 충분하지요" 하고 말하며 나는 내 이름을 쓴 쪽지를 그에게 주었다. "그녀는 그를 배반했고, 팔아먹었소, 실컷."

레노는 물었다.

"당신은 그 여자와 보통 사이가 아니었지요?"

나는 그 물음에는 모른 척하고 궐련에 불을 붙였다. 레노는 잠깐 대답을 기다렸다가 말했다.

"리커를 찾아 내어 당신 얼굴을 보여 주어야 겠어요. 그래야 심문 받을 때 당신의 인상을 말할 수 있을 테니까."

눈매가 사나운 두 눈가에 주근깨가 있는 야윈 얼굴을 한 22, 3살 가량의 다리가 긴 청년이 문을 열고 방 안으로 들어왔다.

레노는 그를 나에게 행크 오말러라고 소개했다.

나는 일어서 그와 악수를 한 뒤 레노에게 물었다.

"필요한 경우 여기로 오면 당신을 만날 수 있겠소?"

"피크 멀리를 압니까?"

"만난 적도 있고 가게도 알고 있소."

"뭐든지 그에게 말하면 내게 직통이오." 그는 말했다. "나는 이곳에서 나갈 작정이오. 그다지 좋은 장소가 못 되지. 탠너 건은 모두 맡겠소."

"알았소. 고맙소."

나는 그 집을 나왔다.

얼음 송곳

 시내로 나와서 맨 먼저 경찰본부로 갔다. 맥글로우는 서장 책상을 차지하고 있었다. 금빛 속눈썹을 한 두 눈은 수상스럽게 나를 쳐다보았다. 가죽 같은 얼굴의 주름살이 여느 때보다도 더욱 깊었으며 음산하기까지 했다.
 "당신이 마지막으로 다이너 블랜드를 본 것은 몇 시였소?" 그는 아무런 전제도 없이, 심지어는 고개 한 번 끄덕이지도 않고 물었다. 그의 목소리는 뼈가 앙상한 코를 통하여 불쾌하게 울려 나왔다.
 "어젯밤 10시 40분쯤이오." 나는 말했다. "왜 그리시오?"
 "어디서 보았느냐 말이오?"
 "그 여자 집에서."
 "얼마 동안 그곳에 머물렀소?"
 "10분, 아마 15분 동안일 거요."
 "어째서?"
 "뭐가 어째서란 말이오?"
 "어째서 더 오래 있지 않았소?"

"대체 그게," 나는 앉으라는 말도 없었건만 의자에 걸터앉아서 되물었다. "당신 일과 무슨 관계가 있단 말이오?"

맥글로우는 나를 노려보면서 심호흡을 크게 하고 나더니 나의 얼굴에다 대고서 "살인이오!" 하고 버럭 소리를 질렀다.

나는 소리내어 웃으며 말했다.

"설마 당신은 그녀가 누넌의 살인과 관계가 있다고는 생각지 않겠지요?"

나는 궐련을 피우고 싶었다. 그러나 궐련은 신경을 가라앉히는 데에 효과가 있다는 것은 너무나 잘 알려져 있었으나 바로 그 순간에 나는 궐련을 피우지 못했다.

맥글로우는 내 눈을 꿰뚫어지게 보면서 무엇을 탐지해 내려고 애쓰고 있었다. 나는 내 눈을 실컷 보여 주었다. 남들처럼 나도 거짓말을 할 때 내 얼굴이 가장 정직하게 보인다는 내 믿음에 아주 자신이 있었기 때문이다. 그는 곧 나의 눈을 살펴보기를 그만두고 물었다.

"아무런 관계도 없단 말이오?"

이 말은 아주 약한 말이었다.

"그러게 말이오, 왜 아무런 관계도 없을까?" 나는 태연히 말하고 궐련 한 대를 그에게 권하고 나도 한 대 뽑았다. 그리고 나서 덧붙여 말했다. "내 짐작은 휘스퍼가 의심스러운데……."

"그가 거기 있었소?"

맥글로우는 이 말만은 콧소리로 하지 않고 이빨 사이로 터뜨렸다.

"어디 말이오?"

"블랜드의 집에 있었소?"

"아니오." 나는 이마를 찌푸렸다. "그가 거기에 있을 까닭이 있겠소——누넌을 죽이러 갔는데?"

"누넌 이야기는 그만두시오!" 서장 대리는 화를 내었다. "무엇 때문에 자꾸 그 사람을 끌어들이는 거요?"

나는 그가 돌았다고 여기는 듯한 눈초리로 그를 쳐다보았다.

그는 말했다.

"다이너 블랜드가 어젯밤 피살되었소."

"그래요?" 하고 나는 대답했다.

"자아, 내 질문에 대답해 주겠소?"

"물론이지요. 난 누넌과 그밖의 사람들과 함께 윌슨의 집에 있었소. 10시 반쯤 그 집을 나와 다이너의 집에 들러 탠너에 가야 한다고 말했소. 나는 그녀와 어중간한 약속을 했었소. 나는 10분 동안, 한 잔 마실 동안만 그곳에 머물렀소. 누가 숨어 있지 않았다면 아무도 거기에 없었소. 언제 살해되었소? 어떻게?"

맥글로우는 형사 둘——셰프와 바너먼——을 그날 아침 다이너의 집에 파견한 것은 누넌을 살해한 휘스퍼를 체포하는데 다이너가 어느 정도 협력할 수 있는가를 알아보기 위해서였다고 말했다. 두 형사가 그녀의 집에 도착한 것은 9시 반경이었다. 현관문이 열려 있었다. 초인종을 눌러도 아무도 나오지 않았다. 들어가 보니 그 여자는 왼편 젖가슴을 찔려 죽은 채 식당 마룻바닥에 번듯이 누워 있었다.

검시관의 보고는 아침 3시쯤 6인치 길이의 가늘고 둥글며 뾰족한 칼로 살해되었다는 것이었다. 보아하니 책상 서랍, 장, 트렁크 등을 철저하고 능숙하게 털어 갔다는 것이었다. 여자의 핸드백이나 집 안 어느 곳에도 돈이라고는 한 푼도 없었다. 화장대의 보석 상자도 텅 비어 있었다. 두 개의 다이아몬드 반지는 그녀의 손가락에 끼어져 있었다.

경찰은 여자를 죽인 흉기를 발견하지 못했다.

지문 전문가도 단서가 될 만한 것을 검출하지 못했다. 문도 창도 억지로 연 것처럼 보이지는 않았다. 부엌을 보면 여자는 한 사람 또는 여러 사람과 술을 마시고 있었던 것 같았다.

"6인치 가량의 길이에다가 가늘고 둥글며 뾰족하다면," 나는 그 흉기의 특징을 되풀이 설명했다. "그 집의 얼음 송곳 같은데."

맥글로우는 전화기에 손을 뻗치더니 셰프와 바너먼을 보내 달라고 일렀다. 셰프는 키가 크고 어깨가 굽은 사나이였는데, 그의 커다란 입이 몹시 무겁고 정직하게 보였다. 아마 이빨이 어긋나기 때문일 것이다. 바너먼은 키가 작고 땅딸막했는데, 코에 자줏빛 혈관이 드러나 보였고 목은 거의 없었다.

맥글로우는 그들을 나에게 인사시키고 얼음 송곳에 대해서 물었다. 그들은 그것을 보지 못했고, 그곳에는 없었다고 말했다. 그러한 물건을 놓칠 리가 없다고 그들은 주장했다.

"그건 어젯밤에 있었나요?" 맥글로우가 내게 물었다.

"난 그녀가 그걸로 얼음을 깰 때 옆에 서 있었소."

나는 얼음 송곳의 모양을 설명했다. 맥글로우는 형사들에게 그 집을 다시금 찾아보고 없으면 집 주변을 뒤져서라도 찾아보라고 일렀다.

셰프와 바너먼이 나가자 맥글로우가 물었다.

"당신은 그 여잘 잘 알고 있었지요? 어떻게 생각하십니까, 당신의 의견은?"

"너무 갑자기 일어난 일이라 의견 같은 건 없소." 나는 그 질문을 피했다. "한두 시간만 여유를 주시오, 생각해 보게. 그것보다 당신 생각은 어떻소?"

그는 퉁명한 얼굴로 되돌아가서 "내가 알 게 뭐요" 하고 으르대었다.

그러나 그가 더 이상 질문하지 않고 나를 그냥 내보낸 것은, 그가 벌써 그 여자의 살해범이 휘스퍼라고 단정해 버린 사실을 말하는 거나 다름이 없었다.

  나로서는 그 조그만 도박사가 그랬는지, 또는 포이즌빌의 경찰서장이 그에게 뒤집어씌우는 서투른 함정인지 미심쩍었다. 이렇게 되고 보니 아무것도 달라진 것은 없었다. 그가 누년을 처치한 것은——혼자 했건 남을 시켰건——확실한 사실이었고, 경찰이 그의 모가지를 졸라맨다 해도 한 번 이상은 할 수 없을 것이다.

  맥글로우의 방을 나서니 복도에 사람들이 많았다. 그 중 몇은 아주 젊은 애송이들이었다. 외국인들도 꽤 있었으나 대부분 한결같이 깡패 같은 모습이었다.

  거리로 나가는 문 가까이에서 시더 힐 별장 토벌에 참가했던 순경 돈너와 마주쳤다.

  "여어," 나는 그에게 말을 던졌다. "저 패거리들은 뭐요? 새로 집어넣으려고 유치장을 비우는 거요?"

  "저들은 새로 편성된 특별대요," 그의 말투로 미루어 별로 대수롭게 생각하지 않는 것 같았다. "우린 꽤 많은 특별대를 증원하려고 하고 있지요."

  "잘 알겠소," 나는 말하고 밖으로 나갔다.

  내가 찾고자 하는 피크 멀리는 자신이 경영하는 당구장의 담배 판매대 뒤 책상에 앉아서 세 명의 남자와 이야기를 하고 있었다. 나는 당구장의 반대쪽에 걸터앉아서 두 젊은이가 공을 치는 것을 보았다. 2, 3분 있으니까 빼빼마른 주인이 내게로 다가왔다.

  "레노를 만나거든," 나는 그에게 말했다. "핀란드인 피트가 자기 부하들을 특별 경찰대에 취직시켰다고 전해 주시오."

  "그러지요," 멀리는 대답했다.

호텔에 돌아가니 미키 리네헌이 로비에 앉아 있었다. 그는 나를 따라 방 안으로 들어 와서 보고했다.

"당신이 말한 댄 롤프는 어젯밤 자정이 지난 뒤 병원을 빠져나갔어요. 의사들은 그 때문에 소동이 일어났지요. 아마 그들은 오늘 아침 댄 롤프의 뇌에서 골 조각을 끄집어 낼 수술을 할 작정이었나 봅니다. 그런데 본인은 물론 소지품이 없어졌으니 난리가 날 수밖에. 참 휘스퍼의 종적은 아직 잡지 못했나요. 딕은 지금 빌 퀸트의 거처를 알아 내러 나갔소. 거기에다가 이 여자 살해 사건은 또 어떻게 된 것입니까? 딕의 말에 의하면 당신은 경찰보다 먼저 알고 있었다면서요?"

"그건……."

그때 전화벨 소리가 났다.

지나치게 웅변조의 어느 남자의 목소리가 내 이름끝에 의문부를 붙여서 나를 찾았다. 나는 "그렇소" 하고 대답했다.

그는 말했다.

"찰스 플록터 도온이라 부르는 사람입니다. 될 수 있는 대로 빨리 저희 사무실로 와 주시면 당신에게 이로울 것이라고 생각합니다."

"그래요? 그런데 당신은 누구십니까?"

"변호사 찰스 플록터 도온입니다. 사무실은 그린 거리 310번지 러틀리지 블록에 있습니다. 저희 사무실에 와 주시면……."

"미리 용건을 좀 말해 줄 수 없습니까?" 나는 물었다.

"알았습니다." 나는 또 그의 말을 가로막았다. "오늘 오후에 형편이 되면 만나러 가겠습니다."

"오시면 정말 아주 이로우실 겁니다." 그는 나에게 확언했다.

나는 그 말에 대답하지 않고 전화를 끊어 버렸다.

미키가 말했다.

"아까 블랜드 살인 사건에 대해서 이야기하려고 했는데."
나는 대답했다.
"그러한 이야기를 하려던 것이 아니야. 롤프의 뒤를 밟는 건 그렇게 어려울 리가 없다고 말하려던 참이었어——골통이 빠개진 데다가 붕대까지 칭칭 감고서 돌아다니니 말이야. 자네가 그의 뒤를 밟아 주게. 우선 허리케인 거리부터 시작해 보게."

미키는 그의 희극배우 같은 붉은 얼굴을 온통 웃음투성이로 만들며 "저어, 진행 중인 사건은 묻지 말아야 하는데——나야 당신의 조수에 불과하니까요." 그는 모자를 집어들더니 내 방에서 나갔다.

나는 침대 위에 누워 궐련을 연거푸 피우며 어젯밤 일을 생각했다——나의 심리 상태라든가, 내가 취한 상태라든가, 꿈, 그리고 내가 깨어났을 때의 상황이라든가 생각하면 생각할수록 너무도 불쾌했다. 사악한 악마에 휘둘린 듯한 기분이었다.

손톱으로 문을 긁는 소리가 났다. 나는 문을 열었다.

그곳에는 어느 낯선 사람이 서 있었다. 젊고, 야위고, 요란스러운 옷차림이었다. 아주 창백하고 신경질적이지만 겁쟁이는 아닌 듯한 얼굴에 짙은 눈썹과 조그마한 코밑 수염이 두드러지게 검었다.

"나는 테드 라이트요." 그는 마치 내가 반겨 맞아 주기라도 하는 듯이 손을 내밀었다. "휘스퍼에게서 내 말을 들었겠지요?"

나도 손을 내밀어 악수를 하고 그를 방 안으로 들여놓은 다음 문을 닫으며 물었다.

"휘스퍼의 친구라구요?"

"그렇소." 그는 야윈 두 손가락을 붙여서 내보였다. "바로 이와 같은 사이요, 그와 나는."

나는 아무 말도 하지 않았다. 그는 내 방을 둘러보고, 신경질적인 미소를 띠면서 열어 놓은 화장실 문 있는 데로 갔다가 내게로 되돌아와서 혓바닥으로 위아래 입술을 핥더니 용건을 꺼냈다.

"500달러를 주면 놈을 해치워 주겠소?"

"휘스퍼를?"

"그렇소, 아주 싸지요."

"왜 내가 그를 죽이고 싶어한단 말이오?" 나는 물었다.

"그놈이 당신의 계집을 죽이지 않았소?"

"그래요?"

"당신은 참 어리석군요."

순간 무슨 생각이 내 머릿속에서 꿈틀했다. 그 생각이 떠오르기를 기다리며 나는 "앉아요, 이야기를 들어 봐야지" 하고 말했다.

"이야기할 필요도 없소." 그는 나를 날카롭게 쳐다볼 뿐 의자 쪽으로 움직이지 않았다. "그를 없애고 싶지요, 그렇지 않습니까? 그거지요."

"그렇다면 나는 싫소."

그는 목구멍 속에서 뭐라고 중얼거리더니 문 쪽으로 몸을 돌렸다. 그를 가로막았다. 그는 멈춰섰다. 그의 두 눈은 침착성을 잃고 있었다.

나는 말했다.

"그럼, 휘스퍼는 죽었군?"

그는 뒷걸음치더니 손을 뒤로 돌렸다. 나는 190파운드의 내 몸무게를 주먹에다 모아 그의 턱을 후려쳤다.

그는 두 다리를 꺾으며 쓰러졌다. 나는 그의 두 손목을 붙잡아 일으켜 그의 얼굴을 내 얼굴에다가 바짝 끌어당기며 호통을 쳤다.

"말해봐. 어떻게 된 거야."

"난 당신에게 아무 짓도 하지 않았소."

"알아듣게 말해. 누가 휘스퍼를 죽였나?"

"난 아무것도 모르오."

나는 그의 한쪽 손을 놔주며 나머지 손으로 그의 얼굴을 한차례 더 갈기고 나서 다시 두 팔목을 붙들어 꽉 죄며 되풀이 물었다.

"누가 휘스퍼를 죽였나?"

"댄 롤프요." 그는 우는 듯한 목소리를 냈다. "놈은 휘스퍼에게로 다가오더니 휘스퍼가 다이너를 찌를 때 사용한 그 꼬챙이로 그를 찔렀소."

"어떻게 그 꼬챙이가 블랜드를 죽일 때 휘스퍼가 쓴 것인 줄 아나?"

"댄이 그랬으니까요."

"휘스퍼는 뭐라고 말했나?"

"아무런 말도 하지 않았소. 휘스퍼는 기묘한 표정을 지으며 꼬챙이의 손잡이가 옆구리에 꽂힌 채 그대로 잠시 서 있었소. 그러더니 휘스퍼는 권총을 꺼내 두 방을 마치 한 방처럼 댄에게다 쏘고는 둘은 함께 쓰러졌소. 댄의 붕대는 온통 피투성이였소."

"그 다음엔 어떻게 됐나?"

"아무런 일도 없었소. 나는 그들을 밀쳐 봤는데 그들은 그저 한 쌍의 송장이었소. 내가 한 말은 모두 참말이오."

"그곳에 다른 사람이 없었나?"

"아무도 없었소. 휘스퍼는 누넌을 죽인 뒤 돌아가는 형편을 알아보려는지 2, 3일 동안은 나 말고는 아무도 믿지 않기로 했었소."

"그래서 너는 약아빠진 놈이니까 그가 죽은 뒤에 그의 적들에게 쫓아다니며 그를 죽이겠다고 하면 잔돈을 벌 수 있다고 생각했었군?"

"나는 한 푼도 건지지 못했소. 게다가 휘스퍼가 죽었다는 소문이 퍼지면 그의 부하는 이곳에 못 있게 되거든요." 라이트는 여전히 우는 듯한 소리를 냈다. "난 도망칠 밑천을 마련해야 했어요."

"지금까지 얼마 모았나?"

"피트로부터 100달러, 피크 멀리로부터——레노 대신이었소——150달러, 성공하면 두 사람은 더 주겠다고 약속했소." 그의 우는듯한 목소리는 지껄이는 사이에 자랑스러운 듯한 목소리로 변했다. "맥글로우에게서도 돈을 뜯어낼 수 있었소. 당신한테도 얼마쯤은 돈을 얻어 내리라고 생각했었소."

"그 따위 멍청한 수법에 넘어가 돈을 내다니 그들도 어지간히 흥분하고 있었던 모양이군그래."

"글쎄요." 그는 뽐내는 듯이 말했다. "그다지 엉터리 수법은 아니지요." 그는 다시금 굽실거리는 어조가 되었다. "한 번 봐 주시오. 일을 끝내고 기차를 잡아탈 때까지 입을 다물어 주신다면 여기 갖고 있는 50달러도 드리고 맥글로우로부터 받아 낼 돈도 나누어 드리겠소."

"당신밖에는 아무도 휘스퍼의 거처를 모르나?"

"댄 이외엔 아무도 모르지요. 댄도 이젠 송장이되었지만."

"거기가 어딘가?"

"포터 거리에 있는 낡은 레드먼의 창고예요. 휘스퍼는 2층 뒷방에 침대와 난로와 먹을 것을 갖다 놓게 했지요. 한 번 봐 주세요. 여기 있는 50달러와 나머지 몫을 드리겠소."

나는 그의 팔을 놓아 주고 말했다.

"내겐 돈이 필요없어. 어서 꺼져. 두 시간의 여유를 주겠다. 그만하면 충분할 거야."

"고맙소, 고맙소, 고맙소."

그는 부리나케 내 방에서 나갔다.

나는 외투를 입고 모자를 쓰고 나가서 그린 거리와 러틀리지 블록을 찾아 냈다. 그것은 전성기가 지난 지 오래된 목조 건물이었다. 찰스 플록터 도온의 사무실은 2층에 있었다. 승강기도 없었다. 나는 낡아서 흔들흔들하는 나무 계단을 올라갔다.

변호사는 방을 둘 차지하고 있었는데 둘 다 더럽고, 냄새나고, 전등도 밝지 못했다. 나는 서기가 변호사에게로 전갈을 하러 간 동안 바깥 방에서 기다리고 있었다. 30초 뒤에 서기가 문을 열고 나를 안내했다.

찰스 플록터 도온은 50살 가량의 키가 작은 뚱뚱보였다. 아주 연한 빛깔의 탐색하는 듯한 삼각형의 눈, 살찐 짤막한 코, 코보다도 더 살이 두터운 입은 초라한 잿빛 코밑 수염과 반 다이크(Van Dyck, Anthois) 식의 초라한 잿빛 턱수염 사이에서 그의 탐욕을 거의 드러내고 있었다. 복장은 검은 빛깔이었는데 더럽지는 않았으나 불결해 보였다.

그는 책상에서 일어나지 않았다. 그는 내가 그 방에 있는 동안 내내 열어 놓은 책상 서랍의 가장자리에 오른손을 올려놓고 있었다.

그는 입을 열었다.

"아아, 잘 오셨습니다. 내 조언의 가치를 인정할 만한 양식을 갖추신 걸 보니 대단히 기쁩니다."

그의 목소리는 전화보다 한층 연설조였다.

나는 아무 말도 하지 않았다.

내가 아무 말도 하지 않은 것도 양식이 있기 때문이라고 간주한 듯이 그는 구레나룻을 만지작거리며 말을 이었다.

"공정하게 말씀드려서 앞으로는 일체 나의 조언대로 따르시는 것이 건전한 판단을 하는데 도움이 될 겁니다. 솔직히 말씀드리면 이 번영하는 주의 법조계에서 누구나가 공인하는 어느——'어느'라는 부정관사 대신 '한'이라는 정관사를 붙이는 것이 옳다고 느끼는 사람들이 있다는 것을 어째서 감추어야 하겠습니까——변호사로서 나의 특권과 책임, 적절한 겸손과 진실 불변의 가치를 가지고서 인정하기 때문입니다."

그는 이러한 문장들을 많이 알고 있었다. 그리고 그는 이런 문장들을 내게 쓰는 것을 조금도 꺼려하지 않았다. 드디어 그는 본론에 이르렀다.

"이리하여 이류 변호사의 경우에 있어서는 불법으로 간주될지 모르는 그러한 행위는 그것을 행하는 사람이 그의 사회에서——감히 말씀드리자면 직접적인 사회에서뿐만 아니라——비난의 여지를 주지 않는 확고부동한 명성을 떨치고 있을 때 문제없이 위대한 윤리가 됩니다. 즉 인류의 개인적 대표의 한 사람을 통해서 인류에 대한 봉사를 하는 기회에 당면했을 때보다 시시한 인습을 조롱하는 위대한 윤리가 되는 것입니다. 그런 고로——잘 들어 주시오——나는 조금도 주저함이 없이 선례(先例)에 대한 모든 사소한 고려를 경멸적으로 일소하고 선생이 와 주실 것을 바라 마지 않았으며, 선생의 이익은 나를 당신의 법정 대리인으로 의뢰함으로써 가장 잘 지켜질 것이라는 취지를 허심탄회하게 말씀드리는 것입니다."

"비용은 얼마쯤 들겠소?" 나는 물었다.

그는 거만하게 말했다.

"비용은 이차적인 문제에 불과합니다. 그렇지만 우리들의 관계에 있어서는 상당한 자리를 차지하는 사항이며, 따라서 간과되거나 무시되어서는 안 됩니다. 우선 1천 달러를 말씀드립니다. 나중에는 물론……"

그는 덥수룩한 구레나룻을 긁으면서 말했다.

물론 나는 그런 돈은 없다고 말했다.

"당연하신 말씀입니다. 선생으로서는 당연하신 말씀입니다. 그러나 그점은 전혀 문제가 없습니다. 걱정할 필요가 없습니다. 어느 때라도 좋습니다. 내일 아침 10시까지라면 어느 때라도 좋습니다."

"내일 10시에," 나는 동의했다. "그럼, 알고 싶습니다만 어째서 내게 법적 대리인이 필요합니까?"

그는 화가 난 표정을 지었다.

"선생, 이건 농담이 아닙니다. 그 점은 내가 보증합니다."

나도 농담이 아니며 정말로 영문을 모르겠다고 설명했다.

그는 목소리를 가다듬고 얼마쯤 뽐내는 듯이 얼굴을 찌푸리며 말했다.

"선생께서는 주위를 둘러싸고 있는 위험을 충분히 이해 못하실지 모르나, 어젯밤보다 더 멀지 않은 시기에, 아니 바로 어젯밤에 일어난 사고의 결과로부터 으레 발단되는, 즉 방금 선생이 당면하게 되는 난국——법적인 난국 말입니다——에 대해서 선생이 전혀 예감이 없다고 내가 생각하기를 바란다면 그것은 이만저만 몰상식한 일이 아닙니다. 그러나 지금 그 문제에 참견할 시간적 여유가 없습니다. 나는 레프너 판사와 긴급한 약속이 있습니다. 내일 아침에는 선생과 함께 사태의 세부적인 문제——이 문제는 적지 않다는 것을 단언합니다——에 대해서 보다 더 철저하게 의논해 봅시다. 내일 아침 10시에 기다리고 있겠습니다."

나는 오겠다고 약속하고 밖으로 나왔다. 그날 저녁은 방에서 맛없는 위스키를 마시고 불쾌한 생각에 잠기며 미키와 딕의 보고를 기다렸으나 오지 않았다. 자정쯤 나는 자리에 누웠다.

찰스 플록터 도온 씨

　이튿날 아침 옷을 갈아입고 있을 때 딕 폴리가 들어왔다. 그는 간결한 말투로 빌 퀸트가 전날 정오에 광부 회관을 나와 행방을 감추었다고 보고했다.
　기차가 12시 35분에 오그덴을 향하여 퍼슨빌을 떠났다. 딕은 콘티넨털 탐정사의 솔트레이크 지국에 전보를 쳐서 오그덴 역까지 지국원을 보내어 퀸트를 추적해 달라고 부탁해 두었다고 했다.
　"어떠한 단서도 놓칠 수는 없지만," 나는 말했다. "그러나 퀸트는 목표의 인물이 아닌 것 같아. 다이너는 오래 전에 퀸트와의 관계를 끊었어. 만약에 그가 무슨 일을 할 작정이었다면 진작 했을 거야. 내 추측으로는 그녀가 피살되었다는 말을 듣고서 도망치기로 결정한 것 같아. 그녀에게 버림을 받고 협박한 적이 있었으니까."
　딕은 고개를 끄덕이며 말했다.
　"어젯밤 노상에서 총격전이 있었소. 강탈이었지. 밀주 트럭 네 내가 습격을 받고 타 버렸어요."
　이것은 저 덩치 큰 밀주업자 피트의 부하가 경찰의 특별대로 채용

되었다는 뉴스에 대한 레노 스타키의 보복인 것 같았다.

내가 옷을 다 입고 나자 미키 리네헌이 왔다.

"댄 롤프가 생각했던 대로 그 집에 간 건 틀림없소." 그는 보고했다. "모퉁이에 있는 식료품가게의 그리스인 주인이 어제 아침 9시쯤 그가 나오는 걸 보았다는 겁니다. 그는 혼잣말을 지껄이면서 비틀비틀 걸어갔답니다. 그리스인은 그가 술에 취한 것으로 생각했나 봅니다."

"어째서 그리스인은 경찰에 알리지 않았을까?"

"경찰이 물어 보지 않았으니까요. 이 광산 시의 경찰이란 대단하니까. 우린 어떻게 할까요? 롤프를 잡아다가 신병을 경찰에 인도할까요?"

"맥글로우는 휘스퍼가 범인으로 단정하고 있어." 나는 말했다. "그는 자기의 단정과 맞지 않는 단서 같은 것은 고려하지 않아. 롤프가 나중에 얼음 송곳을 가지러 돌아오지 않았더라면 그가 한 짓인 줄 알 수 없었을 거야. 다이너는 아침 3시에 살해되었어. 롤프는 8시 반에는 거기에 오지 않았고 그 얼음 송곳은 그녀의 가슴에 꽂혀 있었거든. 그렇다면……."

딕 폴리는 내 앞으로 다가와서 멈춰서며 물었다.

"당신은 어떻게 그걸 압니까?"

나는 그의 얼굴과 말투가 비위에 맞지 않았다. 나는 말했다.

"내가 그런 말을 했기에 자네는 알고 있지 않나?"

딕은 아무 말도 하지 않았다. 미키는 그 희극배우 같은 웃음을 싱긋이 웃으며 물었다.

"이제부터 어떻게 할 거요? 이 사건을 빨리 끝내 버립시다."

"10시에 약속이 있어." 나는 그들에게 말했다. "내가 돌아올 때까지 이 호텔에서 떠나지 말아 주게. 휘스퍼와 롤프는 아마 죽었을지도 몰라. 그러니까 그들의 뒤를 쫓을 필요는 없겠지." 나는 딕 쪽을 향해 얼굴을 찌푸리고 말했다. "이것은 사람들로부터 얻어들은 정보야. 난 아무 놈도 죽이지 않았어."

이 키작은 캐나다인은 내 두 눈을 바라보며 고개를 끄덕였다.

나는 혼자 아침을 먹고 나서 변호사 사무실로 갔다.

킹 거리를 돌아가려고 하던 참에 자동차를 몰고 그린 거리를 올라오는 행크 오말러의 주근깨투성이 얼굴을 보았다. 그의 옆에는 내가 모르는 사나이가 앉아 있었다. 다리가 긴 그 청년은 내게 손짓하며 차를 멈추었다. 나는 그에게로 갔다.

그는 말했다.

"레노가 당신을 만나고 싶답니다."

"어디에 있는데?"

"타시오."

"지금은 안 되오." 나는 말했다. "아무래도 오후까진 못 가겠소."

"형편이 되는 대로 피크를 만나시오."

나는 그러겠다고 약속했다. 오말러와 그의 동행은 그린 거리를 올라갔다. 나는 러틀리지 블록까지 반 구역을 걸었다.

변호사 사무실로 통하는 삐걱거리는 계단에 첫발을 디뎠을 때 무엇이 눈에 띄었으므로 발을 멈추었다.

그것은 1층의 희미한 모퉁이에서 간신히 보였다. 그것은 한 짝의 구두였다. 벗어 놓은 구두답지 않게 이상한 위치에 놓여 있었다.

나는 계단에서 발을 떼고 그 구두 쪽으로 갔다. 구둣목 위로 발목과 검은 바짓가랑이 끝이 보였다.

이것으로써 나는 각오가 생겼다.

찰스 플록터 도온은 계단 뒤와 벽 사이의 조그마한 마룻방에 있는 두 자루의 빗자루와 걸레막대기와 세숫대야 사이에 처박혀 있었다.

그의 반 다이크 식 수염은 이마에 대각선으로 그어진 칼자국에 흐른 피로 벌겠다. 그의 고개는 목이 부러지지 않고서는 그렇게 될 수 없는 각도로 비틀어져 있었다.

"할 일은 해야만 하오" 하던 누년의 말을 중얼거리면서 나는 죽은 사람의 윗옷 주머니 한쪽을 신중히 끄집어 내어 안주머니 속에 든 검은 수첩과 서류를 내 주머니 속으로 옮겨 넣었다. 다른 두 주머니 속에는 쓸 만한 것이 하나도 들어 있지 않았다. 남은 주머니는 그의 시체를 움직여야만 뒤질 수 있었으므로 그렇게까지는 하고 싶지 않았다.

5분 후에 호텔로 돌아온 나는 로비에 있는 딕과 미키를 피해서 옆문을 통해 들어와 2층까지 걸어올라가 거기에서 승강기를 탔다.

방 안으로 들어와 전리품을 조사했다. 맨 먼저 수첩을 살펴보았다. 어느 문방구에서나 살 수 있는 조그마한 가죽 표지의 싸구려 수첩이었다. 그 속에는 단편적인 메모가 적혀 있고 주소와 이름이 서른 몇 개쯤 적혀 있었는데 그 중에서 하나만이 나와 관계가 있었다. 거기에는 이렇게 쓰여 있었다.

헬렌 알베리

허리케인 거리 1229번지 A

이 주소와 이름이 흥미를 끈 까닭은 첫째 로버트 알베리가 다이너 블랜드를 빼앗겼다고 오해하여 질투한 나머지 도널드 윌슨을 사살했다고 자백하고 옥에 갇혀 있었기 때문이요, 둘째로 다이너 블랜드는 이 주소의 맞은편인 허리케인 거리 1232번지에 살다가 피살되었기 때문이다.

내 이름은 수첩에 없었다.

나는 수첩을 밀쳐 놓고 함께 가져온 서류를 풀어서 읽기 시작했다. 이 서류에서도 나와 관계있는 것을 찾기 위해서 관계없는 것들을 숱하게 뒤져봐야만 했다.

나온 것은 고무띠로 묶어 놓은 네 통의 편지였다.

편지는 개봉한 봉투 속에 들어 있었고, 봉투의 소인들은 평균 한 주일의 간격을 두고 있었다. 최근 것이래야 6개월 이전의 것이었다. 수신인은 다이너 블랜드였다. 최초의——즉 가장 이른 날짜의 편지는 연애 편지로서 별로 시선을 끌지 못했다. 두 번째 것은 좀 얼빠진 편지였다. 세 번째와 네 번째는 열렬하지만 늘 퇴짜를 맞는 구애자가, 특히 그가 나이를 먹은 경우에 얼마쯤 바보가 될 수 있는지를 보여 주는 그러한 훌륭한 견본들이었다. 편지에는 네 통 모두 엘리휴 윌슨이라는 서명이 적혀 있었다.

결국 찰스 플록터 도온 씨가 어째서 나에게 천 달러를 공갈 사취할 수 있다고 생각했었는지 그 이유를 명확히 말해 줄 만한 것은 발견하지 못했으나, 생각해야 할 것은 많이 있었다. 파티머를 두 대나 피워서 머리에 기운을 북돋우고 난 뒤에 나는 아래층으로 내려갔다.

"찰스 플록터 도온이라는 변호사의 경력을 조사해 주게." 나는 미키에게 말했다. "그린 거리에 사무실을 가지고 있어. 사무실에는 너무 가깝게 가지 말고, 시간도 너무 끌지 마. 난 그저 대충 얼른 알고 싶어."

딕에게는 나보다 5분 쯤 늦게 출발하여 허리케인 거리 1229번지 A의 근방까지 따라오라고 말했다.

1229번지 A는 다이너의 집과 거의 맞은편에 있는 2층 건물 위층의 아파트였다. 1229번지는 두 동의 아파트로 나누어져 있었고 입구는 따로따로 되어 있었다. 나는 목표한 아파트의 초인종을 눌렀다. 문을 열어 준 사람은 18, 9쯤의 야윈 처녀였다. 검은 두 눈은 사이가 가까웠으며 얼굴은 윤기가 흐르고 노르스름했다. 짧게 깎은 갈색 머리털이 축축해 보였다.

그녀는 문을 열자 목구멍 속에서 겁을 먹은 듯한 숨막히는 소리를 내더니 뒷걸음질치며 두 손으로 벌어진 입을 막았다.

"헬렌 알베리 양이지요?" 나는 물었다.

그녀는 세차게 고개를 흔들어 댔다. 전혀 예상 못했던 고개짓이었다. 그녀의 두 눈은 미친 사람의 눈초리와도 같았다.

"들어가서 2, 3분 동안만 이야기하고 싶습니다." 나는 안으로 들어가 문을 닫았다. 그녀는 아무 말도 하지 않았다. 그녀는 겁먹은 눈으로 나를 지켜보며 고개를 옆으로 젖혔다. 우리는 가구라고는 거의 볼 수 없는 거실로 들어갔다. 이 아파트의 창문으로 다이너의 집을 볼 수가 있었다.

그녀는 거실의 마루 한복판에 서서 여전히 두 손으로 입을 막고 있었다.

나는 그녀를 해치려고 온 사람이 아니라는 것을 이해시키려고 애를 썼으나 허사였다. 전혀 효과가 없었다. 내가 하는 말의 한 마디 한 마디가 그녀의 공포감을 더욱 자극했다. 몹시 성가신 일이었다. 나는 그녀를 안심시키려는 짓을 아예 그만두고 용무로 들어갔다.

"아가씨는 로버트 알베리의 누이동생이지요?" 나는 물었다.

대답도 없고, 그저 공포에 질린 표정뿐이었다.

나는 말했다.

"로버트가 도널드 윌슨 살해 사건으로 체포된 뒤 아가씨는 이 아파트를 빌려 다이너를 감시했지요. 그건 무엇 때문입니까?"

한 마디의 대답도 없었다. 나 자신이 그녀의 대답을 대신해야 했다.

"보복 때문이지요. 아가씨는 오빠가 살인범이 된 건 다이너 블랜드의 탓이라고 생각했지요. 그래서 아가씨는 기회를 노리고 있었던 거예요. 그저께 밤에 그 기회가 왔지요. 아가씨는 다이너의 집에 숨어들어 가서 다이너가 술에 취한 걸 보고 거기 있던 얼음 송곳으로 그녀를 찔렀던 것이오."

그녀는 아무 말도 하지 않았다. 나는 그녀의 겁먹은 얼굴에 나타난 공포를 떨어 내려고 했으나 아무런 소용도 없었다. 나는 다시 말했다.

"찰스 플록터 도온이 아가씨를 도와서 일을 꾸몄지요. 그는 엘리휴 윌슨의 연애 편지를 입수하려고 했지. 그 편지를 가지러 온 사람은 누구였지요? 이 사람이 도온을 죽였소. 그는 누구였지요?"

이렇게 말해도 아무 효력이 없었다. 그녀의 공포에 질린 무표정에는 아무런 변화가 없었다. 한 마디의 대답도 없었다. 나는 그녀의 볼기짝이라도 한 대 때려 줄까 생각했다.

"나는 아가씨에게 이야기할 기회를 주었소. 나는 아가씨의 이야기를 듣고 싶었으니까. 그러나 싫으면 그만두시오."

그녀는 완강하게 침묵을 지키고 있었다. 나는 단념했다. 나는 오히려 그녀가 두려워졌다. 더 이상 말해줄 것을 강압했다가는 침묵 이상의 미친 짓을 할까봐 두려웠다. 나는 그녀의 아파트에서 나왔으나 내가 한 말을 한 마디라도 그녀가 알아들었는지 자신이 없었다.

길모퉁이에서 딕 폴리에게 말했다.

"저 아파트에 처녀가 하나 있네. 헬렌 알베리. 18살. 5피트 6인치. 말라깽이. 체중 100파운드 미만. 두 눈썹 사이가 좁아. 갈색 눈. 누런 살갗. 갈색 단발, 뻣뻣해. 지금은 회색 슈트를 입고 있어. 뒤를 밟게. 그녀가 덤비면 유치장에 집어넣어. 조심하게. 이만저만

완강한 처녀가 아니야."

나는 피크 멀리의 당구장으로 향했다. 레노를 만나 그의 용건을 들어 보기 위해서였다. 나의 목적지까지 반 구획쯤 걸어가서 사무실용 빌딩 입구에 몸을 숨기고 주위의 동정을 살폈다.

경찰의 범인 호송차가 멀리의 당구장 앞에 서 있었다. 많은 사람들이 당구장에서 나와, 또는 질질 끌려나와, 또는 떠메여 나와 호송차에 실리고 있었다.

그런데 데리고 나오는 자도, 끌고 나오는 자도, 떠메고 나오는 자도 정규 경관처럼 보이지는 않았다. 그들은 짐작건대 핀란드인 피트의 부하로 현재는 경찰의 별동대였다. 보아하니 피트는 맥글로우의 도움을 받아 휘스퍼와 레노에게 그들이 싸움을 걸어 오도록 시위를 하고 있었다.

내가 지켜보고 있는 동안에 구급차 한 대가 도착하여 부상자를 싣고 갔다. 나는 너무 멀리 떨어져 있었기 때문에 그가 누군지, 한 사람인지 여러 사람인지 분간할 수 없었다. 소동의 고비가 지났을 무렵 두 구역을 돌아서 호텔을 돌아왔다.

미키 리네헌이 찰스 플록터 도온에 관한 정보를 갖고 기다리고 있었다.

"그에 관해서는 이런 농담이 있더군요——'당신은 형사 전문 변호사인가?' 물으면 '그렇소, 형사에게 대단히 신세를 지는 변호사요'라고 대답하는 그런 식의 농담 말이오.

당신이 체포한 알베리 녀석의 가족 중 누군가가 이놈의 도온을 변호사로 샀소. 알베리는 도온이 만나러 왔을 때 그를 상대하려고도 하지 않았다는 거예요.

이 악덕 변호사에게는 작년에 힐이라는 목사에 대한 공갈죄로 하마터면 징역살이를 할 뻔했는데 그걸 용케 면했다지 뭡니까. 어딘지는 몰라도 리버티 거리에 부동산을 가지고 있소. 더 조사해 볼까요?"

"그만 하면 됐네. 딕으로부터 보고가 있을 때까지 기다려 보세."

미키는 하품을 하고 자기는 뛰어다니지 않아도 혈액 순환이 나빠지지 않으니까 괜찮다고 말한 후에 우리가 전국적으로 유명해지고 있는 것을 아느냐고 물었다.

나는 그것이 무슨 말이냐고 되물었다.

"방금 토미 로빈스를 만났소." 그는 말했다. "합동통신에서 이 사건을 보도하려고 그를 여기에 파견했다는 거예요. 그의 말로는 여러 통신사와 대도시의 신문들도 특파원을 보내어 우리들의 사건을 취재하려고 몰려온다지 뭡니까."

대개 신문이란 사건을 아무도 수습하지 못하게 어지럽히는 일 외에는 아무짝에도 필요없다고——내가 좋아하는 불평을 지껄이고 있을 때 호텔보이가 내 이름을 외치고 다니는 것을 들었다. 10센트를 주니까 그는 내게 전화가 왔다고 일러주었다.

딕 폴리의 전화.

"그 아가씨가 곧 나타났소. 그린 거리 310으로. 순경이 잔뜩 있소. 도온이라는 변호사가 피살됐소. 경찰이 그녀를 시청으로 데려갔소."

"처녀는 아직 거기 있겠지?"

"네, 서장실에."

"꼭 붙어 있게. 무엇이든 들은 즉시 내게 알려 줘."

나는 미키 리네헌에게 내 방 열쇠를 주고 지시했다.

"내 방에 진을 치고 내게 오는 것은 무엇이든 연락해 주게. 모퉁이의 샤논 호텔에 J.W. 클러크라는 이름으로 숙박하겠어. 딕에게만 알려 줘."
 미키는 "대체 어떻게 된 일이지요?" 하고 물었으나 내가 대답하지 않자 그는 관절을 흐느적거리며 승강기 쪽으로 걸어갔다.

체포 영장

 나는 샤논 호텔에 가서 숙박부에 가명을 적어넣고 1일분 숙박비를 치른 다음 321호실로 안내를 받았다.
 한 시간 지난 뒤 전화가 울렸다.
 딕 폴리가 나를 만나러 온다고 했다.
 그는 5분 이내에 도착했다. 근심스러운 듯한 여윈 얼굴이 무뚝뚝했다. 목소리도 그랬다. 그는 입을 열었다.
 "당신에게 체포 영장이 나왔어요. 살인 혐의지요. 블랜드와 도온에 걸린 혐의예요. 전화를 걸었소. 미키가 방을 지킨다고 했어요. 당신이 여기 있다고 내게 일러주었지. 그는 경찰에 끌려갔소. 아마 지금쯤 주리를 틀리고 있을 거요."
 "응, 그럴 줄 알았소."
 "나도." 그는 날카롭게 말했다.
 나는 일부러 질질 말을 끌면서 물었다.
 "자넨 내가 그 둘을 죽인 걸로 생각하나, 딕?"
 "죽이지 않았으면 아니라고 말해야겠지요."

"나를 밀고할 텐가?" 나는 물었다.

그는 이를 악물었다. 그의 얼굴이 황갈색에서 담황색으로 변했다. 나는 말했다.

"샌프란시스코로 돌아가게. 난 할 일이 많아서 자네까지 돌봐 줄 겨를이 없네."

그는 아주 정성들여 모자를 쓰고는 문을 닫고 나갔다.

4시에 점심을 먹고 궐련을 피우고 이브닝 헤럴드 지를 가져오라고 했다.

다이너 블랜드의 살인과 찰스 플록터 도온의 살인 사건이 헤럴드 지의 제1면을 둘로 나누고 있었으며, 헬렌 알베리의 진술이 이 두 사건을 연결시키고 있었다.

기사를 보니까 헬렌 알베리는 로버트 알베리의 누이동생으로 오빠가 자백을 했을지라도 오빠는 살인범이 아니며 어떤 음모에 의해 희생된 것으로 철저히 믿고 있었다. 그녀는 찰스 플록터 도온에게 오빠의 변호를 의뢰하였다——찰스 플록터가 그녀를 찾아갔지 그녀가 그를 찾아간 것이 아님을 나는 추측할 수 있었다. 오빠는 도온이건 누구이건 변호를 거부하였으나 그녀는——틀림없이 도온의 사주에 넘어가——투쟁을 포기하지 않고 있었다.

다이너 블랜드네 집의 길 건너편에 빈 아파트가 있는 것을 보고, 헬렌 알베리는 그 아파트를 빌렸다. 그리고 망원경을 갖고 그곳에 묵었다. 그녀의 일념은——다이너와 그 일당들이 도널드 윌슨의 살인범임을 증명하는 것이었다.

나도 그 일당의 한 사람이었나 보다. 헤럴드 지는 나를 '샌프란시스코에서 온 사립 탐정을 자칭하는 사나이'라고 했고, 내가 이 시에 온 것이 불과 며칠 안 되는 데도 맥스 탈러(휘스퍼), 댄 롤프, 올리버(레노) 스타키, 다이너 블랜드와 친밀한 관계를 맺고 있는 것이 확실하다고 했다.

다이너가 살해되던 밤, 헬렌 알베리는 창문으로 엿보고 있다가──
──〈헤럴드〉지에 의하면, 다이너의 시체가 그후에 발견된 것과 관련해서 고려해볼 때──아주 중요한 사실들을 보았던 것이다. 그녀는 살인이 있었다는 소식을 듣자 곧 그 중대 정보를 찰스 플록터 도온에게 전했다. 경찰이 그의 서기에게서 들은 바에 의하면, 도온은 당장에 나를 불러 내어 그날 오후 나와 밀담을 하였다는 것이다. 그후 도온은 내가 다음날──즉 오늘──아침 10시에 또 오기로 되어 있다고 서기에게 말했던 것이다. 그런데도 오늘 아침 나는 약속을 지키러 나타나지 않았다. 10시 25분에 러틀리지 블록의 관리인은 찰스 플록터 도온의 피살 시체를 계단 뒤 모퉁이에서 발견하였다. 범인은 시체의 주머니로부터 중요한 서류를 훔쳐 간 모양이었다.

관리인이 변호사의 시체를 발견하던 바로 그 시각에 나는 헬렌 알베리의 아파트에 억지로 쳐들어가서 그녀를 협박했다고 한다. 그녀는 간신히 나를 쫓아 낸 뒤에 도온의 사무실로 뛰어갔는데 때마침 경찰이 와 있어서 경찰에 자초지종을 이야기했다. 경찰이 호텔로 나를 잡으러 왔을 때 방에는 미키 리네헌이라는 역시 샌프란시스코에서 온 사립 탐정 한 사람이 있었다. 미키 리네헌은 여전히 경찰의 심문을 받고 있었다. 휘스퍼, 레노, 롤프, 그리고 나는 살인 혐의로 경찰의 추격을 받고 있다. 중요한 진전이 있기를 기대하고 있다는 내용이었다.

2면에는 흥미있는 반 단 기사가 실려 있었다. 다이너의 시체를 발견한 셰프와 버너먼 형사들이 그후 이상하게도 실종되었는데, 우리들 '일당'의 음모가 우려된다는 거였다.

어젯밤의 밀주트럭의 약탈에 관한 보도며, 리크 멀리의 도박장 습격에 관한 것은 하나도 나지 않았다.

나는 날이 어두워진 뒤에야 밖으로 나갔다. 나는 레노와 연락을 취해 보기로 했다. 약국에 들어가 피크 멀리의 당구장으로 전화를 걸었다.

"피크를 바꿔주시겠습니까?" 나는 물었다.

"내가 피크인데" 전혀 다른 사람의 목소리가 되물었다. "누구십니까?"

나는 내뱉듯이 "나는, 나는 왕년의 인기스타 릴리언 기슈요," 하고 수화기를 내려놓고 그 약국을 떠났다.

나는 레노를 찾을 생각을 버리고 내 의뢰인인 엘리휴 노인을 방문하여 내가 찰스 프록터 도온의 시체에서 훔쳐 낸 다이너 블랜드에게로 보낸 그의 연애 편지를 가지고 노인의 버릇을 고쳐 주기로 결심했다.

어두운 거리의 제일 어두운 쪽으로만 나는 걸었다. 운동을 싫어하는 사람에게는 꽤 긴 노정이었다. 윌슨의 집이 있는 구역에 이르렀을 무렵 나는 노인과 늘 갖는 그러한 회합에 꼭 알맞은 불쾌한 기분이 되어 있었다. 그러나 노인을 보기에는 아직 얼마 동안이 지나야 했다. 노인의 집까지는 아직도 찻길을 건너야 했다. 이때 누군가 나를 향하여 '쉿 쉿' 했다.

어쩌면 나는 20피트 정도는 놀라서 뛰었을 것이다.

"염려 마." 속삭이는 목소리가 들렸다.

그곳은 어두웠다. 내가 기어든 무성한 숲——나는 남의 집 정원에서 네 다리로 기고 있었다——밑에서 내다보니까 생울타리 이쪽에 다가붙어서 몸을 웅크리고 있는 한 남자가 보였다.

나는 주머니에서 권총을 빼어 손에 쥐었다. 염려없다는 그의 말을 곧이들어서는 안 될 특별한 이유는 없었다. 나는 일어서서 그에게로 다가갔다. 가까이 가서 보니까 전날 로니 거리의 집으로 나를 안내했던 사나이 중의 하나였다.

나는 그의 옆에 웅크리고 앉아서 물었다.

"어디서 레노를 만날 수 있겠나? 오말의 말로는 그가 나를 만나고 싶어한다는데."

"그래요. 키드 머클리오드의 가게를 아시오?"

"모릅니다."

"킹 거리 위쪽 마틴 거리의 뒷골목 모퉁이에 있어요. 우선 키드를 찾아보시오. 저리로 세 구역을 되돌아가서 상업 구역으로 가시오. 틀림없이 찾을 수 있을 거요."

나는 꼭 찾겠다고 말하고 생울타리 뒤에 쪼그리고 있는 그의 옆을 떠났다. 짐작건대 그는 내 의뢰인 집을 감시하며, 엘리휴 노인을 방문할지도 모르는 레노의 적들——핀란드인 피트이거나 휘스퍼이거 나간에 한 방에 쏘아 죽이려고 기다리고 있었던가 보았다.

그가 가르쳐준 지시에 따라 가보니까, 붉은 색과 노란 색 페인트로 단장한 다방 겸 술집이 나왔다. 안으로 들어가서 키드 머클리오드를 찾았다. 뒷방으로 안내를 받았다. 때묻은 칼라를 목에 붙이고 금니를 많이 해 박은 귀가 하나밖에 없는 뚱뚱한 사나이가 자기가 머클리오드라고 했다.

"레노가 나를 찾고 있소." 나는 말했다. "어디 가면 그를 만날 수 있을까요?"

"당신은 대체 누구요?" 그는 물었다.

나는 이름을 대주었다. 그는 아무 말도 없이 나갔다. 나는 10분 동안 기다렸다. 그는 여드름 때문에 얼굴이 붉은 15살쯤 된 소년을 데리고 돌아왔다.

"이 아이를 따라가보시오." 키드 머클리오드는 말했다.

체포 영장 249

나는 소년을 따라 옆문으로 빠져서 뒷골목을 두 구역 내려가, 모래밭을 건너서 허술한 대문을 지나 목조 가옥의 뒷문에 이르렀다.

소년이 문을 노크하니까 누구냐고 안에서 물었다.

"소니예요, 키드가 보낸 손님을 데리고 왔어요." 그는 대답했다.

다리가 긴 오말러가 문을 열고 나타났다. 소년은 물러갔다. 부엌 안으로 들어가니까 레노 스터키와 네 명의 다른 남자들이 맥주를 잔뜩 올려놓은 테이블 주위에 앉아 있었다. 내가 들어간 문 위의 못에 자동권총이 두 자루 걸려 있는 것이 눈에 띄었다. 누군가 이 집에 있던 사람이 문을 열 때 밖에 있던 적이 권총을 들고 손을 들라고 명령할 경우에 이 총들을 적절하게 써먹을 수가 있을 것이다.

레노는 나에게 맥주를 한 잔 따라 주고서 나를 데리고 식당을 나와 현관 방으로 갔다. 한 남자가 거기서 배를 깔고 엎드려 내려놓은 블라인드와 창 밑 사이 틈새에 한 눈을 붙이고 거리를 감시하고 있었다.

"뒷방으로 가서 맥주나 마셔." 레노는 그에게 일렀다.

그는 일어나 물러갔다. 우리는 나란히 놓여진 의자에 편히 앉았다.

"당신에게 그 탠너의 알리바이를 마련했을 때," 레노는 말을 꺼냈다. "내겐 한 사람이라도 더 친구가 필요하니까 그러는 거라고 말했었지요."

"그래서 친구가 하나 생겼지 않아요."

"아직 그 알리바이는 깨어지지 않았소?"

"아직은 괜찮소."

"괜찮을 거요." 그는 내게 확인했다. "그들에게 꼬리를 잡히지 않았다면 말입니다. 잡혔다고 생각하오?"

그렇다고 생각하고 있었지만 나는 이렇게 말했다.

"그렇지 않소. 맥글로우는 지금쯤 그저 장난치는 기분일 거요. 아마 그냥 내버려 두어도 염려없을 거요. 당신 쪽 형편은 어떻게 되어 가고 있소?"
레노는 맥주 잔을 비우고 손등으로 입을 닦으며 말했다.
"나는 해내겠소. 그런데 당신을 만나고 싶었던 것은 그 일 때문이오. 현재의 형편은 이렇소. 피트랑 맥글로우는 손을 잡고 운명을 같이하고 있소. 그렇기 때문에 경찰들과 밀주업자 무리들이 한패가 되어 나와 휘스퍼를 치는 거요. 제기랄, 빌어먹을 것! 나와 휘스퍼는 그 합동 공세에 대항하기는커녕 서로 못 잡아 먹어 발광이란 말이오. 이건 어리석은 짓이오. 그놈들이 어부지리를 취하고 있단 말이오."
나도 그렇게 생각하고 있었다고 말했다. 그는 계속 말했다.
"휘스퍼는 당신의 말이라면 들을 거요. 그를 찾아 주겠소? 그에게 이야기해 주시오. 나의 제안은 이렇소——'내가 젤리 후퍼를 죽였다고 나를 처치할 작정인가 본데 나도 그를 처치할 작정이다. 그러나 2, 3일 동안은 그것을 잊도록 하자. 아무도 자기 외의 사람을 믿을 필요는 없을 것이다. 아무튼 휘스퍼는 어떠한 일에도 나타난 적이 없다. 그는 부하를 보낼 뿐이었다. 나도 이번에는 그렇게 해 보겠다. 우리는 그저 부하를 한데 모아 소동을 일으켜 보자는 말이다. 우리는 그들을 뭉쳐 그놈의 핀란드인을 쳐부수자. 그런 뒤에 많은 시간을 두고서 우리끼리 다투어 보자.'

자, 그에게 이렇게 이야기해 주시오. 나는 그든 다른 녀석이든 싸움을 피하고 있다는 생각을 그에게 주고 싶지는 않소. 우리가 피트를 해치워 버리면 우리들 자신의 싸움을 할 여지가 더 많이 생길 거요. 피트는 위스키타운에 숨어 있고, 내게는 그곳에 가서 그를 끌어 낼 만한 부하가 모자라오. 휘스퍼에게도 없을 거고. 우리 둘이 합치면 할 수 있소. 이 말을 그에게 전해 주시오."

"휘스퍼는," 나는 말했다. "죽었소."

레노는 "정말이오?" 하고 그는 믿을 수 없다는 듯이 말했다.

"댄 롤프가 어제 아침 레드먼의 낡은 창고에서 휘스퍼가 다이너를 죽였을 때 사용한 얼음송곳으로 그를 찔러 죽여 버렸소."

레노가 물었다.

"그것을 어떻게 아시오? 혹시 당신은 머리가 돌지 않았소?"

"틀림없소."

"그렇지만 놈의 부하들이 자기들 두목이 죽지 않은 것 같이 움직이는 게 이상하단 말이요" 하고 그는 말했으나 차츰 내 말을 곧이듣기 시작했다.

"부하들은 모르오. 그는 그곳에 테드 라이트 하나만 데리고 숨어 있었으니까. 테드는 그 사실을 이용하여 돈을 벌었소. 테드의 말에 의하면 피크 멀리를 통해서 당신으로부터도 100달러인가 150달러를 벌었다고 하던데."

"저 바보 같은 놈이 그 정보를 바로 내게로 직접 가져왔으면 그 배라도 주었을 텐데." 레노는 툴툴거렸다. 그는 턱을 싹싹 비비며 "그럼, 그걸로써 휘스퍼 쪽은 일단락을 지었군" 하고 말했다.

"아니오. 아직 못 지었소." 나는 말했다.

"아직 못 지었다니, 무슨 뜻이오?"

"휘스퍼의 부하가 두목의 거처를 모른다면," 나는 그에게 암시를 주었다. "우선 그의 부하에게 알려줍시다. 누넌이 휘스퍼를 잡아넣었을 때 휘스퍼의 부하들은 유치장을 폭파하여 두목을 구해 내었소. 맥글로우가 몰래 휘스퍼를 체포했다는 정보가 퍼진다면 그의 부하들이 또 그짓을 하지 않겠소?"

"그 뒤를 말해 주시오." 레노는 말했다.

"만약 그의 부하들이 그가 붙잡힌 줄 생각하고 또 유치장을 부수려고 한다면, 경찰은 물론 피트의 별동대도 정신을 못 차릴 거요. 그 사이에 당신은 위스키타운에서 판가름을 해볼 수 있을 것이오."
"그렇겠군." 그는 천천히 말했다. "그렇게 시작해 볼까……."
"잘 되고말고요." 나는 그를 격려하며 일어섰다. "그럼, 이따가 또……."
"가지 마시오. 당신에게 체포 영장이 나와 있는데 그 동안의 은신처로는 이곳도 나쁘지 않을 거요. 그리고 당신 같은 좋은 친구가 우리는 필요하오."
나는 탐탁하게 여기지 않았다. 그러나 그렇게 못할 것도 없었다. 나는 도로 앉았다.
레노는 소문을 퍼뜨리느라고 분주했다. 전화가 혹사를 당했다. 부엌문도 사람들의 잦은 출입 때문에 혹사를 당했다. 나가는 사람보다 들어오는 사람이 많았다. 집 안은 온통 사람과 담배 연기로 가득찼다.

위스키타운

 1시 반에 레노는 전화를 받더니, 부하들을 돌아다보며 말했다.
 "자아, 출동이다."
 그는 2층으로 올라갔다. 검은 여행용 손가방을 들고 내려왔을 무렵에는 그의 부하 대부분이 이미 부엌문으로 나간 뒤였다.
 레노는 그 손가방을 내게 건네 주면서 말했다.
 "부딪치지 않도록 하시오."
 손가방은 무거웠다.
 집에 남은 우리 일곱 사람은 현관문으로 나가서 오말러가 막 커브길에 갖다 댄 자동차에 올라탔다. 레노는 오말러 옆에 앉았다. 나는 뒷좌석의 사람들 사이에 처박히고, 그 손가방은 내 다리 사이에 처박혔다.
 다른 차가 첫 십자로에서 나와 우리 차 앞을 달렸다. 세 번째 차는 우리 차의 뒤를 따랐다. 속력은 약 40마일 전후를 유지하여, 남의 주목을 끌 정도로 빠르지도 않고, 목적지에 도달하지 못할 정도로 느리지도 않았다.

우리가 목적지에 도착할 무렵에 방해가 있었다.

총격전은 거리의 남쪽에 있는 단층 판잣집이 즐비한 구역에서 시작되었다.

한 사나이가 문에서 고개를 내밀더니, 손가락을 입 안에 넣어 세게 휘파람을 불었다. 뒤차에 탄 누군가가 그 사나이를 쏘아 거꾸러뜨렸다.

다음 모퉁이에서 우리는 일제 사격의 틈을 뚫고 달렸다.

레노가 나를 돌아다보며 말했다.

"그 가방이 총알을 맞는 날이면 우린 나무아미타불이오. 가방을 열어 놓아요. 도착하면 후딱 해치워야지."

내가 가방의 죔쇠들을 끌렀을 무렵 우리 차는 검은 벽돌의 3층 빌딩 앞에 와서 멈추었다.

레노의 부하들은 내 위를 덮치듯이 달려들어 가방을 열고 그 안에 든 것을 꺼냈다. 가방 속에는 톱밥과 함께 직경 2인치 파이프 토막으로 만든 폭탄이 들어 있었다. 총탄이 차의 옆구리를 뚫었다.

레노는 손을 뻗어 폭탄을 하나 받아 가지고 보도로 뛰어내렸다. 순간 날아온 총알에 스쳐 그의 왼편 볼에 한 줄기 피가 흘러내리는 것도 개의치 않고 화약을 잰 파이프 토막을 벽돌 빌딩 문에다 던졌다.

불꽃이 일더니 귀청이 터질 듯한 폭음이 났다. 우리가 폭풍에 휩쓸려 넘어지지 않으려고 버티고 있는 동안 우리들 주위에 건물의 파편들이 날아왔다. 이윽고 붉은 벽돌 건물에는 침입자를 막는 문이라고는 없어졌다.

한 사나이가 뛰어나가 팔을 크게 휘둘러 입구에다 파이프 폭탄을 문안으로 던져넣었다. 아래층 창문에서 덧문들이 떨어져나갔고 화염과 유리가 뒤따라 날렸다.

우리 뒤를 따랐던 차는 거리의 조금 앞쪽에 멈춰서서 근처에 있는 건물에 있던 패들과 싸움을 벌이고 있었다.

우리 앞을 달렸던 차는 골목안으로 자취를 감추었다. 붉은 벽돌 건물의 뒤쪽에서 피스톨 소리가 나는 것으로 보아 우리가 싣고 온 폭탄을 터뜨리고 있는 사이에 뒷문에다가 엄호사격을 하고 있음이 분명했다.

거리 한복판으로 달려나간 오말러는 몸을 홱 굽히더니 벽돌 빌딩의 지붕에다가 폭탄을 던졌다. 폭탄은 터지지 않았다. 오말러는 한 발을 높이 올리더니 목을 움켜쥐고 뒤로 털썩 쓰러졌다.

우리 차에 탔었던 또 한 사나이도 벽돌 빌딩 옆의 목조 건물에서 우리를 쏘고 있는 탄환에 맞아 거꾸러졌다.

레노는 느릿하게 욕을 퍼부었다.

"어이, 뚱보 불을 질러. 그놈들을 몰아 내."

뚱보라고 불리는 사나이는 폭탄에다 탁 침을 뱉고 우리들의 차 뒤로 돌아가 팔을 휘둘렀다.

우리는 보도에서 물러나 파편들을 피했다. 그 목조 건물은 뼈다귀만 남기고 가장자리는 불꽃이 타오르고 있었다.

"폭탄이 남았나?" 레노가 물었을 때, 우리는 살벌한 총격전에서도 총알에 맞지 않은 것을 신기하게 생각하였다.

"이게 마지막이오." 뚱보가 폭탄을 내밀었다.

불이 벽돌집 위층의 창문 속에서 너울거리고 있었다. 레노는 그것을 보고 뚱보한테 폭탄을 받아들며 말했다.

"뒤로 물러나게. 놈들이 나오고 있어."

모두가 벽돌집 현관에서 물러났다.

집 안에서 고함 소리가 들려 왔다.

"레노!"

레노는 우리가 타고온 차의 뒤쪽에 몸을 숨긴 뒤 대답했다.

"왜 그러지?"

"우리가 졌네." 굵은 목소리가 외쳤다. "나갈 테니까 쏘지 말게."

레노는 "우리라니, 누구야?" 하고 물었다.

"피트야." 그 굵은 목소리는 대답했다. "넷이 남았네."

"자네가 맨 먼저 나와." 레노가 명령했다. "두 손을 머리 위에 얹어. 다른 놈들도 하나씩, 같은 식으로 뒤를 따라나오란 말야. 그리고 30초 간격을 둬. 자아, 나와."

우리는 잠시 기다렸다. 이윽고 핀란드인 피트가 대머리 위에 두 손을 얹고서 폭파된 입구에 나타났다. 불타오르는 옆집의 화염에 반사되어 피트의 얼굴에 상처가 나고, 옷이 거의 다 찢어진 것을 볼 수 있었다.

잔해를 넘으며 밀주업자는 천천히 계단을 내려와 보도로 나왔다.

레노는 그를 더러운 천벌받을 녀석이라고 욕하면서 얼굴과 몸에다가 네 방의 총알을 날렸다.

피트는 쓰러졌다. 내 뒤에 섰던 한 사나이가 소리내어 웃었다.

레노는 남은 폭탄을 입구에 던져넣었다.

우리는 차에 기어올랐다. 레노는 핸들을 잡았다. 엔진이 말을 듣지 않았다. 총알을 맞았던 것이다.

레노가 경적을 울리는 동안 남은 사람들은 와자하게 떠들며 내렸다.

모퉁이에 멈춰섰던 자동차가 우리를 태우러 왔다. 그 차가 오는 것을 기다리면서 나는 불타는 두 건물의 화염의 반사로 훤한 거리를 훑어보았다. 창문에 몇몇 얼굴들이 보이기는 했으나 거리의 사람들은 모두들 숨어 버려 우리들 말고는 아무도 없었다. 별로 멀지 않은 곳에서 소방차의 경적이 울렸다.

다른 차가 속력을 늦추고 가까이 와서 우리는 올라탔다. 차는 벌써 만원이었다. 우리는 겹치다시피 차 안에 끼어들었으며 나머지는 발판에 매달렸다.

차는 죽은 행크 오말러의 다리를 밟고 넘어 귀로에 올랐다. 한 구역의 거리는 쾌적하지는 않았으나 무사히 달렸다. 그 후부터는 위험한 난관이 기다리고 있었다.

한 대의 리무진이 나타나 우리가 가는 거리로 돌아서 반 구역쯤 달려오더니 이쪽에 옆구리를 보이며 멈춰섰다. 차 옆구리에서 총알이 날아왔다.

또 한 대의 차가 리무진을 돌아서 우리를 향하여 왔다. 그 차에서도 총알이 날아왔다. 우리는 최선을 다하여 응사하기는 했으나 차 안에 사람들이 너무 꽉 차게 실려 있어서 싸우기가 어려웠다. 무릎 위에 한 사람을 태우고 어깨에 또 한사람이 매달려 있으며 세 번째 사람은 귓전의 1인치 뒤에서 총을 쏘고 있는 판이어서 제대로 총을 쏠 수 없었다.

우리편 차——빌딩 뒤에 있었던 차——가 와서 합세했다. 그러나 그 때쯤에는 적들에게도 두 대의 응원차가 늘었다. 탈러 부하의 유치장 습격이 일단 끝났나 보다. 그리고 응원하러 파견된 피트의 별동대가 때맞춰 돌아와서 우리의 퇴로를 막았다. 굉장한 혼전이었다.

나는 불을 뿜는 권총 너머로 몸을 내밀어 레노의 귀에다 대고 외쳤다.

"이건 정말 엉망진창이야. 우리 같은 엑스트라는 뛰어내려 거리에서 사격하면 어때?"

레노는 좋은 생각이라고 하며 명령을 내렸다.

"너희들 몇 사람은 내려서 길에서 공격해."

나는 캄캄한 골목 입구를 목표로 삼고 제일 먼저 뛰어내렸다.

뚱보가 나의 뒤를 따라왔다. 나는 그를 피하며 그를 돌아다보고 호통을 쳤다.

"내게로 덮치지 마. 당신 숨을 곳을 찾아. 저기 지하실 입구가 괜찮겠는데."

그는 쾌히 그쪽을 향하여 뛰었는데 세 발자국도 못 가서 총알을 맞고 거꾸러졌다.

나는 골목 안으로 들어갔다. 골목은 20피트밖에 안 되고 막다른 곳에는 높은 판자벽이 가로막혀 있고 대문에는 열쇠가 채워져 있었다.

쓰레기통을 디디고 대문을 넘어가니 벽돌을 깐 안마당이 나타났다. 나는 그 안마당 옆 울타리를 다시 뛰어넘어 또 다른 안마당으로 들어가 거기서 또 다른 안마당으로 뛰어들어갔다. 한 마리의 폭스 테리어가 사납게 짖어 대었다.

나는 그 개를 발길로 차고 건너편 울타리를 향해서 가다가 빨랫줄에 걸렸다. 빨랫줄에서 벗어나 안마당을 둘이나 더 건넜는데 어느 집 창문에서는 비명이 들리고 빈 병이 날아왔다. 드디어 나는 조약돌이 깔린 뒷골목으로 무사히 뛰어내렸다.

총소리는 희미해졌으나 별로 멀지는 않았다. 나는 그 총소리로부터 멀어지려고 온갖 힘을 다했다. 다이너가 피살되던 날 밤 내가 꿈 속에서 걸었던 거리에 못지않을 만큼 많이 걸었음에 틀림없었다.

엘리휴 윌슨의 현관 계단에서 시계를 보았을 때는 오전 3시 30분을 가리키고 있었다.

공갈

 의뢰인의 현관 초인종은 한참 뒤에야 겨우 효과가 있었다.
 드디어 문이 열렸는데, 키가 크고 얼굴이 햇볕에 그을린 운전사가 나타났다. 그는 언더셔츠와 팬티 바람이었으며 한 손에는 당구봉을 쥐고 있었다.
 "무슨 용무요." 그는 묻고 나서 내 얼굴을 다시 쳐다보며 말했다.
 "당신이군그래. 대체 무슨 일이오?"
 "윌슨 씨를 만나고 싶어서 왔소."
 "새벽 4시오. 돌아가시오." 그는 문을 닫으려고 했다.
 나는 문틈에 발을 집어넣었다. 그는 나의 발 끝에서 얼굴까지 훑어보고는 당구봉을 휘두르며 물었다.
 "종지뼈가 깨져도 좋소?"
 "농담이 아니오." 나는 우겼다. "노인을 꼭 만나야 하오, 전해 주시오."
 "전할 필요조차 없소. 바로 어제 오후에 당신이 찾아왔을 때에도 만나고 싶지 않다고 말씀하셨소."

"그래요?"

나는 주머니로부터 네 통의 연애 편지를 끄집어 내어 그 중에서도 제일 얼빠지게 쓴 첫 번째 것을 뽑아 운전사에게 내밀고 말했다.

"이걸 드리고, 남은 걸 내가 갖고 계단 위에 앉아 있다고 전해 주시오. 5분간만 기다렸다가 남은 걸 연합 통신의 토미 로빈스에게 가져간다고 말해주시오."

운전사는 편지를 노려보고 "토미 로빈스인지 무언지 집어치워!" 소리치고는 편지를 받더니 문을 닫고 들어갔다.

4분 뒤에 그는 다시 문을 열고 나왔다.

"안으로 들어오시오, 어서."

나는 그를 따라 2층으로 올라가 엘리휴 노인의 침실로 갔다.

나의 의뢰인은 침대에 일어나 앉아 있었다. 동그란 복숭앗빛 손에는 연애편지를, 다른 손에는 봉투를 구겨 쥐고 있었다.

짧게 깎은 백발이 곤두섰다. 동그랗고 푸른 눈에 핏발이 섰다. 입과 턱의 선이 거의 다가붙을 지경이었다. 그는 노발대발하고 있었다.

그는 나를 보기가 바쁘게 고함을 쳤다.

"그래, 큰소리를 뻥뻥 치더니 이제 와서는 이 늙은 해적더러 자네의 목숨을 살려 달라는 건가?"

나는 그렇지 않다고 말했다. 그렇게 바보 같은 소리를 할 작정이면 로스앤젤레스의 사람들에게 당신이 바보라는 것을 알리지 않도록 목소리를 낮추는 것이 나을 것이라고 말했다.

노인은 목소리를 한 옥타브 높여 고함쳤다.

"남의 편지를 한두 통 훔쳤다고 해서, 자넨 구태여 그런……."

나는 손가락으로 귀를 틀어막았다. 그래도 고함 소리는 들렸으나 노인은 경멸을 받는다고 느꼈음인지 고함 소리를 그쳤다.

나는 손가락을 떼면서 말했다.

"이야기를 할 수 있게 이 운전사를 내보내시오. 이 사람은 필요없습니다. 나는 당신을 해칠 생각이 없으니까."

그는 "나가!" 하고 운전사에게 말했다.

운전사는 나를 밉살스럽다는 듯이 쳐다보고는 문을 닫고 나갔다.

엘리휴 노인은 썩 편지를 내놓으라고 요구했다. 어디서 편지를 손에 넣었으며 어떻게 처리할 작정인가를 알고 싶다고 큰소리로 욕을 해댔다. 이 수단 저 수단을 써서 협박하고, 계속 욕설을 퍼부으며 나에게 맹렬히 대들었다.

나는 편지를 내주지 않았다.

"이것을 나는 당신이 편지를 찾아 달라고 고용한 사람에게서 입수했소. 그 사람이 그 여자를 죽여야 했으니 당신에게는 큰 실수였는데요."

노인의 얼굴에서 붉은 기가 사라지고 여느 때의 복숭앗빛으로 돌아왔다. 그는 우물우물하더니 눈을 가늘게 뜨고 나를 보며 물었다.

"그게 자네가 쓰는 수법인가?"

그의 목소리는 비교적 조용히 가슴 속으로부터 울려 나왔다.

그는 차분하게 싸움을 걸었다.

나는 침대 옆으로 의자를 당겨 앉아 될 수 있는 한 즐거운 듯이 싱긋 웃고 대답했다.

"그것도 한 수단이오."

그는 나를 지켜보면서 입술을 움직일 뿐 아무 말도 하지 않았다. 나는 말했다.

"당신같이 지독한 의뢰인은 처음이오. 당신의 수단이란 어떤 겁니까? 당신은 이 시를 깨끗이 해 달라고 나를 고용해놓고는, 마음을 바꾸어먹고 나를 버리고, 내가 승자처럼 보이기 시작할 때까지 나를 반대하다가, 기회주의자가 되었다가, 이제 내가 또 형세가 나쁘다고 생각하니까 나를 집 안에 넣어 주려고도 하지 않았소. 내가 이 편지를 우연히 입수한 건 천만다행한 일이오."

노인은 말했다.

"공감하는가."

나는 소리내어 웃으며 말했다.

"그게 당신 입에서 나오는 말입니까? 좋습니다. 그렇다고 해 둡시다." 나는 침대의 가장자리를 툭툭 쳤다. "나는 지지 않았소. 난 이겼습니다. 당신은 불한당들이 이 조그만 도시를 당신에게서 빼앗았다고 내게 와서 울며불며 호소했소. 핀란드인 피트, 류 야드, 휘스퍼, 그리고 누넌——그들은 지금 어디 있습니까?

야드는 화요일 아침에, 누넌은 같은 날 밤, 휘스퍼는 수요일 아침, 그리고 핀란드인 피트는 방금 전에 죽었소. 나는 이 도시를 당신이 원하건 말건 간에 지금 돌려 드립니다. 그게 공감이라면, 그것도 좋소. 이제 당신이 할 일만이 남았소. 당신은 시장을——이미 더러운 시에도 명색이 시장이란 게 있겠지요——꼭 잡으시오. 그리고 당신과 시장이 지사에게 전화를 거시오. 내 이야기가 끝날 때까지 잠자코 계시오.

이 시의 경찰이 당신의 손아귀에서 벗어났다든지, 밀주업자가 순경이 되었다든지 마음대로 지사에게 말하시오. 당신은 지사에게서 원조를 청해보시오——주 방위군이 제일 좋을 거요. 얼마나 어중이떠중이들이 이 도시에 우글거리고 있는지는 모르나, 거물들——당신이 두려워했던——이 죽은 걸 알고 있소. 당신이 대항하기에는 당신의 비밀을 너무나 많이 쥐고 있었던 자들 말입니다. 죽은 두목의 뒷자리를 노리고 지금 젊은 패들이 야단법석들이지요. 그 수가 많을수록 좋소. 모든 조직이 해체되어 있는 동안에는 정규군대가 권력을 쥐기가 용이합니다. 두목의 대리인들조차 당신에게 해를 끼칠 만큼 당신의 약점을 쥐고 있는 자는 하나도 없소.

시장이건 지사이건 어느 쪽이든 퍼슨빌 경찰의 모든 기능을 정지시키고 새 경찰이 조직될 때까지 주의 군대에게 치안 유지를 맡기도록 하시오. 시장도 지사도 당신 재산의 일부라고 듣고 있습니다. 그들은 당신의 명령을 들을 것이오. 그리고 당신은 그걸 그들에게 명령하시오. 그건 할 수 있는 일이며 해야 할 일입니다.

그러면 당신은 시를 도로 찾을 겁니다. 말끔히 청소가 되어서 깨끗해져서 언제라도 다시 더러워질 수 있는 시를 말입니다. 당신이 그러지 않는다면 나는 당신의 이 연애 편지를 신문기자들에게 넘겨 줄 작정입니다. 당신 소유의 헤럴드 지의 기자에게는 안 줍니다. ——나는 도온에서 이 편지를 입수했소. 당신이 이 편지를 찾기 위해서 그를 고용하지 않았다는 것과, 그가 편지를 찾으려다가 다이너 블랜드를 죽이지 않았다는 것을 증명하는 것은 당신에게 있어 흥미진진한 일일 거요. 그러나 당신이 즐기는 흥미는 이 편지를 읽고서 사람들이 느끼는 흥미에 비하면 아무것도 아닐 겁니다. 이 편지는 너무나 열렬하더군요. 난 나의 어린 동생이 돼지에게 물렸을 때 말고는 그렇게 크게 웃어 본 적이 없습니다."

나는 이야기를 멈추었다.

노인은 부들부들 떨고 있었다. 그러나 무서워서 떤 것은 아니었다. 그의 얼굴은 다시 새빨개졌다. 그는 입을 벌리고 으르대었다.

"발표하고 뒈질 텐가!"

나는 주머니에서 편지를 꺼내어 침대 위에 떨어뜨리고 의자에서 일어나 모자를 쓰고 말했다.

"다이너가 당신이 편지를 되돌려 달라고 보낸 사람에게 살해되었다는 걸 믿을 수 있다면 애석하지만 내 오른쪽 다리를 주겠소. 제기랄, 당신을 교수대로 보내는 걸로 이 일의 끝장을 맺고 싶소?"

그는 편지에 손을 대지 않았다. 그는 말했다.

"탈러와 피트가 죽었다는 건 정말인가?"

"그렇소. 그러나 정말이면 어떻다는 거요? 당신이야 어차피 다른 사람에게 이리저리 밀려다닐 판인데."

노인은 이불을 걷어차고 파자마를 걸친 작달막한 다리와 복숭앗빛 발가락을 침대의 가장자리에 걸쳤다.

"어떨까, 자네 용기는 있겠지?" 노인은 소리를 질렀다. "전에 한번 내가 권했던 직업──경찰서장직 말이야."

"없소. 당신이 침대 속에 숨어서 나를 몰아 낼 궁리를 하고 있는 동안 나는 당신이 할 싸움을 대신 하느라고 용기를 모조리 잃어 버렸거든요."

그는 나를 노려보았다. 이윽고 그의 눈 언저리에 약삭빠른 잔주름이 잡혔다.

그는 백발의 머리를 끄덕이며 말했다.

"자네는 서장직을 무서워서 못 맡는군그래. 그럼, 자네가 그 여자를 죽였나?"

나는 물러나오면서 지난번처럼 "좋으실 대로!" 하고 소리치며 걸어나왔다.

운전사는 아래층에서 여전히 당구봉을 쥐고 나를 밉살스러운 듯이 쳐다보면서 현관으로 데려갔다. 내가 무슨 짓을 시작해 주었으면 하는 눈초리였다. 나는 가만히 있었다. 내가 나오자 그는 문을 쾅 하고 닫았다.

동틀 무렵의 거리는 온통 잿빛이었다.

거리 위편에 검은 쿠페가 나무 밑에 멈춰서 있었다. 누가 타고 있는지 볼 수가 없었다. 나는 안전을 기하느라고 반대 방향으로 걸어갔다. 쿠페가 뒤를 따라왔다.

자동차가 추격해 오는데 달아나 보았자 소용이 없다. 나는 걸음을 멈추고 이 자동차를 정면으로 대했다. 차가 다가왔다. 미키 리네헌의 붉은 얼굴을 바람막이 유리창 사이로 보았을 때 나는 옆구리의 주머니에서 손을 떼었다.

그는 문을 활짝 열고 나를 맞아들였다.

"당신이 여기 올 것 같았소." 내가 그의 옆자리에 앉자 그는 말했다.

"하지만 내가 1, 2초 늦었지요. 당신이 집 안으로 들어가는 걸 보았지만 너무 멀리 떨어져서 붙들 수가 없었어요."

"경찰에서는 뭐라고 하던가?" 나는 물었다. "이야기하는 동안에도 차를 달리는 게 좋아."

"나는 아무것도 모른다, 아무것도 짐작할 수 없다, 그가 무얼 하고 있는지 전혀 모른다, 그저 우연히 이 시에 와서 그를 만났을 뿐이다, 옛친구다——라는 식으로 우겨댔지요. 그래도 그들은 물러서지 않았지만 그때 마침 소동이 벌어졌어요. 나는 회의실 건너편의 조그마한 사무실 안에 들어가 있었는데 소동이 벌어졌을 때 나는 뒤쪽 창문으로 도망쳐 나왔지요."

"난장판은 어떻게 끝장이 났지?" 나는 물었다.

"경관들은 무작정 총을 쏘았어요. 30분 전에 정보를 받고 경찰서 근방에 온통 별동대를 수배해 놓았지요. 끝날 때까지 참으로 흥미진진한 싸움이었던 것 같소. 경찰측도 수월한 싸움은 아니었던 것 같아요. 휘스퍼의 부하가 그러더군요."

"그래. 레노와 핀란드인 피트가 오늘 밤 한바탕 붙었었네. 무슨 이야길 못 들었나?"

"그들이 한바탕 붙었다는 것뿐이오."

"레노는 피트를 죽이고 도망치다가 대기하고 있던 잠복군과 부딪쳤어. 그 뒤에 일어난 일은 난 몰라. 딕을 보았나?"

"호텔에 가봤더니 저녁 기차를 타러 간다고 말하고 숙박비를 치르고 나갔더군요."

"내가 돌려보냈어." 나는 설명했다. "그는 내가 다이너를 죽인 것으로 생각했나봐. 그 때문에 내 신경을 건드렸었네."

"그래서요?"

"자네도 내가 그녀를 죽였다고 생각하나? 나도——모르겠어, 미키. 나도 밝히려고 애를 쓰고 있네. 자네도 나하고 진상을 확인해 볼 텐가, 딕의 뒤를 따라서 샌프란시스코로 돌아갈 텐가?"

미키는 대꾸했다.

"죽였는지 안 죽였는지도 모르는 그 따위 일을 가지고 뻐기지 마십시오. 그러나 어떻게 된 영문이지요? 당신이 그녀의 돈과 보석을 훔쳐 내지 않았다는 건 압니다만."

"그녀의 살해범도 훔치지 않았어. 내가 그 집을 나온 그날 밤 8시가 지나서까지 나는 아직 거기 있었네. 그리고 9시까지 사이에 댄 롤프가 그 집에 들어왔다가 도로 나갔어. 그가 훔쳐내지도 않았을 거야. 아아, 알았어! 시체를 발견한 경관——셰프와 바너먼——이 9시 반에 거기에 갔었네. 보석과 돈 말고도, 윌슨 노인이 그녀에게 보낸 편지가 없어졌어——그건 틀림없어. 그 뒤에 내가 도온의 주머니에서 그 편지를 발견했네. 두 형사는 바로 그 무렵 행방을 감추었거든. 알겠나?

셰프와 바너먼은 여자가 죽어 있는 것을 보고도 경찰서에 연락하기는커녕 그곳을 샅샅이 뒤졌어. 윌슨 노인은 백만장자니까 그의 편지는 그들에게 이롭게 보였을 거야. 그래서 그들은 다른 귀중품과 함께 그것을 훔쳐 내어 그걸——그 편지를——엘리휴에게 팔아먹을 작정으로 그 악덕 변호사에게 넘겨주었던 거야. 그러나 도온은 일을 시작하기 전에 피살되었어. 편지는 내가 빼앗았네. 셰프와 바너먼은 편지가 죽은 사람의 소지품 속에 없는 것을 알았는지 겁을 집어먹었어. 그들은 편지 때문에 그들의 범행이 드러날 것이 무서웠어. 그들에게는 돈과 보석이 있겠다, 그래서 삼심육계를 놓았겠지."
"들어보니 꽤 조리가 맞는 것 같군요," 미키는 동의를 표시했다. "그러나 그것만으로는 범인이라고 지적할 수 없을 것 같지 않소."
"그것으로도 얼마큼 명확해져. 좀 더 명확하게 해볼까. 포터 거리에는 레드먼이라는 낡은 창고가 있는가 없는가 알아보게. 내가 들은 바로는 롤프가 거기서 휘스퍼를 죽였어. 그에게로 가서 다이너의 몸에 꽂혔던 얼음 송곳으로 그를 찔렀네. 만약 롤프가 그렇게 했다면 휘스퍼가 그 여자를 죽이지 않았어. 죽였다면 휘스퍼는 예기한 바가 얼마큼이라도 있었을 테니까, 그 폐병쟁이를 그렇게 접근시키지는 않았을 거야. 나는 그들의 시체를 보고 확실하게 해 두고 싶어."
"포터 거리는 킹 거리 건너편이오," 미키는 말했다. "남쪽을 찾아봅시다. 그게 더 가깝고 창고도 있을 성싶소. 당신은 이 일에 롤프 녀석과 어떠한 관계가 있다고 보십니까?"
"관계가 없을걸. 만약 그가 여자를 죽였다고 해서 휘스퍼를 죽였다면 그것으로써 롤프는 여자 살인과는 관계가 없거든. 게다가 그녀의 손목과 뺨 위에 상처가 있었어. 롤프는 여자에게 난폭한 짓을 할 만한 힘이 없네. 내 생각으로는 그가 병원을 나와 어디선지 누구도 모르는 곳에서 밤을 새우고 그날 아침 내가 나온 뒤에 그녀의 집에 나타났어. 자기의 열쇠로 문을 열고 들어가 그녀가 죽은 것을 보고 휘스퍼의 짓이라고 단정하고 그녀의 몸에서 얼음 송곳을 빼어

들고 휘스퍼를 찾으러 나갔던 거네."

"그래요?" 미키는 물었다. "그런데 당신은 어째서 당신이 여자를 죽였을지도 모른다는 생각을 하게 된 거지요?"

"그만둬." 하고 내가 무뚝뚝하게 말했을 때 차는 포터 거리로 돌아 들어갔다. "창고를 찾아보세."

창고

 우리는 차로 포터 거리를 달려가면서 주위에 인기척이 없는 창고 같은 건물을 물색했다. 웬만큼 날이 밝아져서 주위를 잘 살펴볼 수가 있었다.
 이윽고 잡초가 우거진 부지의 한복판에 붉은 녹이 슨 네모진 큰 건물이 눈에 띄었다. 부지나 건물은 현재 쓰고 있지 않다는 것을 한눈에 알아 볼 수 있었다. 이 집의 겉모양이 그럴 성싶었다.
 "다음 모퉁이에서 멈춰 줘." 나는 말했다. "보아하니 그 집 같네. 둘러보고 올테니 그동안 차 안에서 기다려주게."
 건물 뒤의 부지로 들어가려고 두 구획이나 불필요한 걸음을 걸었다. 살금살금 걷지는 않았으나 가능한 한 소리를 내지 않으려고 조심스럽게 그 부지를 가로질러 갔다.
 슬그머니 뒷문을 밀어 보았다. 물론 쇠가 잠겨 있었다. 나는 창문으로 가서 들여다보려고 하였으나 어두운 데다가 유리창에 먼지가 끼어서 안을 들여다 볼 수가 없었고, 창문을 열어 보았으나 꿈쩍도 하지 않았다.

다음 창문으로 옮겨 가보았으나 마찬가지였다. 나는 건물 모퉁이를 돌아서 북쪽 창문을 열어 보기로 했다. 첫번째 창문은 실패였다. 두번째 창문은 미닫이 천천히 올라가며 별로 소리도 나지 않았다.

창틀의 내부는 위에서 아래까지 판자로 못질을 해 놓았다. 판자들은 내가 서 있는 곳에서 보니까 단단하고 튼튼한 듯싶었다.

빌어먹을, 나는 판자에다가 괜히 욕을 퍼붓고 나서 창문이 올라갈 때 별로 소리가 나지 않았던 것을 생각하고 한가닥 희망을 가졌다. 나는 창턱 위로 기어올라가 한 손을 판자에다가 붙이고 살그머니 밀어 보았다.

판자가 움직였다.

나는 손에 힘을 더 주었다. 판자는 창틀의 왼쪽으로부터 밀려나면서 번쩍거리는 한 줄의 못끝이 나타났다.

나는 조금 더 판자를 밀어붙이고 그 틈으로 안을 들여다보았으나 어둠 외에는 아무것도 보이지 않고, 아무 소리도 들리지 않았다.

오른손으로 권총을 거머쥐고 창턱을 넘어 건물 안으로 뛰어들었다. 왼편으로 한 걸음 다가서니까 창문의 잿빛 광선이 내게까지 미치지 않았다.

나는 권총을 왼손에다 바꿔 쥐고 오른손으로 판자를 창문에다 도로 밀어붙여 놓았다. 넉넉히 1분 동안 숨을 죽이고 귀를 기울였으나 아무 소리도 나지 않았다. 권총을 든 팔을 옆구리에 딱 붙이고 건물 안을 탐색하기 시작했다. 1인치 1인치 내딛는 발 밑에 닿는 것은 마룻바닥뿐이었다. 어둠 속을 더듬는 왼손에는 아무것도 닿지 않다가 결국 거칠거칠한 벽에 닿았다. 나는 빈방을 가로질렀나 보다.

나는 벽에 붙어 몸을 움직여 가면서 문을 찾았다. 작은 발걸음을 여섯 번 떼니까 문이 나왔다. 문에 귀를 대었으나 아무 소리도 들리지 않았다.

나는 손잡이를 찾아 살며시 돌리고 문을 가만히 밀었다.

무엇이 휙 하고 날아왔다.

나는 네 가지 일을 동시에 했다. 문의 손잡이를 놓고, 뛰었으며, 방아쇠를 당겼고, 왼팔을 무언가 빗돌처럼 단단하고 무거운 것으로 얻어맞았다.

권총의 섬광만으로는 아무것도 보이지 않았다. 무엇을 보았다고 생각하기 쉽지만 못보는 법이다. 어찌할 바를 몰라하며 나는 방아쇠를 당겨 한 발 더 쏘았다. 그리고 또 한 발 쏘았다.

애원하는 노인의 목소리가 났다.

"쏘지 말게. 쏠 필요가 없네."

"불을 켜라." 나는 말했다.

성냥이 마룻바닥에서 찍 그어지더니 불이 붙어 그 하늘거리는 누런 빛에 주름살투성이의 얼굴이 비춰졌다. 흔히 공원의 벤치위에서 해바래기를 하는 노인들과 흡사한 쓸모없고 무표정한 늙은 얼굴이었다. 그는 마룻바닥에 주저앉아 있었다. 그는 가는 두 다리를 따로따로 쭉 뻗고 있었다. 아무 데도 다친 것 같지는 않았다. 테이블 다리 하나가 그의 옆에 넘어져 있었다.

"일어나서 불을 켜." 나는 명령했다. "그리고 불이 켜질 때까지 성냥불을 끄지 마."

그는 일어나면서 성냥개비를 하나 더 그어 불꽃이 꺼지지 않도록 두 손으로 조심스럽게 가리고 방을 가로질러 테이블 위의 초에다가 불을 붙였다.

나는 노인의 뒤를 달라붙어서 따라갔다. 내 왼팔이 마비되어 있지 않았더라면 안전을 기하여 그를 붙들었을 것이다.

"여기서 무얼 하고 있었나?" 나는 촛불이 타오르기를 기다리면서 물었다.

나는 노인의 대답을 들을 필요가 없었다. 방 한쪽 끄트머리에 '특제 메이플 시럽'이라는 낙인을 찍은 나무 상자가 여섯 더미나 쌓여 있었다. 노인은 자기는 아무것도 모르고 아는 것이란 이틀 전에 예이쓰라는 사나이에게 야경군으로 고용되었다는 것, 무슨 잘못된 점이 있다 하더라도 자기는 절대로 결백하다고 말했다. 나는 그 사이 상자 뚜껑의 한부분을 떼어내 보았다. 상자 속 '커네이디언 클럽'이라는 딱지가 붙어 있었는데 고무 도장을 찍은 것 같았다.

나는 상자는 그만 살펴보고 노인에게 초를 들려 앞장세우고 건물안을 조사해보았다. 예상대로 이곳이 휘스퍼가 점령하고 있던 창고라는 것을 증명할 수 있는 것은 아무것도 없었다.

우리가 술상자가 들어 있는 방으로 되돌아왔을 때 내 왼팔은 어느 정도 움직일 수가 있어서 술병을 하나 집어들 수 있었다. 나는 술병을 주머니 속에 넣고 노인에게 충고했다.

"이곳에서 꺼지는 게 나을 거요. 당신은 핀란드인 피트가 부하들을 경찰의 별동대로 만들었기 때문에 그 대신 이 자리에 고용된 거요. 그러나 피트가 죽었으니까 그의 장사도 피투성이가 되었을 거요."

내가 창문으로 기어나왔을 때 노인은 상자 앞에 서서 욕심스러운 눈초리로 상자들을 바라보면서 손가락을 꼽아 세고 있었다.

"어떻소?" 미키는 내가 돌아와 쿠페에 올라탔을 때 물었다.

나는 커네이디언 클럽이라는 딱지가 붙은 술병을 꺼내어 마개를 뽑아 그에게 건네 주고 나서 나도 내 위 속에 한 잔을 부어넣었다.

"어떻게 할까요?" 그는 다시 물었다.

"레드먼 창고를 찾으러 가세." 나는 대답했다.

그는 "당신은 말이 많아서 그것으로 망신을 당할 때가 올 거요" 하며 차를 출발시켰다.

세 구역이나 거리를 올라가니까 '레드먼 상회'라는 낡아 빠진 간판이 나타났다. 간판 밑의 건물은 길고 낮고 좁았으며, 지붕은 물결 모양 철판이고 창문은 거의 없었다.

"차는 모퉁이에 두고 가보세." 나는 말했다. "이번에는 자네도 함께 가지. 아까는 혼자서 불쾌한 꼴을 당했네."

우리가 쿠페에서 내렸을 때 눈앞의 골목은 창고 뒤로 통하는 길인 것 같았다. 우리는 골목길로 들어섰다.

거리를 다니는 사람이 두서넛 있었으나 이 일대의 대부분을 차지하고 있는 공장들이 활기를 띠기에는 아직 이른 시간인 것 같았다.

목표한 건물 뒤쪽에서 흥미로운 것을 발견했다. 뒷문은 닫혀져 있었다. 문 가장자리와 자물쇠에 가까운 문틀 가장자리에 상처가 나 있었다. 누군가 지렛대를 들이댔던 모양이다.

미키가 문을 밀어 보았다. 자물쇠가 잠겨져 있지 않았다. 한 번에 6인치씩, 그것도 도중에 몇 번인가 잠깐잠깐 쉬면서 우리가 몸을 틀어넣을 수 있을 정도로 문을 밀어붙였다.

우리가 몸을 안으로 비집고 들어섰을 때 사람 목소리가 들려 왔다. 무슨 말을 하고 있는지 알아들을 수 없었다. 멀리서 다투고 있는 듯한 아련한 남자의 목소리였다.

미키는 엄지손가락으로 문에 난 상처를 가리키면서 속삭였다.

"경찰은 아닌 것 같소."

나는 상체의 중심을 구두의 고무 뒤축에 두고서 두어 걸음 안으로 들어갔다. 미키는 내 목덜미에 숨을 내뿜으며 따라왔다.

테드 라이트는 휘스퍼가 2층 뒷방에 숨어 있다고 내게 말했었다. 멀리서 들려오는 우렁찬 목소리는 휘스퍼의 방에서 울려 오는 것일는지도 몰랐다.

나는 미키에게로 고개를 돌리며 물었다.

"손전등은?"

미키는 내 왼손 안에 손전등을 쥐어 주었다. 나는 오른손에 권총을 쥐고 있었다. 우리는 살금살금 걸어나갔다. 1피트쯤 열어 놓은 문으로 광선이 들어와 이 방 건너편의 문 없는 입구까지 길을 비춰 주었다. 입구의 다른 쪽은 깜깜했다.

나는 손전등을 그 어둠에다가 비추어 문을 찾은 뒤 불을 끄고 나아갔다. 다음번 불빛은 2층의 계단을 비춰 주었다.

우리는 마치 우리의 발 밑에서 계단이 무너질까봐 두려워하듯이 조심스럽게 계단을 올라갔다.

우렁찬 목소리가 뚝 그쳐 버렸다. 이상한 기척이 느껴졌다. 무엇인지 알 수 없었다. 무슨 기척이라면 아마 들리지 않을 정도의 낮은 목소리였을 것이다.

계단을 아홉쯤 세었을 때 위에서 뚜렷한 목소리가 들렸다. 그 목소리는 말했다.

"아무렴, 내가 그 여자를 죽였네."

그 말에 권총이 대꾸를 했다. 같은 대꾸가 네 번, 쇠함석지붕 밑에서 그 소리는 마치 16인치의 장총처럼 굉음을 울렸다.

처음의 목소리가 말했다.

"잘했군."

이때는 미키와 내가 나머지 계단을 뛰어올라 문을 밀어젖히고 레노의 두 손을 휘스퍼의 목에서 떼어 내려고 달려들었다.

힘겨운 일이었지만 소용없는 일이었다. 휘스퍼는 죽어 있었다.

레노는 나를 알아보고 두 손에서 힘을 뺐다.

그의 눈은 여전히 우둔하고 그의 말상은 여전히 나무토막 같았다.

미키는 죽은 도박사를 방 한구석에 있는 침대로 날라다 내려놓았다.

보아하니 전에 사무실이었던 듯한 이 방에는 창문이 둘 있었다. 창문에서 들어온 햇빛으로 침대 밑에 처박힌 시체——댄 롤프를 나는 보았다.

군대용 콜트 자동권총이 마루 한복판에 놓여 있었다.

레노의 두 어깨는 축 처지고, 몸은 힘없이 흔들거렸다.

"다쳤나?" 나는 물었다.

"그놈에게 네 방이나 맞았소." 그는 침착하게 대꾸하며 하반신을 두 팔로 누르려고 몸을 구부렸다.

"의사를 불러오게" 나는 미키에게 말했다.

"소용없는 일이오." 레노는 말했다. "배때기가 하나도 남아 있지 않았단 말이오."

나는 접는 의자를 당겨다가 그 위에 앉혔다. 그는 간신히 몸을 내밀며 몸을 지탱할 수 있었다.

미키는 뛰어나가 계단을 내려가고 있었다.

"당신은 휘스퍼 이놈이 죽지 않은 줄 알고 있었지요?" 레노가 내게 물었다.

"몰랐소. 테드 라이트에게서 들은 대로 당신에게 말했을 뿐이오."

"테드가 너무 빨리 뺑소니를 쳤거든." 그는 말했다. "난 그게 수상쩍어서 확인하려고 왔던 것이오. 그런데 휘스퍼는 내가 자기의 권총 앞으로 갈 때까지 죽은 척하고서 나를 보기 좋게 속여먹었소." 그는 우둔한 눈초리로 휘스퍼의 시체를 빤히 내려다보았다. "게다가 승부까지 걸었소, 그놈의 새끼가. 죽어도 그냥 뻗어 버리지 않고서 제 손으로 붕대를 감고 혼자서 여기서 기다리고 있었던 것이오." 그는 빙그레 웃었다. 내가 처음 보는 미소였다. "그러나 이제 그놈은 그저 고깃덩어리에 불과하고 그나마 별로 남아 있지도 않소."

그의 목소리는 흐려지고 있었다. 피가 조그마한 웅덩이를 의자 밑으로 만들고 있었다. 나는 겁이 나서 그에게 손을 댈 수 없었다. 두 팔로 누르는 힘과 앞으로 몸을 굽힌 자세만이 그가 의자에서 굴러 떨어지는 것을 막고 있었다.

그는 피 웅덩이를 빤히 쳐다보며 물었다.

"대체 당신은 어째서 당신이 그 여자를 죽이지 않았다고 생각했소?"

"방금까지도 난 죽였을 리가 없다고는 생각했으나 혹시나 하고 걱정스럽긴 했었소." 나는 말했다. "난 당신에게 혐의를 걸어 봤으나 확인할 길이 없었소. 난 그날 밤 온통 모르핀 중독으로 잠이 들어 있어서 종이 울리고 사람들이 소리를 지르고 하는 따위의 꿈을 숱하게 꾸었지요. 내 생각으론 그건 어쩌면 꿈이라기보다는 주위에서 일어난 일에 자극을 받은 모르핀 환자의 악몽이었을지도 모르겠소.

내가 눈을 떴을 때 불이 꺼져 있었소. 내가 그녀를 죽이고 나서 불을 끄고 다시 돌아와 얼음 송곳을 거머쥐었다고는 생각지 않았소. 그러나 다른 방법으로 일어났을는지도 모르오. 당신은 그날 밤 내가 거기 있는 줄 알고 있었지요. 당신은 서슴지 않고 내 알리바이를 만들어 주었소. 그래서 나는 이상하다는 생각이 들었소. 도온은 헬렌 알베리의 이야기를 들은 후 나를 공감하려고 했소. 그녀의 얘기를 듣고 나서 경찰은 당신과 휘스퍼와 롤프와 그리고 나를 하나로 묶어서 생각했던가 보오. 나는 반 구역 떨어진 곳에서 오말러를 만난 뒤 도온이 죽은 것을 발견했소. 그 악덕 변호사는 당신도 강탈하려고 한 것 같았소. 그것과, 경찰이 우리를 한데 묶어서 생각하는 것으로 미루어 보아 경찰은 나에 대해서뿐만 아니라 당신들에 대해서도 마찬가지로 혐의를 걸고 있다는 생각이 들기 시작했소. 그들이 내게 혐의를 거는 것은 헬렌 알베리가 그날 밤 내가 들어가는 것이나 또는 나오는 것이나, 또는 양쪽을 모두 보았기 때문이었소. 그들이 당신들에게도 똑같은 혐의를 건 것은 꼭 들어맞은 추측이었소. 휘스퍼와 롤프를 제외할 이유가 있었소. 그러니까 남은 건 당신과 나뿐이겠지요. 그러나 당신이 그녀를 죽일 이유를 나는 도저히 짐작할 수가 없었다오."

"그대로요." 레노는 피 웅덩이가 마루 위에 퍼져나가는 것을 가만히 지켜보았다.

"그건 그녀의 자업자득이었소. 그녀는 전화로 휘스퍼가 자기를 만나러 온다고 내게 얘기하고, 내가 먼저 오면 휘스퍼를 기습할 수 있다고 하였소. 난 좋다고 했소. 난 그리로 가서 기다렸는데, 휘스퍼는 나타나지 않았소."

레노는 이야기를 끊고 피 웅덩이가 퍼지는 것을 흥미로운 척 바라보았다. 고통 때문에 그가 말을 중지한 것을 나는 알고 있었다. 그는 생전에 단단한 껍질을 쓰고 살아 왔듯이, 그렇게 죽을 작정이었다. 말하는 것은 고문이나 다름없겠지만, 남이 옆에서 지켜보고 있는 한 그는 그 때문에 중지하려 들지는 않을 것이다. 이 세상의 어떠한 일도 눈 하나 깜박하지 않고서 받아들였던 레노 스타키가 아니었던가. 그는 마지막까지 그와 같은 그의 역할을 끝맺을 것이다.

"난 기다리는 데 싫증이 났소." 그는 잠시 쉬었다가 말을 계속했다. "나는 그녀의 집 문을 두들겨 어찌 된 일이냐고 물었소. 아무도 없다고 하면서 그녀는 나를 집 안으로 끌어들였소. 나는 수상하게 생각했으나 그녀가 절대 혼자라고 우기는 바람에 나는 부엌으로 따라들어갔소. 그녀의 수법을 알고 있었기 때문에 함정에 빠지는 건 휘스퍼가 아니라 나라는 생각이 들기 시작했지요."

미키가 들어와서 전화로 구급차를 불렀다고 말했다.

레노는 이 틈을 이용하여 잠시 쉬고 나서 이야기를 계속했다.

"나중에 알았지만 휘스퍼는 그녀에게 간다고 전화를 걸고 나보다 먼저 그녀에게 갔던가 보오. 당신은 모르핀에 녹초가 되어 있었지요. 그녀는 겁이 나서 휘스퍼를 집 안에 들이지 않았소. 그래서 휘스퍼는 가 버렸소. 그녀는 내게 그 말을 하지 않았던 거요. 내가 가 버리고 혼자 남는 게 겁이 났기 때문이지. 당신은 모르핀에 녹초가 되었으니 그녀는 휘스퍼가 돌아올 경우에 자기를 보호해 줄 사람이 필요했던 거요. 나는 그때는 아무것도 몰랐소. 나는 그녀의 수법을 알기 때문에 무슨 함정에 빠진 것 같은 의심이 들었소. 그녀를 붙잡아 두들겨 패서 실토를 시키려고 생각했었소. 그녀가 외치니까 마루를 밟는 남자의 발소리가 들려 오는 거였소. 함정에 빠졌다고 난 생각했지요."

그는 한층 천천히 말했다. 말하는 것이 더욱 어려워졌으므로, 한 마디 한 마디 조용하고 신중하게 입 밖에 내려니까 더욱더 시간이 걸리고 고통스러웠다. 그의 목소리는 희미해졌으나 비록 그가 그것을 알고 있었더라도 나는 모르는 척했다.

"나만 다치기가 싫었소. 나는 그 송곳을 빼앗아 그녀를 찔렀소. 당신이 뛰어나왔는데 모르핀에 온통 곤드레만드레가 되어 두 눈을 딱 감고 앞뒤 가리지도 않고 막 덤벼들었소. 그녀는 뒹굴면서 당신에게 부딪쳤소. 당신은 넘어져 구르더니 당신 손이 송곳자루에 닿았소. 송곳을 쥔 채 당신은 잠이 들었지요. 여자와 마찬가지로 얌전하게 말이오. 그제야 난 내가 저지른 짓을 깨달았소. 그런데 제기랄! 계집년이 죽지 않았겠소. 속수무책이었소. 나는 불을 끄고 집으로 돌아왔소. 당신이……."

피곤해 보이는 구급차원이——포이즌빌 시는 그들에게 숱한 일거리를 주고 있었다——들것을 가지고 방으로 들어오는 바람에 레노의 이야기는 끝이 났다. 나는 한시름 놓았다. 내게 필요한 정보는 모두 들었기 때문이다. 그렇지만 그가 죽는 순간까지 지껄이는 것을 들으며 지켜보는 것은 별로 유쾌한 일은 아니었다.

나는 미키를 방 한구석으로 끌고 가서 귀에다 대고 소곤거렸다.

"지금부터는 자네 일이야. 나는 도망치려 하네. 난 죄없는 몸이어야 하는데, 나만큼 포이즌빌이라는 곳을 속속들이 알고 보면 요행을 바랄 수는 없지. 난 자네의 차를 몰고 어느 중간역까지 가서 오그덴 행 열차를 타겠네. 그곳 로즈벨트 호텔에 'P.F. 킹'이라는 이름으로 숙박하겠어. 자네는 이번 일을 계속 참여하여 내가 본명을 밝혀도 좋은가, 아니면 온두라스로 망명하는 것이 현명하겠는가 하는 것을 알려 주게나."

나는 오그덴에서 1주일의 대부분을 보내며, 탐정사의 규칙과 주의 법률과 그리고 인간의 신체를 무척 많이 파괴한 것 같은 생각이 들지 않도록 보고 서류를 작성하느라고 애를 썼다.

미키는 엿새째 밤에 도착했다. 그는 레노가 죽었다는 것, 나의 혐의가 풀렸다는 것, 퍼스트 내셔널 은행의 피해 금액 대부분이 회수되었다는 것, 맥스웨인이 팀 누넌의 살해를 고백했다는 것, 그리고 퍼슨빌 시는 계엄령 아래에서 달콤한 향내가 나는 가시 없는 장미의 화상(花床)으로 발전하고 있다는 것을 내게 이야기해 주었다.

미키와 나는 샌프란시스코로 돌아갔다.

나는 그럭저럭 보고 서류를 아무 탈없는 것으로 만들려고 낭비한 노력과 땀을 절약한 편이 나았을지도 모르겠다. 대장은 그 보고 서류에 속지 않았다. 나는 그로부터 큰 호통을 당했다.

세 개의 렘브란트/살인자

조르즈 시므농

세 개의 렘브란트

"도르오 클럽을 아십니까?"
조제프 르보르뉴가 나에게 물었다.
"네, 알고말고요."
"이 이야기를 들으시면 그곳을 다른 눈으로 보게 될지도 모릅니다. 센세이셔널한 경매가 있다는 소문이 났던 일이 있습니다. 아직 알려지지 않은 렘브란트의 그림을 팔려고 내놓았다는 일만으로도 문제가 되었는데, 게다가 봐르라는 유대인 노인이 15년 전부터 소중히 간직해 두었다가 최근에 와서야 팔 결심이 선 그림이라는 것으로 화제를 모았답니다. 그것은 렘브란트의 초상화였습니다. 대단한 값어치가 있는 그림으로 보는 까닭은, 서명이 되어 있을 뿐만 아니라 렘브란트가 죽은 1669년이라는 연도가 적혀 있었기 때문입니다.

렘브란트의 초상화 중에서 이 시기의 것은 한 장도 없습니다. 봐르는 미술평론가 몇 명을 불러다 이 걸작을 보게 했는데, 그 사람들은 모두 진짜라고 감정했습니다. 그러나 의심 많은 사람들은 '감정 전문가의 의견을 듣지 않고는……' 하고 수군거렸습니다.

그런데 갑자기 믿을 수 없는 소식이 떠돌았습니다. 토요일 오후에 단정한 옷차림의 젊은 사나이가 그림을 옆구리에 끼고 도르오의 사무실에 나타났습니다. 그는 봐르의 대리인이라며, 그것을 회장에게 넘겨주고 내일 형사가 와서 이 귀중한 그림이 전시되는 방을 지킬 것이라고 했습니다.

그 그림은 세로 90센티미터, 가로 70센티미터로, 조각이 되어 있지 않은 거무스름한 떡갈나무 액자에 들어 있었습니다.

젊은 사나이가 그곳을 나가자 곧 상품 배달원이 회장을 찾아와 아까 가져온 그림의 크기와 똑같은 작은 꾸러미를 전하고 나서 돌아갔습니다.

끝으로 저녁 5시에 봐르 자신이 꾸러미를 옆구리에 끼고 환한 얼굴로 나타났습니다.

그리고 그 유명한 그림을 꺼내 보였으므로 회장은 놀란 눈초리로 쳐다보고 있었습니다.

이때의 광경을 자세히 말씀드릴 필요는 없겠지요. 렘브란트의 작품이 하나만 앞에 놓여 있다면 별문제 없지만 같은 작품이 세 개나 있으니 말입니다. 더욱이 똑같은 액자에 들어 있으므로 나란히 놓고 보면 봐르 자신도 어떤 것이 자기 것인지 도저히 알 수 없었습니다.

경찰에 연락을 했습니다. 제일 먼저 그림을 가져왔던 젊은 사나이가 수사 선상에 올랐습니다. 그리고 두 번째의 그림을 부탁받았던 상품 배달원에게 수사의 손이 뻗쳤습니다. 도르오 클럽이라는 작은 그룹의 사람들도 법석을 떨었습니다.

여러 모로 조사를 해보기 위해서 그 그림들을 몇 차례나 자리를 바꾸어 걸어보았습니다만, 이렇게 되고 보니 어느 그림이 진짜인가를 도저히 단언할 수가 없다고 봐르 자신도 분명히 말했습니다.

그런 뒤 사흘 동안, 평론가와 이름난 화상들이 계속 그 그림을 보러 왔습니다. 그런데 의견이 구구했습니다. 이 그림에 대하여 논란을 벌이는 데 편리하도록 액자에 저마다 1, 2 3이라는 쪽지를 붙여놓았습니다.

어떤 사람은 1을 지지했고 또 어떤 사람은 2가 진짜라고 했습니다. 그런데 3을 변호하는 사람은 거의 없다시피했습니다.

물론 파는 날짜는 연기되고 수사가 계속되었으나, 그 젊은 사나이도 상품 배달원도 찾아낼 수가 없었습니다."

조제프 르보르뉴는 웃으면서 그 세 그림의 서명을 사진으로 찍어서 확대한 것을 내 앞으로 내밀었다.

"감정가는……." 나는 말했다.

조제프 르보르뉴는 소리내어 웃으며 말했다.

"당신은 아직도 캄캄이군요. 우리는 이런 종류의 사건을 다룬 일이 없었던가요. 아주 최근에도 반 고흐의 위작 사건이 있었습니다. 감정가가 열 명이나 입회했으나 의견이 일치되지 않았지요. 2년 전에도 그것과는 별도로 미국에서 위작 사건이 있었습니다. 그때 문제가 된 것은 라파엘의 작품이었습니다만, 그림을 가진 사람이 자비로 감정 전문가를 런던, 베를린, 파리, 로마 등지에서 불러왔습니다. 그런데 감정이 아니라 토론회였습니다. 합중국의 신문은 우리나라의 신문만큼 믿을 수 없지만, 문제를 놓고 감정가끼리 주고받은 공격 내용을 폭로했었습니다."

"하지만 X선으로는?"

"토론 의제가 그것으로 하나 더 느는 셈이지요. 그러나 그때는 세 작품에 대하여 같은 결과가 나왔습니다."

"캔버스를 현미경으로 조사하면?"

"아무것도 나타나지 않았습니다."

"그 세 개의 서명을 정밀 검사하면?"

"이 사진을 잘 보시고 제대로 알아낼 수 있을는지 상상해 보십시오."

"도르오 거리로 가져오기 전에는 이 그림이 어디에 있었습니까?"

"어떤 그림 말입니까?"

"물론 봐르가 가지고 온 그림입니다! 진짜 그림 말입니다!"

"쉬프랑 거리의 그 유대인 방에 있었습니다. 벽에도 걸지 못하고 봐르의 사무실로 통하는 작은 방에 넣어두었었지요."

"언제부터인가요?"

"약 15년 전부터입니다. 그 무렵 봐르가 어딘가 시골에서 있었던 경매에서 그 걸작을 찾아냈던 겁니다. 그때는 그림이 너무 더럽혀지고 그을러 있었으므로 그림 제목도 확실치 않았고 서명 같은 건 전혀 보이지 않았답니다. 봐르는 센스가 있는 사람이었습니다. 그래서 그 그림을 새로 손질하여 제 모습을 되찾아 놓았습니다만, 자기가 발견한 물건에 대해서 아주 친한 몇몇 사람 외에는 일체 말을 하지 않았답니다. 그것을 감상할 수 있었던 사람은 극소수에 지나지 않았습니다. 그리고 '그 그림을 팔 정도라면 딱딱한 빵을 갉아 먹는 편이 나을 것이다'라는 말을 곧잘 하곤 했답니다."

"그 봐르라는 사람의 직업은 뭡니까?"

"알려진 바로는 직업이 없습니다. 도르오 클럽의 단골입니다만, 그다지 활약을 하는 사람은 아닙니다. 다만 그림을 사기도 하고 팔기도 합니다."

"그래서 그 렘브란트를 팔기로 결심한 겁니까?"

"딸의 지참금을 마련하기 위해서인 것 같습니다."

"결혼한 사람이었던가요?"

"홀아비입니다. 22살된 외동딸이 있습니다. 어느 나라 사람인지는 모릅니다만, 보석 브로커 노릇을 하고 있는 고르팡제라는 사나이와 약혼중입니다."

"봐르는 부자인가요?"

"그런대로 꽤 잘 살고 있습니다. 하녀가 둘이나 있고, 1만 5천 프랑짜리 방에 살고 있지요. 그의 이야기로는 이 렘브란트 그림이 유일한 재산이라서 그것을 쉽게 내놓으려고 하지 않았다고 합니다.

그래서 이런 경우를 당하자 소리를 지르며, 이 세 그림 앞에서 이제 자기는 파산이라고 딱 잘라 말하고 자살까지 하려고 했답니다."

"어떤 방법으로?"

"베로날을 먹었습니다. 그러나 의식을 잃자마자 딸이 의사를 불러와 목숨은 건졌습니다."

"그래, 경매는 했던가요?"

"하긴 했습니다만, 그것도 3주일이나 지나서였습니다. 그동안 논란이 오가고, 감정이 이루어지고, 또 재감정이 이루어지고 했습니다. 몇 가지 모순된 결론이 발표되어 전문가들은 심한 논쟁을 벌였습니다.

고르팡제가 이 그림을 가까이 할 수 있었던 유일한 인물이었으므로 그를 의심하게 되었습니다만, 그는 절대로 이 사건에 아무 관계가 없다는 증거를 직접 댔습니다. 또한 이 클럽의 몇몇 죄없는 역원들도 혐의를 받았습니다."

"두 하녀는?"

"우선 한 사람은 폴란드계 유대인으로, 동부 사투리가 있는 유대어와 프랑스어를 섞어서 쓰는 노파였는데 무슨 말을 물어도 요령부득의 대답밖에 하지 않았습니다. 부엌일만 하는 좀 신통치 못한 느낌이 드는 여자였습니다.

　또 한 하녀는 젊은 룩셈부르크 사람입니다. 수사 결과에 의하면 그녀는 7층에 자기 방을 가지고 있어 경찰관을 비롯하여 소방대원, 샹젤리제의 술집 급사에 이르기까지 여러 계층의 수많은 사나이들을 끌어들이고 있었습니다. 그러나 그 그림이 있는 것은 모르고 있었습니다. 게다가 그녀는 정부를 주인 방으로 끌어들인 일은 결코 없었습니다."

"사건은 어떻게 결말이 났습니까?"

"아까도 말했듯이 경매가 이루어졌습니다. 도르오 거리에서는 기념할 만한 일이었습니다. 여러 지방에서 클럽의 지부 사람들이 왔고, 베를린과 암스테르담에서도 미술 애호가들이 모였습니다. 세 그림이 나란히 진열되어, 그것을 보고 있으면 환각이라도 일으킬 것 같았습니다. 그 정도로 세밀한 부분까지 똑같았지요. 봐르는 침울한 모습으로 그곳에 와 있었습니다. 그리하여 몇 차례나 여러 그룹의 사람들을 상대로 느닷없이 밀어닥친 자기의 재난에 대하여 말하는 것이었습니다. '나는 파산해 버렸소!'라는 말을 되뇌고 있었지요. '나의 귀여운 쥬디트의 지참금을 나쁜 놈이 빼앗아갔소! 그러나 그림은 여기 있소. 그림은 여기 있지만 내 그림이 어느 것인지 알 수 없단 말이오.'"

"미술 애호가들도 몇 사람 있었겠지요."

"그 값은 어이가 없을 정도였습니다. 가장 흥미있는 점은 이 세 그림 중에서 두 장은 아주 약간의 값어치밖에 없다는 것을 알고 있는데, 값을 어떻게 매기느냐 하는 일이었습니다. 그것은 추첨과 같은 것이었습니다. 그래도 1은 20만 프랑에 여러 잡비를 더한 값으로 올라갔습니다. 모두들 깜짝 놀랐지요. 그리고 사려는 사람 중에 미국의 대수집가 대리인이 있다는 것을 알자 또다시 놀랐습니다. 그것에 자극이 되어 2는 30만 프랑이 되었습니다. 그 이유는 금방 알았습니다. 그것을 산 사람은 1을 사들인 사람과 같은 사람이었으니까요. 분명히 그 사람은 세 개를 다 살 작정이었습니다. 그러면 진짜를 손에 넣을 수 있다고 확신한 모양입니다. 그에게는 진짜가 비싸진 셈입니다. 도로오 거리의 사람들은 서로 부드러운 태도를 취하는 이들이 아니니까요. 이런 금액을 지불해도 이 미국인이 이득이 되는 거래를 하려 한다는 것을 알아차리자 그에게 반항을 했습니다. 두 개의 그림은 전혀 가치가 없는 것이기 때문에 돈을 얼마 내건 세 개 다 손에 넣을 필요가 있는 것입니다. 세 번째 그림은 40만 프랑에서 50만 프랑으로 올라간 다음 위험한 고비를 넘겨 마침내 중개인의 개입으로 70만 프랑에 낙찰이 되었습니다. 중개인은 땀을 비오듯 흘렸습니다. 진짜는 하나밖에 없는데 이 세 개의 그림은 합하여 1백 20만 프랑이 된 것입니다."
"세 개 중 어떤 것이 진짜인지 결국 알게 되었습니까?"
"아니오! 이 렘브란트의 그림은 지금 뉴욕에 사는 그 부호의 진열실 벽에 걸려 있습니다. 그 당사자의 우쭐한 마음이란 무어라 말할 수 없을 정도랍니다."
"그럼, 이 수수께끼의 이야기는 이것으로 끝난 겁니까?"
"두 인물에 대한 이야기를 제외하면 그런 셈이지요."
"누구를 말하는 겁니까?"
"우선 이 아리송한 사건을 만들어낸 사람, 그리고 나입니다."
"그 그림을 보셨습니까?"
"아니오, 지금 당신이 가지고 계신 그 사진을 찍었을 뿐입니다."
나는 다시 사진의 서명을 바라보았다.
"진짜가 어떤 것인지 가르쳐 주십시오."
"진짜는 없습니다."

그는 분명히 말했다.

"세 개의 그림은 모두 가짜입니다."

그 말을 듣고 내가 입을 멍하니 벌리자 그는 이야기를 계속했다.

"봐르는 수단을 가리지 않고 한몫 잡아보겠다고 결심한 사람입니다. 그 사나이는 신통치 않은 고물장사였습니다. 그래서 한탕해서 백만 프랑쯤 벌어보자고 생각한 겁니다.

그는 위작을 만들어내는 일쯤은 아무렇지도 않게 생각했습니다. 그래서 어느 날 문제의 렘브란트 작품을 만들게 했습니다. 아니, 오히려 렘브란트의 세 그림을 동시에 만들게 했다는 것이 맞는 말이겠지요. 특히 정확하게 똑같은 것을 만들어달라고 부탁한 겁니다.

그는 그 그림을 아무에게도 보이지 않았습니다. 다만 그 작품의 이야기를 했을 뿐입니다. 그러나 몇몇 친한 사람에겐 그 그림 중 하나를 어두컴컴한 방에서 보여줬습니다. 그렇게 하여 경매에는 나오지 않는 아주 희귀한 렘브란트의 작품에 대한 전설을 만들어낸 겁니다. 그 그림은 경매에 나오는 일도 없고, 그것을 좀 보여줄 수 없느냐고 찾아오는 미술 애호가들에게도 봐르는 보이기를 거절할 정도였으니 절로 소문이 날 수밖에 없었지요.

그런 뒤로 세월은 흘렀습니다만, 그 그림은 말하자면 사람들의 수많은 대화 속에서 생명을 유지하고 있었던 셈입니다.

그러자 봐르는 딸의 지참금을 마련하기 위하여 부득이 그 그림을 내놓기로 했다고 말한 겁니다. 그러나 그는 걱정이 되었습니다. 그리고 번민했습니다.

위험한 때가 왔다는 것을 알리는 종이 울렸습니다. 감정 전문가들이 아직 본 일이 없는 그림을 큰 기대를 가지고 즐기려고 했기 때문입니다. 위작이라는 것이 탄로날까봐 걱정되었습니다.

봐르는 비난의 화살을 미리 막았습니다. 그리고 위작을 하나가 아니라 일부러 두 개 더 등장시켰습니다.

그리하여 감정가들에게 주어진 문제는 이 그림이 진짜냐 아니냐를 가리려는 것이 아니라 이 세 개의 그림 가운데 어느 것이 렘브란트가 그린 그림이냐 하는 것이었습니다.

감정가들은 경쟁을 했습니다. 더욱이 모든 감정가가 말입니다. 그것이 사람입니다. 숙명적으로 그들은 경쟁을 하게 된 겁니다. 1을 지키기 위해, 또 2를 옹호하기 위해, 그리고 봐르를 옹호하는 사람들이 지지하는 3을 지키기 위해 감정가들은 싸운 것입니다."

살인자

등장인물

스탕   살인자. 도둑단의 우두머리
보리스 샤프트 ⎫
올가 츠제레스키 ⎬ 도둑단
사샤 볼롱스키 ⎭
미셸 오제프   폴란드 인 체육 교사
장비에 ⎫
       ⎬ 형사
뤼커 ⎭
메글레   경감

제1장

 뒷짐을 지고 파이프를 입에 문 메글레 경감은 그 우람한 몸으로 생 땅뜨와느 거리의 혼잡한 사람 물결을 헤치면서 천천히 걷고 있었다. 매일 아침마다 그렇지만 이 거리는 과일이며 야채를 잔뜩 실은 짐수레와 보도에까지 비어져나온 진열대 위로 밝은 하늘에서 햇볕이 쏟아지기 시작함과 동시에 활기를 띤다.
 생 땅뜨와느 거리의 아침은 주부들의 시간이었다. 주부들은 다투어 호박 무게를 손으로 재보고, 딸기 맛을 보고, 다진 고기며 비계가 붙은 고기를 저울에 달았다.
 "자, 아주 좋은 아스파라거스가 한아름에 단돈 5프랑……."
 "신선한 대구요! 지금 막 들어온 펄떡펄떡 뛰는 대구요……."
 흰 앞치마를 두른 점원, 잔잔한 바둑무늬 작업복을 입은 정육점 주인, 간이 식당 앞에서 흘러나오는 소시지 냄새, 그리고 어딘지 먼 데서 풍겨오는 커피 냄새, 조심성 있는 얼굴을 한 주부들의 행렬, 금전 등록기 소리, 자동차의 요란한 왕래…….
 이런 곳에 메글레 경감이 오리라고 누가 상상할 수 있었겠는가?

그것도 걱정스러운 중대 사건 때문에…….

　빌라그 거리 한복판쯤 '부르고뉴의 통(桶)'이라는 작은 까페가 있는데, 그곳의 빈약한 테라스에는 테이블이 셋밖에 없었다. 메글레 경감이 지친 산책자 같은 모습으로 자리를 잡은 곳은 그 테라스였다. 그는 주문을 받으러 온 여위고 키가 큰 급사에게 눈길을 주려고도 하지 않았다.

　"백포도주……." 경감은 중얼거렸다.

　그런데 '부르고뉴의 통'의 급사가 어딘지 동작이 딱딱하다고는 해도 그가 장비에 형사라는 것을 누가 알아볼 수 있을 것인가?

　급사는 서투른 손놀림으로 쟁반에 포도주잔을 올려놓고 되돌아왔다. 그는 냅킨으로 테이블을 닦더니 조그마한 종이쪽지를 밑에 떨어뜨렸다. 메글레 경감은 급사가 가자 그것을 집어올렸다.

　　여자는 물건을 사러 외출했음. '외눈'의 모습은 보이지 않음. '수염'은 아침 일찍 나갔음. 다른 세 사람은 아직 호텔에 남아 있을 것임.

　10시쯤 되자 사람의 물결은 한층 더 복잡해졌다. '부르고뉴의 통' 옆에서는 식료품 가게 점원들이 한 상자에 2프랑 하는 비스킷을 지나가는 사람들에게 계속 팔고 있었다.

　빌라그 거리 모퉁이께에 바로 초라한 호텔 간판이 걸려 있었다. 이 호텔은 월불(月拂)이나 주불(週拂)이나 또는 일불(日拂)로 정하여 방을 빌려주고, 방값을 선불하지 않아도 되는 곳으로 호텔 이름은 짓궂게도 '보우 세주르(쾌적한 체류)'라고 되어 있었다.

　메글레 경감은 독한 백포도주의 맛을 천천히 음미하면서 봄의 햇살 속에 움직이는 사람들을 물끄러미 바라보고 있었다. 그러나 이윽고 그 눈길은 호텔 정면에 있는 2층 창문에서 움직이지 않게 되었다. 이 창문의 카나리아 새장 옆에는 몸집이 작은 노인이 한 사람 앉아 있었다. 노인은 햇볕을 쬐며 날을 보내는 것 외에는 아무 걱정거리도 없는 듯이 보였다.

이 노인은 뤼커, 교묘한 분장으로 20살 이상이나 더 늙어 뵈는 뤼커 형사인 것이다. 그는 메글레 경감이 있는 테라스 쪽을 가만히 지켜보고 있었으나, 경감에게 조그마한 신호도 보내려고 하지 않았다.

이것이 이른바 '잠복'이라는 것이다. 잠복은 이미 엿새 전부터 계속되었는데, 메글레 경감은 적어도 하루에 두 번은 정보를 모으러 오곤 했다. 밤에는 관할 경찰서의 경사──그는 일찍이 사법 경찰의 형사였다──와 여경관이 메글레의 부하들과 교대했다. 여경관은 술주정꾼들이 집적거리는 것을 피하면서 호텔 주위를 순찰해야만 했다.

메글레 경감은 '부르고뉴의 통'에서 전화로 뤼커를 불러내어 정보를 물었다. 그러나 그의 정보는 장비에의 것과 별로 다를 게 없었다.

바야흐로 군중들이 작은 테라스 바로 곁을 지나다니고 있었으므로 메글레 경감은 두 다리를 의자 밑으로 오그려넣어야만 했다. 갑자기 한 사나이가 아무런 양해도 구하지 않고 메글레 경감의 테이블에 앉았다. 머리카락이 빨갛고 슬픈 듯한 눈을 가진 여윈 사나이로 그 우울한 표정은 어딘지 모르게 어릿광대 같아 보이기도 했다.

경감이 중얼거리듯 말했다.

"자네는······."

"실례를 용서하십시오, 메글레트 경감님. 저는 이제부터 어떤 제의를 하고 싶습니다만, 당신도 반드시 그 제의를 잘 이해하고 받아들여주실 것입니다······."

그리고 나서 사나이는 유능한 급사다운 모습으로 가까이 다가온 장비에를 향해 말했다.

"나도 친구와 같은 것을……."

그의 말투에는 폴란드 사투리가 역력했다. 그는 기관지가 약한 모양으로 쉴새없이 박하 담배를 씹고 있었는데, 그것이 어릿광대같이 보이는 그의 얼굴을 한층 더 돋보이게 해주었다.

"자네는 나를 화나게 하고 싶은가!" 메글레 경감은 차분한 어조로 말했다. "어떻게 자네는 오늘 아침에 내가 여기 온다는 것을 알았지?"

"저는 알지 못했습니다."

"그럼, 어째서 여기에 왔나? 나를 알아본 것이 우연이란 말인가?"

"아닙니다!"

사나이의 반사 동작은 뮤직홀에 출연하는 아크로바트처럼 느릿느릿했다. 그는 자기의 앞을 의심 많아 보이는 눈으로 지켜보고 있었다. 아니, 그보다 공간의 한 점을 응시하고 있는 것 같은 모습이었다. 그러고 나서 마치 끝없이 후회할 일이라도 말하려는 것처럼 아무 억양 없고 비통한 어조로 말했다.

"당신은 정말 심술궂군요……."

"그것으로는 내가 한 질문의 대답이 되지 않네. 어떻게 자네는 내가 오늘 아침 여기에 있다는 것을 알았나?"

"당신의 뒤를 밟아왔습니다!"

"경찰서에서부터?"

"아니…… 저, 당신 집에서부터……."

"그럼, 자네는 나를 염탐하고 있는 건가?"

"저는 염탐 따위는 하지 않습니다, 메글레트 경감님. 저는 당신에 대해 말할 수 없이 큰 경의를 품고 있습니다. 언젠가는 당신의 일을 도와드리고 싶어서……."

사나이는 말을 마치자 앞을 뚫어지게 바라보며 과장된 한숨을 푹 내쉬었다.

신문은 '그 일'에 대해 말이 없었다. 그러나 한 신문만은 예외였다. 이 신문은 어디에서 정보를 입수했는지 알 수 없지만, 경감으로 하여금 일을 하기가 매우 힘들게 만들고 말았다.

경감은 살인자 스탕을 포함한 폴란드 인으로 구성된 도둑단이 현재 빠리에 잠복해 있다고 믿고 있는 모양이다.

틀림없는 사실이었으나, 경찰로서는 잠자코 있어주었으면 싶었던 것이다. 4년 동안 폴란드 인으로 구성된 도둑단——이들에 대해서는 거의 아무것도 알지 못했다——은 다섯 채의 농가를 습격했는데, 습격받은 곳은 모두 프랑스 북부 지방의 농가였으며 그 수법은 늘 똑같은 것이었다.

우선 언제나 노인밖에 없는, 마을에서 멀리 떨어진 외딴 농가를 노린다. 더욱이 습격은 언제나 말시장이 서는 날 행해져 말을 팔아서 얻은 많은 금액의 현금을 고스란히 빼앗겼다.

이 도둑단의 수법은 지극히 원시적이었다. 노상 강도 시대에 행해졌던 것 같은 야만스러운 습격으로, 그들은 사람의 목숨을 철저하게 경시했다.

폴란드 인으로 구성된 도둑단은 사람을 마구 죽였던 것이다! 그들은 농가에 있는 모든 사람을, 비록 그것이 어린아이일지라도 죽였다. 그것이 경찰의 눈을 속이는 그들의 유일한 수단이었기 때문이다.

이 도둑단은 두 사람인가, 다섯 사람인가, 그것도 아니면 여덟 사람인가?

그들이 습격할 때에는 언제나 소형 트럭이 목격되고 있었다. 12살 난 한 소년은 외눈 사나이를 보았다고 주장했다.

이 도둑단은 범행을 할 때 검은 마스크로 얼굴을 가린다고 단언하는 사람도 있었다.

농부들은 언제나 단도에 찔려죽거나, 또는 과장됨이 없이 교살되었다.

그러나 아직 빠리에서는 이런 사건이 한 번도 일어나지 않았다. 프랑스의 모든 경찰 기동대가 이 사건에만 매달려 있었다.

2년 동안 도둑단의 행방은 전혀 수수께끼여서 그 때문에 시골 사람들은 마음 편할 날이 없었다.

그 무렵 어떤 소문이 리르 부근에서 흘러나왔다. 리르는 프랑스의 영지로 폴란드 사람이 많이 살고 있는 곳이었다. 이 소문은 너무나도 막연했으므로 그것이 어디에서 나왔는지 알아내는 것조차 불가능했다.

"폴란드 사람들은 도둑단이 살인자 스탕 일당임에 틀림없다고 한다……."

그러나 경찰이 폴란드 사람——그들은 대부분 프랑스 말을 하지 못했다——에게 물으면 거의 아무것도 모르거나, 다만 우물쭈물 더듬으며 대답할 뿐이었다.

"모두가 나에게 말했어요……."

"모두란 누구지?"

"몰라요…… 잊어버렸어요……."

그러나 랑스 지방이 습격당했을 때 지붕밑 다락방에서 잔 덕분에 도둑단에게 들키지 않아 목숨을 건진 어떤 농가의 하녀가 살인자들이 폴란드어인 듯한 말로 서로 이야기하는 것을 들었다. 그들은 얼굴에 복면을 했는데, 그녀는 그들 가운데 한 사람이 외눈이었으며 다른 한 사람은 키가 1미터 80센티미터도 더 되어보이는 큰 사나이로 굉장히 털이 많았다고 말했다.

이리하여 경찰에서는 다음과 같이 부르기 시작했다.

"살인자 스탕, 외눈, 수염……."

그로부터 몇 달 동안 그 이상 아무것도 알아내지 못했다. 그런데 어느 날 몸집이 작은 순찰 경관이 어떤 일을 발견했다.

폴란드 사람이 많은 생 땅뜨와느 구(區)를 담당한 그는 빌라그 거리의 호텔에 외눈과 털 많고 몸집 큰 사나이 등이 섞인 수상한 일행이 묵고 있음을 알아차린 것이다.

얼른 보기에 이들 일행은 가난한 사람들뿐이었다. 털 많은 큰 사나이는 주불로 정한 방에 여자와 함께 살았는데 거의 매일 밤 같은 나라 사람을 어떤 때는 둘, 어떤 때는 다섯 사람씩 머물게 했다. 다른 폴란드 사람들은 대개 이웃 방을 빌려 있었다.

"그들을 조사해 보지 않겠나, 메글레?" 사법 경찰부장이 말했다.

그런데 바로 그 이튿날 비밀로 되어 있었던 이 문제가 어느 신문에 보도되고 말았다!

그리고 나서 이틀 뒤 메글레의 우편함에 어느 식료품 가게에서나 팔 질나쁜 편지지에 어린아이의 필적처럼 서투른 글씨로 철자법도 엉망인 편지가 날아들었다.

 스탕은 얌전하게 잡히지 않을 것이다. 조심하라. 당신이 잡기 전에 스탕은 주위 사람을 어느 누구든 관계없이 쏘아 죽일 것이다.

물론 살인자 스탕이 어떤 자인지는 아직 알지 못했다. 그러나 이렇게 협박장이 일부러 배달되어 온 것을 보면, 빌라그 거리의 정보가 꽤 확실한 것임에 틀림없었다.

더욱이 이 편지는 장난이 아니었다. 메글레 경감은 그것을 확신하고 있었다. 이 편지는 메글레 경감의 표현에 의하면 '진짜'의 냄새를 풍기고 있었던 것이다. 이 편지에는 비열한 뒷맛 같은 게 있었다.

"주의하게!" 부장이 명령했다. "급히 서둘러 체포해선 안 되겠네. 4년 동안에 여섯 명이나 사람을 죽인 놈이니까 막상 자기가 잡히게 되면 아무 데나 대고 마구 권총을 쏘아대겠지……."

장비에 형사가 보우 세주르 호텔 맞은편에 있는 까페의 급사가 되고 뤼커 형사가 늙어빠진 노인으로 분장하고 창가에서 하루 종일 햇볕만 쬐고 있는 것은 이러한 이유에서였던 것이다.

피할 곳 없이 몰린 사나이가 이제 당장에라도 권총을 쏘아댈지 모른다는 일 따위는 전혀 모르는 듯 거리는 더욱 소란스럽게 활기를 띠어갔다.

그리고 미셸 오제프가 나타났던 것이다.

"메글레트 경감님, 제가 여기에 온 것은 당신께 말씀드리고 싶은 일이……."

메글레 경감이 이 사나이와 맨 처음 만난 것은 나흘 전이었다. 그는 사법 경찰에 찾아와서 개인적인 용건으로 경감을 만나고 싶다고 고집을 부렸다. 경감이 두 시간 넘게 기다리게 했으나, 그는 화내지 않았다.

경감의 방에 발을 들여놓기 무섭게 그는 발꿈치를 소리내어 맞추고 깊이 머리를 숙이더니 손을 내밀었다.

"미셸 오제프, 전에는 폴란드의 육군 소위였습니다만 지금은 빠리에서 체육 선생으로 있습니다."

"앉으시지요, 말씀을 들읍시다."

폴란드 사람은 사투리가 심한데다가 굉장히 말이 빨랐기 때문에 그의 이야기를 따라가기란 꽤 어려운 일이었다. 그가 설명하는 바에 의하면 그는 매우 좋은 집안에 태어났는데 어떤 개인적인 슬픈 일——대령의 아내와 사랑에 빠졌다고 한다——때문에 폴란드를 떠났다. 그러나 평범한 생활에 적응하지 못하고 전보다도 한층 더 절망하고 있다는 것이었다.

"아시겠지요, 메글레트 경감님……."

그는 '메글레트'라고 발음하였다.

"……저는 신사입니다. 빠리에서는 교양도 학문도 없는 사람들을 상대로 여러 가지 학과를 가르치고 있습니다. 저는 가난합니다. 저는 자살하려고 결심했었습니다."

그제야 처음으로 메글레가 입을 열었다.

"미쳤군!"

사법 경찰에는 이런 종류의 사람이 수없이 찾아오곤 했다. 미친 사람들의 대다수는 이야기를 털어놓고 싶은 욕망이 치밀어올라 사법 경찰을 찾아왔다.

"저는 3주일 전에 그것을 시도해 보았습니다. 오스테를리츠 다리에서 센 강으로 뛰어든 것입니다. 그러나 수상(水上) 경찰관들에게 들켜서 강에서 구출되었습니다."

어떤 구실을 찾아내어 메글레 경감은 사무실을 나와 수상 경찰에 전화하여 이 이야기가 진실임을 확인했다.

"그로부터 엿새 뒤 가스 자살을 하려고 했습니다. 그런데 우편 집배원이 편지를 가지고 와서 문을 열었습니다……."

관할 경찰서에 전화해 본 결과 이 이야기도 진실이었다.

"저는 정말 자살하고 싶었습니다. 제 인생에는 아무 의미도 없습니다. 신사란 가난이나 자극이 없는 생활에는 견딜 수 없는 것입니다. 그래서 저는 생각했습니다. 아마도 당신께서는 저와 같은 사람을 필요로 하실지도 모른다고······. "
"무엇 때문에?"
"살인자 스탕을 잡기 위해서."
메글레 경감은 이마를 찡그렸다.
"자네는 스탕을 알고 있나?"
"아닙니다, 저는 다만 스탕의 소문을 들었을 뿐입니다. 폴란드 사람으로서 저는 같은 나라 사람이 그런 방법으로 법률을 위반하는 데 분개했습니다. 저는 스탕과 그 일당이 잡히기를 바랍니다. 스탕은 자기 몸을 지키기 위해서라면 어떤 야만스러운 짓이라도 할 겁니다. 그러니 그를 잡으려고 하는 사람들 가운데 죽는 사람도 틀림없이 나올 것입니다. 죽고 싶어하는 저에게 이것은 더없이 알맞은 일이라고 생각지 않습니까? 스탕이 어디 있는지 말씀해 주실 수 없겠습니까? 이제부터 가서 그의 무기를 빼앗아 오겠습니다. 필요하다면 그에게 상처를 입혀 그가 난동을 부리지 못하도록 하겠습니다."
메글레 경감은 판에 박힌 대로의 말밖에 하지 않았다.
"주소를 놓고 가게······. 기회를 보아 편지를 낼 테니까······."
미셸 오제프는 빌라그 거리에서 그리 멀지 않은 오르넬 거리의 가구가 딸린 아파트에 살고 있었다.

형사 한 사람이 그의 신원을 조사하기 시작했는데, 그 결과는 오히려 그에게 유리한 내용이었다. 정말 그는 폴란드의 군대가 창설되었을 당시 그곳의 육군 소위였다. 그 뒤의 소식은 알 수 없게 되었는데, 이윽고 빠리에 나타나 상인의 아이들을 상대로 체육을 가르치고 있었다. 그의 자살 미수도 만들어낸 이야기가 아니었다.

그러나 메글레 경감은 사법 경찰부장과 의논한 다음 다음과 같은 말로 끝나는 편지를 정식으로 보냈다.

……매우 유감스럽지만, 우리 경찰로서는 당신의 관대하신 제의를 받아들일 수가 없습니다. 깊이 양해하시기를…….

그 뒤로도 두 번쯤 오제프는 사법 경찰서에 찾아와 메글레 경감을 만나고 싶다면서 고집스레 버티었다. 두 번 다 그는 돌아가려고 하지 않고 일이 모두 끝날 때까지 기다리겠다면서 거의 힘이 다하도록 대기실에 있는 녹색 비로드 안락 의자에 몇 시간 동안이나 계속 앉아 있었다.
지금 오제프는 메글레 경감의 테이블에, '부르고뉴의 통'의 테라스에 앉아 있었다.
"제가 도움이 될 사람이며, 당신이 마음놓고 저의 제의를 받아들여도 괜찮다는 것을 이제부터 증명해 보이겠습니다, 메글레트 경감님. 사흘 동안 당신을 따라다녔으므로 그 동안 당신께서 하신 일을 저는 하나도 빠뜨리지 않고 말할 수 있습니다. 또 바로 지금도 포도주를 가져온 급사가 당신의 부하 형사이며, 우리들 앞 카나리아 새장이 있는 창문의 노인도 역시 형사임을 알고 있습니다."
메글레 경감은 단조로운 목소리로 이야기를 계속하는 상대로부터 눈길을 돌리면서 파이프를 힘껏 깨물었다.
"저는 알고 있습니다. 낯선 사나이가 불쑥 나타나 '저는 폴란드 군대의 육군 소위였습니다. 저는 자살하고 싶습니다……'라고 말했을 때, 당신이 어떻게 생각하실 것인가를. 당신은 이야기가 진실이 아닐 것이라고 생각했을 겁니다. 그래서 당신은 제가 말씀드린 것을 조사해 보고, 제가 거짓말쟁이가 아니라는 것을 확인하셨습니다……."
말의 물레방아, 강물의 흐름이 빠르기 때문에 급격한 기세로 돌아가는 물레방아였다. 더구나 그 악센트가 음절을 멋대로 바꾸어놓기 때문에 알아들으려면 어지간히 주의를 기울이지 않으면 안 되므로 듣는 사람이 지쳐버리고 만다.
 "당신은 폴란드 사람이 아닙니다, 메글레트 경감님. 당신은 폴란드 사람의 마음을 이해하지 못합니다. 말로는 할 수 없습니다. 저는 정말 당신을 도와드리고 싶은 겁니다. 우리 나라의 평판이 이 이상 더럽혀지는 것은……"
 메글레 경감은 노여움으로 숨이 막히기 시작했다. 말하는 사나이도 그것을 깨달았을 텐데 아랑곳하지 않고 계속 지껄였다.
 "스탕을 잡으려고 할 경우, 당신이라면 어떻게 하시겠습니까? 그는 주머니에 아마도 두 자루나 세 자루의 권총을 갖고 있을 것입니다. 그는 누구나 상관없이 쏘아 죽입니다. 아무것도 모르는 어린아이가 다치지 않는다고, 여자들이 다치지 않는다고 누가 보증할 수 있습니까? 그렇게 되면 경찰서 평판을……"
 "그만두지 못하겠나?"
 "저는 죽고 싶습니다. 아무도 이 불쌍한 오제프를 위해 눈물 흘리지 않겠지요. 당신은 저에게 이렇게 말하기만 하면 되는 것입니다. '저기에 스탕이 있다!'라고. 저는 당신을 쫓아다닌 것처럼 스탕을 뒤쫓을 것입니다. 저는 그의 곁에 부하가 아무도 없는 순간을 노렸다가 그에게 말해 줄 겁니다. '너는 살인 청부업자 스탕이다……'
 그러면 그는 총을 쏠 겁니다. 나는 그러면 그의 다리를 쏘겠습니다. 그가 나를 쏘았다는 사실은 무엇보다도 그자가 스탕이라는 뚜렷한 증거가 되므로, 당신은 쓸데없이 애쓰지 않아도 되는 것입니다. 더욱이 그는 부상을 입었기 때문에……"
 어떠한 것도 그의 입을 막을 수는 없을 것이다. 그는 온 세계가 막는다 해도 이 바보 같은 이야기를 멈추지 않을 것이다.
 "어지간히 해두지 않으면 감옥에 처넣을 테다!"

메글레 경감은 퉁명스럽게 상대방의 이야기를 가로막았다.
"무엇 때문에요?"
"치안 유지를 위해서!"
"대체 무슨 말씀입니까? 이 불쌍한 오제프가 프랑스의 법률을 위반하기라도 했다는 것입니까? 위반하기는커녕 저는 법률을 아주 잘 지키고 있습니다."
"좀 잠자코 있지 못하겠나?"
"어떻습니까? 저의 제안을 승낙해 주시겠습니까?"
"안 돼!"

이때 여자가 지나갔다. 금발의 안색이 창백한 여자로, 이 거리에 사는 사람이라면 첫눈에 외국인이라는 것을 알아볼 수 있을 것이다. 그녀는 장바구니를 들고 정육점 쪽으로 걸어갔다.

여자의 뒤를 눈으로 쫓던 메글레 경감은 오제프가 코를 풀려는 듯 허둥거리며 손수건으로 얼굴을 가린 것을 깨달았다.

여자의 모습이 보이지 않게 되자 사나이가 말했다.
"저 여자가 스탕의 정부인가요?"
"그래도 자네는 입을 다물지 못하겠나?"
"당신은 지금 그 여자가 스탕의 정부라는 것을 알아냈습니다. 그러나 스탕이 누구인지는 모릅니다! 당신은 수염이 스탕이라고 생각하고 있습니다. 그런데 수염은 보리스라고 합니다. 그리고 외눈은 사샤라고 하며, 그는 폴란드 사람이 아니라 러시아 사람입니다. 당신이 이대로 혼자 수사를 계속하려고 하면 아무것도 알아내지 못할 것입니다. 그 호텔에는 폴란드 사람밖에 없고, 그들은 거짓말을 하기 때문입니다. 그런데 저는……."

생 땅뜨와느 거리에 있는 여자들은 '부르고뉴의 통'의 작은 테라스에서 이러한 대화가 오간다는 것은 꿈에도 생각지 못할 것이다.

금발의 안색이 창백한 여자가 가까운 정육점에서 비계가 있는 고기를 흥정하고 있었다. 여자의 눈에는 미셸 오제프의 눈에서 볼 수 있는 것과 같은 권태가 깃들어 있었다.

"아마도 당신은 어찌해야 할지 망설이고 계실 겁니다. 만일 제가 살해되었을 경우, 세상에 그 이유를 설명해야 하기 때문이지요, 우선 저에게는 가족이 없습니다. 그리고 저는 편지로 자신이 스스로 죽음을 택했다는 것을 써놓겠습니다."

테라스 입구에서는 장비에 형사가 메글레 경감에게 전화가 걸려왔음을 어떻게 알려야 할지 난처해하고 있었다. 경감은 그 눈치를 알아차렸으나, 파이프를 뻐끔거리면서 상대방 폴란드 사나이를 계속 관찰하고 있었다.

"일어서게, 오제프……"

"네, 메글레트 경감님……"

"앞으로 자네 모습이 생 땅뜨와느 거리에서 보이기만 하면 당장 감옥에 처넣겠네!"

"하지만 제가 사는 집은……"

"사는 집은 어디든 다른 데로 옮기면 돼!"

"제가 거절한다면?"

"썩 꺼져!"

"그러나……"

"꺼지지 않으면 체포하겠네!"

사나이는 일어나더니 발꿈치를 딱 소리내어 맞추고 지나치리만큼 정중하게 절을 한 다음 당당한 걸음걸이로 멀어져갔다. 메글레 경감은 부하 형사 한 사람에게 눈짓하여 이 외국인 체육 교사를 미행하도록 했다.

장비에는 그제야 겨우 가까이 다가올 수 있었다.

"뤼커에게서 지금 막 전화가 왔습니다. 그는 방 안에 무기가 있는 것을 보았답니다. 더구나 어젯밤 옆방에는 다섯 명의 폴란드 인이 머물러 그 가운데 몇 명은 바닥에서 잤는데, 그 두 방 사이의 문이 절반쯤 열려 있었답니다. 지금 그 사나이는 누굽니까?"

"아무도 아닐세. 얼마인가?"

그러자 다시 급사로 되돌아간 장비에는 오제프의 잔을 가리키면서 대답했다.

"손님께서 이것도 계산하시겠습니까? 한 잔에 1프랑 20수씩이니까 2프랑 40수……."

메글레 경감은 사법 경찰서로 택시를 달리게 했다.

사무실 입구에서 메글레 경감은 오제프의 뒤를 따르게 했던 형사를 보았다.

"놓쳤나?" 경감은 형사에게 호통을 쳤다. "창피하지도 않나? 어린아이의 심부름도 아니고……."

"저는 놓치지 않았습니다." 신출내기 형사는 겁먹은 말투로 조그맣게 말했다.

"그 사나이는 어디에 있나?"

"여기 있습니다."

"자네가 데리고 왔나?"

"그가 저를 데리고 왔습니다."

오제프는 그 길로 곧장 사법 경찰서로 가서 대합실에 떡 버티고 앉아 '메글레트' 경감과 만나기로 약속이 되어 있다며 샌드위치를 먹고 있었던 것이다.

제2장

　잠복 근무는 기대했던 것만큼 효과를 올리지 못했으나, 그렇다고 전혀 헛된 일도 아니었다.
　메글레 경감은 종이 위에 펜을 눌러대는 듯한 기세로 폴란드 사람으로 구성된 도둑단에 대해 행한 15일 동안의 잠복 근무에서 얻은 여러 가지 정보를 요약해 나갔다.
　이것을 읽은 사람은 이러한 정보가 얼마나 믿음직스럽지 못한 것인가를 확신할 뿐이리라. 사실 도둑단의 인원수가 지금까지도 명확하게 파악되지 않았으니 무리도 아니다.
　이전의 정보——다시 말해서 습격을 받았을 때 도둑단을 보았거나 보았다고 믿고 있는 사람들의 정보에 의하면 도둑단은 어떤 때는 넷이고 어떤 때는 다섯이었다. 그러나 다른 한패들이 미리 농가의 밑조사를 하고 시장에 드나들고 있다는 것도 생각할 수 있다.
　그렇다면 도둑단은 여섯이나 일곱인지도 모른다. 이 숫자는 빌라그 거리의 호텔을 본거지로 하여 서성거리는 자들의 수와 틀림없이 일치하는 것 같다.

방을 빌려 머물고 있는 것은 세 사람뿐이었다. 이 세 사람은 숙박부에 분명히 이름을 써놓았고 정식 여권을 가지고 있었다.

1. 보리스 샤프트——경찰이 '수염'이라고 부르며, 금발머리에 안색이 창백한 여자와 부부처럼 생활하고 있는 사나이.
2. 올가 츠제레스키——28살. 비르나 출신.
3. 사샤 볼롱스키——'외눈'이라고 불리는 사나이.

수사의 기초가 되는 것은 이 세 사람으로, 이것은 곧 도둑단 수사의 근본이 되는 것처럼 생각된다. 수염이라 불리는 보리스와 올가는 한방에서 지내고 있다. 외눈 사샤는 오래 전부터 옆방에 묵고 있다. 이 두 방 사이의 문은 늘 열려 있다.

수염은 거의 외출하지 않았다. 그는 하루의 대부분을 쇠침대에 누워 바스띠유 광장의 신문 판매장에서 사오는 폴란드 신문을 읽으며 지낸다.

젊은 여자는 아침마다 물건을 사러 가며, 석유 난로로 식사를 마련한다.

외눈은 몇 번 외출했지만, 그때마다 형사가 뒤를 밟았다. 이 사나이는 그런 일을 눈치채고 있는 것일까? 그는 언제나 어김없이 빠리를 산책하고, 두서너 까페에서 아무와도 말을 하지 않고 혼자 술을 마신다.

남은 사람은 뤼커가 '유격대'라고 이름 붙인 자들로서 그들은 언제나 너댓 명씩 함께 드나들고 있다. 올가는 그들에게 식사를 대접하고 이따금 두 방 중 한쪽 방에서 아침까지 자게 해준다.

이상한 점은 전혀 없었다. 이런 광경은 방 하나의 값을 치르기 위해 두서너 명이 함께 지내는 가난한 사람이나, 거리에서 만난 자기

나라 사람을 재워주는 국외 추방자들이 있는 호텔에서는 매우 흔히 있는 일이었기 때문이다.

'유격대'에 대해 메글레 경감은 몇 가지 메모를 해두었다.

1. 화학자(그는 두 번쯤 직업 소개소를 찾아가 화학 약품 회사에 취직을 부탁했기 때문에 이렇게 불리고 있다)——그의 옷은 다 닳아 떨어졌지만 옷을 만든 솜씨나 옷감은 매우 고급이다. 언제나 일자리를 찾는 모양이며 빠리의 거리거리를 몇 시간 동안 헤매다니지만 대개는 샌드위치맨으로 고용된다.
2. 시금치(이 사나이는 시금치 색깔의 특이한 모자를 쓰고 있으므로 이렇게 불리는데, 장밋빛 셔츠의 빛이 바래 그만큼 이 모자가 더욱 눈에 띈다)——그는 자주 외출한다. 몽마르뜨의 나이트클럽 현관 같은 데서 도어맨으로 일하는 그의 모습을 자주 볼 수 있다.
3. 자랑꾼——천식을 앓는 뚱뚱하고 작은 사나이로, 다른 누구보다도 몸차림이 훌륭하지만 구두는 짝짝이다.

나머지 두 사람도 빌라그 거리에 나타나지만 불규칙적이다. 이 두 사람이 도둑단의 일당인지 어떤지는 결정하기 어렵다.

메글레 경감은 이 리스트 밑에 적었다.

이 자들은 얼른 보기에는 일자리를 찾고 있는 가난한 외국인 같다. 그러나 그들 방에는 보드카가 있을 뿐만 아니라, 밤이면 곧잘 사치스러운 파티를 벌인다.

감시를 받는다는 것을 알면서 도둑단이 이런 태도를 취하는 것은 경찰의 눈을 속이기 위한 목적인지…….
　그리고 그들 중 한 사람이 정말 살인자 스탕이라면 그것은 '외눈'이나 '수염'일 것으로 생각된다. 그러나 이 또한 단순한 추측에 지나지 않는다.

　메글레 경감은 부장에게로 보고서를 들고 갔으나, 전혀 마음이 내키지 않았다.
"뭔가 새로운 사실이라도 알았나?"
"확실한 것은 아무것도 없습니다. 부하를 시켜 그 일당들을 끊임없이 감시하도록 하고 있습니다만, 녀석들은 일부러 자주 드나들고 있을 뿐 범죄는 저지르지 않습니다. 그들은 자기들을 감시하기 위해 우리가 이처럼 언제까지나 사법 경찰 형사를 동원할 수 없을 거라고 대수롭지 않게 생각하는 모양입니다. 그자들에게는 시간이 있으니까요."
"뭔가 계획이라도 있나?"
"당신도 아시는 바와 같이 저는 훨씬 전부터 생각과 실제의 행동이 서로 잘 맞지 않고 있습니다. 저는 여기저기 왔다갔다하며 냄새맡고 있습니다. 제가 영감이 떠오르기를 기다리고 있는 게 아닌가 생각하는 사람이 있습니다만, 그것은 당치도 않은 추측입니다. 제가 기다리는 것은 뭔가를 끌어낼 수 있는 뜻이 담긴 사실입니다. 그것만 입수되면 그때는 그것을 이용하여 모든 것을……."
　메글레 경감의 인품을 잘 알고 있는 부장은 빙그레 웃으며 중얼거렸다.
"그렇다면 자네는 어떤 사실을 기다리는 건가?"
"우리는 폴란드 인으로 구성된 도둑단의 눈 앞에 있습니다. 이것은 확실합니다. 경찰서 복도를 서성거리며 우리의 이야기를 몰래 엿듣는 얼빠진 신문 기자 때문에 그들로 하여금 경계하도록 만들기는 했습니다만…….

지금 어째서 스탕이 협박장을 보냈을까 생각하고 있습니다. 경찰이 단호하게 체포하려 들지 못한다는 것을 알기 때문인지, 아니면──이것도 충분히 있을 수 있는 일입니다만──단순한 허세 때문인지…….

살인자란 자존심──직업적인 자존심이지요──을 갖고 있는 법입니다.

스탕은 어떤 인물인가?

어째서 폴란드적이라기보다 미국적인 이름을 쓰고 있을까?

한 가지 견해를 종합 검토하기 위해 제가 얼마나 시간을 들여 조사하는지 당신도 잘 아실 것입니다. 그런데 견해는 다 완성되어가고 있습니다. 2, 3일 전부터 저에게는 프랑스의 살인자와는 전혀 다른 그들의 심리가 이해될 것 같이 생각되었습니다.

그들은 돈이 필요합니다. 시골에 숨어 살거나 나이트클럽에서 공연히 소란을 피우거나 외국으로 도망하기 위해서가 아니라 다만 멋대로 살기 위해, 다시 말해서 아무것도 하지 않고도 먹고 마시고 자고 침대에──그 침대가 아무리 더럽고 꾀죄죄할지라도──누워서 신문을 읽고 담배를 피우고 보드카 병을 비우기 위해서입니다.

또 그들은 함께 살며 함께 떠들어대고, 밤에는 이따금 함께 노래도 부르고 싶어합니다.

제 생각에 그들은 하나의 범행을 저지르면, 돈이 다 떨어질 때까지 지금 말씀드린 바와 같은 생활을 하면서 다음 범행을 계획하는 것 같습니다. 돈이 떨어지면 그들은 태연하게 한 조각 후회도 연민도 없이 노인을 목졸라 죽입니다. 그리고 빼앗은 돈으로 몇 주일

또는 몇 달 동안 생활합니다. 이런 사실을 안 지금 저는 기다리고 있습니다."

"알았네, 하찮은 사실을 기다리는 거겠지……." 부장은 농담하듯 말했다.

"얼마든지 빈정거리십시오! 그러나 그 하찮은 사실은 이미 저기 있을지도 모릅니다."

"어디?"

"대합실에…… 저를 메글레트라고 부르며 무슨 일이 있어도 스탕을 잡는 일에 협력하고 싶다고 하는 사나이…… 자살하고 싶기 때문에 스탕을 잡는 데 손을 빌려주고 싶다고 고집하는 사나이……."

"그자는 미친 사람이 아닌가?"

"그럴지도 모릅니다. 또는 우리의 계획을 알아내려는 스탕의 공범자일지도 모릅니다. 온갖 가정이 다 가능하기 때문에, 그 미친 녀석은 아주 유쾌한 겁니다. 이를테면 그 녀석이 스탕 자신이라고 가정할 수는 없겠습니까?"

메글레 경감은 담뱃재가 강기슭 어딘가에——아마 지나가던 사람의 모자 위일지도 모른다——떨어지는 것도 아랑곳없이 파이프를 창틀에다 톡톡 두드렸다.

"그 사나이가 자네에게 쓸모가 있을 것 같나?"

"그렇다고 생각합니다."

그러고 나서 경감은 문 쪽으로 걸어갔다. 이제 더 이상 아무 말도 하고 싶지 않은 모양이었다.

"그리고 참, 잠복 근무는 이번 주말까지 필요할 것 같습니다."

그날은 목요일 오후였다.

"거기 앉게. 그런 박하 담배를 하루 종일 씹으면 속이 나빠지지 않나?"

"아닙니다, 메글레트 경감님."

"그 '메글레트'라는 말은 제발 그만두게. 아니 뭐, 괜찮네! 이제부터 진지한 이야기를 하세. 자네는 아직도 죽고 싶은가?"

"네, 메글레트 경감님."

"자네는 아직도 위험한 일을 맡겨주기 바라나?"

"살인자 스탕을 잡는 일을 돕고 싶습니다."

"그렇다면 내가 외눈에게 접근해서 권총으로 그의 다리를 쏘아달라고 하면 자네는 하겠나?"

"네, 메글레트 경감님. 그러나 저에게 권총을 주셔야 합니다. 저는 너무나 가난하기 때문에……."

"지금 내가 자네에게 수염이나 외눈에게 가서 확실한 정보가 들어왔는데, 경찰이 잡으러 온다고 말하라고 하면……."

"물론 그렇게 전하겠습니다, 메글레트 경감님. 저는 '외눈'이 거리에 나오기를 기다렸다가 그 말을 전하겠습니다."

경감의 생기없는 눈길은 바싹 여윈 폴란드 사나이 위에 머물러 있었다. 그러나 사나이는 그것을 별로 거북해하거나 불안해하지 않았다. 한 인간에게 이처럼 자신감과 차분함을 동시에 발견할 수 있다니, 메글레로서는 신기한 일이었다.

미셸 오제프는 자살을 하거나 폴란드 인으로 구성된 도둑단에게로 가는 것을 마치 단순하고 당연한 일처럼 지껄였다. 생 땅뜨와느 거리의 테라스에서나 사법 경찰의 사무실에서나 그는 똑같이 편안한 태도였다.

"자네는 그 두 사람 중 어느 쪽과도 아는 사이가 아니겠지?"

"네, 메글레트 경감님."

"좋아! 그럼, 자네에게 한 가지 일을 부탁하겠네. 자네에게는 안 된 일이지만 소동이 일어날지도 모르겠는걸!"
경감은 눈에 가득찬 긴장감을 감추기 위해 눈을 반쯤 감았다.
"이제부터 우리는 함께 생 땅뜨와느 거리로 가네. 나는 호텔 밖에서 기다리고 있을 테니 자네는 여자가 혼자 있을 때를 살펴 방으로 들어가서 그녀에게, 같은 나라 사람인데 우연히 경찰이 오늘 밤 호텔을 조사한다는 것을 알았다고 말하게……."
오제프는 잠자코 있었다.
"알았나?"
"네."
"승낙한 거지?"
"한 가지 고백하고 싶은 일이 있습니다, 메글레트 경감님."
"겁이 나나?"
"저는 당신이 지금 말씀하신 일을 하고 싶지 않습니다……. 겁이 나느냐고요? 천만에요! 저는 다만 좀더 다른 방법으로 이 사건을 처리하고 싶습니다. 당신은 제가 무척 대담한 녀석이라고 생각하시겠지요? 그렇지요? 그런데 저는 여자에 대해서만은 겁쟁이입니다. 게다가 여자는 영리합니다. 남자보다 훨씬 영리합니다. 그 여자는 제가 거짓말한다는 것을 꿰뚫어볼 것입니다. 왜냐하면 저는 그 여자 앞에서 얼굴을 붉힐 테니까요. 그런데 저는 얼굴이 붉어지면……."
메글레 경감은 꼼짝도 하지 않고 상대로 하여금 까닭을 알 수 없는 쓸데없는 변명을 멋대로 지껄이도록 내버려두었다.
"저는 차라리 남자에게 이야기하고 싶습니다. 수염이라도 좋고 외눈이라고 불리는 사나이라도 좋습니다. 아니면 다른 누구든 남자에게……."

아마도 햇빛이 비스듬히 사무실에 비쳐들어 메글레 경감의 얼굴 전체에 닿았기 때문인지도 모르지만, 그는 너무 지나치게 식사를 많이 하여 팔걸이의자에서 낮잠을 자고 싶어진 사람처럼 꾸벅꾸벅 조는 듯했다.

"그래도 마찬가지일 것입니다, 메글레트 경감님……."

메글레 경감은 대답하지 않았다. 그가 살아 있다는 것을 나타내는 것은 파이프에서 천천히 피어오르는 얼마 되지 않는 파란 연기뿐이었다.

"저는 난처합니다. 당신의 말씀이라면 뭐든지 듣겠습니다. 그러나 이 일만은……."

"타 그르……."

"뭐라고 하셨습니까?"

"'타 그르'라고 했네. 이것은 프랑스 말로 '그만두라'는 뜻일세. 자네는 어디서 그 여자 올가 츠제레스키와 서로 알게 되었지?"

"제가요?"

"대답하게!"

"무슨 말씀을 하시려는 겁니까? 저는 그 여자를 모릅니다. 알고 있다면 그대로 솔직하게 말씀드릴 겁니다. 저는 전에 폴란드 군대의 육군 소위였습니다. 만일 그런 불행한 사건만 없었다면……."

"어디서 그 여자와 알았나?"

"저는 가난한 부모의 목숨을 걸고 맹세합니다만……."

"어디서 알게 되었나!"

"어째서 당신은 그토록 심술궂습니까! 당신의 난폭한 말투! 저는 당신을 돕고 싶어서, 프랑스 사람이 저의 나라 놈에게 살해되는 것을 피하게 해주고 싶어서 일부러 여기에 왔는데…… 어떻게……."

"샹뜨 피피!"

"뭐라고 하셨습니까?"

"'샹뜨 피피!' 이것은 프랑스 말로 '멋대로 지껄여라, 아가야. 어차피 곧이듣지 않을 테니까'라는 뜻일세."

"저에게 뭐든 명령하십시오!"

"지금 말하지 않았나!"

"그것 말고 다른 것——지하철에 뛰어들라든가, 창문에서 뛰어내리라든가……."

"나는 자네에게 그 여자를 만나러 가서 드디어 오늘 밤 경찰이 도둑단 체포에 나선다고 말해 주기를 바라는 걸세……."

"꼭 그것을 해야만 합니까?"

"승낙하든, 거절하든 자네 마음대로일세!"

"거절한다면?"

"어딘가에서 목이라도 매는 게 좋겠지."

"어째서 목을 매야 합니까?"

"이를테면 그렇다는 걸세. 아무튼 두 번 다시 내 앞에 나타나지 말게나!"

"당신은 오늘 밤 정말로 도둑단을 체포하실 작정입니까?"

"그렇네."

"저도 돕게 해주시는 거지요?"

"그렇게 되겠지…… 그럼, 자네가 첫 임무를 해낸 뒤 다시 만나세."

"몇 시에?"

"임무를 다하는 시간 말인가?"

"아닙니다, 몇 시에 당신은 그들을 체포하실 겁니까?"

"오전 1시."

"그럼, 갔다오겠습니다."

"어디에?"

"그 여자를 만나러 가겠습니다."

"잠깐만 기다리게, 함께 가세!"

"저는 혼자 가는 편이 좋습니다. 당신과 같이 있는 것을 그들이 보게 되면 제가 경찰의 앞잡이라는 게 드러날 테니까요⋯⋯."

물론 경감은 폴란드 사나이가 사무실에서 나가자 형사 하나를 미행시켰다.

"들키지 않도록 해야 합니까?" 형사가 물었다.

"그럴 필요는 없을 걸세. 그는 자네보다 더 교활해서 내가 미행시키리라는 것쯤은 벌써 알고 있을 테니까⋯⋯."

그리고 메글레 경감은 조금도 지체하지 않고 방을 나와 택시에 올라탔다.

"전속력으로 빌라그 거리와 생 땅뜨와느 거리 모퉁이로⋯⋯."

그날 오후는 따가운 햇살이 내리쬐고, 색색 차양들이 가게 앞을 아름답게 장식하고 있었다. 개는 그늘을 찾아 들어가고, 시간은 천천히 흘러갔다. 뜨거워진 아스팔트 위에 커다란 바퀴자국을 남기며 가는 버스는, 이 정지해 있는 공기 속을 뚫고 달리기가 굉장히 힘든 것처럼 보였다.

메글레 경감은 택시에서 뛰어내리자 두 거리의 모퉁이에 있는 집으로 들어갔다. 그리고 2층의 문을 노크도 하지 않고 열었다. 뤼커 형사는 여전히 조용하고 호기심 많은 노인으로 분장하고 창문 앞에 앉아 있었다.

방은 좁았지만 그다지 불결하지는 않았다. 테이블 위에 뤼커가 식당에서 주문해 온 식어빠진 음식이 남아 있었다.

"무슨 소식이라도 있습니까, 경감님?"

"정면 방에 사람이 있나?"

이 방은 폴란드 사람들이 살고 있는 보우 세주르 호텔의 두 방이 한눈에 보이는 전술상의 이유로 빈 것이었다.

그런데 더위 때문에 창문들이 모조리 활짝 열려 있어 어느 방에서는 젊은 여자가 아주 얇은 옷을 입고 잠들어 있는 모습도 보였다.

"어떤가, 심심하지는 않았겠군……"

의자 위 쌍안경은 뤼커가 양심적으로 맡은 임무를 다하기 위해 아주 작은 일도 놓치지 않으려고 했다는 것을 말해주고 있었다.

"지금 저기에는 두 사람이 있습니다만." 뤼커가 말했다. "이제 곧 한 사람만 남게 될 것입니다. 남자가 옷을 입고 있는 중이니까요, 그는 언제나 오전 동안에는 내내 잠만 자다가——"

"수염 말인가?"

"그렇습니다. 그들은 셋이서 식사를 했습니다. 수염과 여자와 외눈이. 그런 다음 외눈은 곧 나갔습니다. 수염은 일어나 면도를 하기 시작했습니다. 보십시오! 그는 지금 새 셔츠로 갈아입은 참인데, 이것은 좀처럼 없는 일입니다."

메글레 경감은 창문으로 가까이 가서 직접 살펴보았다. 털이 많이 난 몸집 큰 사나이는 셔츠 위에 넥타이를 매고 있었는데, 그 흰 셔츠는 방이 거무스름한 만큼 놀랄 정도로 선명하게 보였다.

그는 거울에 모습을 비춰보면서 입술을 움직이기 시작했다. 그리고 그 뒤에서는 밝은 금발의 여자가 손때로 더러워진 서류를 가지런히 모아 똘똘 뭉치더니 곧 석유난로의 불을 꺼버렸다.

"저들의 이야기를 알아들을 수만 있으면 좋을 텐데!" 뤼커가 탄식했다. "이루 말할 수 없이 안타까울 때가 있습니다. 저는 저들이 쉴새없이 이야기하는 것을 봅니다. 이따금 이야기하면서 열심히 몸짓하는 것도 봅니다. 그렇지만 무슨 이야기를 하는지 알아들을 수가 없는 겁니다……. 귀머거리의 괴로움이 어떤 것인지 이제야 알 것 같습니다. 그런 장애인이 어째서 우리를 심술궂다고 생각하는지도 이해할 것 같습니다."

"일이 일어날 때까지 너무 말을 많이 하지 말게! 자네는 저 여자가 저기에 남아 있으리라고 생각하나?"

"지금은 그녀가 외출할 시간이 아닙니다. 외출할 때는 회색 슈트로 갈아입지요."

지금 올가는 아침마다 물건을 사기 위해 나갈 때 입는 검은 비단 드레스를 입고 있었다. 그녀는 방을 정리하는 동안 단 한 번도 담배를 입에서 떼지 않았다. 아침부터 밤까지 담배를 물고 있는 그야말로 지독한 골초처럼…….

"그녀는 거의 말을 하지 않는군." 메글레 경감이 지적했다.

"지금쯤은 말이 없습니다. 저 여자가 말을 많이 하는 것은 주로 밤인데, 다른 자들이 주위에 있을 때나 그렇지 않으면 우리가 '시금치'라고 부르는 사나이와 단둘이 있을 때지요. 물론 그 사나이는 자주 찾아오지 않지만……. 제가 잘못 생각한 것이 아니라면 그녀는 진작부터 미남인 '시금치'에게 사랑을 느끼고 있는 것 같습니다……."

이렇게 낯선 호텔 방에서 다른 사람의 방을 들여다보고, 그들의 세세한 행위며 몸짓까지 모두 파악하니 묘한 기분이었다.

"뤼커, 자네는 몰래 엿보는 것에 아주 익숙해졌군!"

"그 때문에 제가 여기 있는 게 아니겠습니까? 보십시오, 저기 저 기분좋게 자고 있는 처녀 말입니다. 어제 저녁에는 나비 넥타이를 맨 자그마한 젊은이와 새벽 3시까지 사랑 이야기를 하고 있었습니다. 젊은이는 동이 틀 때 돌아갔습니다만, 부모에게 들키지 않도록 살그머니 방으로 기어들어갔을 겁니다. 아, 수염이 나가는군요!"

"어떤가, 저 멋있는 모습은……."

"멋은 있습니다만 그는 상류 사회 남자라기보다 오히려 외국 레슬러 같은 느낌이군요."

"그러나 상당히 돈을 잘 버는 레슬러 같군!" 메글레 경감은 양보했다.

두 사람은 마주섰지만 포옹하지는 않았다. 사나이는 곧장 나갔다. 아니, 그보다도 메글레 일행이 잠복하고 있는 장소에서 모습을 감추었다.

한참 뒤 그는 거리에 나타나 바스띠유 광장 쪽으로 걸어갔다.

"드렝 형사가 그의 뒤를 밟을 것입니다." 뤼커는 거미처럼 창가에 납작 달라붙으면서 말했다. "그는 뒤를 밟힌다는 것을 알고 있으므로 그냥 거리를 산책하고 테라스에서 한잔 마실 뿐이겠지만 말입니다."

여자는 서랍에서 도로 지도를 꺼내더니 그것을 테이블 위에 펴놓았다. 메글레 경감의 계산에 의하면, 오제프는 택시를 이용하지 않고 지하철로 올 것이므로 여기에 도착하려면 아직 몇 분 더 있어야 할 것이다.

"지금 그가 오면 좋겠는데……." 메글레 경감은 중얼거렸다.

겨우 그의 모습이 보였다. 그는 호텔 앞에까지 오자 머뭇거리며 길거리를 왔다갔다하기 시작했다. 한편 그의 뒤를 미행해 온 형사는 생땅뜨와느 거리의 생선 가게 안을 들여다보는 척하고 있었다.

이렇게 위에서 보니 여윈 폴란드 사람은 한층 더 여위어 보여 정말 하찮은 사람으로 생각되었다. 순간 메글레 경감은 후회했다.

경감의 귀에는 이 가난한 사나이가 여러 가지로 변명을 늘어놓으며 '메글레트 경감'이라는 말을 몇 번이나 연발하는 소리가 들리는 것 같았다.

오제프가 머뭇거리는 것은 확실했다. 두려워하는지도 모른다. 그는 고뇌의 빛을 역력히 드러내면서 주위를 둘러보았다.

"녀석이 무엇을 찾는지 알겠나?" 경감이 뤼커에게 말했다.

"저 창백한 남자 말입니까? 모르겠는데요, 아마 호텔에 묵을 돈이라도 찾는 걸까요?"

"녀석은 나를 찾고 있는 걸세. 내가 이 부근에 있으리라 생각하고, 기적적으로 내가 생각을 바꾸기를 기다리는 걸세."

그러나 이미 너무 늦었다!

이윽고 미셸 오제프는 호텔의 어두컴컴한 복도로 모습을 감추었다. 메글레 경감은 머릿속으로 그를 뒤쫓았다. 지금 층계를 오르고 있다. 이제 2층에 이르렀다…….

"그는 아직 망설이고 있군……." 경감이 말했다.

메글레 경감의 머릿속 계산에 의하면 그는 이미 문을 열었어야 하기 때문이다.

"그는 아직 층계참에 있어…… 문을 노크하려고 하는군…… 지금 문을 노크했어…… 자, 보게!"

정말 젊은 금발의 여자는 몸을 부르르 떨며 허둥지둥 도로 지도를 벽장에 집어넣고 문 쪽으로 향했다.

한참 동안 아무것도 보이지 않았다. 두 사람은 방의 보이지 않는 부분에 있었다.

갑자기 여자가 나타났다. 그러나 그녀의 모습은 어딘지 아까와 좀 달랐다. 그녀는 미끄러지는 듯한 걸음으로 곧장 창가로 다가오더니 창문을 닫고 거무스름해진 커튼을 닫았다.

뤼커는 우스꽝스럽게 부어오른 얼굴로 경감을 돌아보았다.

"무슨 일이람!"

그러나 뜻밖에도 메글레 경감이 크게 걱정스러운 빛을 띠는 것을 보자 장난기를 거두었다.

"몇 시인가, 뤼커?"

"3시 10분입니다."

"저들 가운데 한 사람이 지금 이 시간쯤 저기로 오는 일이 있었나?"

"없습니다. 다만 조금 전에도 말씀드렸듯이 시금치는 수염이 외출하고 없다는 것을 알면…… 경감님, 어쩐지 차분하지 못하신 것 같습니다만……."

"저 창문을 닫는 방법이 도무지 마음에 들지 않네……."

"그 폴란드 사람이 걱정됩니까?"

메글레 경감은 대답하지 않았다. 뤼커는 계속해서 말했다.

"경감님은 그가 저 방에 있지 않을지도 모른다고 생각하는 겁니까? 분명히 우리는 그가 호텔로 들어가는 것을 보았습니다. 그러나 그 사나이는 다른 방에 갔는지도 모릅니다. 그리고 저곳에 있는 것은 다른 사람일지도……."

메글레 경감은 어깨를 흠칫하며 한숨을 쉬었다.

"좀 잠자코 있게! 자네의 수다에 질렸네……."

제3장

"몇 시지, 뤼커?"
"3시 20분."
"무슨 일이 일어나고 있는지 자네 알겠나?"
"저 방에서 무슨 일이 일어나고 있는지 보러 가고 싶으십니까?"
"아직 안 돼. 그러나 나는 세상의 웃음거리가 될지도 몰라. 전화 어디 있나?"
"옆방입니다. 양복점을 하는 사람이 사는데, 그는 백화점의 주문을 맡고 있기 때문에 전화를 가질 필요가 있었던 겁니다."
"아무튼 자네는 거기에 가주게. 이야기하는 내용을 양복점 사람이 엿듣지 않도록 주의하며 부장에게 급히 무장 경찰관을 20명쯤 보내달라고 말해 주게. 무장 경찰관이 보우 세주르 호텔 둘레를 에워싸거든 나의 신호를 기다리라고……."
뤼커의 표정은 이 명령의 중대함을 알아차렸다는 것을 충분히 나타내주고 있었다. 더욱이 그는 메글레 경감이 언제나 경찰관을 동원하는 일에 대해 웃어넘겼던 것을 알고 있으니만큼 더욱 그러했다.

"큰 소동이 일어날 것 같습니까?"

"이미 일어나지 않았다면 그렇게 되겠지."

메글레 경감은 더러워진 유리창, 루이 필립 시대의 헌 비로드 커튼이 드리워져 있는 창문에서 눈을 떼려고 하지 않았다.

전화를 걸고 온 뤼커는 경감이 여전히 걱정스러운 표정으로 같은 장소에 있는 것을 보았다.

"부장님이 조심하시랍니다. 지난 주일에 이미 형사 한 사람이 살해되었는데, 또 사고가 있어서는……."

"좀 잠자코 있어주지 않겠나?"

"경감님께서는 믿으십니까, 살인자 스탕이……."

"나는 아무것도 믿지 않아! 나는 아침부터 머리가 지끈거릴 만큼 이 사건을 생각했네. 지금은 다만 여러 가지 '느낌'을 가지고 있을 뿐일세. 자네가 모든 것을 알고 싶어해도 안 됐지만 나 역시 불쾌한 일이 일어날 것이라든가, 또는 일어날지도 모른다는 것밖에 말할 수 없네. 몇 시인가?"

"23분입니다."

짓궂게도 폴란드 사람들이 사는 옆방에서는 아까의 그 처녀가 입을 절반쯤 벌린 채 다리를 구부리고 계속 잠자고 있었다. 그리고 그 윗방——6층이나 7층쯤 되어보였다——에서는 아코디언을 켜는 소리가 들렸는데, 자바 무곡의 반복 부분을 곡조를 틀려가면서 몇 번씩이나 되풀이하고 있었다.

"제가 저 방에 갈까요?" 뤼커가 제의했다.

메글레 경감은 엄하게 그를 쏘아보았다. 마치 자신에게 용기가 없음을 부하로부터 비난받기라도 한 것처럼.

"그건 무슨 뜻이지?"

"아니, 저는 다만 경감님께서 저 방에서 일어나는 일을 걱정하고 계시기에 확인하러 갈까 생각했을 뿐입니다."

"내가 직접 가기를 망설이고 있는 줄 아나? 자네가 잊어버린 것이 있네. 만일 저기 갔다가 아무것도 발견할 수 없게 되면 도둑단 일은 이제 두 번 다시 알아낼 수 없을 걸세. 내가 망설이고 있는 이유는 바로 그 때문이야. 저 여자가 창문의 커튼을 닫지만 않았다면……."

갑자기 메글레 경감은 이맛살을 찌푸렸다.

"여보게, 뤼커! 지금까지 그녀가 창문의 커튼을 닫은 적이 있었나?"

"한 번도 없었습니다!"

"그럼, 그녀는 자네가 여기 있는 것을 알아차리지 못했던 걸세."

"아마도 저를 늙은 영감이라고 생각했겠지요."

"커튼을 닫을 생각을 한 것이 그녀가 아니라면 방에 들어온 사나이가……."

"오제프 말인가요?"

"그 녀석이든 다른 누구든 방에 들어온 사나이는 우리가 보기 전에 창문을 닫으라고 여자에게 말한 걸세……."

메글레 경감은 의자에 놓은 모자를 집어들고서 파이프를 털어버리더니 손가락으로 담배를 담았다.

"어디로 가시는 겁니까, 경감님?"

"나는 지금까지 무장 경찰관들이 도착하기를 기다렸네. 저길 보게! 버스 정류소 옆에 둘, 멈춰선 택시 안에 하나…… 내가 호텔로 들어가 5분이 지나도 창문이 열리지 않거든 자네도 경찰관과 함께 쳐들어와 주게."

"권총은 가지셨습니까?"

몇 분 뒤 메글레 경감은 거리를 가로질러 가고 있었다. 한편 메글레 경감의 모습을 본 장비에 형사는 테라스의 테이블을 닦던 손을 그대로 멈추었다.

뤼커는 열에 들뜬 사람처럼 손으로 시계를 누르고 있었다. 그런데 일을 너무 잘 하려고 긴장하면 흔히 일어나는 일이지만 그는 메글레 경감이 호텔로 들어간 시간을 기억하는 것을 잊고 말았다. 그 때문에 그로서는 5분이 지났는지 어떤지 알 수 없었다.

그러나 뤼커는 그 일로 마음을 썩일 필요가 없었다. 그에게는 매우 짧게 생각된 시간이 지나자 정면 창문의 커튼이 열렸던 것이다. 메글레 경감은 지금까지보다 한층 더 얼굴을 찡그리면서 뤼커에게 오라고 신호했다.

뤼커의 느낌으로는 경감 말고는 방에 아무도 없는 것 같았다. 그러나 더러운 부엌이나 세면장 같은 느낌이 드는 어두컴컴한 층계를 올라 방으로 들어갔을 때, 그는 발 밑에 누워 있는 여자의 시체를 보고 자기도 모르게 펄쩍 뛰었다.

뤼커가 메글레 경감 쪽을 흘끗 쳐다보자 경감이 대답했다.

"물론 죽어 있네!"

시체에는 범행을 일부러 과시해 보이는 듯한 데가 있었다. 여자는 스탕에게 희생된 모든 사람들과 같은 방법으로 교살되어 있었기 때문이다. 피가 침대며 마루 위 등 여기저기 묻어 있었다. 살인자가 손을 닦은 수건은 갈색 피로 더러워져 있었다.

"그가 했습니까?"

메글레 경감은 방 한가운데에 버티고 선 채 어깨를 으쓱했다.

"경찰관들에게 신호해서 놈이 호텔에서 빠져나가지 못하도록 할까요?"

"자네가 그렇게 하고 싶다면……."

"만일의 경우에 대비해서 저는 형사 한 사람을 지붕에 꼭 배치하고 싶습니다만……."

"좋겠지."

"부장님께 연락할까요?"

"나중에……."

성난 얼굴의 메글레 경감과 이야기하기란 쉬운 일이 아니었다. 뤼커는 조금 전에 경감이 한 말——자기는 세상의 웃음거리가 될지도 모른다——이 생각났다. 그러나 이제 웃음거리가 되는 것만으로 끝날 수는 없다. 메글레 경감은 수많은 무장 경찰을 동원했는데도 이미 때가 늦은 것이다. 게다가 범행은 메글레 경감의 눈 앞에서 행해진데다가 보우 세주르 호텔로 오제프를 보낸 것은 경감 자신이었던 것이다.

"도둑단이 돌아오면 체포할까요?"

메글레 경감은 머리를 끄덕여 긍정의 신호라기보다 아무래도 좋다는 듯한 신호를 해보였다. 뤼커는 참을 수가 없어 방을 뛰쳐나왔다. 메글레 경감 혼자 방 한복판에 남아 있었다. 활짝 열어젖혀진 창문으로 눈부신 햇살이 비쳐들었다.

메글레 경감은 이마를 닦더니 불꺼진 파이프에 기계적으로 다시 불을 붙였다.

"몇 시인가?"

그는 자기가 혼자 있다는 것이 생각나서 주머니에서 시계를 꺼내 들여다보았다. 3시 30분. 위층의 아코디언 소리는 여전히 울려퍼졌고, 옆방 처녀는 태평스러운 동물처럼 계속 자고 있었다.

사법 경찰부장은 차에서 내려 뤼커 앞에 오자 물었다.

"메글레 경감은 어디 있나?"

"방에 계십니다. 2층 19호실. 호텔 사람들은 아직 아무 눈치도 채지 못했습니다."

 몇 분 뒤 부장은 메글레 경감이 방 한복판의 시체 옆 의자에 앉아 있는 것을 발견했다. 경감은 생각에 몰두해 있는 듯 담배를 피우고 있었다. 부장이 온 것도 모를 정도였다.

 "어떤가? 그 기묘한 사나이의 짓인가?"

 부장은 그 대답으로서 아무 이야기도 하고 싶지 않다고 말하는 듯한 신음 소리를 들었을 뿐이었다.

 "그 이름난 살인자는 역시 이 일을 돕고 싶다면서 자네를 찾아왔던 그 사나이였던 모양이군! 메글레, 자네는 그를 의심하지 않았나? 오제프의 태도는 어딘가 수상했어……."

 메글레 경감의 이마에는 굵은 주름이 한일자로 새겨져 있었다. 앞으로 쑥 내민 턱이 얼굴 전체에 놀랄 만큼 강한 힘을 넣어주고 있었다.

 "자네는 그가 아직 호텔에서 나가지 않았다고 생각하나?"

 "그렇게 믿고 있습니다." 메글레 경감은 그런 일이야 아무려면 어떠냐는 듯한 태도로 대답했다.

 "자네는 녀석을 찾지 않을 생각인가?"

 "아직 그럴 필요 없을 겁니다."

 "녀석이 간단하게 잡히리라고 생각하나?"

 그때 메글레 경감의 눈길이 창문에서 천천히 떨어져 부장 쪽으로 비스듬히 돌려지더니 그대로 멈춰서 움직이지 않았다. 경감의 이처럼 망설이는 듯한 느릿느릿한 동작이나 모호한 말씨 속에는 범하기 어려운 어떤 위엄이 있었다.

 "나로서는 도무지 모르겠네, 메글레. 자네는 아직도 스탕과 오제프가 같은 인물이 아니라고 생각하는가?"

 "조금 전 이 방 안에 두 사람이 있었습니다. 그 둘 가운데 어느 쪽인가가 살인자 스탕입니다."

"그래서……."

"거듭 말씀드립니다만, 저는 잘못 생각했던 겁니다. 아무튼 이 점에 대해서는 사과드립니다. 이 사건은 굉장한 스캔들이 되리라고 생각하기 때문입니다.

얼핏 보기에 이 사건은 해결된 것 같지만, 저로서는 만족할 수 없는 점이 있습니다. 뭔가 형편이 나쁜 데가 있다고 저는 느끼고 있습니다. 만약 오제프가 스탕이라면 너무나도 앞뒤가 맞지 않습니다……."

"말해 보게!"

"이야기가 길어질 텐데요, 지금 몇 시입니까?"

"4시 15분. 왜 그러나?"

"아무것도 아닙니다."

"메글레, 자네는 여기에 남아 있겠나?"

"네, 새로운 명령이 내려질 때까지……."

"이제부터 나는 경찰관들이 하고 있는 것을 좀 둘러보고 오겠네."

경찰관들은 시금치를 체포했다. 이 폴란드 사람은 뤼커가 예상했던 대로 여자를 찾아왔던 것이다. 그는 여자가 살해되었다는 소식을 듣자 얼굴이 창백해졌다. 그러나 오제프의 일에 대해서는 태연했다.

"그녀가 죽다니, 있을 수 없는 일이야!"

그는 경찰에 연행되어 가는 동안 몇 번이나 되풀이하고 있었다.

시금치가 체포되었음을 알게 된 메글레 경감은 다만 이렇게 중얼거렸을 뿐이었다.

"나를 그냥 내버려두게!"

그리고 그는 다시 죽은 사람과의 기묘한 대면을 계속했다. 30분 뒤, 이번에는 외눈이 돌아와 현관에서 체포되었다. 그 역시 체포되었을 때 눈썹 하나 까딱하지 않았다. 그러나 여자가 살해되었다고 알려주는 순간 수갑을 벗어버리고 2층으로 달려올라가려고 했다.

"누가 했지?" 그는 소리쳤다. "대체 누가 죽였느냔 말이야! 설마 자네들은 아니겠지?"

"살인자 스탕이라고 불리는 오제프다."

그러자 사나이는 마치 마법에라도 걸린 것처럼 조용해졌다. 그리고 눈썹을 모으면서 되풀이했다.

"오제프?"

"자기 두목도 모른단 말인가?"

복도에서 외눈과 이런 말을 주고받은 것은 부장 자신이었다. 부장은 체포된 사나이의 입가에 슬그머니 미소가 떠오른 듯한 것을 느꼈다.

이어서 화학자라고 불리는 녀석이 또 체포되었다. 그는 이제까지 여자나 오제프에 대해 전혀 들은 일이 없는 듯 매우 얼떨떨해하는 모습으로 질문에 대답했다.

메글레 경감은 여전히 위층 방에서 같은 문제를 놓고 다시 사건 해결의 열쇠를 찾고 있었다. 수염이 체포——그는 무섭게 날뛴 끝에 체포되어 양처럼 얌전하게 울기 시작했다——되었음을 알려주자, 메글레 경감은 중얼거렸다.

"됐어!"

갑자기 메글레 경감은 머리를 들더니 수염이 체포되었음을 알리러 온 뤼커 쪽을 향했다.

"자네는 아무것도 깨닫지 못했나?" 경감이 물었다. "차례로 네 명의 사나이가 체포되었는데, 한 사람도 저항다운 저항을 보이지 않았네. 그런데 스탕으로 보이는 사나이는······."

"그러나 스탕은 오제프니까······."

"그를 찾아냈나?"

"아직 못 찾았습니다. 만일 호텔 사람들을 떠들썩하게 만든다면, 놈들은 멀리에서 무슨 일이 있었다는 것을 알아차리고서 돌아오지 않았을 것입니다. 그렇게 되면 모처럼 잠복 근무도 헛일로 끝나버리지요. 그러나 지금은 그들을 거의 다 붙잡았으니까, 부장님의 명령대로 호텔 주변에 비상 경계망을 치겠습니다. 이제부터 아래층에 있는 경찰관들이 지하실에서 지붕 밑까지 이잡듯이 샅샅이 살펴볼 겁니다."

"내 이야기를 들어보게, 뤼커……"

방에서 나가려던 뤼커는 순간 메글레 경감에 대한 연민 비슷한 감정을 품으며 걸음을 멈추었다.

"말씀하십시오, 경감님."

"외눈은 스탕이 아닐세. 시금치도 아니야. 그리고 수염도 물론 아닐세. 그러나 나는 스탕이 이 호텔에 머물러 있다고 믿고 있네. 이 호텔에 다른 한패들이 모여와 있었기 때문일세."

뤼커는 한 마디도 참견하지 않고 경감이 하고 싶어하는 대로 내버려두었다.

"만일 오제프가 스탕이라면, 한패인 여자를 죽이러 여기 올 이유가 전혀 없네. 그가 스탕이 아니라면……"

경감은 뤼커가 깜짝 놀라 펄쩍 뛰어올랐을 정도의 격렬한 태도로 갑자기 일어섰다.

"주의해서 이 여자의 어깨를 잘 보게나. 그렇지, 왼쪽……"

메글레 경감은 몸을 굽혔다. 뤼커가 옷을 벗기자 하얀 살이 드러났다. 그리고 그 살 위에는 미국에서 죄를 범한 여자에게 낙인 찍는 불에 단 인두 자국이 있었다.

"보았나, 뤼커?"

"하지만 경감님……."

"이래도 모르겠나? 스탕은 그녀일세! 전에 나는 어느 책에선지 이 낙인에 대한 것을 읽은 적이 있네. 그러나 나는 스탕이 남자라고 생각했기 때문에 이것을 사건과 결부시키지 않았지. 4, 5년 전 미국에서 한 젊은 여자가 도둑단의 우두머리가 되어 마을에서 외따로 떨어진 농가를 차례로 습격했네. 여기서 일어난 것과 아주 똑같은 수법이지. 희생자는 이번 사건에서와 거의 같은 수법으로 젊은 여자의 손에 의해 교살되어 있었네. 미국 신문이 그 여자의 잔혹함을 아주 친절하게 묘사하고 있었지……."

"그녀가 이 여자란 말입니까?"

"그녀임에 거의 틀림없네. 그 사건의 기록이 있으면 그것을 확인할 수 있을 걸세. 나는 언젠가 잡지에 실렸던 그 기사를 스크랩해 두었는데, 뤼커, 따라오겠나?"

메글레 경감은 뤼커를 데리고 층계를 내려왔다. 아래층에서 부장과 마주쳤다.

"사법 경찰에 갑니다. 저는 사건이 해결되었다고 생각합니다. 아무튼 뤼커를 데리고 가니까 나중에 그가 보고하도록 하겠습니다."

그러고 나서 경감은 택시를 찾기 시작했다. 부장이 노여움과 연민이 뒤섞인 묘한 표정으로 지켜보고 있는 것을 경감을 알아차리지 못했다.

"그러나 오제프는?" 뤼커가 차에 올라타자 물었다.

"지금부터 조사하려는 것은 바로 그에 대한 일이네. 바꾸어 말하면 그에 대한 정보를 얻고 싶다는 거지. 그가 그녀를 살해했다면, 거기에는 그만한 이유가 있었을 걸세. 알겠나, 뤼커?

내가 그에게 놈들에게 가라고 했더니, 그는 곧 승낙했지. 그러나 내가 여자에게 말을 전해 달라고 부탁하자 그는 거절했어. 그래서 협박 비슷한 흉내까지 내어 간신히 승낙하게 만들었다네. 다시 말해서 다른 자들은 그에 대해 아무것도 알지 못했던 거야. 그러나 여자는 그를 알고 있었네."

예상할 수 있는 일이지만, 메글레 경감은 서류를 찾아내기까지 30분 이상 걸렸다. 서류 정리만은 그 냉정한 태도에도 불구하고 메글레 경감의 성질에 도무지 맞지 않았기 때문이다.

"자, 읽겠네! 대중에게 어필하기 위해 미국 사람이 좋아하는 과장된 표현을 썼군. 흡혈귀 같은 여자, 숙명의 폴란드 처녀, 23살의 도둑단 여두목……."

폴란드 여자의 대단한 범죄상이 그녀의 사진까지 덧붙여서 실려 있었다.

"스테파니 폴린스카이어는 이미 18살 때 바르샤바 경찰에서 감시하고 있었다. 이 시기에 그녀는 한 남자를 만났는데, 이 사나이는 그녀를 아내로 삼아 그녀의 나쁜 본성을 고치려고 했다. 그녀는 아들을 낳았다. 그런데 어느 날 남자가 직장에서 돌아와 보니 갓난아기는 교살되어 있고 여자는 집에 있던 돈과 값비싼 물건을 갖고 이미 도망치고 없었다.' 자네는 이 남자가 누구인지 알겠나?"

"오제프입니까?"

"여기 있는 사진이 그와 똑같지 않은가! 온 세계의 범죄 기록을 암기해 놓는 것이 얼마나 중요한 일인지 지금 자네도 알았을 걸세. 스테파니――그녀의 가족은 그녀를 스탕이라고 불렀는데――는 미국에서 나쁜 짓만 골라가며 했네. 어떻게 그녀가 미국 형무소를 탈옥했는지 모르겠군. 그녀는 프랑스로 도망쳐오자 미국에 있을 때와 같이 여러 명의 부랑자들을 모아 또다시 같은 수법으로 일하기 시작한 걸세.

남편은 신문을 보고 그녀가 빠리에 있으며, 경찰에 쫓기고 있다는 사실을 알았네. 그의 소망은 다시 한 번 그녀를 구해 주는 일이었을까? 나는 그렇게 생각하지 않네. 그는 자기의 어린 아들을 죽인 살인자를 벌주고 싶었던 걸세. 오히려 나는 그렇게 믿고 싶네.

그렇게 되면 그가 나에게 도와주겠다고 제의해 온 이유도 납득이 가지.

그는 혼자 행동할 용기가 없었네. 그 사나이는 겁쟁이인데다 우유부단한 성격이었으니까.

그래서 그는 경찰과 행동을 함께하기를 바랐고, 그날 오후 내 앞에 나타나서 그처럼 꾸며낸 태도를 보였던 걸세.

옛날의 아내와 얼굴을 마주 대했을 때, 과연 그가 무엇을 할 수 있었겠나? 죽이느냐, 아니면 자기가 살해되느냐였을 걸세. 그 여자는 자기가 발견되었다는 것을 알면, 자신의 정체를 폭로할 오직 한 사람의 남자를 주저없이 죽여 없애려고 할 것이기 때문일세.

그래서 그는 죽인 걸세. 더 이상 자네에게 할 말은 없네. 그는 틀림없이 호텔 어딘가에 있을 걸세.

두 번 자살하려다 두 번 다 실패한 그가 세 번째에도 실패한다는 법은 없을 걸세. 이제부터 자네는 호텔로 돌아가 부장께 말씀드려서……."

"그럴 필요 없네!" 부장의 목소리가 들렸다. "살인자 스탕은 7층의 문을 활짝 열어 놓은 방에서 목을 맸더군. 수고를 덜었지."

"불쌍한 녀석이로군!" 메글레 경감은 한숨을 크게 내쉬었다.

"그를 동정하나?"

"네, 그의 죽음에는 저도 얼마쯤 책임이 있으니까요. 저는 이제 나이를 먹었는지도 모르겠습니다. 해결하는 데 너무 오랜 시간이 걸리고 말았군요."

"해결?" 부장은 의심스러운 눈으로 물었다.

"모든 문제의 해결 말입니다!" 뤼커가 여기서 끼어들 수 있어 기쁜 듯한 어조로 잘라 말했다.

"경감님께선 바로 지금 사건을 모든 세부에까지 재현해 보였습니다. 부장님께서 오셨을 때 경감님은 오제프가 어느 방에서 자살을 꾀하고 있을 거라고 이야기하셨지요."

"정말인가, 메글레?"

"그렇습니다. 이제까지 이토록 화가 치밀어 오른 일은 없었습니다. 저는 해결이 바로 눈앞에 있으며, 아주 간단한 사실밖에는 필요치 않다고 느꼈었습니다. 그런데 당신들은 귀찮은 파리처럼 제 주위에서 소리를 지르며 쓸데없는 아랫것들의 이야기를 했습니다. 마지막까지!"

메글레 경감은 심호흡을 하고 나서 파이프에 담배를 담아 뤼커에게 성냥을 부탁했다. 경감은 오후 동안에 자기의 성냥을 몽땅 다 써버리고 말았던 것이다.

"어떻습니까! 7시니까 이제부터 셋이서 찬 생맥주라도 한잔하러 가지 않으시겠습니까? 물론 뤼커에게는 가발을 벗으라고 하겠습니다. 다른 사람들 앞에 나가더라도 부끄럽지 않도록 말입니다."

그들은 맥주 홀 '드피느'의 테이블에 앉았다. 갑자기 경감은 자신의 이마를 탁 치고는 어리둥절한 급사들을 둘러보기 시작했다.

"장비에는?"

"왜 그러십니까?"

"아직도 그를 잠복 근무지에서 풀어주지 않았나? 불쌍하기도 하지! 우리가 생맥주를 마시는 동안 그는 아직도 급사 노릇을 하고 있지 않겠나!"

하드보일드 시대를 연 해미트

《피의 수확》은 1929년 크노프 사에서 출판된 새뮤엘 더실 해미트의 첫 장편소설이다.

이 작품은 책으로 나오자마자 곧 많은 비평가와 작가의 눈길을 끌었는데, 그 중에서도 특히 프랑스 작가 앙드레 지드는 해미트를 헤밍웨이·포크너·스타인벡 등 미국의 대작가들과 마찬가지로 인정하며 《피의 수확》을 '잔학과 시니시즘과 공포에 있어 완벽한 세계'를 그린 걸작이라고 격찬했다.

해미트는 1894년 5월 27일 미국 메릴랜드 주 세인트 메어리 군에서 태어났다. 더실이라는 이름은 프랑스의 드 세(de Shiel)라는 어머니 쪽 성에서 따 온 것이다. 아주 평범한 소년으로서 볼티모어에서 소년 시절을 보냈다. 그러나 가난한 가정 형편 때문에 그는 13살 때 실업학교를 다니다 그만두고 철도회사 급사로 일해야만 했다. 그로부터 7년 동안 여러 직업을 거친 뒤 마지막으로 미국 유일의 민간 탐정사인 핀커튼 사에 들어가 사립 탐정이 되었다.

해미트는 제1차 세계대전 때에는 야전 위생대 하사관으로 종군했는데 불행하게도 결핵에 감염되어 여덟 달 동안 병원 신세를 진 뒤 제대했다. 다시 탐정 생활로 돌아갔으나 그의 건강은 그런 격무를 감당하기에는 너무 벅찼다. 그는 결국 그 일을 그만두어야 했다. 그 후 생계를 위해 3류 펄프 잡지에 소설을 쓰기 시작했는데 주로 지난날의 체험에서 취재한 범죄소설이나 실화풍의 미스터리소설이었다. 1922, 3년 무렵부터는 미스터리소설 전문 잡지인 〈블랙 마스크〉의 단골작가가 되었다.

그즈음 〈블랙 마스크〉에 글을 쓴 작가로는 그 외에 E.S. 가드너도 있었다.

이윽고 그는 첫 장편소설 《피의 수확》에 이어 같은 해인 1929년에 《데인 집안의 저주》를, 1930년에 《말타의 매》를, 1931년에 《유리열쇠》를, 1934년에 《그림자 없는 사나이》를 발표했다.

이 여러 작품들은 모두 비평가의 격찬을 받았다. 그 호평과 성공에 자극되어 그의 작풍과 문체를 흉내내는 추종자가 잇달아 나타나게 되었다.

그리하여 비평가들은 그 작가들을 '해미트 파' 또는 '하드보일드 파'라고 불렀다.

그뿐만이 아니다. 해미트 이후의 미국 미스터리작가로서 조금이나마 하드보일드의 영향을 받지 않은 작가가 없을 만큼 미스터리소설의 작풍을 싹 바꿔버렸다.

그때까지의 미스터리소설이 작품의 모든 중점을 구성에다 두고 논리적으로 수수께끼를 풀어 나가는 데 치중했음에 비해 해미트는 우선 인간을 그리려고 했다. 수수께끼 풀이를 주로 하는 미스터리소설을 쓰기보다는 범죄와 탐정과 위험 속에 인간의 성격을 생생하게 묘사하려고 했던 것이다.

더욱이 그가 그리려고 한 것은 그 인간과 사건 자체, 미국의 현실

사회 속에서 나날의 생활을 영위하며 숨쉬고 사는 인간과 실제로 일어날 수 있는 사건들이었다.

그때까지의 미스터리소설이 스토리 전개를 위한 설명이었던 것에 비해 해미트의 대화는 간결 명료하고 성격을 생동감있게 살린 것이었다. 게다가 행동이 스피디하며 때로는 눈이 휘둥그레질 만큼 비약을 하고 있다.

그의 작품에 나오는 주인공은 현대 미국 사회 속에서 살아 움직이는 인간을 그대로 끌어내 온 듯이 여겨지는 생동하는 인간상들이다. 때로는 비정하고 이기적이고 호색적이지만, 그러나 그 마음속에는 끊임없이 정의를 추구하는 강인한 성품을 한결같이 지니고 있다.

그 중에서도 이 《피의 수확》의 주인공처럼 이름없는 콘티넨털 탐정사 지국원(콘티넨털 오프)을 주인공으로 한 수많은 단편의 경우, 비정하고 초연하며 불가사의한 성격을 지니고 있어 읽는 이의 마음을 감동시킨다.

한 마디로 말해서 그의 작품은 미스터리소설적 흥미보다도 심리적 성격 묘사를 노린 것으로써 그 점에 있어 미스터리소설을 보다 고도의 문학적 경지로 끌어올렸다고 할 수 있다.

결국 그의 작품은 1920년대의 '로스트 제너레이션' 작가들이 노린 것과 마찬가지로 미국의 현실을 묘사함으로써 자아를 표현하려고 한 것이었다.

여기에 미스터리소설 작가로서, 동시에 순문학적 작가로서의 의식의 흐름에서 그 특징을 찾아볼 수 있다.

조르즈 시므농의 단편 〈세 개의 렘브란트〉와 〈살인자〉를 덧붙여 싣는다.

〈세 개의 렘브란트〉는 1932년 파리 파이얼 서점에서 간행된 단편

집 《Les 13mystères》에 수록되어 있다. 이 책은 연속 단편 형식으로 탐정역은 조제프 르보르뉴이다. 그는 35세쯤 되는 독신으로 호텔에서 생활하는 독특한 버릇이 있다. 코피만 봐도 얼굴색이 달라지면서도 중대 범죄 사건에는 늘 끼어든다. 게다가 그는 앉아서 사건을 해결하지 절대 시체를 보거나 뛰어다니지는 않는다. 말하자면 안락의자 탐정인 셈이다.

〈세 개의 렘브란트〉 사건만 해도 렘브란트가 사망한 해의 초상화가 발견되었는데 놀랍게도 동시에 세 개나 나타난 기이한 사건을 그는 별 어려움없이 해결해낸다. 문학적 분위기를 그리는 시므농으로서는 직관적 추리에 가까운 특이한 단편이라고 하겠다.

맨 뒤에 실린 〈살인자〉는 시므농의 작품으로서는 좀 색다른 것으로 꽤 재미있는 이야기이다. 이 작품은 미국의 프로 범죄자를 다루고 있다. 시므농은 미국에서 살다 온 뒤로 이런 주제의 단편을 꽤 많이 써냈으며 그 중에서도 〈살인자〉는 그의 대표적 걸작으로 꼽히는 작품이다.